CHRONIQUE DES COLLINES

CLAUDE COURCHAY

CHRONIQUE DES COLLINES

roman

FRANCE LOISIRS
123, boulevard de Grenelle, Paris

Avec mes remerciements à Christine de Manosque, Fabienne de Moustiers, Anne de Digne, Nathalie des Mées, ainsi qu'au capitaine Demarquoy et au chef d'escadron Fanet.

Une édition du Club France Loisirs, Paris
réalisée avec l'autorisation des Editions Jean-Claude Lattès

ISBN: 2-7441-0009-9

Pour Anne Juszczak

« J'avais une sorte de tristesse qui suffisait à mon bonheur et ma tête penchée n'était occupée que de choses très douces et très légères. »

Paul Léautaud, *Le Petit Ami*.

« Tu ne sais pas où tu mets les pieds, Claire ! » Tous m'ont dit ça, mes copains, mon amie Marthe. Tous. Moi pareil. C'est vrai, devenir gendarme, drôle d'idée, pour une fille. Personne n'a compris. Disons que c'était un défi.

J'ai fait Lettres, bac + 3. Mes parents tenaient une droguerie à Talasse, dans les Basses-Alpes. J'étais interne à Aix. Je voulais affronter la vie, comme un homme, me sentir utile, mordre dans le réel. Et pas seulement la cuisine, le ménage et la suite. Je pouvais toujours essayer, non ? Même un babouin peut comprendre.

Apparemment pas. Je suis restée longtemps la bête curieuse, ici, à Loisson, ma première brigade. On aurait pu faire payer pour m'exhiber :

« VISITEZ LOISSON, SA SUPÉRETTE, SON PARKING.
SA GENDARMETTE. »

Le gadget local. Après tout, c'est leur affaire. La mienne, c'est mon travail.

Je suis arrivée au village fin janvier. Le mistral donnait. Le froid pinçait, sec. Mon taxi a stoppé devant un bloc comme les autres, blanc. Pas tout à fait, quand même, on ne pouvait pas le rater. « Gendarmerie nationale », sur la façade, plus le drapeau. Je suis descendue. Et le tapis rouge ? Ce sera pour une autre fois. Par contre, on m'observait, des silhouettes de femmes, derrière les rideaux. Mesdames les épouses, je présume. J'ai fait un signe amical de la main, ça ne mange pas de pain. J'ai pris mon barda, et allons-y. Caserne de six, plus deux auxiliaires.

J'ai sonné. Un jeune m'a ouvert. Il portait le pull marine, avec le filet blanc. Un G.A.[1], l'air pas vraiment éveillé. J'étais en civil. Il a demandé :

— C'est pour quoi ?

— Pour une chambre.

— Pardon, vous vous croyez à l'hôtel ?

— Pas vraiment. Je me présente : gendarme Boyer. Je suis affectée à cette brigade.

— Fallait le dire. Je préviens le chef. Non, attendez, il n'est pas là. Je vais vous indiquer votre appartement.

Il paniquait presque. Moi, tranquille comme tout. J'avais droit à un F 2, au deuxième. Mes meubles n'arriveraient que le lendemain. Le gars s'est inquiété :

— Vous avez mangé ? Sinon, « Le France » est encore ouvert, ils font restaurant. Je peux vous passer un matelas en mousse, pour cette nuit.

Il devenait presque affectueux. Le bon toutou, un rien pataud. J'avais besoin de faire un brin de toilette, et qu'il me lâche. Brave bête pourtant, il ne pouvait me tenir compagnie, étant de permanence. Tant pis, je survivrai.

Une fois rafraîchie, je suis partie explorer mon point de chute. Loisson, Basses-Alpes de Haute-Provence, 400 habitants, entre Digne et Manosque, sur la frange du bout du monde.

Alors ? Pas terrible. Nous sommes en hiver, il est vrai. Rasibus, les platanes. Les maisons se recroquevillent autour de la place, comme des clochards contre un feu. Pas un chat, mon lapinou. Quelques clébards donnent de la voix. Tiens, un kiosque à musique, égaré au milieu du vide. Une église,

1. Gendarme auxiliaire.

une agence immobilière. Et tes cafés, « Le France » et « Les Alpes ». Vive « Le France ».

J'entre. Dis donc, la place ne manque pas. Quelques clients se tassent sur les banquettes. Trois jeunes secouent un flipper. Quatre pépés tapent le carton. Le patron rêvasse, accoudé au comptoir. On jurerait un film de Pagnol, avant que l'action commence. Je fais démarrer la bobine. On peut manger ?

— Si on peut ? Mais comment donc, ma petite dame, vous tombez bien. J'ai de la daube de sanglier, vous m'en direz des nouvelles.

— Ah bon, vous en avez, par ici ?

Il lève les bras :

— Si nous en avons ! Tu entends ça, Titou ! Il s'en tue trois ou quatre chaque dimanche, en saison, sans parler des élevages. Vaï, le cochon, on risque pas d'en manquer.

Il m'installe pas loin du poêle. Je suis gâtée : pâté truffé, vin de pays, et sa daube, une merveille, onctueuse, avec des pâtes fraîches. Je le félicite :

— Fameux ! Dites, comment se fait-il que je sois seule ?

— Vous savez, avec leur saleté d'autoroute, nous n'avons plus guère de passage. L'été, ça roule peu que peu, les vacanciers. Mais de ce temps, les gens restent chez eux, pardi. Les jeunes, un sandwich leur suffit, et même, ils ont tous la pétrolette ou la bagnole, ils vont faire les marioles à Manosque. Croyez-moi, ça me rapporte pas un rond de rester ouvert, en cette saison.

— Alors, pourquoi ?

— Pour pas me retrouver comme une vieille bête avec mon chien, voilà pourquoi. Puis ça me permet de...

— Manu, fais gaffe où tu mets les pieds !

Un des joueurs vient de l'interrompre. Il se tient immobile, bras tendu, sa carte brandie comme un carton jaune.

— Casse pas les pieds, Riton ! Occupe-toi de tes

fesses ! Pardon, mademoiselle, il me ferait déparler. Vous prendrez du fromage ?

— Surtout pas. Un café, volontiers.

— De suite.

Quelconque, son jus. Je le laisse bavarder. A l'entendre, le gentil village, avec quelques dérapages, vols de voitures et pillage de résidences secondaires, comme partout. De la broutille.

— Je touche du bois, souhaitons que ça dure. C'est l'avantage de vivre à l'écart, on reste préservé. Si je peux me permettre...

Je le vois venir, gros comme une avalanche. Il essaie de me situer.

— Allez-y.

— Vous êtes la nouvelle instit' ?

— Non. J'en ai l'air ?

— Je dis pas ça, seulement Mlle Delmas est en congé maternité. Alors je me demandais...

— Devinez.

— Je vois pas. Vous pouvez pas être capélan. Curé je veux dire. Des femmes-curés, on est pas près de s'en taper, avec leur pape actuel.

— Essayez encore.

— Ingénieur à Cadarache ?

— Non plus.

— Vous travaillez pour une compagnie d'assurances ? Vous préparez le Rallye des Alpes ? Vous élevez des visons ?

A chaque tentative, non de la tête.

— Mettons-nous d'accord. Vous êtes de passage ou vous restez ?

— Je reste.

— Alors j'abandonne. Ma langue à qui la veut.

Je le regarde, droit dans les yeux.

— Je suis gendarme.

Pas de réaction. Il encaisse, recta, sans broncher. Voilà un brave. Il empoigne une bouteille.

— La tournée du patron.

Nous trinquons. De la poire. Pas mal. Je regagne la brigade, du vent plein les voiles. Je préfère brigade, le mot caserne ne m'enchante pas. Je ris toute seule. G.A. m'ouvre. Il constate :

— Vous, au moins, vous avez le moral.

— Il faut, beau militaire.

Tu as bien fait de fourrer un duvet dans ton sac. Je déroule le matelas. Mince, la mousse, matelot. Bah, mieux que rien. Le clair de lune entre par les fenêtres. Faudra mettre des rideaux. Je pose ma tête sur mon pull plié en quatre. Voilà, nous y sommes.

Alors ? Tu t'attendais à ce genre de soirée ? Pas du tout. Je voyais plutôt un repas en famille, entre gendarmes. La petite dernière présentée aux tontons, tu vois le tableau. Tu repasseras.

J'aime autant, à la guerre comme à la guerre. Je m'endors, parfaitement heureuse.

Je me suis réveillée tôt. Les oiseaux ? Tu parles, les cloisons. Elles sont en carton, tu entends tout. J'ai participé au réveil de la brigade. Sur tribord, un couple. Lui se racle la gargamelle abondamment. Elle, c'est quoi, son violon d'Ingres ? Le steel-band ? Presque. La préparation du café. Secoue-toi, gendarme, la jungle t'attend. J'ai mon uniforme dans la valise, un coup de fer ne serait pas de luxe. Nous savons, tu n'as ni fer ni planche. Nous ferons sans.

Quelle heure ? Sept, le boulot commence à huit. Il n'y a pas le feu au lac. Une douche, pour commencer. Ils ont un mess, tu crois, un réfectoire ? M'étonnerait, G.A. me l'aurait dit. Oh, simplement une machine à café, je n'en demande pas plus. Habillons-nous.

Dans ma fraîcheur naïve, avant de rejoindre Montluçon,

le centre de formation, je m'imaginais que l'on nous fournirait des dessous, réglementaires et tout. Peut-être même des Tampax maison, avec une mignonne grenade sur le carton. Faut pas rêver.

Je m'examine dans la glace. Je me plais bien, en bleu. Je me salue. Repos. N'oublie pas ton arme. Je boucle mon ceinturon, c'est lourd. On fait quoi ? Demande aux voisins, ne sois pas timide.

Je frappe.

— C'est toi, Albert ? J'arrive.

La porte s'ouvre sur une sorte de colosse en bretelles, de la mousse plein le menton. Il tient son blaireau comme un flambeau.

— Oh, pardon. Vous êtes la nouvelle, je parie ?

— Tout juste. Gendarme Boyer.

— Que puis-je pour votre service ?

— Fais-la donc entrer, empoté, tu refroidis toute la maison.

Madame s'est portée à ma rescousse. Entrons. J'explique mon cas, le petit déj'. Monsieur retourne à son rasage. Son épouse me prend en main. Une belle brune, bien en chair.

— On ne vous a rien dit ? Chacun se débrouille, on fait sa popote chez soi.

— Vous n'avez pas une salle commune ?

— Pour quoi faire ?

— Pour la télé, être ensemble...

— Ensemble, vous le serez toute la sainte journée. Vous prendrez le café avec nous, asseyez-vous. Je vous sers. Vous l'aimez noir ?

— Parfait, oui, merci.

— Tartines ou biscottes ?

— Tartines.

Je constate :

— Vous êtes bien installés.

— N'est-ce pas ? Les meubles viennent de Castorama, celui de Manosque. Et ce fauteuil...

J'écoute. Retour du malabar, frais comme un œuf du jour, teint rose, l'œil clair. Madame fait les présentations. Lui c'est Roger, elle, Armèle.

— Et moi, Claire. Il y a un briefing, le matin ?

Roger fronce le sourcil.

— Un quoi ?

— Une réunion, pour le travail.

— Non, vous avez le Service, une note affichée le soir. Elle reste théorique, parce que mettons, une nuit, vous n'êtes pas de permanence. Mais si à trois heures du mat' il y a le feu, vous y allez comme les copains.

— Je vois. Qui commande ?

— Le chef Bialot. Vous verrez, c'est un bon.

— Et les véhicules ?

— La dotation ? Une 4L et un Trafic. Pour les repos, un week-end sur deux, mais vous devez savoir.

— Encore une tasse ?

Armèle agite sa cafetière. Je dis oui. J'ai l'impression de jouer à la dînette. Après, tu joueras au gendarme. Un peu de sérieux, camarade. Armèle me demande de revenir la voir.

— Passez quand vous voulez, nous causerons.

Sûr. Elle compte te tirer les vers du nez. Nous n'avons rien à cacher. Le jour n'est pas plus pur que le fond de mon cœur. Dit-elle. Roger ferme son caban.

— Faut y aller. Je vous montre les installations.

La bise à sa femme, et nous gagnons le rez-de-chaussée. Vite vu. La pièce commune, où l'on reçoit le public, avec le comptoir, les affiches « Engagez-vous ». Le local « Trans ». Les deux cellules. Sommaire, dis donc ! Un socle en ciment pourvu d'une mince paillasse et, dans un angle, la chiotte à la turque. Manque le portrait de Mitterrand. Pour finir, le bureau du chef.

Justement, il est là, grisonnant, coupe en brosse. Poignée de main solide.

— Moi c'est Bialot, Joseph. Heureux de vous accueillir dans cette brigade. Roger vous a mise au courant, je vois.

Bla-bla... Je décolle. Je rejoins un nuage, je joue à la balançoire avec Marthe. Et j'entends :

— Pas vrai ?

— Oui, Chef.

Oui à quoi ? Un brin de ménage ou deux doigts de cour ? Non, il est marié, regarde son alliance. Il n'a pas dû demander ta main. Rien ne presse.

J'ai droit au reste de l'escouade, à savoir le gendarme Navion, Jean-Paul. Il vient de la jaune, la Mobile. Et nous la blanche, à cause de la couleur des insignes. Jolie carrure, Navion, et un bon sourire. Marié aussi. Ta brigade paraît bouchée, ma princesse.

Voilà Albert, Albert l'iceberg. D'entrée, il te bat froid, la vache, ne te tend pas la main, ne semble pas apprécier ta présence. Des mysos, il en faut. Il ne casse rien, avec sa coquetterie dans le regard. Tout ce qu'il a de coquet, d'ailleurs. Chef me prévient :

— Vous ne verrez pas Alex, il est à l'hosto.

— C'est grave ?

— Allez savoir. On lui fait des examens, une ribambelle, l'oreille interne, le sang. Il souffre de vertiges. Dommage, nous ne sommes pas de trop.

Sur trois célibataires, l'un est marié, l'autre a une sale gueule et le troisième, le vertige. Ça n'arrive qu'à moi ! Et les G.A. ? Plus tard. J'embarque dans le Trafic, avec Chef. Il crachine. Le véhicule embaume la vieille pipe froide.

— Dites-moi, Claire... Je peux vous appeler Claire ?

— Bien sûr, Chef.

— Qui vous a reçue, hier soir ?

— Un auxiliaire.

— Ah oui, Lambert. C'est un A.D.L.[1]. Il espère rempiler.

— Il a des chances ?

— Je ne pense pas, je le trouve empoté. Vous venez de rater l'autre, Setboun.

— Comment est-il ?

— Ne m'en parlez pas ! Encore quelques pingouins de son acabit, et on rétablit la polygamie.

— Un dragueur ?

— Pire, un maniaque. La bagatelle en dehors du service, je n'ai rien contre. Mais ce jeune homme tombe les indigènes en leur laissant croire qu'il compte se fiancer. Vous voyez le tableau.

— Vous n'êtes pas son père.

— Encore une chance. Seulement, en tant que chef de corps, on vient me trouver au moindre bobo, et il s'en fout pas mal. Méfiez-vous.

J'ai envie de rire. Enfin, un don juan ! Fallait pas désespérer. Je change de sujet, à nous les valeurs sûres.

— Pas fameux, le temps.

— Voici huit jours, on se serait cru en été. Le froid est revenu d'un coup. Remarquez, c'est un temps de saison. Ici, les printemps sont rarement merveilleux.

— Longtemps que vous êtes là, Chef ?

— Huit ans bientôt, ma femme s'y plaît, moi aussi. Elle aime le calme. Ah, vous êtes notre invitée, ce soir.

— Merci.

Merci quoi ? C'est vrai. Je rajoute : « Chef ». J'ai l'impression d'avoir touché un papa de hasard, tutélaire et administratif. On va où, papinou ? Nous visitons notre domaine. Nous traversons une rivière large, boueuse, perdue dans son lit de galets, sur un pont à voie unique. Au débouché, une prairie avec des chevaux. Des collines basses, couvertes de chênes rouillés. Un village : La Chefferie.

1. Au-delà de la durée légale (du service).

Nous stoppons devant un hôtel-restaurant. Sur la terrasse, des tables en fer se mouillent. Bien fait pour elles. L'odeur de terre mouillée m'étourdit. Un store, offert par une marque de bière, indique : « CHEZ ZOUZOU ». Trois poids lourds stationnent sur le parking attenant.

Nous entrons. Un juke-box braille. Au bar, des types en blouson de cuir. Ils nous toisent. Une femme s'active, une rousse, l'air décidé. Un type lui lance :

— Tu vois ce que je vois. C'est la dernière, Zouzou !

— Calme-toi, animal. Alors, Chef, vous débarquez pour l'aïoli ? C'est encore tôt.

— Si j'avais su...

— Mais vous le savez, je le fais chaque premier vendredi du mois. Repassez avec votre dame, je vous soignerai. Et présentez-moi mademoiselle.

Je tends la main.

— Claire.

— Moi, c'est Zouzou. Pour une surprise ! Vous venez de débarquer ?

— Depuis hier soir.

— Par exemple ! Vous êtes belle comme tout. Alors, vous passez à midi ? Allons, Chef, quoi, un bon mouvement.

— On verra. Je ne vois pas vos employées.

— Elles font les chambres.

— Vous avez du passage, en ce moment ?

— Comme d'habitude, couci-couça. Disons que ça va ça vient.

Une voix lance :

— Ça fait du bien !

Zouzou se fâche :

— Les rigolos, je vous ai pas sonnés. Qu'est-ce que je vous sers, Chef ?

— Rien du tout.

— Toujours service service, pas vrai ? Vous montrez le paysage à votre collègue ?

— Zouzou, vous avez tout compris.

— Revenez un de ces jours, Claire, ça me fera plaisir. Ne prêtez pas attention à mes guignols. Ils ont l'air, mais ils ne sont pas méchants.

Nous prenons congé. Du côté du bar, des ricanements persistent. Une fois dehors, Chef m'interroge :

— Vous en pensez quoi ?

— Une chic fille, à première vue.

— N'est-ce pas ? J'essaie de la faire tomber.

— Pourquoi donc ?

— Proxénétisme.

Il m'explique. Les chambres, O.K. Le problème, ce sont les serveuses. Deux, toujours jeunes, jamais les mêmes. Chef est persuadé qu'elles montent, sans pouvoir le prouver. Quant aux clients de passage, il a des doutes. Il relève des 06 et des 13 à la pelle, et se demande ce qui se cache derrière ces plaques.

— Vous pensez à quoi ?

— Marseille n'est pas loin. Question trafic, attention les yeux !

— Qu'est-ce que des truands viendraient faire dans ce coin perdu ?

— Vous plaisantez ! Dès qu'on leur serre un peu trop la vis dans la grande ville, ils montent se mettre au vert.

— Vous ne pouvez pas infiltrer Zouzou ?

— Avec qui ? Elle nous connaît, et elle est fine.

— Et les Mœurs ?

— Ils ont d'autres chats dans le collimateur.

Nous regagnons le Trafic. Les vitres sont embuées. Chef poursuit :

— Plus loin, vous trouvez des fermes. Rien de spécial, à part les accidents de tracteur. D'un temps, des hippies récoltaient du chanvre. Nous y avons mis le holà.

— On va où ?

— A Marval, à l'opposé. A part ça, elle le fait très bon.

— Pardon ?

— Zouzou. L'aïoli.

— Alors, nous y allons ?

— Je ne peux pas, ma femme a préparé le gratin dauphinois, mais ne vous en privez pas.

— Je n'ai pas de véhicule.

Nous roulons. Il clignote, s'engage à droite, vers un garage. Dans un pré, des carrosseries luisent sous la pluie. Un bonhomme se dirige vers nous en boitant. Il s'essuie les mains à un chiffon dégueu. Un chien-loup hurle, sa chaîne l'étrangle. Le type l'apostrophe :

— Ta gueule, Bambou ! Alors, Chef, en quel honneur ?

— Tu n'aurais pas une bonne occasion, Victor ? Du solide et du raisonnable.

— Pour qui ?

— Pour mademoiselle.

Le type écarquille les yeux :

— Pardon, j'avais vu que du bleu !

Il va vite, Chef. Pourquoi non ? Il te faudra une voiture. Dis merci à papounet. A ce train, je me prépare une vieillesse heureuse. Nous prenons une 4 L rouge. L'occase du siècle, absolument. Vu ma position intéressante, socialement parlant, je peux en prendre possession illico, l'intendance suivra. Chef s'inquiète :

— Elle vous convient, au moins ?

— Parfait.

— Tant mieux. Nous finissons, puis je vous ramène chez Zouzou avant midi. Vous ne raterez pas votre aïoli.

Que demande le peuple ? Du soleil. Il vient, un coup de pinceau entre deux nuages. Nous repartons. D'un coup, le paysage change, c'est vert, c'est gai. Les nuages s'effilochent, dégagent un ciel léger comme un air de danse.

Nous retraversons Loisson. Toujours ces collines basses, envahies de chênes rabougris. Rien de majestueux, mais j'aime bien. Au bout de cinq à six kilomètres, Chef s'arrête :

— Pour Marval, faut prendre à gauche.

— Et les gens ?

— On trouve pas mal d'implantés, des profs, et aussi un lotissement. Vous verrez par vous-même.

Cette fois, nous remontons une vallée. Sur les pentes, des prés, étirés en longueur. Quelques champs de lavande gris-vert, bien peignés. Des amandiers dépenaillés, à moitié morts. Chef m'informe :

— Les gens bricolent, ils travaillent à la demande, selon ce qui rapporte. En ce moment, la sauge donne bien.

— Ils s'en sortent ?

— Mal. Ils s'accrochent, je dirais.

— Ils sont comment ?

— Plutôt lents au démarrage, ne comptez pas sur eux pour vous sauter au cou. Si vous vous montrez correct, à la longue, ils vous adoptent. Vous savez, personne ne leur fait de cadeaux, pas de raisons qu'ils en fassent. Seulement...

Chef hésite.

— Notre image ne colle pas. Avant, le gendarme, c'était le bon gros, en kaki, avec son vélo. Je vous parle d'avant-guerre, et d'un peu après. Il allait chez les gens, il buvait des coups, on l'aimait bien. Il faisait partie du décor.

— Et puis ?

— La bagnole nous a bouffés, voilà. Tout le monde s'y est mis. Du coup, nous sommes devenus des emmerdeurs professionnels, inutile de se voiler la face. Toujours dans le paysage, mais pour coincer le pauvre monde. Notre cote d'amour en a pris pour son grade.

— Vous voyez une solution, Chef ?

— On l'a. Les motards font la police de la route. Mais nous aussi, le week-end, nous devons nous y coller. Je ne me suis pas engagé pour ça.

Ce n'est pas non plus mon idée du métier. Nous arrivons à Talasse, fin de notre territoire. Un beau village. Chef s'arrête pour me permettre de profiter de la vue. Un troupeau de maisons, serrées autour d'une église massive, au bord d'un à-pic. Une pure carte postale. Plus loin, plus haut, de vraies montagnes, la forêt. Je connais. C'est là que mes parents habitent, j'y ai passé mon enfance. Apparemment, mon supérieur l'ignore. Il a dû éplucher mon dossier d'un doigt distrait. Inutile de le mettre au courant.

Il consulte sa montre :

— Pas possible, presque onze heures. Faut y aller, j'attends un coup de fil. Un des G.A. vous conduira au garage.

Nous rentrons. Au bout d'un moment, il se jette à l'eau :

— Vous savez, au début, quand ils ont inventé les gendarmes-féminins, je n'étais pas pour, je n'étais pas le seul. Ça semblait n'importe quoi, un truc pour faire plaisir à l'électorat féminin.

— Et maintenant ?

— Tout compte fait, c'est positif, j'admets.

— Pourquoi ?

— Je vous laisse le soin de le découvrir. Autre chose : nous avons pas mal de petite délinquance, et aussi une... présence, disons, nord-africaine.

— Les deux sont liés ?

— Justement, ça ne doit pas l'être. Un délinquant reste un délinquant, quelle que soit son origine. Nous ne devons faire aucun traitement de faveur, si vous voyez ce que je veux dire.

J'approuve. Nous poursuivons en silence. Voilà, terminé. Un beau domaine, je ne me plains pas. Trop de noms, trop d'images, j'ai le temps de trier. Me voici chez moi, enfin. Je m'y sens à mon aise. Ma vie va finir par commencer.

Du temps, l'auxiliaire Setboun était revenu dans nos

murs. Michel de son prénom. Il m'a conduite au garage. Lui, un don juan ? Maman ! Un petit brun, frisé, volubile, une tchatche d'enfer. Sympa, d'accord, mais épuisant. Les femmes doivent céder, histoire de souffler, j'imagine. Il me sort d'entrée une vanne vaseuse, et de rire... Je ne pige pas. Moi, tranquille comme une montagne. Je le laisse se fendre la pêche.

Salut Michel, merci pour tout. Je récupère mon monstre rouge. On te verra de loin. Enfin seule, fille. Je m'offre une pause sur le bas-côté. Alors ? Tu es tombée sur la solide brigade, de la bonne pâte, à part Albert le Bigleux. Tu as ton F 2, ta voiture, ta baronnie. Que tu connais déjà, cela te rajeunira.

Pas de regrets ? Non, pourquoi ? L'action va débuter. Le terrain me botte. Il doit y avoir de quoi faire. Nous sommes vendredi. Dès demain, je pourrai retrouver Marthe, à Aix.

Doucement. A ta place, je resterais. Tu ne vas pas te défiler dès le début. En plus, il faudrait passer voir tes parents, fille indigne. Chef va tirer une drôle de bobine quand il découvrira que je suis d'ici. Il va croire que tu te paies sa tête. Nous verrons. Une vie sans surprises, c'est de la choucroute sans merguez.

Je me sens fameusement bien. On va chez Zouzou ? Encore une minute, monsieur le bourreau. Plonger à froid au milieu d'une bande de machos, pourquoi pas ? Le faire en uniforme, et quel ! c'est une autre paire de guêtres. Ils vont t'asticoter sec. Tu ne comptes pas enfiler un tchador, non ? De toute façon, faut y passer. Tu l'as voulu, tu l'as. *Vamos*.

Finalement, ils m'ont traitée comme une princesse. La fine équipe, des routiers, donc. Zouzou m'avait installée à une de leurs tables. D'entrée, ils m'ont testée, en me balançant dans les gencives une histoire aux petits oignons, bien grasse, bien graveleuse. J'ai encaissé, sans piper. Je leur en ai fourgué une encore plus horrible. Séchés sur place, les tueurs de mouches, ra-ti-boi-sés ! J'ai eu droit à une ovation, recta. Je les ai mis dans la poche.

L'aïoli, un délice, chou-fleur, morue, ça embaumait. Un rosé bien frais par là-dessus, nous étions bien. Zouzou poussait à la consommation.

— Dites, mes jolis, vous comptez pas m'en laisser, j'espère ! Claire, tu aimes ?

— Je me régale.

— Tant mieux. Ah non, pas le juke-box, siouplait, pas pendant le repas, on s'entend plus. Je vais finir par la débrancher, cette saleté, si vous me cassez les burettes.

— Zouzou, comment je vais faire pour travailler, cet après-midi ?

Louis, un sécot, me conseille :

— Planquez-vous derrière des lunettes noires, et vous faites la sieste, tranquilou.

Je les écoute. Ils parlent métier, cargaisons, livraisons, délais impossibles à tenir, mouchards. Toujours à la bourre, à les en croire. Mais une existence active, l'aventure, malgré tout, la seule encore à portée de volant. Jacquot, un chauve, cligne de l'œil :

— Maintenant, les gars, nous l'avons belle, pour les contredanses. Avec mademoiselle Claire de notre bord, plus à se biler.

Jésus, ça commence :

— Vous croyez ça ? Attendez, vous ne serez pas déçus.

— Allez ! On est copains, non ?

Ils me font du charme. Des gamins qui tentent de séduire la maîtresse. Allez-y, les petits ! Pour finir, Louis reconnaît :

— Mollo, les gars, lui pompez pas l'air, autant voir les choses comme elles sont. Elle va être obligée de cartonner, encore plus que ses collègues, sinon d'entrée, on va la prendre pour une charlotte.

Ils admettent. Tarte aux pommes, café. J'ai fait connaissance avec les fameuses serveuses. Deux filles, correctes, mignonnes. Tenue normale. Pourquoi, tu les imaginais en porte-jarretelles et tablier noirs ?

Presque deux heures. Mes fifres s'attardent, sirotent leur caoua. Tu ne verras pas si ces jeunes plantes sont grimpantes ou non. Je salue mes compagnons de table, je passe régler au comptoir. Zouzou ne veut rien savoir, têtue comme un bourricot. Je proteste :

— Attention à la corruption de fonctionnaire !

— Jusqu'à nouvel ordre, chez moi, la première fois, c'est gratos. J'espère bien te revoir, tu me plais.

Elle me fixe pleins phares de ses beaux yeux verts, des yeux de rousse. Tout un semis de taches de soleil éclaire son visage. Attirante, très. Mieux : vivante. Tu t'es trouvé une amie, c'est chic.

— Merci, je reviendrai.

— J'y compte bien.

Je rejoins mon poisson rouge échoué près des baleines routardes. Ils vont réussir à conduire, dans leur état ? Te casse pas la tête, ils doivent avoir l'habitude.

Au turf, gendarme, le devoir t'appelle. Espérons que l'après-midi sera calme. Dès ce soir, régime jockey, sinon tu ne pourras plus boucler ta ceinture. Tu oublies l'invitation de Chef. Seigneur, pitié. N'en jetez plus.

J'ai l'impression d'être là depuis des éternités, ça ne fait même pas vingt-quatre heures, tu imagines... Je me demande... Tu n'y as pas été un peu fort pour ton vol nuptial, ma reine ? Comment ça ? Je fus correcte. Nous établîmes un excellent contact avec l'indigène. Certes. Mais tu sais comment cela se goupille, dans les petites communautés. On ne trouve pas que du routier chez Zouzou. Qui sait si tu n'es pas en train de te ramasser une réputation de dévergondée maison. Ces choses-là vont vite.

Ne dramatisons pas. Chef en personne t'a suggéré d'y aller, je suis couverte. Et même, il t'y envoie pour voir ce qui s'y passe. Alors là, pas mèche. Zouzou, c'est mon copain. Ta copine, tu veux dire. D'accord, mais tu n'es pas payée pour copiner.

Doucement les basses, pas question de trahir qui que ce soit, je ne mange pas de ce pain. Réfléchis. Zouzou veut te revoir, donc elle n'a rien à cacher. Chef se fait des idées. Élémentaire, ma chère.

Pour un peu, je m'endormirais, écroulée sur le volant. La matière, c'est de l'énergie retombée, comme disait l'autre. Secoue-toi, Clairette, ton destin t'attend. S'il pouvait patienter un brin, le temps d'une sieste...

Moi, que je sois muet m'empêche pas de parler à mes bêtes. On se comprend. Depuis tout niston, j'y suis resté collé, au cul de mes brebis. Berger, ça date pas d'hier. J'avais pas douze ans quand mon père m'a mené chez le Vieux.

Un matin, il m'a dit comme ça de le suivre. Juste la guerre elle venait de finir, c'était le printemps. Il m'a conduit à Orèze. J'étais pas grand, mais je plaignais pas ma peine. Je donnais la main pour le travail, j'en faisais ma part et maï.

On tenait une petite ferme en dessous de Talasse. Maman elle est morte, le père s'en sortait plus. Il buvait de longue, il toussait pareil. Il avait plus le moral, il a tout bazardé, la maison, les terres, tout. Il a dit :

— Écoute un peu, Toussaint, le mieux c'est que tu fasses le berger.

Il m'a pris par la main, nous sommes partis chez le Vieux, à Orèze. C'est la grande maison, avec le pigeonnier. Juste avant, on voit la bergerie. Elle est longue, pourquoi le Vieux garde des fois cinq cents moutons. Il se trouvait sans berger.

Nous nous sommes présentés. Le Vieux se tenait droit comme un peuplier, mon ami. Il m'a regardé, il a pas souri.

Jamais il sourit. On se connaissait déjà du temps de la guerre. Il a dit au père :

— Alors, Bérenguier ?

— Patron, je vous mène mon petit pour faire le berger. Je vous préviens, il cause pas.

— Tant mieux, il proférera moins de conneries.

Le Vieux a dit son prix. Ils ont topé. Le père a ramassé les sous de suite. Ça lui fera quelques bouteilles. Puis le Vieux me conduit à la bergerie. C'est sombre, ça sent chaud. Tout il m'explique ; le foin à mettre dans les râteliers, l'eau, quand les sortir, les bêtes, avec Titus et Polka. C'est les deux chiens. Et aussi pour l'enclos, les faire chômer. Je vois pas pourquoi il s'escagasse, je sais par cœur. Fin juin, selon le temps, on montera les brebis à l'alpage. Je resterai l'été. Il dit :

— Tu travailles, ça se passe bien. Tu fais le mariole, tu gicles. Capitche ?

Je fais signe que oui.

Il me tend une couverture pourrie.

— Tu couches où ça t'arrange. A midi, je sonne la cloche, tu viens manger. Le soir, pareil. Si je suis pas là, je te laisse le pain et le fromage.

Il dégage. Je reste avec les toutous. Polka, c'est la maman. Ils sont caffis de poils, tellement qu'on voit pas leurs yeux. Ils me font fête, ils sont beaucoup braves. Comment je leur parle, à ces chiens ? Je grogne, ils comprennent. Faï tira, je m'y mets.

Ce premier jour, j'ai gardé, donc. Après, pareil, chaque jour que Dieu fait. L'été, nous rejoignons l'alpage. Il faut la journée par la draille. C'est rien que de l'herbe, plus haut que les bois, plus haut que tout.

J'ai ma cabane, la source à côté. Titus zigouille des marmottes des fois. Je les fais cuire. Elles sont grasses, elles ont le goût fort. Je ramasse le génépi pour la liqueur. Chaque dimanche, le Vieux me monte le manger, il le dépose dans la cabane. Je sais quand c'est, j'entends les cloches de la vallée. Quand il y a l'orage, je me gare de la foudre, pourquoi elle en a tué plus d'un. A l'automne, je redescends avec les bêtes. Je regrette un peu. Au printemps je les aide pour agneler. Curer le fumier, pas la peine. Tant que ça rejoint pas le plafond, le Vieux s'en cague.

Puis le père est mort. La grosse fatigue de vivre, je crois. J'ai une sœur, plus vieille, placée à Manosque. Je la connais guère. Elle vient me voir. J'ai droit à des sous, elle dit. Je veux quoi ?

Rien. J'ai pas idée.

Alors elle m'achète le ciré, les souliers de marche, les chaussettes, le gros pull épais, tout ça. Plus une montre. Elle est ronde, elle se remonte. Des fois, je regarde les aiguilles, la petite va drôlement vite. Cette montre, j'en ai pas l'usage, pourquoi l'heure je l'ai au soleil, et sinon, dans ma tête. Seulement, elle me tient compagnie, on croirait une petite bête. Je l'écoute grignoter le temps. Je fais entention de pas la casser. Je possède rien d'autre.

Des fois, le Vieux me file quatre ronds, chaque fois qu'il lui tombe un œil. Je les planque dans la boîte en fer pour le sucre. D'autres fois, quand j'ai campo, je descends à Talasse. Au bar, je donne le billet, on me rend le change et la bière. Je me pose dans un coin de la terrasse. Les autres, je les regarde. Ils s'agitent, ils parlent, *fan de loup*. Ils me fatiguent, puis. Au bout d'un moment, je remonte.

Personne me cherche. Ils me prennent pour un genre de bête. A moi ça me dérange pas. J'ai pas besoin d'eux, ils ont pas besoin de moi, en galère.

La bière me donne un coup de chaud, mon ami. La tête me vire. Je fais gaffe, pourquoi si elle me tourne trop, et que mettons j'arrive pas à rentrer, tant le Vieux me fait dégager. Où je vais ? Alors, mollo, une bière, pas maï.

A force, je suis plus un gamin. Quarante ans sonnés que je reste à Orèze. Quarante fois la même année, un bail. Des fois ça paraît pas vrai. Cette vie, je l'ai pas vue passer. Il semble que c'est hier que je me suis pointé au Château, avec mon pauvre père. Pourtant, pas d'erreur, je peux pas me gourer. Chaque premier de l'an, je taille l'encoche dans la poutre sous laquelle je dors, au fenil. Au bout de dix, je trace la barre, en biais. J'en suis à quatre.

Le Vieux non plus se fait pas jeune. Il est né au début du siècle. Il se tient toujours droit, faut voir. Il se coupe plus ni barbe ni tifs, ils sont tout blancs. On croirait un des santons du capélan. Il décolle, il bouffe rien. N'empêche, il garde toute sa force. Il est pas près de naître celui qui le fera plier. Il quitte plus son fusil. Où qu'il aille, il le tient sous le bras. Il en faut un, je reconnais. Ça sert pour le renard ou les rôdeurs. Là, il a pris le pli de plus s'en défaire, ça me tire souci.

Le pire, c'est le regard. On dirait le poisson mort. Il te donne froid, tellement il est vide. A moi il me fait peur. Je me dis : « Tant il te prend pour un autre, il t'aligne... » Je serais pas le premier.

Je me barre du mitan. Faut que je m'occupe, sinon je déraille. Je vais chauler la bergerie. Puis j'entreprends de la curer. Le gros boulot. Je l'ai eu fait que trois fois, pas maï, depuis que je suis là. De voir l'autre dans cet état, des choses me remontent. J'essaie d'empêcher. Alors je m'y colle, bosse que tu bosses.

Il s'en est déposé le moulon énorme, de cette cagagne. Je croche dedans à la fourche. Tellement c'est sec, ça se détache par croûtes, c'est pas commode.

Je suis en nage. Je souffle un coup. Le Vieux, je le comprends pas. J'ai rien remarqué de spécial, ni ici, ni au village. Il est dévarié, faut croire. Remarque, ça date pas d'aujourd'hui.

Les chiens viennent me voir. Toujours Titus et Polka, seulement c'est les petits-enfants de mes braves bêtes. Ils se ressemblent, les mêmes gueules envahies de poils. Les parents, je les enterre au fur et à mesure sous le premier pommier, en tirant vers le cimetière. Je place une grande pierre sur chacune. Une croix, ça se peut pas, c'est rien que pour les chrétiens. Sinon le Vieux les laisserait à pourrir sur place. Plus rien l'intéresse. Drôle de vie pas drôle, sa vie. Pourtant, lui avait le choix. Crois pas ça. Ta vie, tu la choisis pas, elle te tombe dessus comme un coup de barre, tu te contentes de morfler. Si tu peux, tu encaisses. Sinon tu crèves.

L'herbe est juste bien, elle a séché, après toutes les pluies. Les brebis risquent pas d'avoir le ventre gonfle. Même des bêtes le Vieux se soucie plus. Je me demande ce qu'il couve. En vrai, je me demande rien, je le sais.

Moi, ça va sans aller. Je suis la vraie fourmi. Je trime, je lève pas le nez. Me décarcasser, je connais rien d'autre. Personne à qui causer à part les bêtes. Aucune femme aurait voulu de moi. Quelqu'un qui me veut pas, pourquoi j'en voudrais ? Je suis pas seul, qu'est-ce que je barjaque ? J'ai les bestioles, j'ai Polka.

J'entends les sonnailles. Le Vieux emmène le troupeau. Il prend la route du col du Défend. On trouve de la belle pâture par là-bas.

Les chiens l'on rejoint. Je les regarde s'éloigner. Il a pris ses jumelles, celles du temps de la guerre. De ce col, tu surveilles deux vallées, la nôtre et celle vers Seyne. Tu vois tout ce qui s'amène par la route, tant d'un bord que de l'autre. Au bout d'un moment j'y vais, je veux me rendre compte. Je passe par la crête, sinon il me verrait. Les chiens me connaissent, cocagne, ils aboieront pas.

Je rejoins le sentier forestier. Tiens, le coucou. Près d'une flaque, les sangliers ont laissé plein d'empreintes. Le Vieux interdit la chasse sur le domaine. Cent hectares d'un tenant, c'est le morceau. Ça viendrait d'un autre que lui, l'interdiction, il aurait déjà chopé le coup de fusil. Mais lui, risque pas.

Arrivé au col, j'aperçois les bêtes. Le Vieux s'est posté sur un rocher, debout. Il tient les jumelles. Il observe. Après qui il en a ? Chez nous, personne s'amuse à voler. Il surveille comme une mécanique, il tourne la tête, chlak. Je pige pas. Je redescends, je recommence de curer. Les reins me tirent. Basta. Temps de préparer la ragougnasse des féroces.

On a toujours élevé des cochons. Ils deviennent vite mahousses. Ces bestioles, je peux plus les encadrer. Faut quand même leur filer à bouffer. Je mets les patates à cuire. J'ajoute le son. Après, ils se goinfreront comme les dégueulasses qu'ils sont.

D'un temps, le Vieux en a eu vendu. Il en préparait, le jambon, les saucisses, le boudin, tout bien. Ça lui a passé comme le reste. Maintenant, c'est peau de balle et balai de crin, il branle plus que dale. Il les laisse vieillir. Faudra pousser les murs, tant ils prennent de lard. Ou alors, ils vont se charcler. Qu'ils s'en privent pas.

Les patates sont en route, j'en ai pour un moment. Je peux entreprendre la clôture du parc, la moitié des poteaux demande qu'à se faire la malle. J'en ai préparé des neufs, faut juste les épointer. Le fil de fer ? Il en reste des rouleaux sous le hangar. J'attrape la hache, la masse, en route, mauvaise troupe. J'ai toujours travaillé comme si ce serait pour moi. Cette blague ! Comment veux-tu faire autrement ? Quand le Vieux sera plus là j'irai où ça ? M'en fouti. Je serai pas loin du départ.

J'ai eu travaillé toute ma putain de vie, oui, et pas qu'un peu. Total, ça laissera guère plus de traces qu'un limaçon. Mettons tu fais le maçon, tu élèves la maison, elle reste, elle t'enterre. Il s'en trouve encore du temps des Romains. Et alors ? J'existe pas, aucune raison que je laisse une empreinte.

Orèze, c'est la belle baraque. Les Anciens bâtissaient proprement, leurs constructions traversent les siècles comme rien. Les parpaings, pas leur genre.

Quand même, on distingue la fissure, à droite, en faisant face. Elle part du milieu, elle file jusque sous le toit. Faudrait cercler, seulement le Vieux ça le turlupine guère. Il a plus d'héritier, il croit.

Les poteaux, liquidé. Les vieux ? T'inquiète, on manque pas de bois. On manque de rien, sauf de l'envie de vivre. Elle s'achète pas à la foire aux agnelles.

Le mur de l'écurie barre en couilles. Des pierres se détachent dans l'angle. Il doit y avoir l'infiltration pourquoi c'est vachement humide. Pas possible de se rendre compte, le Vieux l'a murée.

Ça me revient, misère de moi. J'essaie de plus y penser. Rien, je pouvais. J'ai jamais rien pu. J'ai fait mon possible, peu que peu. Et à qui en parler, même si je pourrais. A Polka ? Je reste à me manger les sangs.

L'Autre me tolère juste pourquoi je suis muet, je me fais pas d'illusions. Je représente une espèce de clébard à deux pattes, pour lui. Ça me vexe pas. Rien peut me vexer. Qui je suis ? Même pas l'idiot du village, j'y reste pas. Je compte pas maï que du beurre au cul. Je suis rien.

Il est beau, ce domaine quand même. La grande maison, les platanes, le bassin devant. Belle lurette qu'il se trouve à sec. Le cadran solaire, rien manque. Seulement le crépi se débine par plaques. On voit les pierres, comme des ossements. Dans le grenier, la pluie passe. J'ai posé de vieilles boîtes, des gamelles. Je les vide après chaque orage. Vaille que vaille, la ruine s'installe.

Des riches rachèteront un jour. Ça s'est eu fait dans la Vallée. Des gens de la ville. Des estrangers, pleins de pognon, avec une maison ici, une autre ailleurs, comme s'ils avaient plusieurs vies.

Moi je peux pas, pourquoi je suis qu'un peigne-cul.

Faut voir la chose comme elle est. Le père restait fatigué de naissance. Jamais il a cassé trois pattes à un canard. Ma sainte femme de mère, Dieu garde que j'en dise du mal, c'était pas une lumière. Moi, je fais le simplet. Ça me réussit pourquoi personne me demande rien. Si un jour je disparais, une supposition, ils porteront pas le grand deuil. Ils peuvent mettre cent ans avant de s'en rendre compte, à Talasse. Si je réfléchis, je les occupe moins qu'une mouche à merde, pourquoi cette engeance elle te fait suer. Qui je dérange ? Dégun. Si mettons je me pourfends dans un coin de colline, personne va me chercher. Remarque, l'idée me déplaît pas. C'est mieux qu'à pourrir dans le trou, dans leur cimetière.

J'ai des idées folichonnes, y a pas. Guère de motifs de chanter non plus. J'attends plus rien, ou alors le miracle. Il viendrait d'où, à ton idée ? Forcément de la route. Le malheur arrive toujours par là, peut-être que les miracles aussi.

« Tell-El-Zaatar tient toujours... » Cette phrase m'obsède. Pourquoi ? Aucune idée. Je me souviens, ça remonte à Aix, ma première année de fac. La première pour Tonton aussi. Pas la fac, président. Mitterrand, poil aux dents. La télé nous serinait cette rengaine jour après jour. Puis la Colline du Thym est tombée. L'histoire se passait au Liban. Depuis, on en a vu d'autres, tant d'autres...

Je tiens, de mon côté. Deux semaines déjà. Pas mal.

Pour l'heure, je travaille avec mon chef bien-aimé. Nous nous entendons comme deux petits lardons, je lui plais. Attention, rien de répréhensible. Je représente une sorte de jouet neuf. Il ne déteste pas se montrer avec moi. Et en ce moment, nous nous tapons de la police de la route, sur la nationale Digne-Manosque.

Nous sommes planqués dans une zone dégagée, au bout d'une longue droite avec ligne continue, le piège à cons parfait. Il reste de la neige dans les stations. Comme c'est un long week-end, nous cartonnons à tout va. Les amateurs de glisse foncent, de vrais dingues, pied au plancher, skis sur le toit. Ils doublent en cata. Si jamais ils se paient un tonneau, avec les skis, ça devrait limiter la casse.

J'en ai froid dans le dos à les voir débouler. Il s'en

amène à tombeau ouvert, bourrés de gosses. Le steak tartare en puissance. Oui. Ou le barbecue. Je ne pige pas.

Mais si, voyons, ils sont pressés. Les Marseillais le sont toujours. Pressés de remplir les hostos. Pourtant, ils le savent qu'ils vont se faire empéguer en beauté, ça fait cent ans qu'ils voient le film. Rien n'y fait. Nous servons à quoi, tu peux me dire ? Je peux. Si nous n'étions pas là, ils rouleraient à trois de front dans les deux sens, Hortense. Enfin, ils essaieraient.

Regarde-le, cet âne ! La queue de poisson de première. De cachalot, oui ! Une Mercedes métallisée, admire. Avec un joujou pareil, on n'est pas rien. Il s'agit pour le moins d'un maquereau. Ou d'un avocat.

Je lui fais signe de se ranger. Il obtempère. Bel homme, beau costard. Dès qu'il me voit mieux, il baisse sa vitre, pique sa crise.

— Je rêve ! C'est quoi, cette mascarade ?

— Bonjour, monsieur. Votre permis, les documents du véhicule, s'il vous plaît.

— Ah, non, pas ça ! Je veux un gendarme.

— J'en suis un.

— Vous ? Vous plaisantez ! C'est grotesque, arrêtez ce carnaval.

Il rougit, s'étouffe presque, remet le contact. Chef se place devant le capot du monstre, bras levé.

— Un problème, monsieur ?

— Ah, vous voilà ! Vous jouez à quoi, vous pouvez me le dire ?

— Police de la route. Nous ne jouons pas, nous faisons notre travail.

— Que vous dites ! Vous n'êtes pas payés pour faire les guignols, que je sache. Où est votre chef ?

— Vous l'avez.

— Je ne vous félicite pas. Laissez-moi vos coordonnées, j'en référerai à vos supérieurs.

— Brigade de Loisson, à votre service. Puis-je voir les papiers du véhicule ?

Il garde son calme. Un marbre. L'autre empaffé provoque, cherche la faute professionnelle. Pas mèche. Chef finit par l'expédier. Sainte Patience, priez pour nous. Je demande :

— Il n'y avait pas outrage ?

— Pas vraiment. Il a pas mal proféré, mais rien de personnel. Claire, une pause-caoua, ça vous dit ?

Nous rejoignons « Le France ». C'est calme. Le patron sirote le canard en suçotant un mégot. Toujours cette impression mortelle de déjà vu, fillette. Il doit se trouver cent mille bars de ce calibre, en France, où le temps s'est arrêté. Certes. Et nos pèlerins ? S'ils s'envoient en l'air, du temps ?

Exactement ce que me dit Chef. Je ris :

— Je pensais la même chose.

— De toute façon, Claire, on y peut quoi ? S'ils veulent se tuer, ils se tueront, un peu plus tôt, un peu plus tard...

— Vous êtes optimiste, Chef.

— Résigné, disons. Vous pouvez prendre les mesures que vous voulez, c'est comme de pisser dans une clarinette.

— Yaka doubler le prix de l'essence.

Ce grain de sel, c'est le patron, mon copain du premier soir. Il a craché son mégot. Il promène un chiffon sur le zinc. La France au travail, tableau d'époque. Chef joue le jeu :

— Voyons, Manu, l'essence a fait je sais plus combien de fois la culbute, depuis que je suis assez grand pour lire un prix. Ça change quoi ? Ils se privent sur le reste, vous savez bien.

— Alors, yaka supprimer la limitation de vitesse.

— Vous imaginez le résultat ?

— Je veux ! Ils veulent foncer ? Qu'ils s'en privent pas. Une fois les agités du bocal dans le décor, nous autres, on est tranquille comme Baptiste, pas vrai ? Allez, prenez un petit coup d'antigel. Il fait un temps à se peler les arpions et le reste, ma parole !

Il empoigne une bouteille de blanche. Chef proteste :

— Me tentez pas, malheureux ! Je suis de service.

— Et alors ? C'est vous le chef.

— Exact. Alors, juste un doigt.

— En long ou en travers ? Et vous, mademoiselle ?

— Pareil. Je ne tiens pas à me faire remarquer.

— Vous avez raison. Chef, permettez. Vos gendarmettes, je savais pas trop quoi en penser, je reconnais. Mais plus je vois la vôtre, plus j'apprécie.

— Modérez votre enthousiasme, Manu. On vient de se payer une Mercédès, le bonhomme ne partageait pas votre avis.

— Normal, les Mercédès, c'est comme les slips. Dedans vous trouvez que des trous du cul. Mes excuses, mademoiselle.

Je les écoute. Ils jouent bien, tant l'un que l'autre. On sent la pratique, les répliques s'enchaînent sec, comme au ping-pong. Et toujours cette sensation de déjà vécu... Je sais où je vais, droit sur du répétitif, alors que je voudrais crever le décor, retrouver la vraie vie. Un peu de patience, camarade.

Nous regagnons notre poste de combat. Le cirque continue. Ils foncent. Ils sont malades. Pas eux, leur vie, Zizounette. Ce côté bègue de l'existence, tout ce monde qui doit dégager au même moment du même endroit, histoire de vivre la même chose. Et dans quatre ou cinq mois, rebelote, ce sera la mer. Les connards défileront vers les golfes clairs, en sens inverse.

Encore quelques cartons. J'ai toujours droit à ces regards effarés de gallinacés, surtout de la part des moukères. Enfin, quoi, je ne suis pas un monstre. Rhésus A négatif. Engagez-vous, qu'ils disaient. Vous vous ferez voir.

Le temps file, du temps. Midi. Chef décide :

— Suffit, on rentre.

— Je vous invite, Chef, vous permettez ?

— Où donc ?

— Chez Zouzou. Vous êtes libre ?

— Ma femme est à Gréoux, d'accord. Vous ne voulez pas faire un brin de toilette, avant ?

— Non, si je regarde seulement mon lit, je m'écroule. Ils me tuent.

— Ça leur passera, ne vous en faites pas. Ils s'habitueront.

J'espère. Pourtant, tu trouves déjà des femmes-flics, députées, amputées, profs... Oui. A croire que gendarme, c'est autre chose. L'uniforme ? Mais non. Le fait d'avoir un flingue ? Je ne pense pas. L'image, sans doute. Celle du pandore, ce père bonasse et tout-puissant, qui traverse les siècles à cheval sur son bicorne. Tu crois vraiment ?

Ça fait du bien de rouler. La tension retombe. Chef conduit. Il aborde le virage avant le pont à fond la caisse. Je me raidis, freine à vide. Il ralentit :

— C'est terrible, Claire, dès que la route est libre, elle vous aspire.

Nous y voilà. Le parking est pavé de mastodontes. Je m'inquiète :

— C'est quoi, le Paris-Dakar ?

— Même pas. Avec leur C.B., ils peuvent se donner rendez-vous. Et puis c'est bon, chez Zouzou.

Allons-y. Salle bondée. Fumée, brouhaha. Et rebelote, dès que j'entre, silence. Puis des sifflements... Ah, bravo ! Si j'avais su, quitte à être une vedette, je faisais carrément du cinéma, pas seulement de la figuration. Zouzou intervient :

— Commençons pas ! Vous allez foutre la paix à ma copine, compris ?

— Sinon quoi ?

Je n'ai pas vu d'où ça venait. La réplique cingle :

— Sinon, du balai !

Elle s'approche. Nous nous faisons la bise. Deux fois sur chaque joue. Elle serre la main de mon patron :

— Plaisir de vous voir, Chef. Je vous installe une petite table. Mireille, deux couverts, au trot!

Chef remarque :

— Ça sent fameusement bon, Zouzou.

— Pas vrai? vous tombez bien, j'ai préparé les pieds-paquets, vous allez vous lécher les badigeoinces.

Nous prenons place autour d'un guéridon. Dos au mur, je vois la salle. Les types mastiquent. Des mastards, en salopettes, bleus de chauffe, cuirs. Mireille nous sert en un tour de main. Elle y était, la dernière fois? Je crois, je n'en jurerais pas. L'emballage, faut voir : jupe moulante, chandail serré, une pointure en dessous. Au moins. Mignonne, je reconnais, appétissante. Tout à fait la pin-up des calendriers.

Et toi? Le métier? Je tiens. Si j'avais continué la fac, je serais prof, à l'heure qu'il est, ou dans un bureau, déportée du travail dans le Nord, en train d'avaler une bouffe tristounette avec des collègues grisâtres. Tu connais quelque chose de plus démoralisant qu'une salle des profs? Oualou. Je reviens de loin. La police de la route n'est qu'un mauvais moment à passer, pas plus. Je lève mon verre.

— On trinque, Chef?

— Volontiers. A quoi donc?

— A la gendarmerie. Je suis contente.

— Tant mieux, vous me faites plaisir. Je me demandais si vous alliez tenir le coup.

— J'ai passé le cap, je crois.

— J'espère. A la gendarmerie et à vous.

— Et moi alors?

C'est Zouzou. Elle nous apporte ses pieds-paquets, s'attarde à trinquer. Elle me fixe :

— Lâcheuse! Je t'ai attendue.

— J'ai du travail jusque-là, tu peux pas savoir!

— Oui, mais toi, tu peux circuler. Moi je reste clouée sur place.

Chef intervient :

— Je vous en prie, pas de scènes de ménage. Dites donc, elle a l'air sympa, votre tambouille !

— Servez-vous tant que c'est chaud.

Une merveille. Ça et le rosé par-dessus, chapeau. Finalement, c'est pas si mal, la vie. Les autres ? Certains en sont au café. Difficile de saisir ce qu'ils se racontent, dans tout ce bruit. Une table demande l'addition. Attends, regarde... Une des filles vient de poser son tablier ; elle allume une cigarette, Ghislaine, je crois. Elle disparaît par cette porte, au fond.

Un type prend le même chemin, pas très jeune, un brin chauve. N'oublie pas, la route du pèlerinage de Saint-Jacques-de-Compostelle passait par ici. Je t'en foutrais ! Chef a le dos tourné, il n'a rien vu.

D'un coup, je n'ai plus faim. Pas la peine de dramatiser, j'en parlerai à Zouzou. Si elle avait quelque chose à cacher, elle le cacherait, nous savons. Justement, je ne sais plus, ça ne passe pas. Je tiens à faire mon travail, mais moucharder, pas question.

Fromage, non, merci. Flan, café. Chef constate :

— A chaque fois, je me fais piéger, je mange trop. Je vais demander la douloureuse.

— Pas question, vous êtes mon invité.

Au comptoir, Zouzou remplit des petits verres. Je dis, doucement :

— La fille, tout à l'heure, et le type...

J'ai droit à un grand sourire.

— Oui ?

— Oui quoi ?

— Mes filles ont des fiancés, c'est elles que ça regarde. Je n'encaisse pas un radis dans l'affaire, ma chère.

— Tu as le culot de dire ça ?

— Tu sais ce qu'il y a derrière cette porte ? Des piaules avec des couchettes. Mes clients peuvent s'en servir pour se délasser. Mes filles pareil. Ce n'est pas interdit par la constitution.

— Zouzou, je ne cherche pas la bagarre.

— Moi non plus. T'affole pas, tout baigne. Un autre café ?

Je pose ma main sur son bras.

— Fâchée ?

— Pas du tout. Mais ce que tu peux être jeune, mon Dieu ! Ça te passera, niguedouille. Viens un soir, on causera. D'accord ?

— Dakodak. A bientôt.

— Fais-moi la bise, grosse bête.

Tu la crois ? j'aime autant. Ton boulot serait d'en référer à Chef, non ? Absolument pas. Mon boulot, c'est de me servir de ma tête, pas de ma langue. Je reverrai Zouzou, je ne demande qu'à comprendre. Tout de même, le coup des fiancées sur canapé, j'ai du mal à avaler.

Je reviens. Chef s'est assoupi. Il dort, assis, comme un soldat fourbu entre deux étapes. Nous nous payons un sacré paquet d'heures, j'admets.

Je l'aime bien, avec sa bonne caboche solide. On voit la marque du képi, sur le front. Même en civil, je le reconnaîtrais. Mes camarades ont quelque chose en commun, cet air de famille...

Ah, il émerge, se passe la main sur le visage.

— On y va, Claire ? Merci pour le repas. Bon sang, je prendrais volontiers une douche.

— Ça tombe bien, il pleut.

Il grêle, même. Nous attendons l'embellie. Nous rentrons, sans forcer. La grêle reprend, elle tinte sur la carrosserie. Arrivés devant la brigade, Chef fouille ses poches.

— Zut, j'ai oublié mes cigarettes. Claire, ça vous ennuierait d'aller m'en prendre ?

— Pas du tout. Quelle marque ?

— Gitanes, papier maïs. Tenez.

Il me tend un billet de cent. La place, le Tabac. Bizarre, ces carottes rouges en ferraille, une obscénité problématique.

Je me gare. Le soleil, à présent, c'est fou. Trois saisons à la minute.

Un motard se prépare à repartir. Je vais avoir droit au sifflement rituel, je parie. La barbe avec ces débiles. Je descends. Ton type tient son casque sur son genou. D'un coup, une gerbe de soleil l'enveloppe comme dans un vitrail. Tête légèrement penchée, on dirait un chevalier blessé. Ce qu'il est beau ! Je reste clouée.

On se calme. Il ne te regarde même pas. A dix mètres, par contre, un couple de mamies vient de piler, elles se bourrent de coups de coude. Ton chevalier met son casque. Des reflets jouent sur le cuir de son blouson. Rugissement du moteur. Tchao belle. Tu comptes prendre racine ?

Si tu demandais au Tabac, ils le connaissent peut-être ? Ça va pas ? D'accord, il est pas mal. Remets-toi... Je t'assure, il est différent, il semblait perdu. Pas grave, il se retrouvera, va travailler, gourde ! Ce n'est qu'une question d'éclairage, tu ne vas pas nous jouer les sainte Thérèse.

Je ramène ses clopes à Chef. Bientôt ce sera l'heure de dégager. Tu vas te retrouver seule. Je m'offre un léger coup de blues. Cette brigade, pas la joie. Chacun pour soi. Pour la grande famille, vous repasserez. Les cloisons étanches, oui, le vrai sous-marin en plongée. Nous nous tangentons seulement au travail, entre hommes, si j'ose dire. A part ça, tintin.

Je ne m'y attendais pas. Je me voyais rejoindre une communauté, comme une garnison en terre étrangère, des soldats rapprochés par l'uniforme et l'exil. Des frères. Tu repasseras. Ne pleure pas, c'est aussi bien, bécasson. Nous disposons de si peu de temps libre, autant se le garder.

Le dénommé Alex est revenu, pas flamme. Beau garçon, soit, mais une forte absence de personnalité. On le fourre planton en permanence, vu sa validité limitée. Ça m'arrange, je n'aime pas m'y coller.

Chef n'est pas ravi, toujours à pleurer après le manque d'effectifs. Il a raison, tant qu'un Français sur deux ne sera pas gendarme, rien de fait. Nous ne serons pas à l'abri du laxisme. Ce pauvre Alex ne va pas s'éterniser, je ne pense pas

Côté travail aussi, je reste sur ma faim. Il s'agit d'action sans action, sans enjeu réel. Nous nous remuons, aucun doute, mais ça n'avance guère. Ben oui. Tu viens de mettre le doigt sur la différence entre cinéma et réalité, ma grande. Tu ne mourras pas idiote, pas ce coup-ci. La vraie vie est pavée de temps morts. Tout de même, j'aimerais tomber sur une affaire à résoudre, rien qu'à moi. Une vraie. Et aussi... Ne ris pas. Je voudrais revoir ce garçon, tu sais, le chevalier à la moto.

Ce qu'elle est belle, cette petite, un cœur ! L'uniforme l'avantage drôlement, et l'air décidé, avec ça. Au premier coup d'œil, elle m'a emballée, c'est rare. Nous nous sommes tutoyées d'entrée. Bon, cette histoire de chambre coince un peu. On dirait que ça la choque. Pourvu qu'elle revienne.

Comme si elle n'avait que ça à faire ! Et pourquoi pas ? Toute seule au milieu de son escadrille de képis, elle doit avoir besoin de respirer, non ? A un détail près, ma pauvre Zouzou, ils ne vont pas se priver de lui chanter vêpres à mon sujet, son galonné en tête. Il faudrait qu'on s'explique un bon coup entre quatre z'yeux.

Je n'ai rien à me reprocher. Rien. Et je les emmerde, tous autant qu'ils sont, à pied et en tandem. Pas de compte à leur rendre non mais, dites !

Je me détends un moment, sur la terrasse, journée finie avec une cigarette. Je souffle. Une paye que je suis ici. Ça date de l'année où de Gaulle a repris le pouvoir, en 58, dans ces eaux. Je travaillais dans la limonade avec mon mari, à Marseille, quartier de Menpenti. Ça me bottait. Il a fallu qu'il meure de l'hépatite, je ne sais plus trop laquelle. Ils en inventent tous les jours de ces saloperies.

Je reconnais, ils l'ont soigné hardi petit, à la Timone. Ils n'ont pas fait le détail. L'hépatite, liquidée. Mon pauvre Gustave avec.

Je ne me suis pas sentie de continuer seule. J'avais l'impression de me cogner à son fantôme. J'ai bazardé. Il me fallait changer de décor. J'ai consulté la liste des affaires vacantes, dans la presse spécialisée. J'en ai vu une dans l'arrière-pays niçois, un bar. Le site ne m'aurait pas déplu. Un poil trop montagneux, quand même. L'hiver, dans ces coins, tu as le temps de trouver le temps long, dès que le gel coupe le trafic. Et une autre près d'Aix, un petit hôtel. Je me suis dit : « Méfiance, dans ce secteur, ils vont se mettre à construire, plutôt trop que pas assez. » Je le sentais venir.

Je ne m'étais pas trompée. Ils y ont entassé des autoroutes, des rocades, des barres, le diable et son train. Personne ne s'y reconnaît plus dans cette espèce de zone. Finalement, je me suis décidée pour la Chefferie. A peine posé le pied sur la terrasse, j'ai eu le coup de foudre. J'ai vu ce pré, il y avait déjà des chevaux. Pas la peine de chercher plus loin. Je ne regrette pas.

J'ai emporté le morceau pour pas cher. On ne trouvait pas bézef d'amateurs. C'était tenu par un couple de vieux, ils vivotaient doucettement. Jules trafiquait dans son jardin. Sa Julie tricotait derrière le comptoir. La sieste éveillée, quoi, personne osait les déranger.

Avec moi, ça n'a pas traîné. J'ai tout rapproprié, installé un grand parking, un jeu de boules, refait l'enseigne. Faut dire aussi, j'étais bien fichue, attention les yeux ! Ça compte, et pas qu'un peu. Le gars qui sirote son kir aime mieux reluquer une belle plante qu'un caramantran.

Ces choses-là se savent vite, avec le téléphone arabe. Les clients, tu en ferres un, le troupeau suit. Suffit de savoir ce que vous voulez. Pas compliqué : des habitués heureux. Qu'ils sachent qu'ils trouveront bonne table et bonne ambiance, garanti. Parce que maintenant facile. Si tu veux tirer la gueule, tu la tires seul. Un coup de bagnole, et adieu Berthe. Ton client, tu le revois plus.

Je les ai laissés sur le cul, ceux de la Chefferie. Ces parpagnans n'en revenaient pas. Faut dire, avant, quand les vieux débitaient quatre cafés et deux camomilles dans la quinzaine, grosse affaire ! Et là, ils voyaient mon parking envahi en permanence, ils entendaient le raffut, ils ne se sont pas dit, en bon chrétiens : « Ça marche, à la bonne heure. Tant mieux pour elle. » Ils se sont méfiés, les bougres. De suite ils ont pensé : « Houlà, c'est louche ! Ça cache quelque chose, ça, Gwendoline ! ! » Forcément. Ils n'ont pas vu le travail, pas eux. Ils ont coupé au plus court, imaginé que je louais ma vertu en grand. J'étais devenue la pute du village, en toute innocence.

Sûr, pas un n'a eu le courage de me le balancer en face. Seulement, ces affaires-là vous reviennent toujours aux esgourdes. Je n'en ai pas fait une jaunisse. A dire le vrai, j'étais plutôt flattée. Article un : « Faire la pute n'est pas donné à tout le monde. » Pour commencer, faut le physique. Puis en avoir dans le pois chiche, si on ne veut pas se retrouver la reine des pommes. Donc, leurs messes basses ne me dérangeaient pas, au contraire. Elles m'ont fourni la publicité gratuite.

Je me suis offert quelques béguins dans la foulée, je reconnais. J'avais le choix, du beau mâle qui sentait fort, avec ce qu'il faut de poil sur la poitrine. On n'est pas de bois. On se plaît, on se fait du bien, à toi à moi. Ensuite le bonjour à tes vieux. De mon côté, ça n'allait jamais plus loin, pas question d'en laisser un me péguer au train. J'avais déjà donné. Les types, te voir turbiner, c'est encore ce qui les fatigue le moins. Dès qu'un roméo collait trop, zou, du balai. Tu ne me dois rien, moi non plus, va un peu voir dans la colline si j'y suis. Et ramène des pétunias à la saison.

Un type, on trouve toujours, ils font la queue pour venir te manger dans la main. En dernier ressort, la femme choisit. Et surtout, surtout, la liberté n'a pas de prix. Elle se mérite. Il faut se battre pour, ne jamais baisser la garde.

Je me suis battue, et comment ! J'ai fait mon trou, ici. J'y suis, j'y reste. Pas le temps de m'ennuyer. Plus je m'arrache, plus je suis heureuse. Les sous, j'en ai. Demain, si je veux, je pars à Tahiti me répandre sous les cocotiers. Seulement, rester allongée à se griller les miches, rien de plus nul. Tahiti attendra.

Mes petites se défendent, je les choisis pour. Pas la peine de se dorer la pilule, arrive un moment où il faut savoir dételer. J'ai assuré la relève.

Tout s'est goupillé en douceur, je connais mes zèbres. La plupart sont prêts à s'offrir la sacrée virée rien que pour reluquer une belle paire de nénés. Ils en ont besoin. Autant que ça se fasse en famille.

Donc, mes filles, du premier choix. Je sélectionne du ferme et du frais, garanti sur facture. Et déjà rodées, tout ce qui est fait n'est plus à faire. Elles ne craignent personne, question galipettes, je vous en fiche mon billet.

Quand même, j'ai gambergé. Faire payer ? Le pain des Jules, pas mon rayon. En plus, j'allais me voir débarquer la ribambelle de maquereaux, dents en avant, les Mœurs dans la foulée. Pas de ça Suzette.

Alors voilà : D'entrée, je préviens les mignonnes. Elles font à leur convenance. Si elles veulent s'arrondir le pécule, libre à elles. Deux chambrettes les attendent. J'appelle cet endroit le coin-repos. J'ai mis la télé, des magazines, la douche. Ce qu'elles y trafiquent les regarde, du moment que ça se passe gentiment, en dehors des repas, nature. Et jamais ensemble. Pas de vagues, pas d'histoires. Elles reçoivent leurs fiancés, point. Je ne leur demande rien, sauf de changer les draps après usage. Et tant qu'à faire, de miauler avec discrétion, à cause des mouches.

Jusqu'à présent, ça marche. Elles se sont monté la gentille clientèle d'habitués. Pelote faite, certaines dégagent. Ou alors, elles prennent un congé sabbatique, elles envoient une copine leur garder la place. Je refuse du monde, je ne suis pas madame Claude. J'ai le nez propre. Pour ce que j'en sais, elles peuvent même s'envoyer en l'air gratos.

Un barbillon s'est amené, un beau matin à la fraîche. Il payait ! Costume trois-pièces, escarpins bleu et blanc, et l'accent des Sanguinaires occidentales. Une merveille ! Il venait tâter le terrain. Il ne s'est pas fait vieux. Un clin d'œil à deux clients, des solides, et il a repassé la porte sans toucher terre. Il court encore.

Du côté de la loi et de l'ordre, pas de lézard. Pas mèche pour me coincer. En cas de descente, j'envoie un coup de sonnette. Mes tourtereaux se séparent, chacun dans sa case. En plus, je n'ai jamais de plainte, tout baigne.

Voilà ce que je compte expliquer à Claire. Au fond, je fais quoi ? De l'animation culturelle. Je vais poser cartes sur table, je dirai : « Regarde bien, ma douce, je ne triche pas. Tu peux demander aux petites si tu veux. Quand tu veux. »

Prenez Mireille, par exemple. En ce moment, elle ne joue pas du sommier, pas envie. Je la garde quand même, pas folle la guêpe ! Parce que le bonhomme, tirer sa crampe à la papa, il ne crache pas dessus. Mais une fille sage, ça l'attire autrement. Il s'imagine qu'il va décrocher la timbale, pardine. Seulement, la Mireille, son béguin elle l'a déjà. Les autres peuvent tirer la langue. Elle se contente de ramasser les pourboires, et des jolis !

La brigade, je m'en accommode. Le chef et moi sommes copains. Je ne lui ai pas expliqué la coupure, Dieu garde ! Pour commencer, il ne me croirait pas. Il trouverait à redire, il me sortirait un article de son code à la noix, comme quoi je perturbe la couche d'ozone, et tutti fruti. Le voir saliver m'amuse. Il se tient la méchante envie de me cravater, je sens bien. Faute de mieux, le saint homme me tend la perche, il s'imagine que j'ai des truands parmi mes enfants de chœur. Il voudrait qu'au moins je lui refile un tuyau. Il rêve.

La dernière fois qu'il m'a fait le coup, j'ai ri. Je lui ai dit :

— Vous voyez trop de films policiers. Je n'ai rien à vous raconter, Chef. L'indicateur, c'est à la gare.

Il n'a pas apprécié des masses. N'empêche, il continue. Il compte toucher le gros lot à la longue, comme le chat devant son trou de taupe. Qu'il attende. Si c'était à refaire, je referais pareil. Ni regrets, ni remords. Et de quoi, doux Jésus ?

Mon blé, j'en ai eu l'usage. Après le turf, j'ai besoin de décompresser, les séances sont longues. Des dix heures d'affilée sur les paturons, faut aimer. Il se trouve toujours un attardé pour s'éterniser. Moi, la viande soûle, en fin de journée, ma claque ! Ou alors, les coups de fil à pas d'heure, pour l'un, pour l'autre. Tu m'as compris tu m'as, tu te fais manger toute crue.

Il me fallait du large. Je me suis dégoté une maison à Marval. Derrière le village, ils venaient d'installer un lotissement en terrasses. Pas mal. Des villas, un gentil bout de terrain autour pour te planter le forsythia, si le cœur t'en dit. Je n'ai pas hésité. Ça s'est fait par hasard, comme tout. Un client m'a mise au courant. J'ai été voir. Vendu ! Je me retrouve au paradis. Enfin, presque.

Ce qui me travaille, c'est mon petit. Je n'en parle jamais, je ne pense qu'à lui. Un révolté, de toute éternité. A l'école, il ne voulait rien savoir. Pas qu'il soit bête, au contraire. Il trouvait tout trop facile. Il s'ennuyait, il me suppliait : « Maman, retire-moi, je perds mon temps ! » Jusqu'à ses seize ans, il a fait les quatre cents coups. Tous les bahuts du secteur l'ont éjecté. Une fois en âge, il a dégagé. Il a pris l'Infanterie de marine, histoire de voir du pays. Ça, il s'en est payé : le Tchad, Djibouti, la Guyane... Il en a eu sa claque, comme du reste. Dans sa dernière lettre, il m'annonce qu'il compte rentrer.

Un beau petit qui ne saura jamais ce qu'il veut, à part crucifier sa mère. Si : ne pas faire carrière, nulle part. Il me l'a expliqué, un jour. Dès qu'il se sent installé, l'angoisse le prend, il étouffe. Il doit filer. Allez donc parler d'avenir dans ces conditions.

A sa dernière perm, il étrennait une grosse moto, comme si les moyens de se tuer lui avaient fait défaut. Là, je l'attends d'un jour sur l'autre. Il ne prévient jamais. Aussi bien, je vais recevoir une carte de l'Alaska. Ou du Zimbabwe.

C'est ma faute. Il n'a pas connu son père. Je ne parle pas de mon défunt mari, nous n'avions pas d'enfant. J'ai raconté à Arnaud que le sien était mort. Voilà. En fait, il est malade. C'est un tordu. Il ignore qu'il a ce gosse. Il le saurait, il l'enverrait bouler. Pour un fils, un père qui te refuse, c'est pire que tout. Autant qu'il l'imagine disparu.

Lui expliquer, à présent ? Ça changerait quoi ? Un père, il le faut quand tu es petit, pour l'image qu'il te laissera. Sinon, à quoi bon... Arrête de retourner tes salades, ma pauvre. Ce gosse, je l'ai gardé. Il est toute ma vie.

Pourtant, je m'en suis donné du mal, pour l'élever. Et alors ? Comme si ça marchait au mérite, tu plaisantes ! Les jeux sont joués de toujours. En attendant, Arnaud me fait languir.

Et Claire ? Si je l'appelais, à sa brigade ? Pour lui chanter quel air ? Quand on est demandeur, les gens vous piétinent. Laisse venir. Son visage me dit quelque chose... J'ai beau chercher, je ne vois pas. On verra plus tard. Demain, je leur sers quoi, à mes monstres ?

Je ne sais plus comment je vis. Le temps file, j'ai l'impression d'être roulée par une déferlante. Dès que nous décrochons, je n'ai qu'une envie, m'écrouler, en priant le Ciel de m'épargner l'appel d'urgence en pleine nuit.

Je n'ai pas revu mon beau chevalier. C'est qu'il n'est pas d'ici, ne pleure pas. Une moto peut en cacher une autre.

Midi. J'avale en voltige une boîte de pâté, un morceau de pain. J'admets, je mène une vie dangereuse, mais j'ai besoin de cette coupure. A la limite, je me passerais de cette dînette, pourvu que je me retrouve seule un moment. Pas envie de promiscuité. Être en représentation permanente, ça va un peu, seulement les séances durent toute la semaine. Une paille.

La brigade, correct. Ma première impression reste la bonne. Récapitulons : Avec Chef, parfait. Nous nous adorons, en tout bien tout honneur. Pas question de faire équipe continuellement, les populations jaseraient.

Albert le Miso continue à m'ignorer laborieusement. Il se débrouille pour ne jamais fonctionner avec moi. Excellent. Les autres R.A.S. Roger, un gros brave, comme on dit. Avec son Armèle, c'est l'osmose. Je partage leur intimité bon gré malgré, vu la porosité des cloisons. Ça me fait une sorte de feuilleton conjugal gentillet. Le diabète me guette.

Ne pas oublier Suzanne, la femme de Chef. Je lui témoigne la déférence requise. Elle m'a pesée, jugée, admise. Un beau morceau, à point. Question fleurette, le gendarme m'a l'air d'apprécier le tangible. Je la soupçonne de porter une gaine, elle a tout du sablier envasé. Nous verrons cet été.

L'invitation du premier soir n'a pas tenu. Chef a décommandé in extremis, gêné. Susu avait ses vapeurs. Il avait dû décider ça sous son bonnet.

Tu t'imagines, mariée ? Oui, mais en homme. Je veux dire, avec l'autre, mon mari, à la boutique, pendant que je batifole dans la pampa. Je plaisante. Je me trouve bien comme ça.

Un rien gras, ce pâté. Tu devrais acheter de la salade, des grillades. On lui dira. Pas envie de me chouchouter.

Jean-Paul, je l'aime bien, l'ancien de la jaune. Il nous régale d'histoires farfelues qu'il est le seul à trouver drôles. Quand il imite de Funès, c'est du délire. Sauf avec moi. La série des *Gendarmes*, je n'apprécie pas. Nous n'avions nullement besoin de cette chiennerie pour notre image de marque. J'aime bien Zette, sa femme. Une solide, elle ne s'affole jamais, quel que soit l'os qui se présente. Si j'ai besoin de quoi que ce soit, je peux compter sur elle.

Au sujet d'Alex, mon opinion n'a pas varié. Il souffre peut-être du vertige, il ne le donne pas. Monsieur continue à se taper un max de permanences. Pourvu que ça dure.

Restent les auxis. Lambert, c'est le genre de gazier qui ne trouverait pas de roses des sables au Sahara. Il oublie tout. Chef pique régulièrement sa crise à cause de lui. Cela me surprendrait qu'on le garde.

Quant à l'ami Setboun, il fait un cirque, faut voir. Il te regarde toujours comme si tu étais la dernière poupée Barbie dans l'ultime carré de pissenlits. Il plaît aux indigènes femelles. Au début, je me demandais pourquoi. Pas compliqué, il est vraiment amateur. Les choses vont à ceux qui les aiment, le fric aux sulitzer et la vache au taureau.

Comme je me prépare à descendre, coup de fil, de Chef. Cet aprème, je dois me rendre à La Joinière pour un vol de moutons. Hé bé...

— C'est quoi, cette Joinière, Chef ?

— Une ferme, sur le territoire de la Chefferie. Arrivée au croisement de chez Zouzou, vous filez sur votre droite. A trois kilomètres, vous prendrez un chemin de terre à gauche. C'est indiqué. Lambert vous accompagnera.

Merci du cadeau. Un vol de moutons, diantre. Du gâteau. A quatorze heures, je prends ma 4L et mon Lambert, je colle l'un au volant de l'autre. Normal, je suis la plus gradée. Roule, coco.

Arrivés à la Chefferie, je lui intime d'avoir à se parquer chez Zouzou. Les moutons attendront. La salle est presque dégagée. Pas la fumée, mais bon. J'ai droit au grand jeu. Zouzou me sourit tout en me menaçant du poing :

— Salut, faux-frère !

— Toi-même ! Tu n'as qu'à passer à la brigade.

— Quand donc ? Tu sais bien que...

— Moi pareil. On n'est pas là pour se disputer. Tu nous sers un café ?

Lambert proteste :

— Pas pour moi.

Zouzou s'inquiète :

— Alors quoi ? Une infusion peut-être ? Il veut quoi, ce grand garçon ?

Il demande un chocolat, va s'asseoir pour le déguster. Zouzou le détaille :

— Mignon, ton képi bleu.

— N'est-ce pas ? Il est sur le point d'inventer l'eau chaude.

— Sans déc ? J'aimerais te parler. Tu passes, ce soir ?

— Je ne peux rien te promettre, Zouzou, on ne sait jamais quand on finit. Je te donne un coup de fil, promis-juré.

C'était : brève rencontre. Nous dégageons. Qu'elle est donc jolie, la route de La Joinière... Etroite, elle taille son chemin à flanc de colline, dans un fouillis de chênes-verts. A droite, le lit d'une rivière, avec ses iscles envahies d'arbres morts. De notre côté, pas un chat. Les gens préfèrent la nationale, sur l'autre bord. J'aimerais bien marcher par ici. Quand ? L'éternelle question. Essaie dimanche, tu en profiteras pour voir Zouzou.

Raides, ces virages, et mal relevés. Lambert conduit comme un verre à pied. Ça ne rate pas, nous quittons la route en douceur pour alunir dans un pré. Moi, tranquille comme pas permis, je le sentais venir. Pas de bobo. Fallait passer en seconde, mais ce jeune homme manque d'imagination. Faut pas demander l'impossible.

Je prends le volant. Les trois bornes, ça devrait y être. Regarde, un poteau, avec deux écriteaux : « La Joinière », et « Fromages de chèvre. » Tu pourras toujours en acheter, ce sera meilleur que tes saletés de conserves.

Fini le goudron. Ornières, galets, c'est quelque chose, ce chemin. Pas mal, le décor. Des prés, de vieux peupliers. A droite, une bâtisse abandonnée, à mi-pente. Elle découragerait un fantôme honnête. Dis donc, c'est le désert. Un chêne, énorme, à moitié calciné. Un coup de foudre.

Nous déboulons sur une esplanade. Terminus. A main gauche, un immense hangar, avec tout le fourbi agricole, plus une montagne de paille. Ces paysans nagent dans l'espace vital. Dans le pré, en face, deux structures rondes, en plastique. Un poil plus loin, la ferme. Nous débarquons. Des chiens jappent, hirsutes, envahis de brindilles. On ne s'entend plus. Lambert demande :

— Ya quelqu'un ?

S'amène une petite bonne femme toute ronde, les joues rouges. Pantalon large, gros pull marine, la vraie matriochka. Elle rappelle ses fauves :

— Tango ! Rumba ! Suffit !

Je la salue :

— Nous venons pour le vol.

— La déclaration ? Faut voir mon mari, il trafique dans la bergerie.

Elle désigne du bras les hangars en plastique.

— Vous tombez bien, il arrive. Jojo, c'est pour toi !

Un bonhomme se dirige vers nous, même style que son épouse. Teint coloré, trapu, frisé, il n'a pas l'air de se biler pour deux ronds. Une force tranquille... Il nous explique l'affaire posément. Le matin, donc, il conduit les brebis au pacage, dans la colline, plus haut. Il les laisse avec les chiens. Le soir, il passe les reprendre. Elles ont de l'eau, de l'herbe, le terrain n'est pas dangereux. En gros, elles zonent dans le même secteur, elles ont l'habitude, pas de problèmes donc.

Sauf hier soir :

— Quand j'ai eu fait mon compte, il s'en fallait de quatre. Je ne me suis pas attardé, la nuit tombait. Ce matin, j'en ai retrouvé une, un cassoulet, je veux dire une vieille, elle traîne la patte, elle vaut plus un clou. Mais il m'en manque trois, des belles. J'ai appelé le collègue de Saint-Janet, l'autre commune, en tirant vers la vallée de l'Asse. Lui n'a rien vu.

— Il arrive à vos troupeaux de se mélanger ?

— C'est rare. Il m'aurait prévenu, les bêtes sont marquées.

— Comment ?

— Attendez.

Il entre dans la bergerie, en ressort en tenant un mouton par les pattes arrière. Quand j'étais gamine, on appelait ça jouer à la brouette.

— Regardez voir, mademoiselle.

Sur le dos de l'animal, un cercle, traversé d'un diamètre, à la peinture bleue. Il lâche la bestiole. Elle disparaît en bêlant.

— Vous avez vu, pas moyen de se tromper.

— Vous n'avez pas une idée ?

— Des idées, des idées, j'en ai. Seulement, d'accuser sans preuves, ça se fait pas.

— Vous pouvez tout de même éclairer notre lanterne.

Jusqu'ici, il parlait en regardant un peu n'importe quoi. Là, il me fixe.

— On voit que vous n'êtes pas du coin.

— Si vous nous aidiez, ce serait plus facile.

Sa femme s'approche.

— Jojo, je suis pas d'accord. On peut le leur dire, c'est pas un secret. Les chapardeurs, c'est souvent les frères Machin... Comment c'est déjà, avec leur nom à la gomme...

— Tu sais bien qu'ils sont en taule.

— Bon débarras. Il y a aussi cet Arnaud, le fils de...

Jojo la coupe :

— Ça suffit, Dorothée. Il n'est pas là non plus, pas la peine d'en parler.

Continuons :

— Et sinon ?

— Je vois pas. Vous savez, trois Marseillais plus une camionnette, le tour est joué. Je ne compte pas faire le pèlerinage de tous les couscous de la porte d'Aix pour retrouver mes peaux.

Dorothée s'exclame :

— Attendez, hier, j'ai entendu un bruit de moto !

— Ma pauvre femme ! Tu as quoi dans la cougourde qui te sert de tête ? Tu te vois embarquée sur un deux-roues avec trois moutons ? Pourquoi pas un deltaplane, tant que tu y es ?

— Arrête de me crier après ! Si tu le prends comme ça, je m'en vais.

Tchao Dodo. J'insiste :

— Selon vous, ce serait pour la viande ?

Il hausse les épaules :

— Pour quoi d'autre ? C'est pas les boucheries qui manquent, et je vous parle pas des marchands forains ou des restaurants. La bidoche, ça concerne un paquet de monde.

Nous n'en sortons pas. Nous allons à la ferme, enregistrer la déposition. Jojo offre le marc. Dorothée, disparue. Elle doit bouder, la vilaine. Je caresse mon plaignant dans le sens du poil :

— Fameux, votre marc. On peut en trouver où ça ?

— Faut voir l'Antoine, c'est lui qui cuit. Il habite Valoize, avant Talasse, vous voyez ?

— A peu près. Des fromages, vous en vendez ?

— Tant que vous voulez.

Il me conduit à sa fromagerie. Lambert n'est pas preneur. Une vaste salle froide, en sous-sol. Les fromages s'égouttent dans des formes en métal blanc. Sur des étagères, de pleines caissettes, frais, demi-frais, secs. Il règne une odeur acide. La pièce est nickel.

Jojo sort un opinel, me fait goûter. Bien bon. J'en prends un assortiment. Une fois rentrés, je vais trouver Chef. Nous passons dans son bureau.

— Alors, Claire, et vos moutons ?

Je lui expose l'affaire. Je conclus :

— Voilà, Chef. Le Jojo en question ne fera rien pour nous aider.

— Normal, il a peur des représailles, s'il s'agit de quelqu'un du coin. Au fait, j'y pense... Ça vaudrait la peine de tenter le coup. Allons voir.

Nous reprenons la piste, avec Jean-Paul et Albert. Chef nous explique le topo. Il vient de se monter un chantier, entre Talasse et Orèze, un barrage en terre pour irriguer la Vallée. Le personnel doit représenter une vingtaine de personnes, entre terrassiers, conducteurs d'engins... Faut bien qu'ils mangent, pas vrai ? Justement, une baraque vient de s'ouvrir sur les lieux mêmes.

— Au début, je pensais qu'il s'agissait de sandwiches

et de canettes. Puis j'ai vu des gars avec des gamelles. On va jeter un coup d'œil.

Je remarque :

— A cette heure, ils auront fini leur journée.

— La baraque n'aura pas mis les bouts pour autant.

Curieux, ces travaux. Je n'y avais pas prêté cas jusqu'ici. Sur un terre-plein, de gros engins jaunes. En face, trois containers, les bureaux j'imagine. Derrière, un aimable foutoir, cartons, détritus, un tonneau qui sert de poubelle. Chef ordonne :

— Albert, allez donc voir un peu dans ce merdier.

Albert ramasse un bâton, commence à touiller, sans enthousiasme.

— Saloperie ! Ça schlingue !

Il renverse le tonneau, se penche sur un paquet.

— Venez voir, Chef.

Un sac en jute, et des peaux, tachées de sang, sales. Il en étale une. Je reconnais la marque de l'ami Jojo, le cercle bleu. Je suis sciée... C'est si facile ? Ben oui, quand tu connais ton terrain, Fleur-de-nave. C'est ça le métier, un peu de tête, beaucoup de jambes. Ou le contraire.

Chef sourit.

— Jean-Paul, va donc cogner à ces portes.

Au retour, il a fallu se serrer, nous étions un de plus.

Jolis, tes exploits, mais il serait temps de te pencher sur ton économie libidinale, ma mignonne. Ce n'est plus de la chasteté, c'est de la terre brûlée. A la longue, ça porte... Tu m'amuses. Tu me vois succomber aux entreprises du G.A. Setboun ? Surtout pas. Mais tu avais un copain à Aix, d'un temps. Pas le grand amour, disons un bouche-trou. Tu pourrais lui donner un coup de fil.

Je vais te dire, je suis tellement crevée, je n'ai plus trop la tête à... Qui te parle de tête ? Dis-lui de monter, nous papoterons. Oui, et une fois débarqué, je le prends par la barbichette, et je l'entraîne dans ma chambrette devant la brigade au garde-à-vous ?

Ce n'est pas interdit. C'est pire. Nous vivons dans une cage de verre. Que tu le veuilles ou pas, tu restes une sorte de vestale. C'est vrai, je n'ai pas le courage de m'afficher. Tu me conseilles quoi, la tapisserie ou le Valium ?

Écoute, essaie de passer chez Zouzou, nous en parlerons entre femmes, en grignotant des rahat-loukoums. Une autre fois, veux-tu, je suis vannée. Dès que je m'arrête, je me répands. Ce n'est pas un métier, chérie.

Nous savons. Le pire, c'est que j'en redemande.

Ce matin, pareil, je prépare la pâtée. Le Vieux vient de repartir vers le col, avec les bestioles. J'entends un bruit du diable, quelque chose s'amène par la route. J'ai pas le temps de me planquer. Une moto, toute rouge. Un de ces putains d'engin comme ils font maintenant, tu distingues plus rien, il reste juste les roues qui sortent. Le type dessus porte un casque comme une bulle noire, on jurerait un martien.

Il vire devant la fontaine, il enfile le chemin du cimetière. Ça alors... Je comprends pas, les morts, ça fait un sacré moment qu'on a enterré le dernier. Guère de chance qu'ils soient collègues avec ce jeune.

J'entends tirer. Le Vieux s'acharne contre des corbeaux, le vol qui perche sur le gros noyer. J'en vois un dégringoler. Il vise encore bien, l'emmanché. Si jamais ça lui prend de t'ajuster ! Qu'il s'en prive pas. La mort, je la crains plus. C'est juste un passage, après tu as le calme, mon ami. Mourir, les bêtes savent que ça.

Nous, ça devrait être pareil, sauf qu'à présent ils t'enferment à l'hôpital, ils te collent plein de tubes de partout, capon de bon sang. On me l'a dit. Ta mort, on te la vole. Alors, le moment venu, je me planque dans un coin, je me fais petit, je m'endors, Polka contre moi. Pas vrai, fille ?

Le Vieux me flinguerait, finalement, ce serait pas plus

mal. Comme un corbeau, rrrran ! Enlevé c'est pesé. Je me remets à la pâtée, j'ai plus goût à rien. D'un temps, j'ai eu souhaité posséder quelque chose à moi, pas grand-chose, quatre murs, deux tuiles. Le Vieux pouvait m'en faire cadeau, les ruines manquent pas. J'aurais retapé. Cherche pas, il peut pas. Dès que tu commences à posséder, y a tout qui change, toi en premier. Tu es plus seulement toi, tu deviens ce que tu as, comme le limaçon avec sa coquille. C'est dans l'ordre, personne y échappe.

Je file à manger aux féroces, je retourne à ma clôture. J'ai pas fini de curer. En galère, s'y colle qui veut. Le Vieux rentre. Il a laissé les bêtes à dache. Si elles se barrent dans les bois *sian poulido*, on va s'amuser pour les rassembler. Il me dit comme ça de tailler les pommiers. De cette saison, avec la sève qui monte ? L'est maboul ! Jamais je discute, j'attrape l'échelle, les scies, je pars tailler.

Si ça se trouve, il va en profiter pour foutre mon gourbi en l'air. Je me suis arrangé un coin dans le fenil, avec ma couverture, quatre nippes sur un clou. Dans une boîte, je range ce que je trouve, des cailloux avec des empreintes, des vieilles pièces en cuivre, ce genre... J'ai un moulon de vieux journaux. Des fois, je regarde les photos, elles montrent rien que des catastrophes et des guerres. Le malheur des autres, les gens crachent pas dessus. C'est caffi de réclames, plein de filles en maillot. Elles se trimbalent des paires de jambes comme des échasses, j'en reviens pas. On dirait une autre race, pourquoi en vrai tu en rencontres pas des comme ça.

Le Vieux balance mon bazar, quand ça lui prend. Censé il cherche des allumettes, il veut pas que je colle le feu. Jamais j'ai fumé. Pourquoi je m'amuserais à tout faire flamber ? Quand il a dégagé, je ramasse mes babioles. Ce serait pas ça, il battrait les chiens.

Une fois, au village, sur la place, j'ai trouvé une auto miniature. Bleue, tout bien imité, mon ami. Le capot se soulève, tu vois le moteur dedans, brillant. Les portes s'ouvrent.

Tu trouves même les petites balayettes pour essuyer les vitres. Personne me regardait, je l'ai prise. Celle-là, je me méfie. Je la planque dans un trou du mur. Je bouche avec une pierre, je fais gaffe. Quand je suis tranquille, dans le noir, je la tiens, je rêve que je pars avec. Contre rien je l'échangerais.

C'est drôle, les nistons de maintenant, ils possèdent tout, tu peux pas imaginer, et maï ! On leur file des jouets pas pensables, des robots, des fusées, des monstres. Total, ils ont pas l'air plus heureux.

Je coupe. Je retire plein de bois mort et les boules de gui. Ces arbres, je tiens pas à les massacrer, ils m'ont rien fait. Ils commencent à fleurir. C'est plein d'abeilles, à moi elles me piquent pas. A la saison, les pommes vont tomber, elles resteront à pourrir. Sûr, je pourrais en porter aux féroces, seulement c'est pas mes collègues.

Je vois plus le Vieux. Savoir ce qu'il trafique ? Une chance, il était pas là quand la moto est venue. Tant il tirait dedans. Vaudrait mieux prévenir au village, non ? Pas la peine, ils savent. Plus personne monte. Le courrier, on n'en a pas. C'est devenu l'île des sauvages, Orèze. Il nous manque juste l'os en travers de la nasole.

J'en reviens pas, la vie des gens... Le Vieux, personne l'obligeait à s'embringuer de cette façon. A part qu'il avait pas le choix, pourquoi c'est dans la tête que ça se passe, pas ailleurs. Tu peux changer de chemise, tu peux pas changer d'idées. Le Vieux, ce qui s'est passé, il pouvait pas le prendre autrement.

Ça ira pour cette fois. Je rassemble les branches, je les mets en tas. Ça fera le joli bûcher une fois sec. Il reste plein de gui. Cette engeance envahit tout. Midi. Va manger, tu verras bien. Si le Vieux est pas content, il te fera savoir.

J'y suis été, personne, pas de pain. Je pige pas, j'en ai ramené trois grosses boules ça va faire deux jours. Normalement ça nous dure la semaine. Cherche pas. Je prends des fromages secs, je vais les grignoter avec Polka.

Si le Vieux fait même plus semblant, où on va ? Je mets la clef sous la porte ? C'est pas ma porte et j'ai pas la clef. Je suis pas sorti de l'auberge.

Surtout, je peux pas laisser tomber les bestioles, elles sont pour rien dans l'histoire. Elles peuvent rester un moment sans personne, d'accord. Pas trop longtemps, parce que de suite les chiens le sentent. Il s'en forme une meute, c'est le carnage, ils égorgent droit devant. Pas pour manger, juste pour l'instinct de tuer.

Et ma montre ? Je l'ai posée près du bassin, ce matin, le temps de m'asperger d'eau. Je suis été la reprendre. Regarde, elle est esquichée dans la boue, des éclats de verre brillent, un ressort dépasse. Je reconnais l'empreinte des godasses du Vieux.

Je la ramasse. J'ai envie de chialer. J'entends ricaner dans mon dos. L'autre empaffé. Il dit :

— Bien fait pour ta sale gueule, bâtard. Fallait pas laisser traîner, ça t'apprendra.

Vieille bordille ! Je bronche pas. Il s'en va. Pourquoi il a fait ça ? Il a raison, c'est ta faute, fallait pas la laisser. J'ai juste envie de tuer. Total, je peux rien faire. Ça passera. Crois pas ça. La malédiction est tanquée dans son cœur. Ça risque pas de passer.

D'un coup, la grosse fatigue m'est tombée dessus, juste au moment de commencer. Je me suis offert un Nes tassé, en vitesse. Les petites m'attendaient déjà. Qu'est-ce qui t'arrive ? Rien, sauf que j'en fais assez pour tuer un canasson. Il me faudrait des vacances, mais ça, on en parlera une autre fois.

J'ai tout mis en train pour la choucroute. Il est venu le camion de la bière, puis mes galavars ont commencé à se pointer. En place pour le quadrille...

Je travaille avec le même fond de roulement, représentants et routiers. Rien à voir. Je préfère mes as du volant. D'accord, ils jouent les gros bras, mais ce sont de gentils garçons. Ils se tiennent les coudes, ils bossent dur, je respecte.

Les représentants, autre chanson. La plupart te vendraient leur mamie en te laissant croire que c'est une boîte à musique. Et question drague, attention les yeux. Avec moi, au temps pour les crosses, ils se tiennent à carreau. Coucouche-panier la marmaille. Avec les petites ça vire au comique. Ils s'imaginent se les envoyer au charme. A force de se farcir n'importe quoi, au long de leurs tournées, ils se croient de pouvoir tomber n'importe qui, ces bouffons !

Par exemple, M. Pierre. Lui fait son beurre dans la lingerie féminine, combinaisons transparentes, culottes coquines, ce style. Des trucs, je me demande bien qui peut oser les porter. Pas une radasse qui se respecte n'oserait se coller ça sur le minou. Bref, ce troufignard s'imagine que Mireille en pince pour ses beaux yeux et les valises qui vont avec. Nous deux la petite, nous en rions. Discrètement, pas question de vexer la main qui vous nourrit.

Elle se demande si elle ne va pas me quitter. Son fiancé a trouvé du travail dans l'arsenal de Toulon. Alors, nature, il veut se la marier, commencer à repeupler. Il a raison, la France risque de manquer de débiles. Elle n'est pas fixée :

— Vous en pensez quoi, madame Zouzou ?

— Il s'agit de ta vie, ma mignonne. Tu as vingt ans, c'est un peu jeune pour des mouflets, non ? Tu verras, une fois sur les bras, tu n'es pas près de les reposer.

— Mais c'est si mignon, un tout petit !

— Bien d'accord, et ça te bouffe dans les grandes largeurs. Réfléchis.

— J'y tiens, à mon homme.

— Personne ne prétend le contraire. Seulement lui sera libre, et toi coincée. A ta place, je dirais amen, et je prendrais la pilule.

— Ça fait grossir.

— Un polichinelle aussi, et après ça te gonfle.

Elle rit.

— Vous ne m'encouragez guère.

— Tu veux quoi ? Sortir, aller au balèti, profiter ?

— Un peu que je veux !

— Tu sais, quand ton bébé chouine toute la nuit, qu'il faut te relever pour le biberon, les changes, tout le saint-frusquin, tu en as vite marre. Tu as le temps. Il s'agit de tes plus belles années, garde-les.

— Et si Maurice s'en trouve une autre ?

— La belle affaire ! Mignonne comme tu es, tu n'auras qu'à te baisser. Il est jaloux, je parie.

— Lui ? Vous pouvez pas imaginer. Il est jaloux de mon ombre.

Nous discutons dans la cuisine, tout en bossant. Bon, ma choucroute, parfait. On en mangerait. J'ai trouvé un munster pas sale. J'ai dû le laisser à la cave, tellement il embaume. Et j'ai préparé de belles tartes avec des prunes en conserve. Mes loustics vont s'en mettre jusque-là !

J'entends les freins d'un camion, je repasse au bar. C'est Rémi, un gentil, toujours l'air étonné, comme s'il venait de dégringoler de sa couchette. Là, il tire une bobine pas possible.

— Ça va pas, mon Rémi, tu as l'air contrarié.

— Moi ça va. Sers-moi un 51. C'est Choi.

— Alors ?

— Il a dévissé en Turquie, du côté d'Erzurum. Il livrait des plaques d'Isorel. Hier un copain a repéré son Berliet à trente mètres en contrebas de la chaussée.

— C'est pas possible ! Il était ici ça fait pas huit jours !

— Ça change rien. C'est con.

— Il a de la famille ?

— Une femme, à Istres, avec deux petits. Rien que d'y penser, j'en ai mal au cœur.

Il boit son pernod. Dis donc, il empeste le fauve. Lui non, il ne sent rien, il est habitué, à force de mijoter dans sa cabine et son gazole. Mais les autres, pardon !

— Va prendre une douche, Rémi, ça te fera du bien.

Choi... Je le revois. En fait, il s'appelait Xavier. Il a dû s'endormir au volant. Remarque, comme mort, ça doit aller vite. Bon, la veillée funèbre, une autre fois.

Ma salle se remplit, chaque catégorie dans son secteur. Ne mélangeons pas les porte-jarretelles et les 30 tonnes. Tout ça finit par donner une sorte de famille biscornue. Ils ne viennent pas seulement pour le manger, un pan bagna ferait l'affaire. Ils viennent pour l'ambiance et les copains.

Attends, c'est parti. Rémi vient de coller une beigne à M. Pierre. Oh que je n'aime pas ça ! Je bondis :

— Mollo les basses ! Si vous voulez vous battre, filez sur le parking, pas d'histoires !

Rémi proteste :

— Je me bats qu'avec les hommes ! Pourquoi tu admets des raclures pareilles, Zouzou ?

— Je reçois qui je veux. On se calme.

M. Pierre rajuste son nœud de cravate. Il est tout pâle. Il essaie de sauver la face :

— Je préfère m'en aller. Je ne me collette pas avec des sauvages, moi !

Ça réagit côté routiers :

— Comment qu'il a dit ça ! Casse-toi, gonzesse ! Minable ! Bon vent !

Un rigolo ajoute :

— Attention à la marche !

Il file sans payer. Ce n'est pas la grosse perte. Je respire. Je reste à la merci d'un mauvais coup, ces ânes rouges devraient le comprendre depuis le temps.

J'ai su le fin mot de l'histoire. M. Pierre venait d'envoyer la main au panier de Ghislaine. Ce n'est pas un scoop, la petite ne joue pas les prix de vertu. Mais le geste n'a pas plu à Rémi. Jalousie ? La mort de son camarade qui le tourneboule ? Toujours est-il qu'il a traité l'autre de dégueulasse. M. Pierre a répondu. Les arguments de Rémi sont plus secs. L'ami Pierrot va se retrouver avec un œil de toutes les couleurs.

Du coup, mes gaillards, heureux, entonnent la « Marche des canards ». Plus stupide j'imagine mal. Ils agitent leurs bras repliés comme des ailerons. Du côté représentants, ça tire la gueule. Je me demande si je ne devrais pas donner exclusivement dans le routier. Les autres, je les vire ? Pas la peine, si ça doit se produire, ça se fera tout seul.

Qu'est-ce qu'ils descendent ! Avec le fromage, ils sont passés au rouge. J'ai un petit bordeaux extra que le gros Zac me ramène. Je me suis monté une cave pas piquée des hannetons, à force. Il faut. Tout est bon chez moi, comme dans la chanson.

Mireille a disposé des bouquets de jonquilles sauvages, sur les tables. Ça n'a l'air de rien. Le client serait incapable de te dire qu'elles s'y trouvent, si tu le lui demandais. Seulement, la différence, il la sent. La restauration, c'est un métier, ça ne se passe pas seulement devant les fourneaux. Oui, et j'ai comme l'impression que Rémi va se consoler dans les bras de Ghislaine, à la façon qu'il a de la reluquer.

Mireille a failli ne pas venir. Sa mère, une histoire d'opération. Pas la première fois. Depuis que la Sécu existe, les gens se régalent à se faire découper en rondelles. Ils t'en parlent comme des militaires de leurs campagnes. Ça les rend intéressants, on dirait. Chacun son truc.

Ouf, ça se tasse. Ils ne vont pas tarder à déguerpir. Ensuite, paysage après la bataille, mais avec les filles, c'est vite nettoyé. On est vif à cet âge.

Le soir, je tiens juste le bar, pas plus. Quelques pépés viennent taper le carton. Pour le bénéfice que ça me laisse, je pourrais fermer. Je le fais histoire de ne pas braquer mes bouseux, on ne sait jamais. S'ils veulent t'empoisonner l'existence, ils peuvent, ils ont l'éternité. Ça te tombera dessus sans que tu saches d'où ça vient.

Vers quatre heures, une fois les chéries parties, je m'offre une sieste rapide, je ne l'ai pas volée. C'est aussi pour ça que j'exige des chambres impec, le lit refait, pas de vieux Tampax qui traînent. On n'est pas des bêtes.

Je souffle. C'est dans ces moments que j'apprécie de ne pas avoir un jules sur le dos, à me pomper mon temps et mon oseille. Maman, c'est bon, un peu de calme ! Oui, et Arnaud n'est toujours pas passé.

Je ne sais jamais ce qu'il me réserve. Lorsqu'il se battait, au Tchad, dans la caillasse, je ne vivais plus. Il n'est jamais le dernier à prendre des risques, l'imbécile. A vouloir prouver qu'il en a ! Et moi, je reste avec mon angoisse.

Son Tchad, il en a ramené de drôles de marques, sur le côté du ventre. Des cicatrices. Tu vois l'entrée et la sortie. Il ne s'en vante pas. J'ai tenté d'en parler, il s'est contenté de hausser les épaules. S'il meurt, je ne vis plus, je n'ai que ce petit. Tais-toi !

Je repense à Mireille, elle va me quitter, je le vois venir. Elle est trop brave, cette gourde, elle finira par se laisser emberlificoter. Un jaloux, manquait que ça ! Il va lui bricoler le paquet-cadeau, vite fait. Le plus sûr moyen pour se la garder au chaud. Puis d'autres, jusqu'à temps que le ventre lui tombe sur les genoux, pauvrette. A ce moment-là, il s'en prendra une plus jeune. Pas la peine de le lui dire, elle ne te croira pas. Elle l'ai-meuh !

Je fais mon pénéqué. Je me réveille pile avant cinq heures, la vraie pendule. Une douche, puis je sors respirer sur la terrasse. Les jours rallongent, tant mieux. Je rêvasse, je bâille, j'en pleure... J'attends mes antiquités.

De drôles de pistolatches. Le Stéphane, un rabougri avec des bacchantes comme des ceps de vigne, a pris la sale manie de glavioter par terre. Il procède en douce, impossible de le coincer. Après, il faut nettoyer, j'adore ! Je lui ai fait la remarque cent millions de fois, parle à mon cul, ma tête est malade ! Je le pilerais.

Du temps qu'ils jouent, j'écoute la radio, je ne suis plus bonne qu'à ça. Lire, j'y ai renoncé. Au bout de trois lignes, ma tête plonge.

Ce soir, juste comme je m'apprête à fermer, Claire débarque, en jeans et en pull, belle comme un camion. Nous nous faisons la bise. Elle sent la bonne plante. Je dis :

— C'est fait, tu as démissionné ? Tu cherches un travail honnête ?

— Pas encore, ils auront ma peau avant.

Elle m'explique, des horaires pas pensables, jamais un moment à soi. Sinon le métier lui va. Tant pis.

— Qu'est-ce que je te sers, Claire ?

— Au diable l'avarice. Tu as un bon whisky ?

— Du « Black label ». Attends, j'ai mieux.

Je nous prépare deux « Jack Daniel's ». Elle apprécie. A part ça, je devine qu'elle a quelque chose en travers, et je sais bien quoi. Je laisse venir. Elle recommence sa ritournelle avec mes filles. Pourtant, je lui avais expliqué le topo. Ça ira comme ça.

— Tu me fatigues ! Viens te rendre compte, viens. Suis-moi.

Je lui montre les chambres, je lui redis comment ça fonctionne et que ça ne me rapporte pas un kopeck. Enfin, quoi, hein ? Puis je ne sais pas ce qui me prend, je lâche, brusquement :

— Claire, ton estime, j'y tiens. Si tu veux, j'arrête. Mes bonshommes, des gâteries, ils peuvent s'en offrir sur tous les parkings, ils n'en seront pas privés. Alors ?

— Tu ferais ça ?

— Si je te le dis !

— Alors, fais-le, je t'assure, je préfère. Chaque fois que je vois une de ces pauvres filles, je m'imagine à sa place, et...

— D'accord. Je vais demander à Ghislaine de se poser un cadenas. Si elle ne veut pas, du balai !

— Et tes pingouins ?

— Je prétexterai des problèmes avec les flics.

— Merci. Tu vois, il s'agit de toi, aussi bien. J'écoute mes collègues, tu ne trouves pas que des Enfants de Marie, dans le secteur. Tu pourrais tomber sur du chantage, du racket, ça existe.

— Je connais, je suis grande.

— La cible n'en est que plus belle, Zouzou.

— O.K., c'est fait. Je vais changer mon enseigne. « A la blanche hermine », ça te convient ?

Nous rions. Ça soulage. Je me sens jeune, d'un coup, et nette, comme si je venais de faire l'amour pour la première fois. Cette fille me fait l'effet d'un grand coup d'air pur, c'est fou. On me le raconterait je n'y croirais pas.

Claire bat des mains :

— On va fêter ça !

— Champagne ?

— Je veux ! Tu n'as pas un petit creux ?

Nous nous offrons la dînette à la Veuve-Cliquot. Foie gras, pointes d'asperges, crabe en boîte. J'ai l'impression de retrouver mes seize ans. Nous causons. Elle a un problème, son F2, les cloisons en papier mâché, les sommiers bavards...

— Le pire, si tu restes là, tu n'es jamais libre, même si tu es de congé. Ils peuvent t'envoyer effectuer une fouille au corps sur une femme au diable vert, ou une autre combine.

— Je comprends. Il te faut un point de chute. Écoute, j'ai une villa, au Logis. Si le cœur t'en dit, je peux t'héberger.

Elle bat des mains :

— On y va ?

Pas plus tard que tout de suite. Claire visite. Ça lui plaît. Elle pousse des cris de joie, la vraie gamine. Je m'inquiète :

— Dis-moi, ton chef va apprécier de te savoir chez une créature notoirement douteuse ?

— Et comment ! Il s'agit de ton ravalement moral. Le rachat de la maquerelle, voyons ! Je n'y coupe pas d'une médaille.

— Garce !

Nous sommes vendredi, demain, je l'aide à emménager. Elle parle loyer.

— Tu plaisantes ! Mes sous, je ne sais plus où les mettre. Mes lessiveuses débordent.

— J'y tiens. Chaque chose a son prix.

— Toi et tes principes ! D'accord, on partagera le gaz et l'électricité, ça te va ? Et tu m'offriras des calissons pour ma fête.

— Zouzou, c'est quelle sainte ?

— Sainte Parfaite, évidemment.

Nous liquidons le champagne. Nous voilà pompettes. Je

me sens légère, légère... Dieu que je suis contente. Vivre pour le fric et le boulot, le boulot et le fric, un peu ça va. J'avais besoin de quelqu'un sans vouloir me l'avouer. J'ai Claire. La vie recommence. Espérons que son foutu chef ne se mettra pas en travers. Au diable, nous verrons.

C'est fait, me voici installée chez Zouzou. Manu m'a prêté son pick-up. Je me suis dépatouillée en catimini, la brigade n'est pas au courant. J'aime autant.

J'ai raconté à Chef que je comptais rester chez une copine, les jours de congé. Il n'a pas tiqué, j'avais choisi un moment où il était débordé. Ça durera ce que ça durera.

Grande nouvelle, jouez hautbois, résonnez musettes ! Ce soir je suis invitée chez lui, ferme et définitif. Tu te rends compte ! Tu dois donner bonne impression à Suzanne. Tu vas me faire le plaisir de mettre une robe sage, pas d'avantages, maquillage léger.

Si tu veux, je m'enroule un rosaire autour du cou? Quand même pas. Surtout, tu la boucles. Tu n'as rien à dire, tu ne sais rien, tu écoutes les grands. L'intelligence avant le langage, vu? Je peux respirer? Oui, mais n'en abuse pas.

Suzanne, peau de banane. Pourquoi dis-tu ça? Pour la beauté de la rime, tiens. Je porte quoi, la bonne bouteille? Chef apprécierait, mais Suzie? Un gâteau? Oui, seulement, si elle nous a préparé son clafoutis de derrière les fagots... Le mieux, ce sont les fleurs, ça ne mange pas de pain. Sauf que tu ne trouves pas l'ombre d'une fleuriste à Loisson. Faut se rendre à Digne ou à Manosque.

Comme j'embarque, Zouzou me demande où je vais.

Des fleurs ? Je suis malade, le jardin en est plein, les roses commencent à donner, elles sont sublimes. Va pour. Nous composons un bouquet. J'explique à ma camarade ce qui m'attend, Suzanne la Cheffesse.

Elle soupire :

— Tu en as de la chance !

— Comment ça ?

— Plus jeune, à un moment, j'aurais bien aimé devenir... Tu sais, les savants qui étudient les sauvages.

— Ethnologue.

— Merci. Total, c'est plutôt toi, tu as choisi la bonne tribu. Remarque, je plains ta Suzanne. Femme de gendarme, tu dois te retrouver salement coincée.

— Je te dirai ça plus tard.

Je file, avec l'impression de me rendre à un examen de passage. Nous y voilà. Je respire un grand coup avant de sonner. Chef m'ouvre :

— Ah, Claire, bonsoir ! Les belles roses, fallait pas !

Il me débarrasse. Madame est à la cuisine. Je vais lui présenter mes respects. Elle m'annonce le menu, rôti et gratin dauphinois.

— Passez au salon, Claire, j'arrive. Lapin, sers donc l'apéritif.

Lapin, c'est mignon. Et le clapier ? Meubles en Barbès massif, souvenirs de campagne, livres club. Des bibelots dans une vitrine, une collection de petites cuillères. Les choses de la vie.

Je regarde les livres. Beaucoup d'Histoire, de celle à gros tirages. Chef m'explique, il s'intéresse à Napoléon. Le côté Fouché ? Non, Murat, Ney, les sabreurs.

— Chef, vous vous êtes trompé de corps.

— Je ne pense pas. Depuis vingt ans, la cavalerie a plutôt l'arme au pied.

— Vous parlez de la fin de la guerre d'Algérie ?

— Exactement.

Suzanne nous rejoint avec les amuse-gueule. C'est bon, ces petites saletés. J'ai droit à l'interrogatoire-maison, origine, goûts, projets. Elle me passe au tire-comédons. Moi, tranquille comme une banquise. Ne manquent que mes mensurations. Je réponds sagement, j'évite de faire de l'esprit, je reste modeste. Un Greuze.

Ravie, cheftaine :

— Je suis agréablement surprise, j'avoue. Je m'imaginais les gendarmes féminins un peu comme des garçons manqués.

— Cela vous aurait plu, madame ?

— Appelez-moi donc Suzanne, ma petite Claire. Non, vraiment. D'autant qu'à mon époque, c'était bien pire. Ces messieurs auraient exercé un droit de cuissage, je leur fais confiance.

Chef se récrie :

— Voyons, Suzanne !

— Et toi le bon premier, ne va pas prétendre le contraire, beau masque ! Avant, des femmes en brigade, c'était tout bonnement impensable. Je n'aurais jamais imaginé le voir de mon vivant.

Pas bête, Suzie. Elle me demande si ça n'a pas été trop difficile, l'école, avec les vieux de la vieille. Je la rassure. Comme de juste, nous avons eu droit à quelques manifestations de machisme, nous les filles, mais le plus souvent elles venaient des jeunes. Les anciens se montraient plus compréhensifs, plus tolérants.

— C'est intéressant... Mon Dieu, mon rôti !

Nous passons à table. Le rôti, à point. Suzanne tient son rôle gentiment. Prends-en de la graine.

Chef félicite sa moitié. Il en est fier. Bonne épouse, cordon bleu, bravo. Je le remets en selle :

— Dites-moi, Chef, qu'est-ce qui vous aurait plu ?

— Si je n'avais pas fait la blanche ? Me retrouver dans la police montée, au Canada, je crois. Les grands espaces, la tunique rouge...

— Vous avez vu *Jeremiah Johnson*?

— Non, pourquoi?

Madame a vu, elle loue des cassettes.

— Je comprends ce que vous voulez dire, Claire. Ce sont bien des histoires d'hommes, ils auront toujours besoin de se monter le bourrichon.

Chef proteste. Même si les conditions de vie sont différentes, Canada ou P.A.C.A.[1], le boulot reste le même, non? Il n'a pas le temps d'épiloguer. Téléphone. Un accident, à la hauteur de Montlaur, la grande surface. Faut qu'il s'y rende. Je propose :

— Je vous accompagne.

— Pas question, finissez tranquillement. Je vous rejoins dès que je peux.

Enfin seules... Salade, fromages. Suzanne soupire :

— Toujours la même rengaine. Les soirées sans surprise, je peux les compter.

— A ce point?

— Vous n'avez pas idée! Surtout le samedi; entre les sorties de bal et les bagarres, nous pouvons être sûrs d'être dérangés.

— Excusez-moi, mais comment passez-vous vos journées?

— Comme tout le monde, Claire. J'aime mon ménage, je n'ai pas le temps de m'ennuyer. Je me suis fait quelques amies. Je ne suis pas malheureuse, si c'est ce qui vous inquiète.

— Pas du tout. Je me demandais simplement...

— Vous savez, la vie file toute seule. Un beau matin, vous vous retrouvez devant vos cinquante berges sans vous être rendu compte de rien. Moi, ça va tout à fait. Seulement, c'est mon mari...

Suzanne lui aurait voulu plus d'ambition. Qu'il s'active, qu'il s'attaque aux concours, qu'il grimpe!

---

1. Région « Provence, Alpes, Côte d'Azur ».

— C'est qu'il n'est pas bête, il pourrait finir capitaine, s'il voulait. Enfin, il aurait pu, parce que maintenant...

— Il m'a l'air parfaitement bien dans sa peau.

— L'air et la chanson. Il l'est. Son métier lui convient tellement que le reste passe après, y compris sa carrière.

— Vous comptez rester ici ?

— Mon mari souhaite prendre sa retraite plus au sud, du côté de Saint-Maximin. Nous cherchons un terrain pour bâtir.

— Pourquoi pas la côte, carrément ?

— C'est inabordable. Et puis, il ne supporterait pas, l'été, avec cette cohue, ce trafic. Personnellement, je n'aurais rien contre.

— Et vous ne pouvez pas...

— Si, faire des scènes, lui rendre la vie impossible, je pourrais. Seulement j'y tiens, à mon homme. Je ne suis heureuse que s'il est heureux. Je le suivrai, comme un bon toutou. Si c'était à refaire, je remettrais ça, avec joie. Dites, j'ai préparé un baba au rhum, mon mari en raffole. Vous en voulez ?

Il a raison, c'est fameux. Tu te vois dans une peau de Suzon, bécasson ? Pas vraiment. Pas maintenant, surtout. Une fois que tu as tâté du grand air, le gynécée, terminé. Tu te souviens de la petite chèvre, celle de M. Seguin ? Elle a eu beaucoup de chance. Les vieilles biques, ce n'est pas drôle. Je demande :

— Vous n'avez pas de vedette, dans le coin ?

— Comment ça ?

— Des individus incorrigibles, de semeurs de trouble, ce genre.

— On trouve quelques piliers de bar gratinés, rien de tragique. Ah si ! Nous avions affaire à un jeune particulièrement virulent, un révolté de première classe. Le fils de cette femme, celle qui tient le restaurant de la Chefferie. Mon mari pourrait vous en dire davantage.

— Ah bon...

— Il n'est plus là, il a fini par s'engager, cela valait mieux pour tout le monde.

Je suis tuée. Zouzou ne t'a rien dit. Ça cache quoi ? Pourtant pas son genre d'avoir honte.

— Encore un peu de baba, Claire ?

— Volontiers.

Chef ne rentre toujours pas. Suzanne nous sert de la Marie-Brizard. Je commence à avoir des fourmis plein les bottes. Elle bâille discrètement. Je prends congé. Elle me serre les mains, sur le pas de la porte.

— Claire, vous êtes une chic fille, vraiment. Vous me plaisez. Revenez quand vous voudrez.

Ouf, ça s'est bien passé. Sympa, Su. Elle t'a traitée de pair à compagnon. Oui. Et nous avons taillé une sacrée bavette, j'en ai presque mal aux mandibules. Pauvre Suzette, toute une vie dans l'ombre de son grand homme. Qui refuse d'en être un. Tu te rends compte ?

Tant qu'à être là, j'en profite pour passer dans mon F2. J'ai gardé quelques babioles, un matelas, un butagaz, un pot de Nes. Et une table, pour ce foutu téléphone. Il sonne. Une voix d'homme. N'a pas l'air content. Il ne s'annonce pas, il explose d'entrée. C'est qu'il me volerait dans les plumes, l'oiseau ! C'est quoi, ce néanderthal ?

— Enfin, Claire, tu te fous de moi ! Impossible de te joindre. Je t'ai attendue ! Tu peux me dire à quoi tu joues ?

C'est Benoît, tu sais, le bouche-trou de service. Tu lui avais promis de descendre samedi, il dit. Ça m'est complètement sorti de l'idée.

— Écoute, je suis désolée, j'ai déménagé.

— Ça t'empêchait de prévenir ? Je n'ai pas que ça à faire. Je ne suis pas à la disposition de madame !

— C'est bien, continue.

Chlak, je raccroche. Qu'il aille se faire tripatouiller par Pépito, l'aztèque. Il me gonfle. Il me prend pour Interflora, on livre à domicile ? Il ne m'a pas regardée ! Aller jusqu'à Aix pour ce minus, pas question.

Et ta vie sentimentale, Libidine ? Ces choses-là viennent tout seul. Je ne vais pas mettre une annonce, je n'en suis pas là. Je te signale, tu vas avoir tes règles, et tes Tampax campent chez Zouzou. Dommage, vu l'heure, je comptais dormir icitte.

Une chance, elles ne sont pas douloureuses, je touche du bois. Quand bien même, pas question de me faire porter pâle, je tiens à bosser comme les copains. Mon côté kamikaze.

Toujours satisfaite ? De plus en plus. Nous tiendrons. Ce qui me tue, c'est cette histoire du gosse de Zouzou. Qu'a-t-il bien pu trafiquer pour que Suzy en parle comme d'une terreur ? Surtout, motus. Si ta camarade a confiance en toi, elle t'en parlera. Ce n'est jamais mauvais d'avoir une longueur d'avance.

Tiens, le beau Jean-Paul se tient la joue. Je demande :

— Ça va pas ?

— Moin hyan na
Moin hyan na hassoi nyé...

— C'est quoi, cette mélopée ? Le refrain des sarcleurs de cacahuètes de Haute-Casamance ?

— Te fous pas de moi, je suis patraque. On vient de m'arracher trois dents.

— Je ne vois pas le rapport.

— Je t'ai juste dit : « Moins y en a, moins y en a à soigner ! », bordel !

— Mon pauvre vieux, tu devrais te reposer.

Sinon ? La roue tourne, fillette. La routine. Setboun est de permanence. Lambert se nettoie les ongles. Albert boude. Roger n'est pas encore descendu, pourtant, c'est le premier à marcher. Jean-Paul s'est posé. D'une main, il tient le journal, de l'autre il masse sa joue. Tout reposait dans Ur et dans Jérimadeth... Nous avons eu des vols de voitures en série, ces temps. Une Béhème, des 4x4. Chef ne décolère pas, il le prend comme une atteinte perso. Il me prend à témoin :

— Claire, cela ressemble bigrement à du travail de bande organisée. Pourtant, on ne m'a rien signalé.

— Il ne s'agit peut-être pas de truands locaux.

— C'est ce que je redoute. Si nous avons affaire à des Marseillais, c'est foutu. Ils ont leurs filières pour l'Algérie. Nous ne sommes pas près de les revoir ces bagnoles.

Je voudrais bien l'aider. Je propose :

— On pourrait les appâter ?

— Comment ? Une petite Toyota et une grosse tapette ? Non, le mieux, c'est encore les barrages routiers. Avec un peu de chance, ça finit par payer.

— Et vos informateurs ?

— Rien à voir, il ne s'agit pas du même registre. Eux, c'est valable pour les combines locales.

Ses indics, il les cache jalousement. Tu parles, ils ne doivent pas être bien sorciers à retrouver, mais bon...

— Et s'il s'agissait d'une escroquerie à l'assurance ?

— Pas avec ce genre de guimbardes, les types y tiennent. Aussi, c'est trop facile, dans la région. Les gens laissent leurs clefs, leurs papiers, ils ne se méfient pas. Quand je vois ça, le foutre me prend !

Fichtre...

— Ne vous mettez pas dans tous vos états, Chef. A ce rythme, ça leur passera vite.

C'est le printemps, un temps génial. Pas un nuage, pas de mistral, un ciel incroyable. J'ai des envies de soleil. Après le repas, je me change en cinq sec, je m'installe en short et chemisette derrière notre bâtiment. Nous disposons d'une pelouse. J'ai pris un coussin, un livre. Le bonheur ! A peine ai-je le temps de m'installer que collègue Setboun se pointe en frétillant. Un peu casse-bonbons, le G.A. Il attaque :

— Fait beau, pas vrai ?

— Vous avez trouvé ça tout seul ?

— Comment, vous n'êtes pas heureuse ? Pourtant, c'est la joie, tout ça, les petits oiseaux...

— Écoutez, je voudrais juste un peu de tranquillité. Si ce n'est pas trop vous demander, pourriez-vous me laisser ?

— Moi, pareil, le calme, j'adore. Ça ne vous dérange pas si je reste un peu ? Nous ne sommes pas obligés de parler.

Maman ! Je vais le tuer !

— Tranquille et seule !

— Allons, Claire, ma présence est amicale. Laissez-vous aller, ne vous crispez pas, c'est mauvais.

Pas moyen de s'en dépêtrer.

— Vous ne comprenez pas ? Je dois vous le dire comment ?

— J'adore quand vous vous fâchez, ça vous va si bien.

J'abandonne. Je me lève, je file. Il me suit :

— Faut pas le prendre comme ça. Qu'est-ce que je peux faire pour nous rabibocher ? Le ciné, ça vous dirait ? Ce soir, ils jouent *Confidences sur l'oreiller*, à Manosque.

— Ça suffit ! Si vous continuez...

— Vous portez plainte ? S'il vous faut un gendarme, présent !

— Je vous donne l'ordre de me laisser. Je ne plaisante pas.

— Bon, puisque vous insistez...

Il décroche. Je rentre, le charme est rompu. Comment ose-t-il ? Le petit salopiot ! Il fallait t'en défaire en plaisantant. Nous y serions encore, tu rêves.

Une douche et je me rhabille. Je reconnais, un copain, je ne cracherais pas dessus. Tu t'écoutes ? Je te croyais plus romantique. Lâche-moi. Heureusement, Lambert sait se tenir. Méfie-toi des eaux dormantes. S'il s'en donnait la peine, il n'est pas si mal. Tu imagines, éveiller ce jeune babouin, lui apprendre les bonnes manières ? Le blé en herbe, merci.

Chef suit sa lubie. Nous nous payons barrage sur barrage. Dans son bureau, il vient de coller bout à bout plusieurs cartes Michelin. Il a tracé des axes, des flèches, des cercles, en bleu, en rouge. Du grand art ! Il essaie de comprendre la logistique de l'adversaire, pour agir en conséquence. Total, nous nous faisons suer à cent sous de l'heure dans des coins incroyables, sans résultats. Si, j'ai récolté un coup de soleil gratiné sur le bout du nez, je suis affreuse.

Le barrage de ce matin, je le retiens. Nous étions postés sur la route de Malastres. Pourquoi là, c'est un cul-de-sac ? Mystère et boum de Gaulle... En trois heures de temps, une bétaillère... Mais Chef s'accroche :

— C'est une question de patience, Claire. Ah...

Il tend l'oreille. La radio du Trafic grésille. Chef va voir. J'entends un bruit. Une moto. Elle surgit, à fond. Le type n'a pas son casque. Il sort d'où ? Mon Dieu, c'est lui ! Je lève le bras. Il accélère en passant, me fait signe. On me tape sur l'épaule, c'est Chef.

— Vous avez relevé son numéro ?

— La plaque était sale.

— Il ne portait pas de casque. Vous le connaissiez ?

— Pas du tout.

— Il m'avait semblé...

Pas content, Chef. Il se mord la lèvre. Moi si. Ton archange n'est pas perdu. Ce n'est pas si mal, ces barrages. Chef en a sa claque, nous levons le camp. Je t'en prie, essaie donc de ne pas sourire comme une illuminée, il va s'imaginer que tu te paies sa fiole. Qu'il me secoue les puces, rien ne peut m'atteindre.

Ce soir, je passe voir ma Zouzou, au Logis, en coup de vent. Espérons qu'il n'y aura pas d'imprévu à la brigade, sinon je serais portée déserteur. Ma camarade se fend la pêche en me voyant :

— C'est quoi ce cirque, Claire ? Vous préparez un spectacle ?

— Pourquoi, j'ai l'air d'un clown ?

— Disons d'une pub pour la vie au grand air, le kayak, enfin, tu vois le genre.

— Oh, toi, ça va !

Je lui explique le topo, le coup des cartes, les barrages à roulettes. Elle apprécie :

— Pas bête. Seulement, il s'est trompé d'échelle, ton génie rural.

— Comment ça ?

— Il se contente de replacer la chose dans le cadre Digne-Aix, mettons. Ça me paraît manquer de jugeote, j'envisagerais plutôt un ensemble Montpellier, Grenoble, Nice. Tu comprends, si c'est une bande, elle a intérêt à frapper fort sur peu de temps, dans le plus vaste secteur possible. Vous devriez vérifier avec vos lointains collègues.

— Zouzou, tu m'en bouches un coin. C'est génial !

— N'exagérons rien. Tu as mangé ?

— Si on peut dire. J'ai grignoté.

— Je nous prépare une omelette. Mets le couvert, du temps.

Agréable de se retrouver entre nanas, de pouvoir circuler en petite culotte et T-shirt sans craindre des pulsions velues. Je ne suis pas vraiment un homme, en fin de compte. La saison qui veut ça aussi, la montée de sève, les bourgeons... Puis après les couples se forment, les nids, la becquée... Arrête ton char. Tu sais que tu es en infraction ? J'espère bien, j'apprécie. S'ils me veulent, qu'ils me cherchent.

— Dis-moi, Zouzou, de ton côté ?

— Mireille est partie, je m'y attendais.

— Tu as trouvé quelqu'un d'autre ?

— J'hésite entre deux filles, Viviane, une grande brune, genre Dalida, tu vois ? Pas mal, très danse du ventre. Seulement...

— Seulement quoi ?

— L'omelette est prête. Tu prends du rosé ?

— Attends, je vais le chercher.

Dieu bon, que vous sommes bien, sur cette terrasse. Le calme, à une tondeuse à gazon près. La douceur du soir... Il ne manque qu'une guitare, Clarita. J'ai l'impression d'être assiégée, à la brigade. Un type peut se permettre de se laisser aller, pas moi. Le fardeau de la femme blanche... Tu as bien vu, tout à l'heure, l'autre pot-de-colle. Aussi fallait mettre un fixe-gorge. Ça n'aurait rien changé, il aurait cherché à deviner la pointure.

— Tu me parlais d'une Viviane...

— Oui, j'ai peur que ce soit la grande hystérique.

— C'est-à-dire ?

— Tu sais, le bâton merdeux, le genre qui fonctionne par crises. D'un temps, tout va bien, youpi ! Le lendemain, le premier qui lui verse une lichette de blanc dans son décolleté, clac, la gifle !

— Normal, non ?

— Non. Il faut se faire respecter sans vexer le bonhomme. Le client a toujours raison.

— Parlons-en ! Tu ne te prives pas de les rembarrer, tes zozos.

— Je veux ! Je suis la patronne. Un peu de salade ?

— Tu es une mère pour moi, Zouzou. Laisse, je la prépare.

— J'ai de la frisée au frigo, déjà lavée.

Frisée, frisée... je raconte l'histoire de mon bain de soleil interrompu. Zouzou se gondole :

— Ma pauvre Claire ! Et tu as mis les pouces ! Fallait pas, tu t'y prends mal !

— J'aurais voulu t'y voir. T'aurais fait quoi ?

— Je me le chopais par l'oreille, zoup, dans ma chambre. Une fois allongée sur le plumard, en pleine lumière, en position gynéco, j'aurais dit : « Et maintenant, mon gros loulou, montre à mamacità ce que tu as dans le calcif ! » Je te garantis, ça lui aurait coupé la chique et le reste.

— J'y ai pensé. Ça ne l'aurait pas fait reculer, pas lui. C'est un teigneux.

— Alors, tu ajoutes : « Au fait, coco, je me demande si je ne suis pas séropo sur les bords. »

— Zouzou, tu es impitoyable.

— Pas de pitié pour les canards boiteux. J'ai ramené des fraises, tu en veux ?

Fraises à la crème, un régal. Je me sens revivre. Si ma camarade ne veillait pas sur moi, je deviendrais une sorte d'épouvantail cartonné, à force de me dessécher.

C'est super, une amie. Sinon, à l'heure qu'il est, je serais seule comme un fossile, dans ma chambre pourrie, à regarder le vide. Ou à relire *Les Grandes Espérances*. Zouzou en a encore après les mecs :

— Claire, jamais ils ne te prennent pour une personne humaine, jamais. En tant que bonne femme, tu restes un trou. Si tu es baisable, ils tentent le coup ; ils sont prêts à balancer la purée, ils ne cherchent pas plus loin. Leurs seuls vrais rapports, c'est avec leurs copains. Pas nous. Moi, je peux m'entendre avec des mecs, je ne fais que ça, toute la journée.

— De ce côté, j'ai de la chance, avec mon chef. Il ne fait pas de différence.

— Tu es sûre ?

— Je crois. Ce n'est plus un gamin, il a de la bouteille.

— Laisse-moi rire, les vieux sont les pires.

— Ça dépend. Par contre, je me vois mal tenir cinq minutes avec l'autre obsédé.

— Il va dégager, tu m'as dit. Si on s'offrait un voyage toutes les deux, un de ces jours ? J'aimerais bien l'Italie, Venise, Rome...

— Rome, je ne connais pas. Mais Venise, ce doit être tarte, non ? Ce côté lune de miel...

— Faut voir.

La fatigue me prend. Nous nous faisons la bise. Retour à l'usine. Je me sens une autre, depuis que je vis en partie avec cette fille. J'en avais besoin. Tu t'imagines, mariée à un gendarme ? Retrouver brigade et problèmes sur l'oreiller, soir après soir ? L'angoisse. Ne t'affole pas, la question ne se pose pas.

F 2, je te hais. Tu n'as encore rien fait, pas la moindre broque de décoration, tu sais, une affiche, ou des coussins. On s'en bat l'œil. Si tu insistes, je peux encadrer mes menottes, poussin.

Tu as remarqué ? Zouzou continue de se taire, au sujet de son fils. Rien d'étonnant. Un cancer, ça se garde pour soi.

Claire venait à peine de partir, j'étais en train de ranger, j'entends une moto. Elle s'arrête. Mon cœur dérape. J'ouvre. Arnaud. Il dit :

— Alors ?

Nature, comme si on venait de se quitter. Cela va faire plus d'un an. Je me maîtrise, surtout pas d'épanchements, il ne supporte rien.

— Entre. Je te prépare quelque chose ?

— Si tu veux.

C'est tout. Et après ? L'important, c'est qu'il soit là. Je dispose pâté et jambon cru sur la table. Allons-y pour une autre omelette. Je fais une tentative :

— Elle a l'air pas mal, cette moto. Toujours la même ?

— Je veux. Une Kawa 600.

— Cela fait longtemps que tu...

— Deux semaines. J'ai tourné, j'ai revu les copains.

Je le regarde. Il est beau, plus mince que jamais, bronzé. C'est mon fils. Il n'a pas écrit, ou si peu. J'essaie encore :

— Tu viens d'où ?

— Djibout'.

— C'est comment ?

— Merdique, à part la Heineken.

Me voilà renseignée. L'omelette est prête. Je ne saurai

jamais si elle est à sa convenance. Il demande une bière. Je suis la servante du Seigneur, qu'il me soit fait... Miracle, il parle. Remarque, avec les autres, il a toujours parlé. Toute mère a droit à un traitement de faveur.

Il dit :

— Djibout', c'est le trou du cul du monde, en plus chaud.

— Vous y faisiez quoi ?

— On empêchait les indigènes d'entrer.

Terminé pour la question. Quels indigènes ? Des adorateurs de la Heineken, probablement.

— Tu as besoin de quelque chose ?

— Non, ça va.

— Si tu as du linge sale, tu peux me le porter.

— Je sais.

Arrête de lui tendre ton cœur, tu vas attraper une crampe. Tant pis, essayons encore.

— Tu sais où loger ? Sinon, j'ai de la place.

— Je me débrouille.

— Demain, je fais le couscous, tu passes ?

— Possible.

Ni fromage ni dessert. Le voilà parti, sans un câlin. Faut pas demander l'impossible. Je ne demande rien, déjà énorme de l'avoir vu. D'un peu, il tombait sur Claire. Imagine la scène :

— Mon fils, un revenant des mers du Sud.

Tu devrais tout de même lui en toucher un mot, à ta copine. Pour lui dire que mon gosse me repousse ? Qu'il me fait payer... Quoi donc ? Si tu posais cartes sur table, une bonne fois ? A quoi bon, le passé ne se récupère pas. Pourtant, je lui ai tout donné. Tout sauf l'essentiel, un père. Oh, assez ! Tu crois qu'il passera demain ?

Il est venu. Entre lui et mes zigotos, le courant ne risque guère de circuler, Arnaud ne fait aucun effort. Avec mes filles, autre chanson.

Ghislaine s'est mise à roucouler. L'autre, Viviane, s'est débrouillée pour remonter les bretelles de son soutien-gorge. Je n'ai pas encore décidé si je la gardais.

Inutile qu'elles se mettent en frais, monsieur ne jettera son mouchoir à personne. Il vit comment ? Je l'ignore. Ses projets, je les apprends toujours après. Après coup, quand il est trop tard.

Je sais, il m'en veut. Je lui ai raconté que son foutu père était mort en Algérie, à la guerre. Je n'ai pas inventé de belle légende, pas assez d'imagination. Mon gosse, je l'ai pris en charge toute seule. J'ai tout fait. Rien n'y a fait. Voilà le résultat.

Je lui sers son couscous. Il y touche à peine, se lève.

— Café ?

— Je le prendrai ailleurs.

J'ai failli dire : « Je n'ai pas ton adresse. » Je me suis retenue. La porte se ferme. J'ai le cœur dans la gorge. Déjà Ghislaine s'amène, émoustillée :

— C'est un parent à vous, ce jeune homme ? Il est drôlement beau !

— C'est mon fils.

— Oh pardon !

— Pardon de quoi ? Remue-toi, tu as encore oublié de remplir les salières.

La porte. Un client ? Non, Arnaud. Il sourit, miracle.

— Tu prends ton café, finalement ?

— Toujours pas. J'ai oublié mon portefeuille, je vais avoir besoin d'essence.

— Combien veux-tu ?

— Cent francs, ça ira.

Je lui en donne deux cents. Je me décide :

— Dis-moi, tu as des projets ?

— Aucun, à part dépenser ce que j'ai.

— Et après ?

— On verra.

On a vu. Les coups tordus à deux doigts de la taule. Je n'en dormais plus. Au moins, à l'armée... Cool, il ne risquait que de se faire tuer.

— Tu ne restes pas ? J'attends une amie.

— Moi, tu sais, ta ménagerie...

Et je supporte ? Oui, bien contente. Je me marre, ben voyons ! Il repart. Ghislaine me regarde. Elle ne dit rien, elle a intérêt. Au premier mot, je la lourde, cette dinde. Pas besoin de sa pitié.

Ça y est, elle se décide :

— Quand même, il n'est pas gentil !

De quoi je me mêle ? Je lui rentre dedans ? Non, je n'en peux plus.

— Finis de mettre les serviettes.

— Ah, c'est vrai, j'ai pas de tête. Heureusement, le reste, ça va.

Je la pilerais ! Qu'elle s'occupe donc de ses fesses. Et c'est reparti. J'ai préparé des tonnes de harissa. Ils ne crachent pas dessus, mes morfales.

Ça me prend, j'ai envie de tout plaquer. Parfait, sauf que demain, j'aurais peut-être besoin de pas mal de blé. Les avocats, ça vous a de l'appétit.

Qui parle d'avocat ? je ne parle pas, je m'attends au pire. Mon fils chéri a toujours organisé sa vie de façon à m'en faire baver un max, ça crève les yeux. Pas la peine d'être parano, il n'organise rien, c'est juste le contraire.

Enfin, mes premiers clients, Rouski et Zé, deux vieux de la vieille. Un moment qu'ils n'étaient pas venus. Je paie la tournée. Ils sont furieux. Rouski râle comme un papou. Retour d'Espagne, ils se sont fait contrôler par des paysans, à un péage.

— Histoire de voir si on transportait des fraises. On les sucrait, oui. C'est qu'ils rigolaient pas, les ploucs. Ils venaient de délester deux gros culs espagnols, tu aurais vu le chantier ! Total, ils nous ont fait paumer deux bonnes heures. Et tu as intérêt à fermer ton clapet, avec ces tarés.

Zé prend la relève :

— Dans ces coups de temps, tu peux être sûr que les gendarmes, tu en vois pas la queue d'un.

— Cette blague ! Ils ont la consigne de s'écraser.

— Ce pays, pas la peine de chercher la petite bête. Si tu as les moyens de barrer les routes, tu obtiens tout ce que tu veux, pas vrai, Zouzou ?

— En attendant, ne barrez pas la mienne, j'ai besoin de vous.

— Et nous on a besoin de toi. C'est pas beau, ça ?

D'un coup, le regard de Zé s'allume. Il vient d'apercevoir Viviane.

— Houlà, cette petite, c'est le morcif ! Ya moyen de moyenner ?

— Surtout pas, j'ai fermé les salles de sport.

— Tiens donc ! En quel honneur ?

— La police me cherchait des poux dans la tête, mon tout beau.

— Ceux-là, le jour où ils arrêteront de te les briser... Vous n'avez pas d'ennuis, au moins, madame Zouzou ?

— Non, et je n'en cherche pas.

— Vous avez raison, ça vient tout seul. Dites, c'est comment, son nom, à cette gamine ?

— Viviane.

Il fredonne :

« Viviane,

Tu me fends mon âme. »

Sur l'air d'« Adèle, ta maman t'appelle ». Rapeux, l'organe. Trop de pastis et de tabac, mais c'est un début. Les nains aussi ont commencé petits.

Une autre fournée s'amène. Mes gaillards s'installent. C'est bien d'entendre leurs grosses voix. Rien qu'à les regarder, je me sens revigorée. Je tiendrai. Puis je ne suis plus seule, à présent, avec Claire. Une alliée dans la gendarmerie, qui sait, ce n'est pas à dédaigner. Je devrais me décider, au sujet d'Arnaud. Je n'ai rien dit pour l'éternelle raison, je ne supporte pas qu'on me plaigne.

La machine est lancée. Incroyable ce qu'ils peuvent se goberger. Ça leur profite, regarde-moi ces gabarits ! Oui, et avec la vie qu'ils mènent, ils ne font pas de vieux os. Je n'ai pas encore reçu de cartes-postales d'un retraité du volant.

— Quatre cafés ! Ça marche ! Chaud devant !

Ton couscous, nettoyé. Si jamais Claire passe ? Je ne crois pas, il est plus de deux heures, elle doit se cogner ses barrages. J'aimerais voir la tête qu'elle a quand elle t'arrête. Je demande à l'ami Max, un grand blond :

— Tu n'as pas rencontré une femme-gendarme, dans le secteur ?

— A quoi elle ressemble ?

— Brune, pas très grande, bien foutue, avec des yeux bleus.

— Je vois de qui tu parles. Avant-hier, du côté de Mallefougasse, je tombe sur un barrage. Dans des coins aussi paumés, tu t'y attends pas. Je reconnais le brigadier de Loisson, c'est pas le mauvais cheval. Puis je me dis : « Son gendarme, il a une drôle de touche... » D'un coup, je réalise que c'est une fille, et pas mal du tout. Sérieuse avec ça, fallait voir. Elle plaisantait pas !

Louis intervient :

— C'est pas celle qui est venue ici l'autre jour ? Je lui ferais bien un réglage de soupapes, et pour rien.

— Fais gaffe, c'est elle qui tient la manivelle !

C'est reparti. Sur un terrain aussi propice, la récolte promet. J'en suis où ? Terminé, quasiment. Demain, tu as prévu quoi ? Je m'en tamponne. De toute façon, le boulot sera fait. Je ne supporte plus d'attendre, voilà. Ma belle, à partir du moment où tu deviens mère, ta vie se passe à ça. Patienter. Remercie le Ciel d'avoir encore quelqu'un pour te manger le cœur.

Les voilà partis. Un coup de balai ne serait pas de luxe,

ils m'ont collé des mégots partout. Je commence par aérer. Où donc est Viviane ? je demande à Ghislaine. Elle a mis les voiles, ta potelée.

— Seule ?

— Non, avec deux routiers.

La garce, le petit chameau ! Qu'elle joue au sandwich, je n'ai rien contre, mais on ne disparaît pas sans prévenir. Je la lourde ? Rien ne presse. Une autre serait peut-être pire. Puis je lui trouve quelque chose de désarmant.

Ghislaine, ça va. Elle chantonne. Je demande :

— Pas trop dur, mignonne ?

— Si, mais ça me plaît bien. Un bureau, jamais je supporterais, faut que je boulègue.

— File, je finirai.

— Merci. A demain, madame Zouzou.

Et ce voyage, avec Claire ? Je regarde l'heure. C'est jouable. Elle a dit : « Tout, sauf Venise. » Nous pouvons essayer Ouagadougou.

Un autre printemps, pas vrai, Polka ? Ce matin, à peine les moutons sortis de l'étable, voilà que ça recommence. La moto repasse. Le jeune s'arrête, il coupe pas le moteur, juste il pose le pied par terre. Il dit :

— Ça va, l'artiste ?

Puis il file. Les gens, pas moyen qu'ils se tiennent peinards, faut qu'ils bougent. Ils regardent rien, juste ils déplacent de l'air.

Pas moi. Je me retrouve largué. D'ordinaire, dans une ferme, jamais le travail fait défaut. Seulement, le Vieux, plus rien lui tire souci, et moi je joue à quoi ? Tout risque de le contrarier. La bergerie, par exemple, il m'a dit d'arrêter. Il m'a pas demandé de replacer le fumier, encore heureux.

Avant, on se faisait des légumes pour nous, un peu de tout, des raies de haricots verts, de salades, de patates. Même des cougourdes. Terminé. J'ai rien à dire, même si je pouvais.

Tu existes à partir du moment que tu commences à parler. J'ai compris ça en premier. Pourquoi si Dieu il avait pas eu la parole, jamais il aurait fabriqué le monde. Il s'est servi de Sa Voix, c'est marqué dans leur Bible. La semaine, ça lui a pris. Alors, moi...

Des fois, j'essaie de penser, j'aurais pas été muet... Je

sais pas. Je peux pas comparer. Un drôle d'outil, la parole, quand même. Avec, les autres, tu les bouges comme des pantins, quasiment. Les gens se rendent même pas compte du miracle que c'est, pourquoi quand tu as l'habitude d'une combine, tu la vois plus.

Une fois de plus, pour ce jeune, ce matin, le Vieux était pas là. Je sais jamais où il est fourré. Tant, un jour, il part, il revient pas. Quand même, je pense pas, les vieux chiens quittent pas leur niche. A moins qu'il se casse la margoulette dans un coin.

Je tourne, je vire comme un cochon malade. Je fais quoi, je coupe les ronces ? C'est vivace, ces saletés, il en vient de partout, Le pré aux pommiers, faudrait le nettoyer, les gratte-cul l'envahissent. Je sais. Les bêtes, ce sera bientôt l'époque de les tondre. Pas à moi à décider. Je bricole. Je bouche les trous du chemin avec de la caillasse et des tessons de tuile. Je m'occupe.

Tiens, le Vieux fait surface. Ses falzars tiennent parce que c'est la mode. « Aboule ta fraise », il dit. « Tu vas me dégager la source de Fonrouvre, elle est bouchée. » Il crache un coup. Il dit : « Capitche ? » J'attrape la pelle, la pioche, j'y vais.

Dans ce coin, le terrain déménage. Pour peu qu'il pleuve, tu as le glissement. Mettons, tu vois une belle rangée de fayards couchés sur une pente, pas besoin de tempête pour ça. Le terrain s'est fait la malle. C'est une zone hypocrite, elle convient juste au mouton.

Il a remarqué pour la source, bien. S'il s'intéressait à la bouffe, je pleurerais pas. Pain et fromage, fromage et pain, ça devient longuet. Si je préparais la plâtrée de riz, pour changer ? Et s'il te la balance à la gueule ?

De cette source, il reste rien qu'une mare boueuse. Je farfouille un moment dans la mouscaille pour dégager. Je me mets propre. A force, je retrouve le morceau de tuyau, je le replace. Plus haut, je cale de grosses pierres pour arrêter la coulée. Tourne vire, ça me mange la matinée.

Je me tiens la sacrée fringale. Dégun monte plus au Château, depuis belle lurette. Le boucher, terminé. L'épicier, pareil. Ils ont pas de temps à perdre. Total, c'est moi la bourrique, je me coltine les courses. Remarque, le Vieux y pense chaque fois qu'il lui tombe un œil. Vu ce qu'on achète, je risque pas la hernie.

Je rentre à temps pour la catastrophe. La porte de la soue s'écroule sous mes yeux, les féroces se débinent comme des bolides, mon ami. Je me lève du milieu, je n'en mène pas large. Ils enfilent le chemin en couinant. Le Vieux regarde, il bronche pas.

Je vais voir. Pardi, la porte, ils ont complètement rongé le bois. Ça vous tient de drôles de ratounes, ces bestiasses. Au train où ils filent, je risque pas de les suivre. Ils vont revenir ? Pas forcé. Ça vit très bien dans la forêt, ces engeances. Ils risquent pas de mourir de faim. Tant, ils se croisent avec des sangliers, ça donnera de drôles de beaux bébés. Rafistole toujours, on sait jamais.

Je m'active avec mes bouts de planche quand j'entends le pin-pon. Je vois de fumée nulle part. Je sens rien. Ça veut dire l'accident. Le bruit vient du croisement avec la route de Talasse. Tu trouves juste quatre champs de lavandin, dans ce coin.

Je m'y remets. J'entame des planches de chêne épaisses comme le poignet. Elles traînent sous le hangar depuis cent sept pans. Dommage, on pourrait fabriquer de beaux meubles avec. Les féroces vont y laisser le râtelier.

S'amène une bagnole, une bleue, la petitoune des gendarmes. Ils descendent, ils sont deux. Lui, je connais, il a trois galons, il commande. L'autre... Alors là, je suis estomaqué. Jamais j'aurais cru possible, c'est une fille ! Par exemple ! Drôlement belle, même. C'est quoi, cette invention, c'est permis ? Je vois ses yeux, j'ai la secousse. Trois Galons lui explique que je suis muet. A moi, il me demande où se trouve présentement le Vieux. Je fais signe que j'en sais foutre rien.

— Dites, les cochons, les monstres qui vagabondaient sur la route, ils venaient bien de chez vous ?

Signe que oui.

Du temps, je regarde cette gendarmette. Elle semble pareil que ses collègues, avec le pistolet, l'habit, tout. Mais c'est une gonzesse, pas d'erreur. On aura tout vu.

Trois Galons retire son képi, il s'essuie le front, il soupire. Il dit :

— Ma petite Claire, nous y sommes, on va essayer de se dépatouiller.

Il appelle le Vieux. Cause toujours. A mon idée, il se planque quelque part à nous espincher. Alors l'autre me pose plein de questions à la noix. Si les cochons vivaient en liberté ? Quand ils sont partis ? Pourquoi ? Je lui fais voir la vieille porte, ce qu'il en reste. Si on est assurés. J'en sais rien. Ça m'étonnerait, pas le genre du Vieux de balancer du pognon pour des nèfles.

Il explique. Les féroces ont dévalé la route en trombe, juste comme il s'amenait le tracteur du Sylvain, celui du lavandin. Pour les éviter, il a filé le mauvais coup de volant. Total, l'engin s'est retourné dans le fossé, lui dessous. Ça pardonne pas.

Il aurait pu sécher sur place, tranquilou, pourquoi cette route mène nulle part, sauf chez nous. Coup de bol, une voiture qui descendait du col par la nationale a vu la mécanique renversée. Elle a prévenu.

Trois Galons raconte tout bien. En arrivant, ils sont tombés sur un cochon, fin mort. L'autre monstre, le tracteur le cachait. Il se goinfrait le Sylvain, c'était pas beau à regarder, la tripaille, tout. A peine il les a eu vus, il s'est jeté sur eux. Trois Galons l'a flingué, au revolver. Il a vidé le chargeur. Les balles, le féroce les absorbait dans sa graisse. Il a quand même fini par caner. Eux, donc, venaient rapport aux bêtes. Faudrait voir à les dégager du mitan.

Je fais signe, je peux rien. On a pas le mulet, on a pas l'âne, on a un gros que dale.

— Pas même un tracteur ?

Où il a vu jouer ça ? Signe que non. Dommage, ça nous aurait fait plein de bonne bidoche. Sauf qu'un cochon cannibale, ça doit pas être permis. Le chef se décide :

— Tant pis, la municipalité les collera à la décharge. C'est une question de salubrité.

Comment qu'il cause, la vache ! Gendarme, c'est déjà le haut du pavé. Il me salue, ils partent. Bon vent. Je dis pas ça pour la fille, pourquoi elle, elle me fait impression. Tu as vu, Polka, il s'en passe. Le tracteur pourfendu, nos bestiasses qui boulottent du chrétien, et en plus, un gendarme en jupons. Ça semble guère naturel, tout ça. Les bras m'en tombent. Sûr, quelqu'un nous a emmasqués. Je vais te dire, elle me fait un effet bizarre, cette fille, je saurais pas t'expliquer.

Je me remets à ma porte. Après, faudra nettoyer la soue, elle en a drôlement besoin, pourquoi l'odeur, pardon ! On en prend maï avec le nez qu'avec la fourche.

Le Vieux revient. Je vais pour essayer de lui expliquer l'affaire. Il m'arrête pile :

— Te fatigue pas. J'ai entendu.

Je savais bien. Il va reprendre des cochons, ce vieux masque ? En galère... Il aurait pu se débrouiller avec les gendarmes. Sauf qu'il cause plus à dégun. Juste à moi, pour me commander. Et encore ! Je suis quoi, pour lui ? Zéro en chiffre. Les chiens ont un nom, pas moi. Il dit juste : « Fais ci, fais ça... »

Au village, le patron du bar, des fois, il m'appelle berger. C'est bien, à moi ça me plaît. C'est mon métier. Ça pourrait en devenir un, de nom, remarque, berger. Seulement faut du temps, plein de temps. Un nom, c'est quand tu es plusieurs, pour te distinguer des autres. Moi, c'est pas la peine, pourquoi je suis seul.

D'un coup, j'ai les quatre sueurs. Imagine, les féroces tombent sur des enfants. Des fois, ça arrive, une classe en promenade, ou alors des gosses qui vadrouillent dans la colline. Les petits, c'est toujours à trafiquer à droite à gauche. Pense un peu, les bestiasses en plein sur eux, à toute blinde ! La boucherie.

Aussi bien, ça aurait pu m'arriver, il s'en est fallu d'un poil. Non, à moi ils me connaissent. Rien du tout, ils connaissent que leur ventre.

Ils seront pas restés libres longtemps. Ils gagnaient le bois, ils vivaient comme des pachas, mon ami. Le plus beau, c'est le Sylvain, il a drôlement encapé. Il tenait une chance sur mille millions de tomber pile à ce moment. Une chance pareille, on s'en remet pas.

Je finis ma porte. Je nettoierai une autre fois. Ces bêtes, elles m'en auront fait voir des vertes et des pas mûres.

La sale histoire ! J'en suis encore secouée. Ça n'arrive qu'à moi ! Je me trouvais de permanence, à liquider mes paperasses, quand ce bonhomme est arrivé. Il venait de voir un tracteur renversé, au-dessus de Talasse. Je préviens Chef, nous filons.

L'engin, nous l'avons aperçu de loin. On ne pouvait pas le rater, son rouge tranchait sur le vert de l'herbe. On aurait dit un jouet. Il venait de basculer en contrebas de la chaussée, du côté gauche.

Chef descend. Je le suis. D'un coup, il dégaine, il tire. Je l'ai cru fou, on ne mitraille pas une épave. Puis je vois une masse énorme se précipiter sur lui. Un cochon, un fauve ! Encore une balle, l'animal s'écroule, ses pattes gigotent, il pousse des cris déchirants, des cris humains.

J'aperçois un lambeau de barbaque accroché dans son groin. Je manque défaillir. Nous nous approchons. Regarde, une autre bête, énorme, coincée sous une roue géante. A côté, le corps du conducteur, éventré, défiguré. L'air vibre de mouches. Et cette odeur ! Je me sens mal. Chef m'ordonne :

— Écartez-vous, Claire, ce n'est pas un spectacle.

Je recule. Reprends-toi. Ça ira... je demande :

— Ils sortent d'où ?

— Probablement de cette ferme, Orèze. Comment vous vous sentez ?

— Mieux, merci.

Nous nous éloignons, en attendant l'arrivée des pompiers. Pour le tracteur, il va falloir un engin de levage. Bon sang, ça m'a secouée.

Ils arrivent, un fourgon rouge, quatre bonshommes. Le type, ils vont le descendre. Quant aux cochons, Chef décide de se rendre à la ferme, tirer l'affaire au clair.

Nous prenons un chemin de terre défoncé, vaguement rapetassé. Nous y voilà. L'endroit semble à l'abandon. Les paysans, d'ordinaire, l'apparence, à d'autres ! Pas leur genre de coller des pétunias dans de vieilles marmites pour faire joli. Mais là, pardon ! Tout part à vau-l'eau. Pourtant, ce vieux bâtiment possède encore pas mal d'allure. Seulement, entre les volets fermés, pas repeints, les murs décrépis, les détritus partout, l'endroit laisse une sale impression. Comme dans un film de guerre, quand la patrouille pénètre dans le village désert, tu vois ?

Nous débarquons. Un drôle de bonhomme nous observe. Gris, crasseux, des habits informes. C'est quoi, l'idiot du village ? Il me fixe, bouche ouverte, comme si j'étais la première femme jamais tombée sur sa planète. Chef me prévient :

— C'est le berger. Ne vous affolez pas, il est muet.

M'affoler ? Moi, tranquille comme une brosse à dents...

Je les laisse s'expliquer. Sous un hangar, de vieilles charrettes, d'un bleu lavande passé. Des colliers de cheval sont accrochés aux poutres, des harnais. Tu sens cette atmosphère désolée ? Pourtant, des gens vivent ici. Tout dépend de ce que tu entends par vivre.

Chef en a fini assez vite. Rien à en tirer. Nous redescendons. Les bêtes venaient bien de là, un point de réglé. Il m'explique, le propriétaire joue les courants d'air. On ne le voit jamais, un ours en fuite.

— Vous savez, Claire, ce phénomène a fait une belle résistance, on m'a raconté. C'était quelqu'un, à la Libération. Il aurait pu devenir maire, député, sénateur, s'il avait voulu marcher dans la combine. N'importe quoi... Faut dire, à l'époque, il y a eu un sacré chamboulement.

— Dans le genre chaises musicales ?

— Plutôt sièges éjectables, disons. Le pouvoir était à ramasser, certains ne s'en sont pas privés. Un peu comme la période de la Révolution ou de l'Empire. Mais ne nous égarons pas. Ce monsieur, donc, s'est replié dans sa ferme. Il s'est bouclé.

— Un coup de folie ?

— C'est l'avis des gens du coin. Il ne tolère que son berger, l'ostrogoth que nous venons de voir. Ils vivent comme des sauvages, avec leurs chiens. Le vieux élève son troupeau.

— Il n'admet personne ?

— Absolument. Si vous le cherchez, vaut mieux numéroter vos abattis. A la saison, des amateurs de champignons ont voulu ramasser des sanguins, dans ses bois. Ils ont entendu siffler du plomb. L'envie leur a vite passé.

— Qu'est-ce qui lui est arrivé ?

— Une histoire de femmes, comme de bien entendu. La sienne l'aurait quitté, sa fille aussi. Ça s'est passé bien avant que j'arrive. Voilà... S'il tombe malade ou s'il meurt, son berger viendra nous prévenir.

— Il est peut-être déjà mort.

— Non, des bûcherons l'ont aperçu, le mois passé. Il tirait sur des corbeaux.

Retour à la brigade. Pas le temps de dételer, on nous signale un vol à Valoize. Chef me demande d'y aller.

— Vous prendrez Setboun, ça l'aérera.

Inutile de traîner. Je préviens mon G.A. J'embarque des sandwichs, des canettes, et roule. Je le laisse conduire. Tu préfères le savoir les mains occupées. Tiens, il ne dit rien. Pourvu que ça dure.

Je l'interroge :

— Vous avez fait vœu de silence ?

Pas de réponse.

— Vous jouez à quoi ? Vous cherchez à vous rendre intéressant ?

— Je ne cherche rien. Je me tiens à ma place.

Que voilà de douces paroles...

— J'avais remarqué. Vous ne trouvez pas que vous exagérez ?

— Écoutez, vous m'avez fait comprendre que j'étais un minable, O.K. ! j'ai enregistré. Cessez de me harceler.

— Je ne demande que ça.

Maman, les bleus, cette année ! Monsieur boude. Grand bien lui fasse. Environ cinq kilomètres avant Talasse, nous empruntons une communale, sur la gauche. Pas mal, le coin. Un ruisseau, bordé d'immenses peupliers. Une ferme. Nous y sommes.

Un couple de vieux nous attendent, de vrais petits santons, bien propres. Tôt ce matin, ils se sont rendus chez le docteur, à Manosque. Madame se plaint de migraines persistantes. En rentrant, ils ont constaté qu'ils avaient eu de la visite. On leur a pris leur belle télé couleurs, une montre d'argent avec sa chaîne, deux douzaines de napoléons, plus leurs économies.

La vieille est tourneboulée. Dans la cuisine, tout a valsé, on marche dans le sucre, la farine. Ça laisse des empreintes sur ses beaux malons rouges. Setboun s'amuse à en relever. A sa guise. J'interroge le papi, savoir s'il a une idée :

— Ma foi, l'autre jour, il est passé des boumians, dans une camionnette. Soi-disant, ils venaient pour rempailler. Nos chaises, voilà un brave moment qu'elles sont en formica. Ils en ont profité pour regarder de partout, pardi, ils s'en sont pas privés. Je dis pas que c'est eux, Dieu garde, mais en partant, ce matin, j'ai eu le mauvais pressentiment.

Ah, les gitans... Le plus proche cousin du renard, dans

l'échelle des plantigrades. Les mains de la vieille s'ouvrent et se ferment machinalement, comme des pinces. Elle ne sait par quel bout s'attaquer au désastre.

Admire ! Ton G.A. commence à ramasser les débris, à mettre de l'ordre. Je suis sciée.

— Vous avez relevé le numéro de cette camionnette ?

— Je pouvais pas, comme un fait exprès, la plaque était pastissée de boue.

— Vous avez des voisins ?

— Oui, un peu plus loin, mais du temps, ils regardaient leur feuilleton.

— Et les chiens ?

— Il nous en reste un, seulement il a comme ses patrons, il rajeunit pas.

Bon. Faudra demander à Chef s'il existe un dossier « Gitans ». Le subalterne Setboun vient de déblayer le plus gros, en deux coups de cuiller à pot. La mémé veut à toute force lui offrir un caramel. Je dis à mes ancêtres :

— Nous allons nous en occuper, je vous tiens au courant.

Je prends le volant. En route. Je constate :

— Vous m'avez agréablement surprise.

— Cette vieille faisait pitié.

Ça vient... Maman, c'était trop beau. Il murmure :

— Claire...

C'est parti. Sa main sur ma cuisse. J'enlève l'objet. Je me serre, j'arrête le véhicule. J'explique posément :

— Entendons-nous bien, auxiliaire. Je suis gendarme comme vous. Je fais le même travail. Il n'est pas question d'autres rapports entre nous, vu ?

— Oh, ça va !

— Justement non, ça ne va pas. Vous êtes incorrigible. C'est quoi, votre problème ? Il vous manque un képi à votre tableau de chasse ? Voyez plutôt Albert, ou changez de brigade.

— J'ai pigé.

— J'espère.

Contact. L'affaire est réglée, je pense. Tu penses trop. Comme je mets la main sur le levier de vitesse, tout à trac, il me place une clef au cou, rapproche son visage, tente de m'embrasser.

Pas de ça. Je vois rouge, lui balance un violent coup de coude dans le plexus. Il se plie en deux. J'ai la main sur mon pistolet. Je vais lui dresser les côtes, à ce bâtard. On se calme. Je me contente de lui passer les bracelets, par-devant. Son képi est tombé, pas mon postillon. Normal, je mets une épingle. Je souffle. Recommençons.

— Pourquoi avoir fait ça ?

— Vous savez bien !

— Quoi donc ? Répondez.

— Une fille qui dit non, ça veut dire oui, c'est toujours pareil. Si vous ne faites rien, après elle vous en veut.

Si je suis bien, monsieur craignait de te vexer. Monsieur te faisait une fleur. Il me fatigue. Je redémarre. Laissons-le mijoter un brin. Je conduis lentement pour faire durer le plaisir. Tu comptes le débarquer dans cette tenue devant la brigade ? Quand même pas. Dieu ne veut pas la mort du pécheur, mais qu'il se repente. Il n'en mène pas large, ton zigoto. Il est pâle, il transpire.

— Claire, vous n'allez pas me faire ça. Enfin, quoi, je plaisantais !

— Moi pas.

— J'ai compris, je vous promets, je ne recommencerai pas. Sur la tête de ma mère !

— Laissez-la où elle est.

Il pleure. Tu rêves ! Non, son visage est mouillé. Il a peut-être vraiment compris. La thérapie de choc, c'est tout bon. Nouvel arrêt.

— Mon joli, je vais te détacher. Un geste de trop, un seul, et je te démolis le portrait, je ne plaisante pas.

J'hésite sur la suite à donner. Faire un rapport ? Il ne l'aurait pas volé. Tu ignores les proportions que cela pourrait atteindre. Et puis ce n'est pas le mauvais cheval. Disons qu'il a pris de sales habitudes étant petit. Je le libère. Il se frotte les poignets, pas fier.

— Claire, je ne comprends pas. D'habitude, ça se passe plus gentiment. Vous m'en voulez ?

— Mais non.

— J'ai l'impression d'avoir tout raté.

— Écoutez, je ne suis pas une balle de ping-pong sur un jet d'eau, vous raisonnez comme un gamin. Il existe d'autres rapports entre les gens, vous savez.

— Je sais, mais pour moi, c'est comme une sorte d'obligation.

— Vous essayez de me dire que ça ne vous amuse même pas ?

— Oui, bien sûr, ça me plaît. En même temps, je me sens forcé, comme si je n'avais pas le choix. Vous voyez ?

— Excusez-moi, mais fourrer votre machin dans un orifice de plus ou de moins ne fera pas de vous un homme. C'est ça, votre problème. Changez de cible.

Je ne sais même pas son prénom. Ah oui, Michel. La virilité ne semble pas être la joie tous les jours. Le fardeau de l'homme blanc, sœurette. Dis donc, l'amour, c'est l'auberge espagnole. Plus la bouteille à l'encre. Tu peux me faire un dessin ? Plus tard. Je me décide :

— Écoutez, Michel, on va boire un verre, nous en avons besoin.

En service ? Je veux. Tu ne te refuses rien. Je te signale, l'adrénaline dessèche. Autant limiter les dégâts, on ne sait jamais. C'est que c'est fragile, ces petites bêtes. Tu plaisantes, il ne se flinguerait pas pour si peu ! On dit ça après. Une bouffée délirante, et adieu...

Nous prenons un café. Il parle. Il se débonde. Il souhaite faire guide en Afrique noire, pour des safaris-photo. Des tas de clubs vous vendent de l'aventure sur mesure, à présent, avec malaria à la carte, pygmées à l'échelle, fièvre jaune en option. Plus les gens ont une vie molle, plus ils rêvent d'en baver. Je l'encourage :

— Allez-y, vous tiendrez le coup.

Doucement. Gare au retour de flamme. Il rougit :

— Vous êtes une fille formidable, Claire.

— N'exagérons rien.

— Vous ne pouvez pas savoir ce que je m'en veux !

— Allons, c'est fini. Pour vos safaris, vous envisagez quelle région ?

— Du côté de Bangui, au Centrafrique. Avant, ça s'appelait Oubangui-Chari.

— Le pays de Bokassa, non ?

— Exactement.

Il connaît, se lance dans des anecdotes. Ah, le poulet aux arachides des bouis-bouis du kilomètre cinq ! Il s'y est déjà rendu en raid organisé. Il raconte la chaleur, la pluie, les insectes, et cette impression d'être oublié au fond d'une immense cocotte-minute...

Je l'imagine en coureur de piste, il a assez d'énergie. Quitte à la brûler, autant qu'elle serve à autre chose qu'à enfiler des perles.

Temps de rentrer. Une rude journée, ma douce pervenche. Je suis contente. Il me semble avoir atteint un palier. Je distingue mieux le paysage. Les choses se mettent en place, peu que peu. Seigneur, faites que ça dure, je vous tiens quitte du reste.

Comment va la vie, ce matin ? Je ne me plains pas, sauf que je ne sais toujours rien de mon fils. Et ce matin, on se paie un de ces brouillards, j'ai dû mettre plein phare pour venir. La chaussée glissait comme une savonnette, un temps à s'emplafonner. On le voyait courir par vagues sur la route. S'il ne se lève pas, tu risques de n'avoir pas grand monde. Bah, j'ai du bœuf miroton, pour changer. Au cas où il en resterait, je préparerais des boulettes ou du parmentier.

Mes filles ne sont pas encore là. Les chevaux du pré se pressent contre la clôture. Ils sont beaux, avec leur regard doux.

— Alors, mes jolis, l'herbe est trop mouillée ?

Je vais leur chercher du pain sec, j'adore leur façon de le palper, à bout de lèvres. Hier soir, Claire est rentrée tard, je dormais. Ce matin, je n'ai pas voulu la réveiller en partant. L'usure du couple, ce n'est pas demain la veille. La savoir dans la maison fait toute la différence. Oui, et elle n'est pas censée découcher, son chef va finir par montrer les dents. T'inquiète, il ne la mangera pas.

Mon nouveau régime n'a pas rebuté mes bonshommes. Je veux dire, leur supprimer le lit garni. Si j'en crois Ghislaine, beaucoup montaient histoire de plastronner devant leurs collègues. Une fois sur le pont d'envol, crac, la panne, ma poule. Ils lâchaient le gros billet pour que la fille ne cafte pas. Je me marre... Les hommes sont des bouffons.

Et voilà les gamines. Pas le moment de s'endormir sur le rôti. Je m'active. Les gestes se font seuls, ou tout comme. Les gens se disent : « Ce doit être tuant, le même train-train, tous les jours ! » En fait, on a la tête ailleurs. Le travail à la chaîne, nous n'avons attendu personne pour le pratiquer, nous autres femmes.

Zut, je vais me trouver à court de café. Aucune importance, j'ai un pot de Nes, ils n'y verront que du feu. Suffit de laisser siffler le perco, je leur ai déjà fait le coup.

Une voiture. Un client, déjà ? Non, Claire. Elle vient me faire la bise. Elle a de minuscules gouttelettes sur les cils, la lèvre supérieure. Je la trouve adorable. Un de ces quatre, on va me l'enlever.

— Quoi de neuf, ma grande ?

— Je dois passer au greffe du T.G.I.[1]. J'en ai profité pour venir.

— Un café ?

— Ce n'est pas de refus. Dis, tu sais pas ?

Elle me raconte ses aventures de la veille, une histoire de paysan viandé, de cochons cannibales, plus son auxiliaire qui a tenté de la culbuter pour faire bonne mesure.

— La petite ordure ! Tu portes plainte, j'espère.

— Non, j'ai peur des conséquences pour lui.

— Tu es barge ! Tu lui donnes le feu vert pour recommencer.

— Je lui ai surtout donné la secousse de sa vie.

— Tu parles ! Tu es trop bonne. Il remettra ça, fais-lui confiance. Mon miroton !

J'y vais, je goûte, je sale. Parfait. Tiens, Viviane se plaint du café. Du jus de chaussettes, elle dit. Je t'en foutrais ! Ghislaine la charrie :

---

1. Tribunal de Grande Instance.

— Il te faut du plus raide ?

Nous plaisantons. Puis, un péquenot débarque, un de mes petits vieux crépusculaires.

— Bonsoir la compagnie. Dites, vous auriez pas trouvé ma blague à tabac, par hasard ?

— Elle est comment ?

— Une vieille, en cuir. Elle me garde bien au frais mon tabac.

Inconnue au bataillon. Le papi repart en branlant du chef.

Claire s'en va. Faut se remuer le train. Et c'est quoi ce bintz, l'apocalypse ?

Ça vient du village. A l'entrée, à environ trois cents mètres de chez moi, on trouve une aire cimentée. Elle sert un peu à tout, les gosses y jouent au ballon. De loin en loin, un manège s'y installe. Allons nous rendre compte.

Une équipe s'active au ralenti. Le tintouin, c'est ce type, le joueur de marteau piqueur. Il fait sauter des plaques de ciment. J'aperçois le Dédou. Lui, c'est l'homme-orchestre, à la Chefferie, garde champêtre, flic municipal, pilote du camion-poubelle, dépendeur d'andouilles, j'en passe. Et cousin du maire, ceci expliquant cela. Je l'interpelle.

— Dédou, mon beau, vous préparez les barricades ou quoi ?

— On met en train le parking.

— Pour parquer quoi ? Vous êtes quatre pelés et un tondu dans votre bled, pas plus.

— Pour parquer qui voudra, vos camionneurs aussi bien.

— Vous comptez me bassiner longtemps, avec votre engin ?

— Le temps qu'il faudra. On est d'utilité publique.

Mazette...

— Ça ne suffisait pas d'étaler une couche de ciment ?

— Ah mais non, sur le sale, le frais tient pas. Il faut casser le vieux.

— C'est les pieds que vous me cassez !

— Collez-vous plein de musique, comme ça, vous n'entendrez rien.

J'abandonne. Les municipales approchent, ou alors les cantonales. Monsieur notre maire se doit de réaliser de grandes choses, bien apparentes. Qu'il crève. Je regagne mon miroton. Ça embaume... Les pâtes, je les mettrai au dernier moment. Civilisation du bruit, saleté ! Heureusement, le temps se lève, j'aurai ma smala habituelle.

Je souffle... Alors ? La belle vie. Je ramasse plein de pognon, pas question d'en profiter, pas le temps. J'ai un fils dans la nature, et une copine bouffée à l'os par son travail. Le principal, c'est la santé. J'inspecte le décor :

— Ghislaine, va donc me cueillir quatre fleurs, tu es brave !

Au fait, et ce représentant, celui qui s'était empaillé avec Rémi, M.... Comment déjà ? M. Pierre. Envolé. Il a dû se vexer. Pas grave.

Mes premiers clients arrivent, Rémi, justement, et Zé. Les V.R.P. ont pratiquement disparu, je me faisais la réflexion, l'autre soir. C'est ça, la jungle, une espèce chasse l'autre.

— Tout va comme vous voulez, mes amours ?

Ils causent. Plus ça change, plus c'est du kif. Toujours la même sempiternelle rengaine, la route, les pépins. J'écoute sans écouter. J'approuve quand il faut. Ah, la suite de l'escadrille, Max le blondinet. Il semble ne pas laisser Viviane indifférente.

Il en dit quoi, ce bel astre ? Il s'en fout, j'imagine. Je le crois heureux en ménage, toujours à nous montrer de nouvelles photos de ses gosses. Comme tout un chacun, il se débrouille pour faire des clichés nuls avec de la bonne pelloche et de mignons bambins. Merci Kodak.

Côté cuisine, tout est paré. Je prépare mes plats. Ghislaine a servi les hors-d'œuvre, ils peuvent passer à table. Je mets les pâtes. La sauce, ça suffira ? Je crois, en cas, j'ouvre une boîte.

Viviane, les types l'ont adoptée. Un peu trop, je crains, elle va se retrouver avec les fesses bleues, comme un babouin. Bah, le métier qui rentre...

En parlant d'hommages, un moment que tu restes en jachère, plouquie. L'an passé, je m'entendais bien avec ce garçon, René. Il travaillait au tri postal, de nuit. Il lui arrivait de me rejoindre pour un brin de sieste. Ça n'allait pas plus loin que le radada, mais enfin...

On ne le voit plus. Ils l'ont peut-être affecté ailleurs. Quand même, il pourrait faire signe. Les gens, tu les croises deux ans, trois. Pour un peu, tu ferais des projets, puis plus personne. Tu veux un Kleenex ? C'est la guerre... Qu'ils aillent se faire foutre, mais pas avec moi, je suis fatiguée.

Ce repas, je ne l'ai pas vu filer. Ils en sont au fromage. Faudrait voir à les renouveler. Ghislaine rajoute des bouteilles de vin. Qu'est-ce qu'ils se mettent dans le cornet, faut pas leur en promettre. Max vient me voir au comptoir, il veut des cigarettes. J'en garde toujours deux ou trois cartouches, en réserve.

— Dis-moi, Zouzou, ta nouvelle...

— Oui ?

— Tu crois qu'elle est propre ?

Li sian...

— Tu veux dire saine, pas de chtouille ?

Il fait signe que oui. Il rit, l'imbécile heureux.

— Mon beau Max, tu me prends pour quoi au juste ? Pour une poissonnière ?

— Comment ça ?

— Tu t'amènes, tu me demandes si mes moules sont fraîches. Essaie, tu verras bien.

— Te fâche pas, Zouzou ! Tu dois la connaître, quand même !

— Je ne couche pas avec, je te signale. Si tu as des doutes, enfile une capote, et faï tira !

— A moi, les capotes me coupent la chique. Comment tu deviens, Zouzou ! On peut plus te causer !

Il a raison, faut jamais scier la branche. Je rétrograde :

— Excuse-moi, mon poussin, j'ai le coup de barre.

— Et moi j'ai la trique !

— Garde-la au frais, ça peut servir.

— Cette fille, tu me l'enlèves de devant les yeux, ou je réponds de rien !

Je nous sers un vieux rhum. Ah ! jeunesse... Nous trinquons.

— Max, la gamine quitte vers les trois heures, tu le sais. A toi de jouer. Tu prends tes précautions.

— Elle me plaît, je reconnais, seulement j'aimerais pas que ça revienne aux oreilles de ma panthère.

— Alors à quoi bon ?

— Faut bien lâcher un peu de vapeur de temps en temps, non ?

— Lâche, mais ne va pas me la cramer. Je n'ai pas envie d'en former une autre.

Il rit. Beau et con-con, non ? Avec la gamine, ils feront la paire. Ces mecs, quand même. Le premier souillon fait l'affaire.

Tu entends ? Le marteau-piqueur a fini son gazouillis. Je respire. J'ai beau être électrique, monsieur le maire n'a jamais daigné honorer ma chétive gargote de sa municipale présence. Il doit te ressentir comme un oiseau de passage. Comme un corps étranger, plutôt, un corps impur, pétri de lucre et de concupiscence. S'il s'affichait dans ton fondouk, il risquerait de perdre des voix. L'assemblée des bigotes ne doit pas te porter dans son cœur.

C'est quoi, ça ? Contre l'estrade du bar, dans l'angle, une tache sombre. Viviane a mal passé la serpillère. Je vais voir. Tiens, la blague du vieux de ce matin.

Je l'ouvre. J'aime bien l'odeur du gris. Ah, une poche intérieure. J'explore. Deux billets de deux cents francs, pliés en quatre, plus une petite photo. Dis donc, du Nanan ! Une fille, à quatre pattes, côté croupe. Lever de lune sur le Lac Majeur. Pas mal. Au dos, un numéro de téléphone. S.O.S. Amitiés, je présume. Tu imaginais ça, ce papi propret ? Un sacré poireau, oui, tête blanche queue verte.

Je comprends pourquoi il semblait anxieux de la récupérer, sa blague. Imagine, si mamie tombe dessus, le festival !

Je planque l'objet au fond d'un tiroir. Pas évident de vieillir, ce décalage grandissant entre tes désirs et ton emballage. Tu as raison. Vieillir, mieux vaut éviter. Ça ne pardonne pas.

Encore une séance de tirée. Encore un jour sans mon gosse. Il me manque. Je reste là, avec ce creux, cette angoisse... Alors, je meuble. Enfin, j'essaie. Je brasse dans le vide.

Je ferais bien campo huit jours. Et cette histoire de voyage, avec Claire ? Oualou. Les agences, parlons-en. On te propose dans la même soucoupe les Seychelles, la Patagonie et le Zimbabwe. Je te demande un peu. Je m'en trifouille le coquillard, du Zimbabwe ! Comment choisir ?

Vous aviez parlé d'Italie. Oui, mais je vais te dire la meilleure, Claire n'est pas libre. Vu qu'elle vient seulement de commencer, elle n'a droit à rien ou presque, pour le moment. Alors, attends. Tu devrais avoir l'habitude.

En fin de soirée, je consulte le Service. Pour demain, rien de spécial. Chef s'est résigné à abandonner ses barrages. Opération Chou Blanc. Pour le moment, les vols de voitures ont cessé. Nous traitons notre contingent de petite délinquance, vols dans les magasins, à la roulotte, chapardages. Du bricolage.

Pour me consoler, je me dis que, si nous n'étions pas là, tout prendrait une autre ampleur. Comme au Moyen Age, tu sais, les bandes qui attaquaient les fermes isolées pour griller les pieds des gens dans la cheminée. Les chauffeurs.

J'ai un autre problème. Lambert, notre andouille au bois dormant, relève la tête. Manquait que lui. Ces temps, il me tournait autour, à distance. Pas mal... Plutôt la danse de l'ours qu'une parade nuptiale, mais enfin... Tout à l'heure, dans le couloir, il m'aborde, pâle, comme la mort :

— Mademoiselle Claire !

— Elle-même.

— Si vous voulez...

Il trébuche. J'attends. Ça vient. Il ne te propose pas la botte, pas d'entrée. Juste le cinéma, cette obscure antichambre des délices. Je me retiens pour ne pas pouffer.

— Voyons, auxiliaire, est-ce bien raisonnable ?

Je lui offre mon sourire officiel. Je dégage, tranquille

comme un volcan éteint. Aucune envie de lui tenir la main ou autre chose dans le noir. Tu te vois sortir avec ce guignol en bois ? Mais qu'est-ce qu'ils ont ? Tu sais bien, le printemps, la montée de sève dans les corps caverneux, la grande loi de propagation de l'espèce, fille. Elle peut attendre, nous sommes déjà cinq ou six milliards, les gars. Calmez-vous.

Je monte souffler dans mes appartements. Seigneur, éloignez de moi ce calice en toc. La solution consisterait à le brancher sur Ghislaine. Il est puceau, je parie. Elle te le déniaiserait nu et cru. Allons voir Zouzou.

Je dévale l'escalier.

En voiture Simone. Le démarreur tousse. J'ai beau insister, ça ne part pas. Tu vas décharger ta batterie, arrête. J'ouvre le capot, je me penche, je tripatouille. Tu vasouilles, oui ! Gicleur ou bougies ? Je vais mettre les pouces, quand j'aperçois deux grands beaux pieds sur bâbord. Je me relève. Le Cinquième de Cavalerie ? Non, notre cinéphile amateur. Il compte passer à l'acte, lui aussi ? Déjà, je cherche le cric. Pas du tout, il me propose ses services. Qu'il ne s'en prive pas ! Il farfouille, gratouille, me dit de mettre le contact, d'accélérer. Joie, pleurs de joie, ça marche. C'était quoi ? Une saleté dans le gicleur.

Je lui tends un chiffon pour s'essuyer les paluches, je lui dois bien ça. Tu as vu ces battoirs ! Je le remercie.

— Vous allez faire une promenade, Claire ?

— Non, une amie m'attend.

— Bon, ben, amusez-vous bien.

Il m'adresse un pâle sourire. Pauvre canard ! Lambert, vous me brisez le cœur. Je dépose un baiser rapide sur sa joue subalterne.

Je file. La ravageuse des cantonnements a encore frappé.

Zut, dans notre précipitation, nous oubliâmes notre baise-en-ville, avec mes affaires de toilette et tout. J'y retourne. Comme je débarque, Chef me fait signe :

— Claire, désolé, changement de programme pour demain.

— Oui ?

— Nous venons de recevoir un message de Digne. En ce moment, ils travaillent sur un trafic de haschisch.

— Ce n'est pas notre territoire, Chef.

— Peu importe. Le groupement me demande une fille susceptible de passer inaperçue dans un bar, histoire d'observer ce qui s'y passe.

— En civil ?

— Évidemment.

— Excusez-moi, Chef. C'est régulier ?

— La consommation d'un Vichy-fraise ne tombe pas sous le coup de la loi, que je sache. J'ai pensé à vous.

— D'accord, Chef.

— Demain, à huit heures, présentez-vous au capitaine Robert, à Digne. Il vous donnera ses instructions. Vous avez mangé ?

— Pas encore.

— Alors bon appétit.

Je prends mon nécessaire. Agréable de pouvoir retrouver Zouzou et de quitter ma pelure bleue. L'uniforme isole, aucun doute. Suppose, un jour, en civil, tu tombes sur un type potable, dans une java. Cuba libre et mambo, et le gars te demande à quoi tu joues dans la vie. Tu te vois lui répondre : « Gendarme. » ? Pas vraiment. On dirait un gag, sauf que ça ne me fait pas mourir de rire.

A la sortie du bled, j'aperçois une R5, déportée en travers, et deux filles sur pied. Plus une moto sur béquille. Allons bon. Le motard s'explique avec les gamines. Je gare, m'approche. Ça ne paraît pas bien méchant.

— Vous permettez ?

Le type se tourne vers moi. Mon Dieu, c'est lui ! Le temps s'arrête, je n'entends plus rien. Ressaisis-toi, cruche ! Je ventile à fond. Il me regarde, perplexe. Je souris :

— Qu'est-ce qui se passe ?

Les gamines ont emprunté la voiture de papa. Elles viennent de couper la route à la moto. La R5 a une portière enfoncée. La moto, pas de bobo. Terrifiées, les petites : pas de permis, pas l'âge, la totale.

Je demande :

— Vous souhaitez porter plainte, monsieur ?

— Ça changerait quoi ? Elles sont assez ennuyées comme ça, vous trouvez pas ?

Il a une belle voix, un rien rauque. Demande-lui ses papiers, tu sauras où le joindre. Comportement de flic... Je me tourne vers les filles. Plus de peur que de mal. Elles n'ont qu'une envie, dégager.

— Allez-y, soyez prudentes.

Et ton motard ? Envolé. Il s'est montré sympa. Tu vois, il est vraiment du coin. Ça te fait une belle jambe. Je ne suis pas sûre qu'il apprécie la loi et l'ordre. Pourquoi ? Oh, une impression.

Revenons sur terre. Tu en étais où ? Aux entraves portées à ma situation sexuelle, chaque jour que Dieu fait, par notre déguisement fonctionnel. Nous sommes quasiment condamnées à l'endogamie, nous autres gendarmes féminins. C'est ce que j'explique à Zouzou, une fois rentrée. Elle tique :

— L'endo quoi ?

—... Gamie. Ça signifie que tu te maries à l'intérieur de ton groupe.

Elle hausse les épaules :

— Tu parles d'une découverte ! Ça fonctionne comme ça depuis la nuit des temps, enfin ! Claire, ça te gênerait de parler comme tout le monde ? En fin de journée, faut pas me demander l'impossible. J'ai ramené du rôti froid et de la ratatouille. Et tu sais...

Je la laisse parler. J'ai droit aux amours de Viviane, la nouvelle Messaline de la Chefferie.

— Cette bécasse n'a pas fini de m'en faire voir ! Tu connais l'expression des mecs pour dire qu'une fille a pas mal cavalé ?

— Une coureuse de fond ?

— Mieux que ça. Ils disent : « Elle a des kilomètres au compteur. »

La motricité l'emporte sur la rusticité. J'approuve :

— C'est mignon !

Nous mangeons sur la terrasse. J'adore ce moment, la tension retombe enfin. J'ai l'impression de me dégonfler comme une montgolfière en fin de raid. Zouzou nous sert un Tavel frais. J'aperçois l'éclat bleuté de la télé, dans la villa d'en face. Ma camarade soupire :

— Claire, en ce moment, un bonhomme, je n'aurais rien contre. Seulement...

— Quoi donc ?

— C'est tout ce qui va avec, pardine. Si tu tiens à lui, il se dépêche de filer. Sinon, il te colle, il débarque avec son baluchon, et il s'attend à ce que tu lui laves ses Éminences grises.

— Des hommes, tu es bien placée pour t'en dégoter, non ?

— Tout à fait. Je peux changer de couchette de poids lourd à chaque sieste. Seulement, la quantité, c'est pas mon truc. Je ne suis pas une cheminée. Je voudrais juste quelqu'un qui tienne à moi, tu comprends ? Et pas n'importe quel peigne-cul juste là pour se vider les burnes, si tu permets.

— Enfin, Zouzou, on ne trouve pas que des routiers, sur terre.

— Les autres valent mieux, tu crois ? A un moment, j'avais une copine, ouvreuse dans un porno. Elle en voyait défiler, des types, des palanquées. Et attention, des jeunes, pas déplaisants, des cadres avec l'attaché-case. Pas des minables. Tous là pour s'astiquer le chinois dans le noir, alors qu'ils pouvaient très bien se dégoter une poupée d'amour.

— Tu m'étonnes. Les hommes ont besoin d'une part de rêve.

— Tu m'excuseras, le porno, comme rêve, c'est raide ! Tu veux dire quoi ?

— Le type normal, à force de besogner sa femme ou sa petite amie toujours de la même façon, il finit par ne plus la voir. Il lui faut des images pour se ressourcer le moral.

— D'accord, Claire, du cul. Moi je te parle de cœur. La tendresse, j'en rêve, tu peux pas savoir ! Je voudrais rester serrée dans les bras d'un ami, que ça n'en finisse jamais.

— Je vais te dire, les hommes sont des animaux.

Nous rions. Je lui raconte la dernière de Chef, la filière du hakik bas-alpin. Ma camarade proteste :

— Manquait que ça ! Vous ne pouvez pas leur foutre la paix, aux jeunes ?

— Enfin, Zouzou, je te parle de drogue !

— Le H, de la drogue ? Première nouvelle. Ma pauvre Claire, il vous en faut peu ! Ça détend, voilà tout. C'est sympa. On devrait le délivrer sur ordonnance, comme le Valium.

— Tu plaisantes ?

— Pourquoi, j'en ai l'air ? Tu as essayé ?

— Non.

— Je trouve débile de condamner quelque chose sans y avoir goûté. Réfléchis, une fois dans ta vie. Plus vous collerez en taule de malheureux jeunes pour trois grammes d'herbe, plus ils trouveront ça romantique, plus ça les attirera et plus les trafiquants se feront les golden glaouis. Depuis le temps qu'ils se goinfrent, ceux-là... C'est ce que vous voulez ?

— J'y peux quoi, Zouzou ? Je suis la dernière roue.

— Oh, mais si tu y peux, puisqu'ils osent te demander de surveiller ce bar. A ta place, avant de risquer d'envoyer quelqu'un en taule, je réfléchirais.

Bien compris. Seulement...

— Bon sang, Claire, remets-toi, on dirait que tu vas pleurer. Où est ton problème ?

— Je suis gendarme. Enfin, je tâche de l'être. Je ne veux pas tricher.

— Pas une raison pour tout gober les yeux fermés.

— Je vais essayer d'en parler à mon chef.

— Ne fais pas ça, malheureuse, il va te prendre pour une anarchiste ! Bon, je suis vannée, je vais me mettre dans les toiles. Tu me tiendras au courant.

— D'accord. Je rentre, il vaut mieux.

L'épreuve m'a été épargnée. Sinon, je me serais fait porter pâle. Le soir, à la brigade, j'ai trouvé un papier sous ma porte. Contrordre.

Le lendemain, Chef m'a expliqué :

— Vous comprenez, Claire, parmi ces petits jeunes, vous trouvez pas mal de gosses de riches, de fils de notables, vous voyez le genre. Nous avons reçu la consigne de ne pas faire de vagues.

Quand ça ? Peu importe. Je demande :

— Vous laissez tomber ?

— Il ne s'agirait que de moi, je leur serrerais la vis, à ces blousons dorés, fils de nantis ou pas. Je vous en fiche mon billet !

Pas content, Chef. Dur de devoir ravaler ses principes. Imagine, une carrière, la masse de couleuvres... Je préfère pas. Reste que je suis soulagée. Tu n'as pas l'impression que tu ne perds rien pour attendre ?

Quatre brebis ont mis bas cette nuit. Il m'a fallu veiller. Pauvres mesquines, elles poussent, elles soufflent, elles saignent, elles en peuvent plus. Ça a pris du temps. J'aide comme je peux, je tourne l'agneau, selon, quand il se présente mal. Je leur file à boire.

Le Vieux n'a pas pris part. Demain il y en aura plein d'autres à faire le petit, je suis pas près d'en voir le bout. Maintenant, ils font couvrir toutes les créatures ensemble, on m'a eu dit. Plus besoin de béliers, ils leur mettent l'éponge, elles accouchent dans un mouchoir. Je suis pas trop d'accord. A ce compte, tu deviens rien qu'une mécanique. Seulement, mon opinion...

Tous ces jours-ci, le Vieux a troqué le fusil contre la bouteille. Il y va à la manœuvre, il se tape des cuites carabinées. Quand il a son plein, il se pose, un endroit d'où il peut voir venir. A part qu'il regarde rien. Il fixe devant lui, comme une chouette en plein jour.

C'est pas régulier, tout lui vient par crises. Il se contrôle plus. J'ai beaucoup peur de l'accident, heureusement, nous restons à l'écart. Par exemple, les gendarmes, l'autre fois, j'en menais pas large.

Peut-être je devrais vider ses cartouches. Oui, et s'il s'en rend compte, je suis joli.

Pour le moment, il cuve. Il tire le vin dans un vieux pot à lait, au tonneau. Il boit dedans, pas besoin de verre. Il s'en colle plein partout. Un peu plus, un peu moins, la différence se voit guère, sur sa liquette.

Tous les deux on fait la paire. Au village, certains m'aiment pas trop. Ils disent comme ça : « C'est pas tant la vue, c'est l'odeur ! » Qu'ils parlent. A force, plus rien me gêne. Sauf des fois quand je passe près d'une femme qui s'est collé du sent-bon. Ça oui, c'est horrible, je supporte pas. L'été, même, on en trouve, elles se rasent les poils sous les bras, sur les jambes. Je l'ai eu vu, c'est surtout les vacancières. C'est pas naturel. Les gens, ça les gêne d'avoir des corps.

Le Vieux s'est enfermé dans la cuisine, sa cuite cuvée. Sur la table, il a étalé plein de ferraille du temps de sa résistance, deux mitraillettes, des grenades, des revolvers, un fusil. Il a entrepris de les nettoyer. Il sifflotait un air de ce temps-là, « Les partisans », ça s'appelle. Démonte que je te remonte, ça lui a demandé l'après-midi. Ça l'a requinqué, ce trafic, comme s'il avait pris un coup de jeune.

Le lendemain, les armes, envolées. A part un revolver, un mastard. Le Vieux dispose plein de bouteilles en ligne sur une restanque. Il tire dessus. Il les décanille à la file, mon ami. Il a l'œil, le bougre, sa main tremble pas.

Je me suis dit, ça va s'entendre, un boucan pareil. Et après ? C'est pas interdit de tirer sur sa terre. Les gens évitent de se mêler, tant que ça les concerne pas. Surtout quand il s'agit du Vieux, parce que là, ils ont les chocottes. Ils attendent. C'est pas tant lui qui les emmerde, c'est de voir que rien se passe. Tous ils sont prêts à dire, le moment venu : « Je savais bien ! » A part qu'ils savent pas quoi. Mais ils savent.

Des fois, au village, ils tentent de me faire causer :

— O berger, amène-toi, viens un peu !

Va z'y que je te paie à boire. Je bois, je les contrarie

pas, Dieu garde. Je suis vite parti. Ça se passe le dimanche, quand j'ai campo. Ils me posent tout plein de questions, si le Vieux a des ronds, si je sais où ils sont... Des fois, des demandes pas propres, à propos des bêtes et de ce que soi-disant on leur ferait. Je joue à celui qui comprend pas. Quand ils en ont marre, ils me laissent. Je me planque dans mon coin, je les écoute.

Le Vieux a sûrement fait la grosse saloperie à la Libération, ils racontent. Sinon il réagirait pas comme ça. Il s'est gardé des containères pleins d'oseille. Ou alors, il a trouvé le trésor de je sais plus trop quel maréchal allemand. Ça trotte sur deux pattes, leurs combines, le mal et l'argent. Ça va pas chercher au pégal. Ils parlent même de fouiller la ferme en éloignant le Vieux. Personne s'y risque. Ils font du bruit, pas maï.

Ils me plaignent, censé. Je me suis fait embarquer, le Vieux profite de moi, ils disent. Faut que je dépose la plainte aux prud'hommes fissa, pourquoi il me doit la paye depuis l'an Jésus. Ils comprennent rien. Le Vieux, monstre ou pas monstre, ma vie c'est chez lui que ça se passe. Je vais pas en changer maintenant. Supposons, je pars. Pas un ne donnera la main. Je pars, je suis perdu. Rester au village, à moi ça me plaît pas. C'est plein de bruit, de voitures, de monde. Ils parlent pour rien dire. Un moment, je supporte. Après, je dégage.

Polka m'accompagne pas, dans ces coups de temps. Les chiens de Talasse ont pas intérêt à venir la flairer, elle en a eu mordu plus d'un.

Cette fille, l'autre jour, cette gendarme, j'en ai rêvé, moi qui rêve jamais. Comme je me réveille, adieu, le rêve part en fumée. Il reste juste les yeux de la fille qui me regardent. Ils sont terribles. Je me dis, c'est pas possible... Pourtant, c'est les mêmes. Remarque, les yeux, plein se ressemblent. Les yeux peut-être, moi je te parle du regard.

Le Vieux s'est encore fait la malle. Il a tout laissé en

plan. Pour les bestioles, il parle plus d'alpage. Il faudrait, c'est début juin, si cette chaleur continue, l'herbe va virer au foin. Les créatures tireront la langue. Il sait.

Y aller seul, je peux toujours. Seulement une fois là-haut, puis, je suce la caillasse ? C'est pas les trois marmotes que Polka va tuer qui me feront gras. La Superette me fera pas crédit. Déjà beau qu'ils me laissent entrer.

Tiens, ce coup, le Vieux a pris le calibre. Ça continue, il laisse tout en plan. Moi, du jour où mon pauvre père m'a mené ici, j'ai fait tout bien. Et lui, plus personne, c'est pas juste. Juste ? Ça veut dire quoi ? Me fait pas rire, j'ai les lèvres gercées.

Je supporte plus, je descends au village. Les autres fondus vont me payer le coup.

Ils traînent à la terrasse, pardi, les mêmes. Ils tapent le carton. Ils ont des combines pour vivre sans se casser, l'assurance maladie, les allocations, les primes, patin-couffin. Maintenant, le chic, c'est de plus en ficher une rame et de piquer le pognon de l'État. Pas tous. Il reste quelques gros travailleurs dans la Vallée. Ceux-là, tu les vois jamais au bistrot. Les branques me font signe :

— Pose-toi, l'artiste.

J'avale le demi, j'ai beaucoup soif. J'ai faim aussi. Je prends des cacahuètes dans la soucoupe, sur la table. Ça les fait rire :

— Il te nourrit même plus, ton vieux rascous ? O Féli, porte-lui le sandwich. Le pauvre, d'un peu on voit à travers, on dirait de la cellophane !

Féli, c'est le patron, il est brave. Il demande :

— Tu le veux à quoi ? Pâté ?

Je fais signe, oui. Je mords dedans, c'est beaucoup bon, mon ami ! J'ai plus l'habitude de tant de saveur. D'un peu les larmes me viennent. Je me retiens. Ils me regardent manger, ils en bougent presque les mandibules. Rien qu'à me voir, ils se régalent maï que moi. Les questions reviennent :

— Dis donc, ton phénomène, des bouscatiers l'ont entendu tirer, l'autre jour. A quoi il joue ? Tu as pas peur qu'il te descende ?

Ils attendent pas la réponse. Ils parlent pour parler. Ils lancent des suppositions :

— Ton jobastre, il branle quoi, toute la journée ?

— Il se tape ses chèvres, ça lui économise le bouc !

Ils se gondolent. Je dis rien, pourquoi j'espère l'autre demi. Je souris, bien large.

Si mettons ça passait vraiment pas, tuer, je peux. J'ai un couteau, la lame rentre dans le manche. Je l'ai trouvé à la ferme. Dans le fer, il y a un vieux pistolet de gravé. Avec, je crains personne.

Ils continuent. Ils se bidonnent comme des bossus. Ils repartent sur les chèvres, savoir si le Vieux m'en laisse. A Féli, ça finit par plus lui plaire :

— O collègues, un peu ça va. Vous êtes pas drôles, à force. Changez de disque.

— A quelle heure ? Toi, on t'a pas sonné.

— Et vous, vous me gonflez. Ça vous amuse de vous acharner contre cet innocent ? Vous feriez aussi bien de vous regarder.

Ça leur plaît, mais guère. Ils lui crient dessus. Féli, ça le gêne pas, il aime bien contrarier son monde. C'est un genre de jeu entre eux. Je liquide le demi, je mets les voiles. Les bestioles me tirent souci.

A l'étable, j'en trouve deux d'allongées, le ventre gonflé. Je leur file à boire. C'est pour bientôt, pas vrai, mes jolies ? Ce troupeau m'est sorti d'entre les mains, bête par bête. On va encore se payer la drôle de veillée. La bière m'a donné le coup de bambou. Pendant ce temps, le Vieux en fout pas une rame. Faut que je m'allonge un moment.

Je gagne mon coin. Ça emboucane. Le Vieux vient d'asperger avec plein de pétrole. Il veut coller le feu ou quoi ? Je crois pas, juste m'enquiquiner. Quand même, il pense à moi...

Ça me gêne pas, la paille est partout pareille, j'ai qu'à me pousser. Attends, c'est quoi, par terre ? Ma petite voiture, regarde, il l'a escagassée. Avant, ça m'aurait fait peine. Plus maintenant. Je suis passé de l'autre côté. En plus de venir vieux, il vient minable.

Cet homme, ça semble pas vrai, tellement il a changé. Il fait penser à une ruine, avec un fantôme, comme dans les histoires de châteaux hantés. Ce fantôme, je le connais, la vie du Vieux s'est arrêtée avec. La mienne aussi.

Plus ça va, plus je m'exprime comme un charretier. D'un temps, je me surveillais, j'avais un peu de vergogne. A force de vivre avec mes routiers, je les vaux. Au début, je choquais Claire. Elle ne tiquait pas, je voyais juste ses yeux s'arrondir. Pourtant, la gendarmerie, ce n'est pas le couvent des Oiseaux. Mais nous, nous tenons la route, faut voir !

A la villa, j'ai embauché une mémé, pour le ménage. Elle s'appelle Mélie. J'ignore si ça vient d'Amélie ou de Mélanie. Dans le temps, ils n'avaient pas peur, question prénoms. A présent, c'est pas triste non plus. Ça sent bon le feuilleton-télé.

Je l'ai prise à cause de Claire. Ce ne serait que de moi, un coup de chiffon, deux coups de balai, hop, liquidé. D'une, je n'ai pas le temps, et surtout ce n'est pas ma tasse de Viandox. J'ai trente hommes sur les bras, alors, la poussière, cocagne. Vous repasserez !

Avec Mélie, me voilà parée. Elle brique, elle met le repas en train, elle s'occupe du linge. La vraie fourmi à vapeur. Je me demande comment j'ai pu m'en passer. Pour Claire, je me suis décarcassée. J'ai fait des frais, je l'ai drôlement bien installée. J'ai pris une chambre complète, chez Ikéa. De jolis meubles, style suédois. La vraie chambre de jeune fille.

Elle n'en revenait pas. Un plaisir de la voir contente !

Tant qu'à faire, j'ai renouvelé la vaisselle. Quand on vit seule, rien n'importe. Une assiette suffit, on la rince sous le jet. De me dépenser pour elle m'a fait chaud au cœur. C'est fou ce besoin de donner ! Claire, je ne m'y attendais pas. Elle est tombée dans ma vie comme un météore.

Je lui ai même pris une petite télé couleurs. Quand on aime, on ne compte pas. C'est vrai, une gosse dans son genre, ça m'aurait plus. Avec Arnaud, je reste loin du compte. J'ai renoncé à le joindre, à quoi bon ? Il m'enverrait paître. Écoute, pense à autre chose.

C'est dimanche, la joie ! Je me retrouve comme une arapède à marée basse. Claire est de permanence. Leur temps, ils ne le plaignent pas, dans cette fichue brigade. Vu de l'extérieur, gendarme, ça semble la belle vie. Tu parles ! Tu te fais bouffer, oui !

Secoue-toi, bouge. Si je faisais un tour au village ? Je n'y mets jamais les pinceaux. Avec les grandes surfaces, plus la peine. On achète tout en vrac, du coup on connaît plus personne. Inutile de prendre la voiture.

Ce bled, pas le Pérou, j'admets. La rue est étroite, pas de trottoirs. Tu trouves juste une rigole au mitan de la chaussée. Les murs sont égratignés par les remorques des paysans, des balafres horizontales. Et regarde-moi ce vieux birbe. On le trouve toujours planté devant ce porche, vissé sur sa chaise, avec sa casquette et ses lunettes noires. Il ne doit pas être aveugle, il salue son monde au passage. Je me demande s'ils le rentrent, le soir. Il me voit venir, il lance :

— Fait beau, pas vrai ?

— Très.

Excellent début. Je m'arrête. Il s'appuie sur sa canne, des deux mains. Sa braguette est ouverte. Il reprend :

— On va vers l'orage, je le sens dans mes os.

— Alors vous allez vous mouiller.

Il ricane :

— La pluie, je la crains pas. Un moment que je crains plus rien.

Bonne nouvelle. Je décroche. L'épicerie est fermée. C'est débile, les grandes surfaces ennemies jouent relâche, ils pourraient en profiter. On leur dira.

La place, à main gauche, avec au fond l'église. Allons voir. Fermée aussi. Dis donc, à part la braguette de ton vieux...

Une fontaine, en retrait. De gros melons d'un vert sombre sont plongés dans l'eau. Un peu plus loin, des gosses jouent avec un petit chat. Ils tirent un papier au bout d'une ficelle. Le chaton fait des bonds fantastiques, les gamins sont aux anges. Je m'arrête. C'est mimi. Une femme sort sur le pas de sa porte, me fixe. Je lui souris. Elle dit :

— Vous m'avez fait peur !

— Comment ça ?

— Vous n'êtes pas d'ici. Vous savez, avec toutes ces histoires qu'on entend à la télé... Après tout, je vous connais pas.

— J'habite au Logis.

— Nous, le Logis, on n'a pas de raisons d'y mettre les pieds.

Elle rappelle les gosses. Elle, la poule, moi l'épervier. Fin de l'idylle. Pas vraiment concluant, ta percée chez l'indigène. Profonde, la France. Un rien trop. Normal, ils ont leur vie, j'ai la mienne. Nous sommes toutes des parallèles, c'est déjà ça.

Derrière l'église, un pré. L'herbe a été coupée. Oui, et alors ? Je continue. La mairie, avec deux bouquets de drapeaux, sur la façade. Fermée. Tout à côté, une aire pour les boules. Pas de joueurs, c'est trop tôt. Pas mal, ta promenade, dis donc. Pas la peine d'aller à Pompéi. Qu'est-ce que je me marre !

Poursuivons. J'arrive devant une ferme. Un chien s'étrangle de rage, enfermé dans un enclos grillagé. Ils n'en ont pas leur claque, de leurs saletés de clébards, des hurlements et de la crotte ? Enfin quelqu'un ! Un petit bonhomme s'amène en se dandinant. La touche ! Bleus de travail, casquette crado, visage rouge, ratatiné, tanné. Il porte des lunettes aux branches rafistolées avec du sparadrap. Une allure de prolo jivaro. Il m'apostrophe :

— Bonjour, belle dame ! J'ai entendu la chienne, je suis venu voir. Vous promenez, comme ça ?

— Oui. On ne voit pas grand monde.

— Qu'est-ce que vous croyez, c'est comme de partout. On est devenus le dortoir de la ville. Attention, vous trouvez plein de beau monde, des professeurs, des ingénieurs, toute la raille. Vous piquez pas avec les orties, faites gaffe. Venez, on va s'asseoir, ça coûte pas plus cher.

Nous nous posons sur une poutre, adossés au mur, contre une vieille grange. Vue magnifique sur les collines, je n'imaginais pas. Mon bonhomme constate :

— C'est beau, pas vrai ?

— Drôlement.

— Vous voyez ma ferme ? De là jusqu'à la route, tout le champ m'appartient. J'ai aussi ces trois baraques dans votre dos. Dès qu'il commence à faire beau, il s'amène des promeneurs, comme vous en ce moment. Je laisse venir. Ils regardent, ils en peuvent plus. Je les attends au tournant, je suis pas tombé de la dernière averse. Ils causent, ils causent. A la fin, ils me demandent si je compte pas vendre, pardi. Ils s'y croient déjà. Moi je leur réponds : « Une supposition, je vous vends. Après, où je vais, vous pouvez me le dire ? » Dans leur ville de merde, y aurait pas le mistral, ils seraient tous morts d'étouffement.

Il hoche la tête, retire ses lunettes, le essuie.

— Vous voulez savoir ? Je suis d'ici et je suis pas d'ici. Je suis paysan et j'ai fait l'ouvrier toute ma vie. Ça vous va ?

— Tout à fait.

Dis donc, il est remonté.

— Je suis d'ici, seulement mon père était espagnol. Il est venu avant Franco. En 39, quand il y a eu la guerre, des officiers, des Croix-de-Feu c'étaient, ils m'ont traité de sale espingouin. D'un peu ils me tabassaient. Pourtant, j'étais soldat comme les autres, prêt à me faire casser la pipe, pareil. Aussi, quand on s'est pris la ratatouille, en juin 40, je suis pas resté à faire l'andouille cinq ans en Bochie. Je me suis débiné. Après guerre, je suis rentré chez Péchiney, j'en ai pris plein les bronches, du chlore, de tout. En même temps, je m'occupais de mes quatre champs avec ma pauvre femme que maintenant elle est morte. Et voilà, je me retrouve seul comme un rat. C'est ça, la vie, mademoiselle, ça vaut pas tripette. Le travail, et crac, la mort.

Du tranchant de la main, le coup du lapin. Je constate :

— Vous n'êtes pas gai.

— Moi ? Y a pas plus heureux ! Je suis chez moi, je dois rien à personne, je dis zut à tout le monde, sauf à vous, parce que vous êtes bien plaisante. De quoi j'irais me plaindre ?

— De rien, puisque vous le dites.

— Excusez-moi, d'où vous venez ? Je vous ai jamais vue.

— Du Logis.

— Alors, nous sommes voisins. Un moment qu'elles existent, ces baraques.

— Ça a dû changer, ici, depuis votre jeunesse, non ?

— Si ça a changé ? Malheur ! Vous pouvez pas imaginer. C'était le paradis, ma belle. J'avais plein de collègues, on possédait tous trois quatre bêtes, on travaillait, on se fréquentait. Le car pour Digne, il s'en trouvait un dans la journée, pas plus. On restait entre nous. A présent, j'ai l'impression de vivre à l'étranger, des fois, je peux pas mieux vous dire. Prenez les voisins, ils ont les gosses déjà grands. L'été, ils sont envahis, faut voir. Ça baragouine en anglais, en allemand. C'est pas croyable !

— Vous regrettez le calme ?

— C'est ma jeunesse que je regrette. J'étais le plus heureux, dites. Je me faisais vingt francs la semaine à l'usine. Je les remettais à ma mère. Le dimanche, elle me donnait quarante sous pour faire le garçon. J'avais le choix. Ou je me payais le cinéma, à Digne. Fallait s'y rendre à vélo, la belle trotte, déjà. Ou alors je m'offrais le bordel.

— Ah bon ?

— Ça vous gêne pas que je vous en parle ? A l'époque, on en comptait trois. Ici même, on trouvait « Le Panier fleuri ». En tirant vers Digne, « Le reposoir ». Et vers Manosque, il y avait ce relais, « Chez Muguette », ça s'appelait. Oh, c'étaient pas de grosses maisons, juste trois ou quatre filles, et elles coûtaient pas les yeux de la tête. Au « Panier », ils avaient même encapé la négresse. Et chez Muguette, une petite brune, j'en raffolais. J'étais son fiancé, elle disait. A peine j'arrivais, elle me sautait dessus. Elle me faisait quand même casquer, seulement je pouvais rester un peu plus.

Alors, le dimanche, on se tapait d'abord notre match de foot, avec les collègues. Ça c'est gratuit. Après, on allait au bordel en bande. Et après, j'avais plus un rond ! Ça fait rien, c'était la belle vie, je m'en rendais pas seulement compte.

— Et maintenant ?

Il crache par terre, secoue les épaules :

— La télé, pas plus, vous savez bien. Les gens, leur vie, c'est devant le poste que ça se passe, pas ailleurs. A regarder des conneries en série.

— Et l'Espagne ?

— J'ai encore de la famille. J'y suis jamais été. Jamais j'irai.

— Ce n'est pourtant pas loin.

— Ce serait en Amérique, ce serait pareil. J'irais quoi faire ? Je connais personne.

— C'est aussi votre pays, non ?

— On me l'a assez reproché. Vous les avez pas connus, vous, ces Croix-de-Feu. Des anciens de 14, avec le béret et les médailles. Ils s'en croyaient, les fils de pute. Les étrangers, ils pouvaient pas les encaisser. A l'usine, comme c'est la sale boulot, on se retrouvait plein de métèques. Entre nous, on les appelait les Froides Queues. Ils sont tous morts à l'heure qu'il est, je les regrette pas. Dites, je cause, je cause, et vous, vous faites quoi ? Laissez-moi deviner.

Il baisse ses lunettes sur son nez, me regarde :

— Vous êtes bien agréable, vous savez écouter, vous devez pas être prof.

— D'accord.

— Ah, vous voyez ! Puis vous parlez normalement, vous craignez pas de rester avec un pauvre vieux. Vous devez avoir l'habitude de voir du monde, *verdad ?*

— Tout à fait.

— Vous êtes pas infirmière, vous sentez pas l'éther.

— Elles se lavent.

— Ça fait rien, l'odeur reste dans les cheveux. Un métier, c'est ça. Attendez...

Il se penche vers moi, me renifle :

— Ah, vous sentez la cuisine. Remarquez, ça veut pas dire grand-chose, peut-être vous venez de préparer un plat.

— Oui, une quiche.

— Je renonce. Vous faites dans quelle branche ?

— Je travaille dans un restaurant, à Manosque.

— Alors, pas comme serveuse, vous avez plutôt l'allure à commander.

— Et vous, vous auriez dû faire inspecteur.

— Ça risque ! Je peux pas les encadrer, ces enfoirés de flics.

— Vous ne voulez pas qu'on protège la veuve et l'orphelin ?

— Me faites pas rire. C'est les gros qu'ils sont payés pour défendre, les pauvres minables peuvent crever. Mais on bavarde... Venez, je vous offre le café.

— Merci, j'en bois trop.

— Alors, le pastis. C'est pas encore l'heure, on aura qu'à se le prendre léger. Je le fabrique moi-même, vous allez pas me refuser.

Nous nous levons. Son abrutie de chienne continue ses vociférations.

— Vous l'enfermez pourquoi, cette bête ?

— Elle mord tout ce qui bouge. Elle a mordu le facteur, trois fois. Elle m'a mordu, elle a mordu le petit des voisins, elle tue les poules. Si je m'écoutais, je lui aurais viré le coup de fusil. J'ai pas le courage. C'est quand même le petit de la chienne de mon pauvre père, dites.

Nous entrons. Il me fait les honneurs du salon, ouvre les volets. Ça pue le renfermé.

— D'habitude, je reste à la cuisine, c'est plus commode.

J'admire. Canapé, fauteuils sous plastique. Sur la cheminée, un Rintintin en plâtre tire une langue rouge. Aussi rouge que les pointes des seins de la négresse de porcelaine, posée sur un guéridon. Ça doit lui rappeler son « Panier fleuri ».

Finalement, je prends un pastis. Tassé, et franchement dégueu. Un goût de réglisse et de goudron, l'horreur !

Il sourit, un vrai clavier. Deux touches blanches, une noire.

— Alors, comment vous le trouvez ?

— Fameux !

— Encore une lichette ?

— Merci, non, je dois rentrer, j'attends un coup de fil.

— Repassez quand vous voudrez, ça me fera plaisir. Sinon...

— Sinon quoi ?

— Faudra que je fasse le tour des restos de Manosque. Ça me revient. Vous avez pas vu cet accident, hier ?

— Non, quel ?

— En bas, au croisement. Les deux petites du maire lui avaient emprunté sa voiture, une moto leur est rentrée dedans. Une chance, elle allait pas vite, sinon je vous dis pas ! Juste il passait une gendarmette. La femme du maire m'a raconté ça, ce matin tôt. Elle était encore tout estransinée, son mari voulait tuer les gamines.

Curieux, Claire ne m'en a pas parlé. D'habitude, elle me raconte tout. Un gendarme-femme, je ne vois qu'elle dans le secteur. Et ce motard, ce serait mon fils ? Pourquoi veux-tu ? Les motos ne manquent pas.

Retour au bercail. Ce vieux, je ne sais même pas son nom. Un drôle de numéro. Et une drôle de solitude, tu as vu cette soif de parler ! Tu imagines, la vie des gens ? Le mépris des bons Vranzais, l'usine, le foot, le bordel... Oui, et bien contents. Ton bonhomme, sa vie lui suffit. S'il pouvait, il recommencerait volontiers à avaler du chlore par tous les pores.

Hier soir, je suis passée dormir chez Zouzou. En ce moment, j'étouffe, à la brigade, entre la chaleur et le bruit du trafic. Il fait à peine jour, impossible de me rendormir.

Je ne peux m'empêcher de penser à ce motard. Je suis folle. Tu te plaignais de ne pas le revoir, tu es servie. Oui, il est beau, et après ? Pour lui, tu n'existes pas. Tant pis, j'ai ce violent désir de le retrouver, rien d'autre ne compte. Tu me trouves ridicule ? Mais non. Je vis trop seule, boulot, boulot, inutile d'aller chercher midi à quatorze heures. Si j'avais un garçon dans ma vie, un vrai, je n'en serais pas là. Tu veux que je te dise, tu es amoureuse de l'amour. C'est de ton âge.

Arrête, il ne s'agit pas d'une question de glandes, je ne suis pas en manque. La bagatelle, je m'en moque. Ce n'est pas ça, il se passe quelque chose, avec mon archange, je ne saurais dire quoi. Sauf que j'ai cette envie de le connaître, à en crever.

Tu as dû lui sembler lamentable. Non, pourquoi ? Je suis mignonne comme tout, en T-shirt lavande et jeans. Pour l'effet que ça lui a fait... Tu préfères les hommes qui bavent en te regardant ? Tu m'ennuies.

Un coq chante. Je me lève. Zouzou a filé. Douche, déjeuner. Pas faim ! Force-toi, bon sang. La ligne, tu l'auras, à ce régime. Ah, ces amoureuses ! Cesse de me harceler, je te dis que non. Bon, faut y aller.

La route. Au virage à l'entrée de Loisson, je ralentis. Un vieux est là, sur sa chaise, matin après matin. Il salue tout le monde, bras tendu. Ça l'occupe. Tiens, un hérisson écrasé. Pauvre bête... J'aimerais beaucoup en avoir un, dans le jardin de Zouzou. Je l'appellerais Petite-Feuille, je lui offrirais de la laitue.

Le carrefour de l'accident. Les gamines ont dû se faire sonner les cloches. A leur âge, jamais je n'aurais osé emprunter la voiture de mon père. Tu risquais guère, nous n'en avions pas.

Chef est d'humeur exquise, aux aurores :

— Ma petite Claire, vous êtes à l'heure. Dites-moi, vous vous plaisez, dans votre nouveau gourbi ?

— Tout à fait, Chef.

— Je ferme les yeux, n'en abusez pas, d'accord ?

— Promis. Je vous inviterais volontiers, mais je ne suis pas chez moi.

— Je ne disais pas ça pour ça. Il faudra que vous reveniez nous voir, ma femme et moi, un de ces quatre.

— Volontiers.

— Laissez-nous un numéro de téléphone, qu'on puisse vous joindre. Voyez Albert.

La laisse se raccourcit. Je donne le numéro de Zouzou, avec une erreur d'un chiffre. Pas folle la guêpe. Et ce matin, au programme, une ribambelle de paperasses en retard. J'en ai ras le bonbon. Engage-toi, vous verrez du pays, qu'ils disaient... J'adore. De mon bureau, je peux voir la porte de la cellule de droite. Elle est vide, en ce moment. Imagine, ton motard allongé sur la mousse... Le matelas, tu veux dire. Tu lui jouerais du banjo ? Travaille, pauvre folle.

J'ai à peine le temps de commencer, Chef déboule, excité comme un cent de puces :

— On vient d'attaquer le supermarché de Jonques. Claire, laissez ça, vous m'accompagnez.

Nous prenons le Trafic. Le moteur tousse comme un vieux cheval. Chef râle :

— Si c'est pas malheureux les véhicules qu'on se trimbale !

Nous fonçons. Il se présente comment, ce super ? En contrebas, en sortant de Jonques. Tu trouves des pompes avec de l'essence moins cher. Dès qu'il pleut, leur parking est inondé. C'est à douze bornes.

Nous y voici. La fourmilière est en émoi. Il y a même la presse locale, grosse affaire. Ce type d'agression n'est pas si courant, dans nos steppes reculées. Un photographe s'approche. Chef rentre le bide. Bon réflexe. Le type opère. Puis un autre pantin, en costard, vient à notre rencontre, jaune, déplumé, teint gris, cravate rouge. *Késako*, la maison Borniol ? Non, le gérant.

Il explique. C'était calme, deux caisses fonctionnaient. Un type s'est amené, un jeune, avec un journal devant son visage. Il portait un bonnet bleu. Il a jeté le canard, rabattu le bonnet, ça faisait cagoule. Puis il a sorti un pistolet, tendu un sac en plastique aux caissières...

Chef l'interrompt :

— Il a dit quoi ?

— Rien, pas un mot. Une fois les caisses vidées, il est parti en courant, sans forcer. Je suis sorti. On était quelques-uns, on a regardé. Personne n'a couru après, pardi. Il a escaladé le talus, en face. On ne l'a plus vu. On a juste entendu un bruit de moto.

Chef pose les questions d'usage. Ce type, quelle apparence ? Les habits ? La moto ? D'où il ressort que l'individu ressemble à la moitié des mâles pubères du canton. Quant à l'engin, macache.

Nous franchissons le talus à notre tour. Pas d'empreintes. La machine a dû filer à travers champs. Je me sens soulagée. Pourquoi, tu l'imaginais rouge ?

Nous passons dans le bureau du gérant. C'est gris, avec

un calendrier pour une marque d'outillage. Un somptueux mammifère, à peine vêtu, brandit une hache trop lourde. N'importe quel homme sensible aurait envie de se jeter à son secours. Je prends la déposition du pingouin. Montant estimé de l'agression ? Entre les deux caisses, ça doit plafonner dans les 6 000. Beaucoup de risques pour pas grand-chose.

Chef se souvient, il lui faut de l'after-shave. Grisounet tient à lui en faire cadeau. Pas question, mon supérieur joue les incorruptibles. Et toi, besoin de rien ? Si, j'aimerais bien savoir qui était ce Cartouche. Finalement, j'aime autant pas.

Retour à la base. Chef soliloque :

— Ma petite Claire, j'ai peur que ce ne soit qu'un début. Les commerces isolés ne manquent pas, dans le secteur. Comme ça a marché ce coup-ci, vous pensez bien, ils vont pas s'en priver. De plus, la presse va en parler, donc...

Je tends mon rouge tablier. Il enfonce quelques portes béantes. Le langage sert d'abord à ne rien dire. Chef, tu me tues. Qu'est-ce que je fous là ? Je suis vidée, j'ai eu chaud, très. Tu l'as dit bouffie.

Au bercail, du travail m'attend, du sur-mesure. Je suis chargée du rayon féminin : viols, attouchements sur mineurs par ascendants, autrement dit incestes, toutes ces bonnes choses. Et aussi les fouilles au corps sur personnes du sexe. J'en ai déjà pratiqué pour des cas de vols. Rien de méchant, un peu de doigté suffit. Là, ça paraît plus épineux.

Une maman et fifille m'attendent. La mère, genre brave ménagère, est effondrée. Elle navigue entre honte et indignation. Entre la peur des racontars et le désir de vengeance.

La gamine, Gladys, six ans, paraît davantage, déjà très petite femme. Curieux ce mimétisme précoce, chez les gosses, surtout les filles. Maman veut m'expliquer l'affaire. Je la refoule en douceur, je dois voir la petite seule à seule. Je la fais asseoir, lui souris. Elle raconte : Un voisin, M. Paul, lui parlait toujours gentiment, lui caressait les cheveux, lui offrait des bonbons :

— Et même un sac de sucettes, une fois !

— Tout un sac ! C'est drôlement bien.

Je bêtifie. J'essaie d'en venir à l'essentiel sans la brusquer.

— Oui, pas vrai ? Il est gentil.

— Tu l'as vu quand, M. Paul ?

— Ce matin. Il est venu porter un pot de miel à maman.

— Elle n'était pas là ?

— Elle venait juste de partir pour son travail.

— Tu étais seule, Gladys ?

— Oui, Claudine était à l'école. C'est ma grande sœur. Moi, je suis restée j'avais eu l'angine alors... Le docteur a demandé que je sorte pas encore. M. Paul a dit comme ça...

Qu'il portait le pot de miel, nous savons. Il s'est inquiété gentiment de la santé du petit chaperon rouge.

— Il m'a raconté que le miel, c'est très bon pour la gorge.

Elle baisse la tête. J'attends. Elle reprend, avec une toute petite voix :

— Alors il m'en a donné.

Pas de quoi fouetter un satyre. Attends, doucement. Je demande :

— Comment ça, Gladys, à la cuiller ?

Elle fait non de la tête. Nous y voilà. Essayons autrement. Je sors un jeu de carte d'un tiroir, commence à faire un château en m'appliquant. La gamine m'observe. Le château s'écroule. Elle rit, bat des mains. Reprenons :

— Dis-moi, ce miel t'a plu ?

— Au début, je l'ai trouvé bon. Après il avait un drôle de goût.

Nous brûlons.

— Un drôle de goût, pas vrai ? Il fallait le laisser.

— Je pouvais pas, M. Paul me tenait.

— Et c'était gros, Gladys ?

— Au début, pas trop. Après, je pouvais plus, parce que M. Paul...

Nouveau blocage. Je me tais, j'attends. D'un coup, la gamine explose. Sa voix grimpe dans les aigus :

— Il me forçait, j'étouffais, j'ai plus voulu, j'ai voulu me sauver. Il est parti plein de jus, ça sentait drôle...

Elle crie. Je lui tends un verre d'eau. Elle avale goulûment.

— Ça va, ma chérie ? Rassure-toi, c'est fini, personne ne va t'ennuyer, je te promets.

— J'ai peur !

— Sois tranquille, on ne te laissera pas. Il t'a dit quelque chose M. Paul ?

— De pas le dire à ma maman. Il me donnerait plein de bonbons et la poupée Barbie que je voudrais, il a promis. Il est parti. Il a emmené le miel. Après, quand ma maman elle est rentrée, elle m'a trouvée toute drôle. Elle m'a demandé. Je lui ai dit.

— Tu lui a tout raconté ?

— Pas tout, pas pour le jus.

— Il est allé où, ce jus ?

— Il est parti loin sur le tapis.

Ça paraît complet. M. Paul est bon comme la romaine. Il pourra emmener des biscottes, il aura tout son temps pour tartiner.

— Dis-moi, il fait quoi, ce monsieur ?

— Il fait le professeur.

— Il est marié ?

— Non, il vit tout seul.

Mal barré, le prof. Sa carrière est en l'air. On n'est pas tendre pour les pointeurs, en Centrale. S'il n'avoue pas ? Faut voir. Parole de gosse contre parole d'adulte, rien n'est joué. Mais si, le jus !

— Dis-moi, ce jus est toujours sur le tapis, pas vrai ?

Elle hésite.

— Pas seulement, il y en avait aussi plein ma robe.

— Celle-là ?

— Non, celle d'hier, la rose avec le lapin bleu.

— Tu l'as mise au sale ?

— Je sais pas. Peut-être maman l'a pas ramassée.

Quelque chose coince. Je rends la gamine à sa mère. Tout va bien, qu'elles m'attendent trois minutes, nous allons les raccompagner. Je vais trouver Chef, je lui expose mes doutes.

— J'aimerais voir cette robe, Chef.

— Allez-y, mon petit.

J'escorte mère et fillette à pied, ce n'est pas loin, Impasse du commandant Sénès, mort pour la France, 1922-1962. Il est mort aussi pour l'Algérie, Sénès. Le principal, c'est de mourir.

Nous y sommes. Pourvu que la robe ne soit pas au lavage... Je me garde de la réclamer de but en blanc. Nous bavardons. Je demande à la gamine où ça s'est passé. Dans le séjour. Pas de tapis...

— Et cette robe, tu peux me la montrer, Gladys ?

Mamacitá ne comprend pas. Je la rassure. Nous passons dans la chambrette de la gosse. Des tas de posters : Bambi, Blanche-Neige, Bruel, la totale. La robe est là, en boule au pied du lit. Pas d'erreur, Gladys la portait hier. Mamouchka pourrait-elle préparer un chocolat pour l'enfant ? Gladys préfère le coca.

Dès qu'elles ont quitté la pièce, j'examine le bout de tissu. Rien. Pas la moindre trace d'amidon. Pas d'odeur, foutre ! C'est donc si bon comédien que ça, un môme ? J'en suis baba.

Je passe à la cuisine. Gladys s'est renfrognée. Essayons encore. Pas ici. Un jardin s'étend devant le pavillon. Bordures d'iris, un portique avec balançoire. Je peux jouer un moment avec la fillette ? Accordé. La gosse est ravie. Je la balance, elle rit, se détend. Ouf, ça donne chaud. J'arrête le mouvement.

— Tu es tout plein gentille, madame !

— Toi aussi, ma jolie. Dis-moi un peu, des camarades ont eu des histoires, comme toi ?

— Oh oui, mon cousin Maxime. Il est frisé, on dirait une fille.

— Il y a longtemps ?

— Non, ça vient juste d'arriver.

— Tu sais où ?

— Il habite Valence, on est allés les voir avec maman, pendant les vacances de Pâques. Il m'a tout raconté, un vilain monsieur l'a touché où il fallait pas, tout ça. Alors il a été à la police. Ils ont arrêté le vilain, et lui il a eu plein de jouets pour le consoler.

Elle compte, sur ses doigts :

— Il a eu des Play-Mobil, la boîte avec le bateau pirate, la grosse. Il a eu des Légo, plein. Il a eu deux tortues Ninja. Il a eu...

N'en jetez plus. Le crime paie.

— Et toi, tu as envie de quoi ?

Elle baisse la tête :

— Ma maman veut pas m'acheter une poupée Barbie.

— Écoute-moi bien, Gladys, si tu me racontes bien tout, tu l'auras, ta Barbie. D'accord ?

La gamine a avoué. M. Paul revient de loin. Oui, il se montrait gentil avec Gladys. Il adore les enfants. Ce matin, il est resté chez lui, corriger des copies, la petite garce le savait.

Redoutables, les mômes. Elle a failli m'avoir, Lolita. Et les détails, où les a-t-elle pêchés, ça ne s'invente pas, pas à son âge. Cousin Maxime, bien sûr. Ou alors, l'école. Nous sommes fin XXe siècle, que diable ! Paul et Virginie, c'est fini.

En fin de course, j'ai droit aux félicitations de Chef.

— Bravo, Claire, vous vous rendez compte de ce merdier, si on avait bouclé ce pauvre bougre pour rien ? Nous étions jolis !

— C'est surtout pour lui que c'était gênant, non ?

— C'est vrai. Encore bravo ! Vous avez du discernement, c'est bien.

De la chance, aussi. J'ai obtenu de la mère qu'elle passe l'éponge. Sa fillette ne pouvait mesurer la portée, etc. Quant à Gladys, je lui ai acheté sa poupée. Une avec des cheveux longs à n'en plus finir. Elle était aux anges. Je lui devais bien ça. Est-ce vraiment raisonnable ? J'espère que non.

Ça fait du bien de se sentir utile. Il me tarde de raconter l'histoire à ma camarade. N'empêche, je retiens la leçon. Sacrée Gladys... Tout ça parce que cousin Maxime avait eu ses Légo.

Les collègues m'ont congratulée. Mes actions sont au plus haut. Attention au retour de bâton. Pourquoi donc ? Oh, comme ça... La vie est un tissu de surprises, c'est ce qui fait son charme.

Le Vieux était pas perdu, il a refait surface. Pas longtemps, il vient de repartir à dache. Si seulement il pouvait reprendre goût au travail ! De voir ce gâchis en permanence, ça me rend malade. Alors je commence à faucher la grande pièce de terrain, derrière la bergerie. C'est de la bonne herbe. Ça donnera du fourrage pour l'hiver.

Je travaille. Au bout d'un moment, les reins me tirent. Je rajeunis pas. Je me pose, je souffle. Un avion passe, juste un point brillant, avec de longues traînées de coton derrière les ailes. Puis elles se défont en petits bourrelets. Avant, on n'en voyait pas, sauf pendant la guerre. Maintenant, ils défilent à la même heure, tous les jours, recta. A dire qu'il y a des gens dedans, j'arrive pas à imaginer. Tu te vois dans l'avion, Polka ? Risque pas, tu es pas folle.

Amène-toi, approche un peu. Elle a des tiques plein les oreilles. Tous les étés ça recommence. J'en retire le plus que je peux. Elle dit rien, elle me regarde. Elle me lèche la figure.

C'est bien, les chiens, jamais ça t'abandonne. Je repense à ma pauvre mère. Des fois, vers la fin, elle marchait, elle savait pas trop où elle allait. Mettons elle partait faire une course au village, elle oubliait, ça se terminait en promenade. Du temps la soupe brûlait. Son chien la suivait de partout,

Rufus il s'appelait, avec la grosse tête et des pattes plutôt courtes, la vraie saucisse. Rufus suivait maman et moi je le suivais. Les gens, ça les faisait rire, ils nous appelaient : les trois canards. Les gens sont drôles.

Elle donnait la main aux uns et aux autres. Mon père, sa terre, un moment qu'il la fatiguait plus. Maman, fallait rien lui demander de sorcier, un peu de ménage, un paquet à porter. En échange, les gens lui passaient l'huile, le vin, le bouillon Kub. De l'argent, non, pourquoi l'argent c'est cher, personne le lâche comme ça. Ils voulaient pas que mon père le boive, puis. Je comprenais pas bien, de toute façon, il buvait.

Je me rendais compte de rien. Être pauvre me faisait pas honte, je connaissais que ça. J'étais pas jaloux des autres gamins. Ils avaient plein de jouets, à moi ça me retirait rien. Quand tu es niston, tout paraît normal. Pour vivre, il faut que dale, si tu regardes bien.

L'épicier se montrait brave avec maman, le boulanger pareil. Elle réglait quand elle pouvait, c'était pas la fainéante, ils voyaient bien. Ils auraient pas admis. Tu travailles, tu manges. Sinon, ceinture. Maman, pour eux, c'était comme un oiseau, alors ils lui laissaient les miettes.

Ils la plaignaient à cause de mon père. Soi-disant il allait faire des chantiers, jamais tu le trouvais. Quand il revenait, c'était pas beau à voir, il dégobillait de partout.

Puis il y a eu la guerre, j'étais petit. Elle se passait loin, à la frontière. Au début, elle démarrait pas. De tout l'hiver il est rien arrivé. Le printemps, même tabac. Il est parti plein d'hommes du village. Ils sont pas revenus, pourquoi d'un coup les Allemands ça leur a pris, comme la courante. Ils ont avancé à toute blinde avec plein de tanks et d'avions. Nos hommes, ils les ont récoltés, en passant. C'était réglé avant de commencer.

Ça fait rien, j'allais à l'école. Le maître me collait au fond. Je bougeais pas, je suivais. J'aimais beaucoup, pourquoi ça me donnait l'impression d'être comme tout le monde. L'hiver, le gros poêle nous chauffait. Je me mettais contre. Des fois je m'endormais.

La guerre une fois perdue, les hommes sont restés prisonniers. Pourtant, c'était pas fini. On continuait la bagarre de partout, sauf chez nous. J'en savais pas davantage, pourquoi papa venait de casser la radio. Quand ça lui prenait, il démolissait tout, fallait se lever de devant. De toute façon, j'aurais rien pigé. Personne comprenait, ça lâchait d'un bout pour redémarrer de l'autre, en Afrique, en Russie, chez les Chinois même. Ça devenait trop compliqué.

Avant, les guerres, c'était simple. L'instituteur, M. Brenneur, nous expliquait. D'abord, on se battait que l'été. Mettons, un coup tu gagnais, tu ratiboisais une province. La fois d'après tu perdais, on te la repiquait, ça se passait gentiment. Si tu avais du pot, peu que peu tu agrandissais ton bien, comme un qui a touché l'héritage. Voilà.

Puis les Allemands sont arrivés. Il en est passé des camions et des camions sur la nationale, il paraît, avec des tanks. Des gros camions verts. Ils allaient vers la mer.

Nous, à Talasse, on reste à l'écart, on y a pas eu droit. C'était l'hiver, il caillait drôlement. Jamais les hivers ont été aussi froids que pendant la guerre. En plus, ils avaient inventé les restrictions.

Pas compliqué, comme combine. Tu trouvais plus rien, plus de bouffe, plus d'habits, plus de godasses. Le chocolat, le sucre, le beurre, la viande, terminé. A la place, ils ont inventé de mettre des bananes sèches et du faux sucre en pilules, la saccharine, ça s'appelait. A l'école, ils nous distribuaient des pilules roses acidulées. On disait les vitamines.

Au village, les gens s'en foutaient. Entre leurs moutons, leurs cochons et leurs légumes, ils s'en sortaient. Pas nous. On a eu la fringale de longue. On s'habitue. La faim, au début, ça travaille, ça te grignote. Tu as comme le vertige. Après ça se tasse. Quand même, ça laisse faible.

Maman élevait les lapins. J'allais ramasser l'herbe. Ils étaient mignons tout plein, ils bougeaient tout le temps le nez. Ça me faisait peine qu'on les tue. Les gens passent leur vie à tuer.

Plus tard, il s'est trouvé une autre invention, le maquis. C'était tout le monde et personne. Ça venait de la grosse connerie des Allemands, pourquoi ils voulaient obliger les jeunes à partir au diable vert, travailler dans leurs usines pourries. Ça leur disait pas, alors ils se sont taillés dans les collines. C'est comme ça que ça a commencé.

Soi-disant, ce maquis, fallait pas en parler, pourquoi il était interdit. A part que tout le monde était au courant, obligé. Plusieurs fois les Allemands y sont montés.

Ils débarquaient au village dans leurs camions, fagotés tout en vert, avec les bottes noires. Ils criaient drôlement, toujours l'air fâché, tu comprenais rien, puis. Ils révolutionnaient le quartier, mon ami. Ils partaient faire leur expédition. Des fois, en entendait tirer, loin, comme à la chasse. Quand ils avaient fini, ils revenaient ils remontaient dans leurs camions jusqu'au coup d'après. Ils ont recommencé plusieurs fois, ils s'encagnaient. Ils gagnaient pas, le maquis non plus. Les maquisards restaient dans les collines, les autres dans les villes. En plus, on commençait à voir défiler des quantités d'avions, le ciel était tout rayé de blanc. C'étaient les Américains. Ils s'étaient partagés l'espace, chacun sa portion, les Américains en haut, les Allemands les villes et les maquisards les bois. Nous autres, au village, on attendait.

Une fois, on nous a dit de nous sauver. Le Fabre nous a prévenus. Les Allemands étaient pas heureux, le maquis leur avait fait des crasses, valait mieux filer pourquoi ils allaient pas tarder.

Les gens se sont carapatés dans la campagne. Ils ont pris des provisions. Nous, comme on avait rien, on est restés. On s'est trouvés avec quatre vieux qui pouvaient guère plus remuer. D'un sens, il valait mieux être encore à quelques-uns, sinon, si les Frisés se vexent de voir personne, tant ils le prennent mal, ils ratiboisent tout.

Ils sont arrivés. Deux voitures noires, des tractions, ça s'appelait, plus trois camions. Ils sont descendus en voltige, toujours à la bourre, avec leurs drôles de glapissements. A force, la gargamelle doit leur faire mal. Je regardais. Il y avait le vieux Gustave, aussi, avec ses béquilles. Lui, il les avait arrêtés en 14, il dit. Pas vraiment, faut croire. Puis notre chien Rufus, et plein de poussière à cause des camions.

A force de les entendre, Rufus a pris peur. Au lieu de se sauver, ils s'est précipité sur le premier qu'il a trouvé, un officier avec la casquette. J'ai pas attendu la suite, je me suis taillé. Maman se tenait planquée derrière chez le boulanger. Elle, elle les a toujours craints, elle dit qu'ils ont brûlé Jeanne d'Arc. Nous avons filé vers Orèze, en coupant par les prés. On pouvait pas nous voir de la route. On a laissé Gustave se dépatouiller.

C'était la première fois que j'y venais. Nous sommes tombés sur le maquis, plein d'hommes avec des brassards. Ils portaient la croix à deux branches pour se distinguer, pourquoi ils avaient guère d'uniformes. Ils tenaient des armes, ils cavalaient dans tous les sens. Puis j'ai aperçu le Vieux.

A l'époque, il l'était pas, vieux. C'était le chef, ça se sentait rien qu'à le voir, à sa façon de se tenir. Il portait plein de galons sur le béret. Il a crié, les autres se sont alignés impeccable. Ils étaient un paquet, je les ai pas comptés. Ils se sont mis sur trois rangs.

Le Vieux a demandé à maman ce qui se passait. Ils sont au village, elle a dit. Trois camions, pleins ras bord. Cette fois-là, ils ont encore joué à cache-cache. Total, les Allemands ont pas brûlé le village. Ils ont ramassé les moutons, les poules, tout. Même le vieux Gus. Ils s'étaient pas déplacés pour rien. Nous on est restés à Orèze.

Maman avait plein de travail, la tambouille à préparer

pour tous ces morfales, la vaisselle, les frusques, le diable et son train. On a eu plein à manger.

A moi, on me demandait de courir à droite à gauche, porter les messages. Ça me plaisait. J'étais trop niston pour me bagarrer. Ça m'aurait pourtant plu d'avoir le revolver. M'en servir, je dis pas. Mais en porter un, comme un homme.

Une drôle d'armée, leur maquis, nippés à moitié comme tout le monde, plus la veste militaire ou le casque. Ils portaient des fusils de chasse. C'était pas comme les Allemands. Les armées, au début, ça se passe comme ça, il faut un commencement.

D'autres fois, ils se sont accrochés. Ils me voulaient pas avec eux. Après, il en manquait, ils ramenaient les blessés. C'était pas beau à voir, ils râlaient, ils étaient pâles. On pouvait guère s'en occuper, on les faisait partir tard le soir, je sais pas pour où.

Un coup, j'ai vu la vraie bataille. Juste avant, il était tombé du ciel plein d'armes. De nuit. On avait entendu les avions. Ils ont balancé des tas de parachutes, au petit bonheur la chance, avec des gros tubes accrochés. Ils se sont éparpillés de partout, on a eu du mal pour les récupérer.

Pas d'accord, les Allemands. Deux jours après, ils ont remis ça. Ils ont attaqué le Jonquet, un groupe de fermes, au-dessus de Talasse. Je me trouvais de l'autre bord de la vallée, je voyais tout bien. J'aurais pas laissé ma place pour tout l'or du monde.

Les maquisards tenaient les maisons. Les autres se sont approchés de trois directions à la fois. Ils avaient pas peur de marcher. Ils ont mis en avant une grosse voiture sans vitres, pas tout à fait un tank. Des tanks, j'en ai eu vu après. Les maquisards ont tiré dessus, avec la mitrailleuse toute neuve. La voiture a flambé, ça sentait le cochon grillé. Les Allemands se sont débinés.

Je suis descendu. C'était plein d'hommes en vert, par

terre, avec plein de sang. Plusieurs remuaient encore. Les maquisards les ont tués, pourquoi ils savaient pas quoi en faire. Ils ont ramassé des tas d'armes. D'un coup, ils se sont couchés comme un seul homme. Il est arrivé deux avions, avec les croix noires peintes sous les ailes. Ils ont tirés. Ça faisait l'effet terrible, pas tellement le bruit, mais quand c'est toi que tu es visé, ça impressionne davantage.

Je me suis jeté par terre, la tête dans les bras. Les avions sont repassés plusieurs fois en tirant, puis ils ont disparu. Ce coup, les maquisards avaient morflé.

En revenant, j'ai trouvé maman bras en croix, du sang plein le dos, couchée sur le ventre. Elle était venue me chercher, pourquoi elle s'inquiétait. Je suis resté bête. Cette guerre, jusqu'à ce moment je la trouvais drôlement intéressante, comme un jeu, quoi. Ça devenait la vraie saleté. Maman avait pas mérité. Je me suis mis à genoux, j'ai pleuré.

On l'a mise en terre au Jonquet, dans le petit cimetière, près des maquisards morts. On leur a posé à chacun la croix en bois, sans le nom, il valait mieux pas. Pour les Allemands, on a juste fait creuser une fosse par les prisonniers, on les a jetés dedans.

Le débarquement a eu lieu. Personne me réclamait, mon père, j'avais pas de nouvelles. Je suis resté chez le Vieux.

Je m'y trouvais bien. J'ai commencé à m'occuper des bestioles. Ce Vieux, c'était pas le bachi-bouzouk de maintenant. Souvent des copains à lui montaient le voir, ils faisaient de sacrées bamboulas, ils buvaient, ils se racontaient des histoires de leur maquis. Ils parlaient de ce qui se passait dans les villes.

J'écoutais. On collait en prison les méchants. On tondait plein de filles, on les mettait à poil. Eux, ça les faisait hurler de rire. Moi pas.

La prison, je comprends. Tu as perdu, tu morfles, normal. Tondre des filles, non, jamais. C'est pas joli. A quoi ça rime ? J'ai pensé à ma mère. Ça m'aurait pas plus qu'on lui fasse la boule à zéro. On le fait aux moutons, pas aux gens, on est pas des bêtes. J'ai eu envie de tuer. Je l'ai encore.

Des fois aussi le Vieux descendait avec la traction prise aux Allemands. Je montais derrière. C'était pour des fêtes dans les villages. Les gens se plaçaient autour du monument aux morts. Ils portaient les drapeaux, ils faisaient plein de discours, comme quoi ils étaient des héros et qu'il valait mieux pas l'oublier. On voyait même des soldats, des vrais, avec les guêtres blanches. A un moment, le clairon jouait un air triste. Tous ils se raidissaient comme des cierges. Les drapeaux se baissaient. Ça faisait impression. Après ils se distribuaient des médailles. Le Vieux en a ramassé un plein carton. Après, ils buvaient l'apéritif, ils mastéguaient le gros repas, tout ça pourquoi ils avaient gagné. Héros, c'est pas la mauvaise vie.

Puis mon père est revenu, on sait pas d'où. Lui n'avait pas de médailles. Il m'a repris un moment. Travailler lui plaisait pas plus. J'avais que douze ans, même avec la meilleure volonté, je pouvais pas tout faire. Notre matériel valait plus rien. Surtout, la terre était trop basse cette année, mon père s'est pas accroché, pas son genre. Il a vendu la ferme et les quatre bouts de terre qui nous restaient. C'est là qu'il m'a ramené chez le Vieux pour de bon.

Au début, j'ai trouvé moins drôle que pendant le maquis. La guerre, c'est bien, il se passe plein de choses, tu te bouges, tu as l'émotion. Tu t'ennuies jamais. Une fois terminé, tu es plus le héros. Tu redeviens le minable que tu es. C'est pour ça qu'avant, ils se faisaient plein de guerres. Des fois, elles duraient un siècle, bonne maison... Tu as le temps d'en profiter. Le Vieux restait leur grand chef. On l'oubliait pas. Les gens continuaient à parler de lui, de ses coups fumants. Ses amis venaient toujours. Ils voulaient qu'il fasse le député. Ça veut dire, tu représentes le peuple, tu as plus besoin de travailler, on te file plein de pognon. Seulement tu dois rester à Paris combiner les lois.

J'ai vérifié sur la carte. C'est en haut, l'endroit où les grosses têtes décident de tout et du reste. Cette idée me plaisait pas. une fois le Vieux parti, je deviens quoi ? J'ai attendu voir comment l'enfant se présentait. Le Vieux aussi attendait. Je savais pas quoi. J'ai su qu'après.

Le travail me convenait, les bêtes, je me plaignais pas. Le Vieux me foutait une paix royale. Les chiens me faisaient fête. J'avais plus à me méfier de papa.

J'ai honte de le dire, mais avant, quand il rentrait fin soûl de ses muffées, c'était réglo, il me cognait dessus. Je le laissais. Tant qu'il me cognait à moi, c'était autant de moins pour maman. Ça me plaît pas d'y repenser. Je savais pas, je croyais que, peu que peu, ça se passait partout de la même façon. J'avais rien pour comparer, pourquoi ces choses-là ça se dit pas. Maman me manquait. Elle en avait eu sa part, pauvre. Autant qu'elle soit morte, je me disais, elle aura plus à courir après quatre sous pour faire bouillir la marmite, ni à se sauver de devant.

Je gardais cette crainte que le Vieux s'en aille faire le député. Il est resté. Il m'a donné des bottes allemandes. Mes souliers, la semelle, à force, on voyait le jour à travers. Comme j'avais les ripatons trop petits, j'ai bourré plein de chiffons dedans ces bottes. Elles me gardaient le moral au chaud, mon ami.

La nuit, j'aimais de rester avec mes brebis. Dès qu'il faisait beau, je m'installais à côté du parc, à regarder les étoiles, allongé sur la couverture. Ça m'aurait plu de savoir leurs noms, personne a eu la patience de m'apprendre. Pour un berger, ça la fout mal quand même. Sauf pour l'Étoile du Berger, naturellement. Celle-là, on voit qu'elle. Maman me l'a montrée, elle se lève en premier, c'est la plus brillante. Chaque fois que je la vois, je pense à ma mère.

L'hiver est revenu, un terrible. On aurait dit un autre

hiver de guerre. Il est tombé plein de neige, tôt dans la saison. Elle a coupé les routes. Puis le temps s'est radouci, elle a commencé à fondre. J'ai vu les premières jonquilles. Le printemps est arrivé. Elle avec.

Souvent, les gens me disent : « Comment fais-tu ton compte ? Toi ça va toujours, tu en as de la chance ! » Sûr. La chance de n'y avoir pas encore laissé la peau. J'ai l'impression d'être une acrobate, à faire mon saut périlleux en permanence. Si mon restaurant marche, parfait, tout le monde s'en moque. Si je me ramasse, je peux me fouiller, c'est pareil.

Viviane est restée, elle s'est calmée. Au début, je craignais toujours qu'elle nous pique sa crise, pour un oui un non. Elle s'y est mise, faut pas désespérer. Pour Ghislaine, rien à reprendre.

Quant à moi, le travail passe avant tout, et en même temps il ne compte pas. Il me prend totalement, et je reste en dehors. Je pourrais lâcher le temps de dire ouf, s'il fallait. Ce qui compte, c'est Claire.

Je l'adore. Elle fait toute la différence. Parfois, elle me fait oublier mon fils. Claire, c'est ma grande chance.

L'été arrive. Peu m'importe. La volaille décervelée qui déboule du Nord, je ne la vois guère, heureusement. Mes routiers s'en plaignent. Eux risquent l'accident à tout moment, avec ces conducteurs d'occasion. Ils n'en finissent pas de braire. Tout à l'heure, Zé s'est amené, les poings faits :

— Zouzou, si ça continue de ce train, j'en tue un, il paiera pour les autres, tous autant qu'ils sont !

Il réclame un pastis, se lance dans une histoire de queue de poisson. Je connais. Ça vaut le porno, leur chanson, c'est monotone. Je prends l'air intéressé, faut ce qu'il faut. J'attends qu'il décompresse.

Ils se croient libres, mes cow-boys-diesel. Parlons-en ! Ils restent sur des rails, coincés dans leurs cabines et leurs horaires. Ils se démènent comme des hamsters en cage. Enfin, chacun sa croix, pas vrai ?

Vu la chaleur, je leur prépare des repas plus légers : rôti-haricots verts, rosbif-salade. Et frites, malgré tout, je dois les caler. Je les regarde. Je suis contente de les savoir chez moi, ils n'y sont pas obligés. Des mangeoires, tu en trouves autant comme autant, avec de la fesse en garniture si ça te chante. Voilà pourquoi je me défonce, j'ai besoin d'être préférée. Sinon, à quoi rime de se lever matin ?

Ils en sont au café. S'il s'en trouve un trop crevé, il peut toujours s'offrir son sieston chez moi, rien de changé.

Justement, Riton bâille à n'en plus finir. Un nouveau, un beau petit. Je me demande s'il tiendra, il n'a pas la trempe de ses collègues. Je le trouve plus fin. Il m'a parlé. Il a entrepris des études, s'est arrêté sur un coup de tête. Pendant le service, en Allemagne il a eu le permis lourds. Du coup, il roule. Je lui fais signe. Il s'approche :

— Zouzou, je vais te dire, j'ai peur de devenir con.

— Et alors ?

— Rien, je me pose la question, pas plus. Si c'est pour en arriver là, autant commencer jeune, pas vrai ? Seulement je me demande...

Tempête sous un crâne. Il hésite.

— Tu cherches quoi au juste, mon beau ?

— Je me sens coincé. J'aurais voulu inventer ma vie, pouvoir décider de ce qui m'arrive, pas seulement le prendre dans les gencives. C'est possible ou je rêve ?

Je lui tapote le bras.

— Tu veux la lune ? Tu t'imagines quoi ? Mettons, tu fais acteur, tu vas tourner cent fois le même téléfilm débilou. Docteur, pareil, l'hiver tu te paies les angines et l'été les panaris. Avocat, du kif. La vie, c'est la répétition à perpète, mon lapin. Faut t'y faire.

Il rit. Son rire n'est pas très gai.

— Zouzou, toi, pour le moral des troupes, chapeau ! En vrai, j'ai envie d'un bateau. Tu pars, tu navigues droit devant. Tu arrives dans un coin qui te botte, tu restes. Tu sais, comme Gauguin à Tahiti.

— Lui, c'était le rayon peinture.

— Et après ? Il cherchait des images, pareil.

— Écoute, mon joli, un bateau, ça s'achète. Si vraiment tu en crèves d'envie, tu t'en donnes les moyens.

— Facile à dire. Tu te rends compte du fric qu'il faut, rien que pour un petit ? Le temps que j'y arrive, je me prendrai la barbe dans la chaîne de l'ancre. Je n'ai pas la patience.

— Alors tu braques un Crédit agricole, c'est pas ce qui manque.

— Ça aussi c'est un métier. Je ne veux pas claquer en taule.

— Alors...

— *Va fan culo*, pas vrai ? Ça fait du bien de rêver. Tu ne rêves pas, Zouzou ? Je prends le pari que c'est à Travolta.

— Tu dérailles. Tu m'aurais dit Lino Ventura, là oui, d'accord. Il me faut des vrais hommes, pas des rataillons.

Nous plaisantons. Mon rêve, je le connais. Je l'ai porté dans mon ventre. Il vit un drôle de cinéma, et ça ne date pas d'hier. Si seulement quelqu'un pouvait me donner des nouvelles...

La séance, terminé. Une fois les filles parties, j'aère à fond. Un coup de peinture ne serait pas de luxe. Comment donc ! Dis-moi seulement quand c'est possible, nous sommes en plein boum, je te signale.

Maintenant, le soir, rideau, tant pis pour les papis. Sinon je ne vis plus. Ça me laisse le temps d'arranger un peu la maison. Comme j'ai eu la riche idée de la déclarer, Mélie me fait faux bond. Que le cul lui pèle !

J'ai ramené du rôti froid. Claire est rentrée tôt, miracle. Nous prenons l'apéritif sur la terrasse. Elle me raconte sa journée. Elle se tape pas mal de police de la route, en ce moment. Pas ravie.

— Zouzou, à force, les gens tu ne les distingues plus. Tu traites des infractions, pas des personnes.

— Au fait, ton don juan s'est calmé ?

— Oui. Il vient de se trouver une rouquine.

— Tant pis pour elle. Un repas froid, ça te dit ?

Nous passons à table. Claire dévore. A midi, elle a eu droit au sempiternel sandwich.

— Rillettes-cornichons, Zou. J'en ai balancé la moitié. Dis-moi, tu as une drôle de tête...

Je me décide. Ridicule d'avoir attendu aussi longtemps.

— Claire, j'ai un fils.

Elle bat des mains :

— Pas vrai ! C'est drôlement bien. Il est où ?

— Par ici. Enfin, je crois. Il vient de quitter l'armée, il a une moto. Il a surtout qu'il ne passe pas voir sa mère.

D'un coup, l'angoisse... Je pleure. Je sens la main de Claire dans mes cheveux. Elle se tient debout, contre moi. Je m'appuie sur elle. Une bonne crise, j'en avais besoin.

— Excuse-moi, Claire.

Je me reprends, j'essuie mes yeux.

— C'est fini. Tu vois, j'essaie de tenir, comme une grande. Et puis...

— Parle-moi de lui. Tu ne sais vraiment pas où il se trouve ?

— Chez des copains, j'imagine. Il doit se faire héberger à droite à gauche.

— Vous êtes fâchés ?

. Quand j'ai débarqué dans la région, au
n'importe quoi, tu vois le genre. Je suis
décidé de garder le bébé.
st comment ?
ın tordu. Pas question qu'il me prenne
a été assez grand, j'ai raconté à mon
était mort.
yle, ton fils ?
is commode, il te plairait. A l'école, il
n des Bois, il piquait les bonbons des
ır les donner aux autres. Tu peux pas
temps à se bagarrer. Il revenait en lam-
eureux, et moi avec.
oi, tu as une idée ?
onde, aider les gens, le docteur Schweit-
Bayard, pour te le situer. Il rêvait d'une

n'a pas encaissé le réel. C'est ça ?
oujours est-il qu'il m'en a voulu. Il fal-
à quelqu'un. Du jour au lendemain, je
jeter aux chiens. Il ne se confiait plus,
Il s'est fermé, il refusait tout. J'aurais
Un mur. A dix-huit ans, il s'est engagé.
voue. Je craignais le pire.
Louzou ! Il est parti dans quoi ?
terie de marine. La coloniale, si tu pré-
vé au diable, au Tchad, dans tous les
n'écrivait pas, bien sûr. Au moins, je
ent se trouvait. S'il arrive quoi que ce
soit, l'armée te prévient.

— Il les a quittés pourquoi ?

— Pourquoi veux-tu ? Il en aura eu sa claque.

— Et maintenant, tu as idée ?

— Aucune. J'attends.

— Tu lui as proposé de travailler avec toi ?

— Tu rêves ! Il serait comme un fauve en cage.

— Et les filles ? Il a bien une fiancée ?

— Alors là, va savoir ! Plus jeune, il était romantique, le genre à délivrer des princesses captives. Il n'a pas dû en rencontrer des masses, à l'armée, entre les bousbirs[1] et le B.M.C.[2] Excuse-moi, Claire, parlons d'autre chose.

— Attends ! Si tu veux, j'essaie de le retrouver.

— Comment ça ! Tu me l'amènes dans l'emballage-cadeau, avec les menottes et je lui installe sa niche ? Il connaît le chemin. Quand il aura besoin de moi, il viendra. Je t'en prie, raconte-moi des histoires. Vous n'avez pas que vos contrôles sur les bras.

— Tu peux pas savoir !

Elle se lance. Avec les vacances, la saison des vols bat son plein. Toute la gamme, de l'épicier du coin au pillage des clapiers secondaires.

— Nous multiplions les rondes, Zouzou, nous sommes débordés.

— Ce n'est pas nouveau.

— Pourtant si. Comment te dire ? Tu vois, avant, on t'inculquait le Bien et le Mal. C'était net, sans bavures. Et maintenant, plus le temps passe, plus tu as l'impression que la frontière s'efface entre les deux. La seule règle, c'est de ne pas se faire choper.

— Tu exagères.

— Mais non. Prends par exemple le gosse qui chaparde dans une grande surface. Lui fait ça comme toi tu fais tes courses. Il ne considère plus le vol comme un délit. Tous ses copains le font, c'est devenu une sorte de jeu. On ne vole plus une voiture, on l'emprunte, tu me suis ? Dans leur tête, c'est pas grave. Et c'est justement là que ça le devient. La loi n'a pas changé, les mentalités si. Les jeunes trinquent.

1. Bordels.
2. Bordel militaire de campagne.

— Attends. Toi, gendarmes, tu leur donnes raison ?

— Je constate. J'essaie de t'expliquer. Il ne s'agit pas seulement des gosses, c'est tout qui fout le camp. L'épicier qui double ses prix l'été c'est du vol, mais on tolère. Les gens donnent de petits coups de pouce. Et nous, nous ne sommes pas le bon Dieu, nous ne pouvons pas coller tout le monde au bloc. Nous devons ménager la chèvre et le chou, tu me suis ? Nous colmatons comme nous pouvons. Nous empêchons la barque de couler.

— Tu es optimiste !

— Il y a pire, ma pauvre. Regarde les banlieues, c'est foutu, mais personne ne veut s'en apercevoir. Je sais, des collègues m'en parlent.

— Comment ça foutu ?

— Réveille-toi ! Tu trouves toute une jeunesse laissée pour compte, en vrac. Leur seul horizon, c'est la drogue, soit consommateurs, soit dealers, soit les deux.

— Allez !

— Nous n'avons rien inventé. Ils vivent en plein dedans, en Amérique, depuis la vie des rats. Nous avons juste un peu de décalage, comme d'habitude.

Je l'écoute. Ça me fait du bien. Je ne demande rien, juste l'impossible. Pourquoi pas ? Les miracles existent, la preuve, Claire est là. Je dis :

— Merci, ma grande.

— Idiote ! Tu as du café ?

— Oui, une nouvelle marque, tu vas me dire ce que tu en penses.

Tiens, le rossignol. Comme la vie serait simple si... Mais elle est simple. Fais la planche. Laisse-toi porter. Je prends la main de Claire. Un moment de paix... Je respire. Elle demande :

— Tu as une photo de ton fils ?

— Bien sûr. Attends.

Sur la dernière, il porte l'uniforme, chemisette et béret.

Je la tends à Claire. Elle la regarde un moment. Elle constate :

— Il est très beau.

— Pas vrai ?

— Écoute, ça va s'arranger. Et ce café ?

Pourquoi, tu en doutais ? Tu avais besoin de cette photo ? Disons que je savais sans vouloir le savoir. Je refusais. Pourquoi, je ne sais pas, la peur, sans doute. Au fond, tu es une grande fille toute simple.

Je n'ai pourtant rien dit à ma camarade. Nos rapports sont bons, pas envie que ça change, d'autant qu'il n'y a rien avec ce garçon. Pas ça ! Inutile de tirer des plans sur la comète.

J'ai pris un jour de récup', je suis vannée. A force de taper des rapports à la noix, j'ai mal au bout des doigts. Aussi, faut voir nos machines, elles ont dû faire la guerre de Crimée.

Je comptais marcher, en profiter, Sissi dans les alpages ? Rien du tout. Je me suis écroulée...

Chez Zouzou, je redeviens femme. Je peux rêver. A qui ? Tu m'ennuies, rêver pour rêver. Je n'ai plus revu mon archange motorisé, depuis que sa mère s'est décidée à m'en parler. Je comprends pourquoi elle hésitait. Tu te rends compte, l'horreur ! Savoir son fils tout proche et ne pas pouvoir l'embrasser... Oui. Mon café refroidit. Zouzou est au travail. Je flemmarde.

Alors, gendarme, tu ne regrettes pas d'être entrée dans la carrière ? Toujours pas, je te ferai signe. Tiens, mon arme traîne sur la table du salon. Je m'y fais, je ne la vois même plus. Imagine, si tu devais t'en servir... J'y pense. Si je dois tirer, je tirerai, sinon je n'ai rien à faire dans cet uniforme. La justice contre la violence injuste, à moi à décider, le moment venu. Il peut venir. A ce moment-là, tu ne réfléchis pas. Tu fonctionnes.

Bon, en piste. La douche... J'aime bien mon corps. Je ne suis pas bronzée des masses. La police de la route en bikini, nous n'en sommes pas là. En attendant, si je prenais le soleil sur la terrasse ?

Tu es une belle garce, tu aurais pu aller voir tes vieux, à Talasse. Depuis le temps, il y a prescription, non ? Stop. Plus question de faire ce dont je n'ai plus vraiment envie, tu m'entends ? Tant que je les ai pris pour mes vrais parents, parfait. J'étais la meilleure. A l'école, je faisais la fierté de mes maîtresses, toujours première. Ma mère voulait tellement que tout se passe bien ! Lui, je le sentais plus réticent, sans savoir pourquoi.

Il brûle, ce soleil. Je relirais volontiers *Lolita*. Ta camarade devrait l'avoir en Poche, va voir. Et agrafe ton soutien-gorge, malheureuse.

Pourquoi, il n'y a personne. Pauvre naïve. Infinie est l'astuce du voyeur. Il s'en trouve un derrière chaque touffe de pissenlit, à la saison, à tenter de se rincer l'œil. Bien Chef, nous agrafons.

Pas de Lolita. Essayons un polar. Au village, mes parents tenaient la droguerie. On y trouvait de tout, des outils, des clous, des rouleaux de corde, de la pâte Arma. J'adorais l'odeur, j'en aurais mangé. Des tas de boîtes s'empilaient sur les rayonnages.

Ils sont sûrement à la retraite, tes droguistes. Ce polar me barbe, je renonce. Ce que je suis bien, au soleil... L'extase. Je ferme les yeux. Des taches de couleur dérivent. Je m'engourdis.

Mon enfance... Je me souviens de ce couple, dans la

villa voisine. Ils avaient un accent bizarre, pas le pointu des Parisiens, autre chose. Lui, une brute, un ferrailleur. Dès qu'il revenait, elle en prenait pour son grade, de solides tannées. Il portait des bleus tachés de rouille. Elle, des bleus tout court. Il se piquait le nez. Elle, on l'entendait crier, parfois. Personne ne bronchait. Ma mère me faisait rentrer.

Un jour, je me trouvais dehors, avec ma poupée. Je lui racontais des histoires à l'oreille. La porte des voisins était entrebâillée. J'ai vu. Ce salaud cognait. Sa femme était plaqué contre le mur. Il frappait au corps. J'entendais le bruit sourd des coups. Elle ne disait rien. Elle est tombée. J'ai laissé choir Flora, j'ai vomi sur place. Je suis rentrée me nettoyer, je n'ai rien dit à maman.

C'est là que tout s'est joué. Je suis gendarme à cause de cette séance, en partie. Nuit après nuit, j'ai rêvé que je tuais ce porc. Je lui défonçais le crâne à coups de botte. Pas mal, pour le rayon fillette !

Et puis je suis partie interne à Manosque. Le bac. J'ai commencé Lettres, à Aix. Ça marchait toujours. Je restais sage comme une image. Je ne me trouvais pas en fac pour me caser. Il me fallait ma vie à moi, mon indépendance avant tout.

Je travaillais comme un termite, j'évitais boums et sorties. Je ne cherchais pas les occasions, je voulais du neuf. Je ne me disais même pas que j'avais le temps. Moi, tranquille comme un iceberg. Mon temps, c'était mon travail.

Aix, quelle beauté... J'aimais m'installer à la terrasse du « Grillon », sur le cours Mirabeau, dans la lumière d'aquarium des platanes, en face la fontaine moussue. Elle fumait aux premiers froids. Je buvais du thé en potassant. J'adorais cette ville. J'étais heureuse.

De loin en loin, je remontais au village, faire la bise à mes parents. Maman, toujours gentille. Elle se rétrécissait en douceur, comme une pomme dans un grenier. Lui virait à l'aigre. L'âge, sans doute. Il avait passé son temps à vendre, c'est sa vie qu'il avait vendue.

Je passais les vacances chez eux. Cette année-là, pour Pâques, il faisait un temps divin. Je me suis offert quelques balades pour m'aérer les méninges. Ensuite, je m'installais à la terrasse du bar.

C'est là que j'ai rencontré Alain, un garçon de mon âge. Je ne l'aurais pas distingué dans le tas, à la fac. Au village, autre chanson, nous avons flirté. Pas question d'aller plus loin sans être amoureuse, et je ne prenais pas la pilule.

Nous en étions au tout début, des enfantillages... Alain me parlait de ses projets. Il était resté très Tintin. Il en avait une pleine palette, pilote, aventurier, chasseur de trésor. Il me raccompagnait, bien sûr. Un soir, devant chez nous, nous étions en train de nous embrasser quand quelque chose m'a violemment tirée en arrière. J'ai failli tomber. Mon père ! Un feu. Il éructait, il a insulté Alain. Puis il a tout lâché. J'étais une enfant trouvée. Ils m'avaient ramassée, personne ne savait d'où je sortais, j'aurais dû finir à l'Assistance. Voilà comment je les récompensais.

J'étais foudroyée, mon univers s'écroulait. Mon passé se changeait en mensonge. Et la haine, surtout, la haine nue de cet homme... Je ne comprenais pas, ce n'était plus mon père, ce masque déformé. J'ai cru qu'il allait me tuer sur place. J'ai revu l'image de ce voisin en train de s'acharner. Ma mère est sortie, elle pleurait. Alain s'est sauvé, je ne l'ai jamais revu.

Je ne comprends toujours pas. Finalement, il voulait quoi, cet homme qui m'avait servi de béquille ? Ce qu'ils veulent tous, en fin de compte, mais lui n'osait pas. Je me souviens de certains regards, quand j'étais en chemise de nuit. Je ne voulais pas les voir. Le soleil ne se regarde pas en face. Le lendemain, je pliai bagage.

Je me suis débrouillée. J'ai trouvé une place de serveuse à mi-temps, dans un café du Cours. A la rentrée suivante, j'ai laissé tomber ma chambre en ville, j'en ai pris une cité-U.

Ma·mère m'écrivait, elle voulait que je revienne. Mon

père venait d'avoir une attaque, il en était sorti diminué, il ne fallait pas lui en vouloir, disait-elle.

Regarde, le facteur. Il sonne. En même temps, il essaie de voir. Il a tout du teckel cruel. Laisse sonner, aucune envie de m'exhiber devant ce nabot. Il s'en va, bon vent. D'abord, une orange pressée. Ensuite, je m'installe à l'ombre, j'ai ma dose.

Je n'ai rien répondu à ma mère. Le coup du paquet trouvé ne passait toujours pas. J'aurais voulu des détails. Je les ai eus dans la lettre suivante. Maman la belle histoire ! Il n'y a qu'à moi que ça arrive.

Il était une fois la camionnette de l'épicier ambulant. Elle desservait les fermes de la Vallée. Elle s'est arrêtée un jour devant le bar, à l'heure sainte du pastis. Une mémé a entendu crier, des pleurs de bébé. Elle est allée voir. Entre des barils de lessive, contre la cabine, elle a trouvé un enfançon enveloppé dans un morceau de toile de camouflage. Les gens se sont attroupés. Noël en juin ! Le patron du bar ne savait par quel bout me prendre. Ma future mère, si. Un bébé, elle en rêvait depuis toujours. Elle m'a sautée dessus, elle ne m'a plus lâchée. Elle a persuadé son homme d'obtenir ma garde. Ils l'ont eue. Et voilà le travail.

Une voisine, spécialiste des questions gratinées, lui a demandé :

— Mais enfin, pourquoi tu veux tant la garder, cette petite. Tu sais même pas d'où elle sort !

— Pour moi, c'est clair !

Ça m'est resté. Acide, ce jus... Claire, c'est court, ça sonne bien.

Ma mère a voulu savoir d'où venait le paquet. Elle a interrogé le bonhomme. Il n'avait rien remarqué de spécial. Si, malgré tout... En revenant, un peu avant Talasse, il avait dû dégager le passage, à cause d'un éboulement. Il n'avait vu personne. Faut dire, il ne se méfiait pas. Voilà ce que m'écrivait ma mère nourricière. J'arrivais de la lune, quasiment.

Au catéchisme, lorsque je suis tombée sur l'histoire de Moïse, ça m'a tuée. Le grand fleuve, le berceau dans les papyrus, la fille du Pharaon... Mille fois mieux que *Sans famille*. Plus tard, quand j'ai su, j'y ai repensé. Je n'étais pas Moïse, je n'avais pas à faire sortir les bas-alpins du tombeau. Je devais me prendre en charge. Mais rien ne m'empêchait d'aider les autres, ceux qui encaissent sans pouvoir riposter.

Quand j'ai appris mes origines, j'étais tirée d'affaire, engagée dans ma vie, mes études. Je ne savais d'où je venais, pas si grave. Tout le monde n'a pas la chance d'être orphelin, comme dit l'autre. Je restais la fille de la Vallée. Je m'en suis posé, des questions ! Une famille imaginaire m'habitait. Tous pouvaient être mes sœurs, mes frères, mes pères, imagine le cousinage ! je ne pouvais me l'enlever de l'idée. Mon identité se diluait à l'infini.

Sortir du vide laisse une drôle d'impression. On ne sait si on ressemble à tout le monde ou à personne. J'ai tout ramené à moi, j'étais mon origine et ma finalité. J'ai arrêté mes études, j'en avais ma claque de me poser des questions. Surtout des vraies, celles qui n'ont pas de réponse. Plus mèche de rester dans les limbes, je voulais vivre. Je me suis t'engagée...

Cette histoire, je ne la raconte jamais. Je refuse l'obscène pitié des gens. Pas question d'amuser le tapis. J'ai cessé de voir mes vieux. Ils m'ont menti. A cause d'eux, j'ai tout faux.

Voilà, j'évite Talasse. Pour le moment personne ne m'a reconnue. J'ai changé, soit. Surtout, les gens voient d'abord l'emballage, ce sacré uniforme. Ils en oublient la donzelle.

Et Zouzou, tu comptes lui en parler ? J'hésite. Ça marche entre nous deux, mais notre histoire est encore trop récente. Autant attendre. Je ne supporterais pas une mauvaise réaction, je reste fragile. Je sens toujours une sorte de menace, rien de précis. Je ne m'attends pas à voir débarquer le salopard des familles, histoire de me soumettre à je ne sais quel chantage, non, quand même pas. Pourtant, quelque chose ne dépend pas de moi, ma vie m'échappe en partie. Quelqu'un doit savoir quelque chose, quelque part. L'inconnu a barre sur moi. J'attends. Je m'attends à tout.

Tu fabules, on n'abandonne pas un bébé histoire de le suivre à la trace. On jette les gosses parce qu'on ne peut s'en charger, pas pour jouer les bouteilles à la mer. Écoute. Une pauvre femme n'a pu te garder. Point. De la Vallée ou non, peu importe. Facile à dire. A vivre, c'est une autre chanson. Je n'ai jamais osé me lancer à fond avec un garçon, quelque chose me retient. Je me dis chaque fois : « Et si c'était... » C'est fou. Je n'y peux rien. Dans mes rares affaires de cœur, impossible de me laisser aller. Je garde constamment cette crainte de... De te lier ? Mais non, idiote, de ce vide, derrière l'épaule de l'autre. J'ai vécu comme dans un cauchemar éveillé. Tu sais, il y a cette caverne, dans ton dos, tu n'oses pas te retourner, le monstre va sortir...

Faut te soigner, fille. Pas la peine d'éplucher mes inconscients, je ne relève pas de l'analyse. Mon vide est bien vide, je ne rêve pas. C'est la situation qui est dingue, pas moi.

Jésus, l'heure ! J'ai promis à Zouzou de manger dans son boui-boui. On y va. Change ta coiffure, relève-moi ces cheveux. Enfile cette jolie robe blanche légère. Lunettes noires... Alors ? Pas mal. Sa bande de routards va déjanter en bloc. Juré.

Une culotte propre. Tu te demandais si tu en toucherais d'uniforme dans ton paquetage. Pas de soutif, il faut mener une vie dangereuse. Sympa, mes seins... On se cache, les petits, on est sages. Les clefs.

Je baisse les stores, à cause de la chaleur. La voiture est garée à l'ombre, tant mieux. Planquez-vous, les filles, j'arrive.

Ça s'est passé le premier printemps après-guerre, donc, début avril. Je rafistolais une bricole dans la cour. Les chiens ont pas prévenu. Je sens une présence, je me retourne. Elle est là, pâlotte dans un petit manteau gris, les cheveux cachés par un foulard. Sûrement elle est venue par la colline, ses jambes sont tout égratignées. Elle tient pas debout. Je m'approche, je la soutiens. Je suis pour l'emmener dans la cuisine, juste le Vieux nous tombe dessus. Il me fait signe de filer :

— Dégage, je veux pas te voir avant midi.

Je vais vers le cimetière, l'endroit d'où je peux tout espincher sans être aperçu par le Vieux. Le temps d'y arriver, plus dégun. C'est qui, cette fille ? Elle est belle. Avec son foulard, on aurait dit cette statue dans l'église, celle de la Vierge de Lourdes. Elle est jeunette, qui ça peut être ? Pourquoi le Vieux la cache ? Ou alors, elle est partie.

Je regarde mieux, rien bouge. Moi non plus. Je reste. Je revois cette fille, ses yeux, des yeux clairs. Et cet air perdu qu'elle a.

Midi sonne. Je retourne. Plus de fille. Je me dis : « Elle sera partie... » Le Vieux ? Je le trouve plus pareil, comme si un tombereau de malheur venait de lui dégringoler sur le portrait. Ça par exemple... Une fois, au village, j'ai vu une bergère, on la ramenait. La foudre l'avait frappée. Elle était pas morte, elle semblait ailleurs. Le Vieux, c'est pareil.

Puis je regarde l'ancienne écurie. Elle sert plus, on a plus les chevaux. Il vient de condamner la porte avec la grosse barre, fixée dans le mur. Le ciment est frais. Je sais. Elle est pas loin.

Le Vieux se cache pas de moi. A l'époque, il préparait encore un peu de cuisine, quand ça lui chantait, la potée avec du lard, des soupes. Il met du manger dans une assiette, il la passe par la chatière, en bas de la porte, avec la bouteille d'eau. Il me regarde pas. J'existe pas, il a rien à m'expliquer.

Contre cette écurie, tu trouves la souillarde des cochons. Sur le coup, je prête pas cas. Puis je constate, il vient de pratiquer un trou, entre l'écurie et le réduit des féroces. Elle peut jeter ses saletés par là, pas besoin qu'elle sorte.

Je patiente. Cette demoiselle, jamais on l'entend. Plus tard, le Vieux reprend l'assiette, elle y a guère touché. Il lui donne le manger midi et soir. Il dit rien. Je bronche pas.

Je me pense : « Elle est muette, elle aussi. » Puis non, une nuit, je peux pas dormir, je vais contre la porte. Elle chantonne. La chanson, je la connais pas. En plus, elle se sert d'une autre langue, on dirait de l'allemand. J'écoute. J'ose pas lui faire signe. C'est triste comme chanson. Et elle, elle reste dans sa prison comme si elle trouvait normal. Je m'y perds. Si elle est venue ici, c'est qu'elle connaît, forcément. Il la cache pareil que si elle avait le choléra morbus. Elle accepte. Ça me dépasse.

De ce moment, le Vieux change. Avant, il était pas liant. Il devient le vrai ours, d'un coup. En bas du chemin, il pose l'écriteau « Passage interdit ».

Il y en a, ils veulent passer quand même, pour la coupe de bois ou les champignons, pourquoi ils ont l'habitude. Ils en ont pas de regrets. Le Vieux les assaisonne dans les guiboles, au petit plomb. Depuis ils font le détour.

Ils vont pas pleurer aux gendarmes, le Vieux est dans

son droit. L'usage, c'est de tolérer le passage. Là, il tolère plus. Surtout, on peut rien lui dire, il reste le héros en chef. A l'époque, la Loi et les prophètes, c'était lui et ses collègues de leur résistance, mais surtout lui.

Au village, je me souviens, il y en a un, il s'est trouvé du mauvais côté. Pas le méchant bougre, il suivait le mouvement, maréchal, nous voilà, tout ça. Il a pas pris le virage à temps. Un distrait. Ça pardonne pas, ils l'ont zigouillé. Je l'ai eu vu. Les maquisards l'ont chopé, ils l'ont fait mettre à genoux devant le monument aux morts. Ils lui ont quand même lu leur jugement, comme quoi c'était rien qu'un tas de zordures. Le Vieux s'est approché par-derrière, avec le revolver. Rien qu'un coup il a tiré. L'autre a basculé en avant, comme un sac de patates à moitié vide. Ils l'ont laissé deux jours. Après, ils l'ont retiré, obligé, il commençait à sentir. Puis les chiens, aussi.

Ça semblait normal, à l'époque. On a l'habitude de tuer les animaux, en temps courant, on prête pas cas. A la guerre, en plus, on tue les hommes, c'est pas plus compliqué. De ce type, il est resté une marque de sang, un moment.

Ses collègues, le Vieux coupe avec. Ils montent plus le voir. Lui descend plus, fini les bamboulas et les médailles. Du jour où cette demoiselle est venue, adieu Berthe.

Un peu de jugeote. Ton Vieux, il peut tout se permettre au pays. Tout, il peut, sauf montrer la demoiselle. Là il s'écrase subito presto. Il ose pas la faire voir au jour. Ça peut vouloir dire qu'une chose, elle aussi s'est trouvée du mauvais côté. Cherche pas.

Attends. Elle est de sa famille, forcément. Sinon elle serait pas là. Ni sa femme, ni sa sœur, à cause de l'âge, ça se peut pas. Alors c'est sa fille. Sinon, comment tu expliques ?

Comment vérifier ? A la mairie, ils tiennent le registre, ils écrivent tout, les naissances, les morts, les mariages. Pas moyen de leur demander, pas de raisons. Reste la maison. Il faut chercher dans les affaires du Vieux.

S'il me tombe sur le poil, ça va pas lui plaire. J'ai droit au coup de flingue, ma tête à couper. Après, zou, dans le trou, ni vu ni connu je t'embrouille. Personne me réclamera. Sinon, il parlera d'une chute de l'échelle, on en fera pas un vélo. Le Vieux, il me défalque quand ça l'arrange. Ça fait rien, je veux savoir.

On me prend pour l'innocent, c'est ma force. Je parle pas, on s'imagine que je pense pas. Ça m'avantage drôlement, je fais rien pour détromper mon monde. Même le Vieux, il se méfie de son ombre, pas de son pâtre. Je reste une sorte de chien, pas maï. L'avantage, je flaire où ça me plaît. J'attends le moment, comme un bon toutou.

Un jour, l'envie lui prend de ramasser ses ruches. Il en a placé près d'un champ de lavandin, avant le col. Ça fait la trotte. Il me dit : « Tu donneras à manger. » Il dit pas à qui, pas la peine.

A midi, je porte le repas. La demoiselle reste à distance. Je pose l'assiette. Je referme la chatière, pourquoi une bestiole en maraude peut lui faucher sa nourriture, les patates bouillies avec le morceau de fromage.

Après, je me décide. Le Vieux boucle sa porte, toujours, pour peu qu'il s'éloigne. La clef, il la prend avec lui. Seulement, la maison, je connais. Derrière, tu as le cellier, avec le soupirail. Un des barreaux tient plus. J'ai pas réparé, comme si j'avais eu le pressentiment. J'y vais, je le retire.

Cet endroit, le Vieux y garde ses pommes de terre, la réserve d'huile dans la jarre, le pinard. C'est sombre comme la mort, je fais attention de pas m'embroncher. De là, je rejoins la grande salle. Elle sert plus, pourquoi il vit dans la cuisine, il risque pas de chauffer pour rien.

Dans la cheminée, il reste le tronc d'amandier à moitié brûlé, la crémaillère avec la marmite accrochée. Au fond, un placard, l'escalier qui mène à l'étage.

Je vais au placard, je l'ouvre. Il grince. Il me fait peur mais bon, le vieux est à perpète. Je trouve du linge, plié en piles, les draps, les torchons, de tout. Ça sent la lavande et le moisi.

J'envoie la main sous les piles. A la deuxième étagère, je sens quelque chose de dur. Je trouve une boîte en fer, décorée avec des papillons fantaisie, une boîte pour ranger les galettes. J'ouvre. Je vois plein de lettres. Je referme le placard, j'ai rien dérangé. Je repars lire tranquille. D'émotion, je suis en nage.

Lire, je sais. J'ai appris seul, à force d'entendre les autres avec leur B.A. BA.

Je cache la boîte sous la chemise, je rejoins ma planque, en dessous le cimetière. C'est un rocher. Une branche de fayard retombe par-dessus, ça donne une grotte de verdure. De là, j'aperçois la ferme en plein, le chemin, je sais qui va qui vient.

J'ouvre. Je sors le moulon de lettres, en paquets, le ruban bleu autour de chaque. Puis un petit livre mince, avec marqué dessus !

Mairie de Talasse
Livret de famille.

Je le feuillette. C'est écrit, avec la belle écriture, que Louis-Auguste Rozan a épousé Adélaïde-Marie Berthet le 27 avril 1922. Je tourne les pages, une douzaine, autant que pour les cochons, prévues pour les naissances. J'en trouve juste une d'utilisée. Sophie-Louise-Marie Rozan est née le 15 septembre 1924, à Digne-les-bains.

Bienvenue à la maison, Sophie.

Je pose le livret un moment, pourquoi j'ai le cœur gros. Je reprends. Les pages pour les décès. Rien. Pas d'Adélaïde.

Maintenant, les lettres. Sur chaque, un timbre couleur cagagne. Je reconnais le portrait du Fureur des Allemands, Adolf Hikler. Facile, avec la mèche et la petite balayette sous le nez. On risque pas de le confondre.

Je prends la première : « 20 mars 1943

Ma chère maman... » Sophie explique tout bien. Elle

vient de partir en Allemagne pour gagner des sous. Avant, elle a essayé à Paris, ça a pas marché. Elle veut voir du pays. Elle habite une ville qui s'appelle Cologne, comme l'eau. Elle travaille dans l'usine, ils fabriquent les obus. C'est rempli d'étrangers, de partout. Elle a sa chambre dans un beau quartier, elle s'y trouve bien. Faut pas s'inquiéter des bombardements, à cause des abris. Elle espère venir en permission bientôt. Sa maman lui manque, elle l'embrasse beaucoup.

Elle a une jolie écriture, Sophie, penchée vers la droite. Je lis les autres lettres, elles disent pareil, travail, pas s'inquiéter. Puis ça change. Elle vient de rencontrer un jeune Allemand, Karl, ça veut dire Charles. Il est gentil. Ils espèrent se marier, seulement faut attendre l'autorisation des chefs. Il fait soldat dans la FLAK, il tire au canon contre les bombardiers américains. Elle a joint la photo, un couple. Je reconnais Sophie, ses cheveux tombent sur les épaules. Elle est tout plein belle, elle sourit. Un jeune garçon la tient par l'épaule. Il fait très jeune. Il porte l'uniforme avec l'aigle sur la poitrine. Il sourit aussi, Karl.

Je lis les autres lettres. L'usine vient de morfler. Sophie n'a rien, l'abri a tenu le coup. Elle travaille dans une installation souterraine. Il n'y a pas de danger, c'est creusé à l'intérieur d'une montagne. Karl doit partir en Russie.

La dernière date de début 44. « Ma chère maman, ici c'est difficile, je te raconterai. Je rentre bientôt, j'espère. Ta fille qui t'embrasse et qui t'aime. »

Si ça se trouve, la chère maman était déjà partie manger les pissenlits. Je sais pas quand elle a passé l'arme à gauche. Peut-être que Sophie écrivait à une morte. Allons, ça se peut pas. Jamais le Vieux aurait rangé les lettres avec les rubans, pas lui ! C'est vrai. Faut que je vérifie.

J'ai les yeux mouillés. Je les essuie. Voilà, tu sais. Je prends le couteau, je creuse la terre, profond. J'enfouis la boîte. Dessus, je pose le gros caillou avec plein de mousse. Puis je vais au cimetière.

J'aime bien. C'est calme, mon ami, les morts te foutent la paix royale. Mon père y est pas, je sais pas où ils l'ont collé. J'y suis souvent été, dans ce cimetière. J'avais jamais prêté trop cas.

Plus personne l'entretient. On navigue entre les dalles, les ronces et les orties. Il reste quelques croix de fonte, décorées du Jésus, de la Vierge, plus des têtes de mort avec les os croisés. Pas mal sont brisées. Il traîne encore des couronnes en petites perles de couleur, censé elles représentent des fleurs et des feuilles. La monture en fil de fer est rouillée, elle s'effrite. Les morts portent les noms d'ici, avec les prénoms d'avant : Rosalie, Célestin, Euphrasie...

Au fond, contre le mur, sur la plus belle tombe, ça dit : FAMILLE ROZAN.

Les premiers noms, plus moyen de les distinguer, pourquoi le temps a rongé la pierre. J'en compte une douzaine. En dernier, la plus nette, Adélaïde-Marie, morte le 21 avril 1944. Elle a suivi de peu la dernière lettre, Adélaïde. Elle ne reverra jamais sa Sophie. Ou alors, au ciel.

Je m'assois sur la pierre. L'idée de la demoiselle me rend malade, la savoir enterrée vivante. Je supporte pas. Tu y peux quoi ? Ce serait que de la libérer, pas compliqué, j'attrape la masse, j'envoie tout dinguer. Bon, puis ? Dehors, les autres salopards l'attendent, au village, les tondeurs de femmes. Elle a travaillé en Allemagne, elle s'est peut-être mariée avec son Karl, va savoir. Elle est bonne à jeter aux chiens.

Simple comme bonjour. Le Vieux garde la grosse honte. Si sa fille on l'avait chopée, à la Libération, elle y passait. Ils lui rasaient le crâne. Ils lui faisaient la croix gammée au goudron, dessus. Ils la collaient à poil, ils... Je supporte pas l'idée.

Le Vieux, je lui en veux. Ta fille, c'est ta fille, tu la défends mordicus. Elle s'est trompée, alors ? Tout le monde se trompe, un jour ou l'autre. Mais toi tu la défends. Tu es le héros, pas touche ! Tu as pas de leçons à recevoir, tu as payé d'avance. Moi, pauvre, si j'avais eu le petit, avant de l'atteindre, il aurait fallu m'exploser la gueule. Mais lui, le caïd, il bronche pas. Tu peux courir...

La demoiselle, de suite je la libère, l'envie me démange. Seulement, après, va savoir. Je sais. Je sais que ça. Je fais pas le poids, je vaux peau de balle. Autant que le Vieux soit là. Tant qu'il vit, la demoiselle risque rien. Après, terminé, les autres pourris arriveront. Ils s'amuseront d'elle, après ils la tueront ou ils la balanceront en taule. Ça me rend malade.

Le temps va passer, ils vont se lancer dans d'autres guerres. En Indochine, ça devrait pas tarder, on le sent venir. Tant mieux, et le plus tôt le mieux. A force de se battre, ils oublieront leurs Allemands. Ta demoiselle pourra sortir.

Je redescends. Le Vieux, toujours pas là. J'en profite, je rafle le quignon de saucisson, les grains de sucre. Je mets tout dans un papier, je porte à la demoiselle. Puis je me souviens, la vieille Bible, sur le manteau de la cheminée, à la cuisine. Elle est pleine de poussière et de crottes de souris. Je la porte aussi. Je force pour la faire passer.

Il me reste un peu de pognon. Avec, j'achèterai quatre bonbons, et de ces barres de chocolat avec la crème au milieu. Pour elle.

Pourquoi elle est revenue dans la gueule du loup, cette malheureuse ? J'ai compris que plus tard.

A force, ça devait arriver, Ghislaine est plombée. Elle a des écoulements. Je me marre... Elle ne savait trop comment me le dire. Ben voyons. Elle se tortillait comme un teckel en faute. J'ai demandé :

— Tu as vu le toubib ?

— Non.

Là, j'ai gueulé, sec :

— Tu attends l'opération du Saint-Esprit ?

Nature, elle ne prenait pas de précautions. Ces filles sont inconscientes, pas une pour racheter l'autre. Elle opérait chez elle, en amateur, histoire de faire son beurre. Du cousu main. Je lui aurais bien collé une tripotée. On se calme :

— Tu as prévenu tes clients, j'espère.

— J'ose pas.

Il y a des mornifles qui se perdent. On verra plus tard. D'abord, qu'elle se fasse examiner. Rien de grave, une chaude-pisse carabinée. Quelques doses d'antibiotique, c'est réglé, en deux coups de cuillère à pot. Plus huit jours d'arrêt. Elle paniquait :

— Vous me reprendrez, madame Zouzou ?

— Une vedette comme toi, tu penses !

J'ai averti les trois gagnants, ceux de notre clientèle commune. Max, Jacquot, et le petit dernier, Riton. Mariés tous les trois, comme de bien entendu. Ils ont tiré la tronche. Riton s'est exclamé :

— Je lui dis quoi, à ma moukère, elle va me tuer !

Rouski se marrait :

— Dis-lui que c'est elle qui te l'a collée, ta chtouille. Puis tu lui vires une bonne trempe, histoire de lui apprendre à se tenir.

— Arrête, t'es pas drôle !

Max s'amusait moins. Sa femme, il y tient.

— C'est pas parce que tu tires un coup à côté, Zouzou, tu comprends ?

Il me fait pitié, l'imbécile heureux :

— Écoute, il y a un moyen. Tu lui racontes que tu viens de te bloquer un virus. Rien de sexuel, juste une question d'hygiène, un verre mal rincé. Demande à ton docteur de te faire l'ordonnance. Tu la lui montres, tu peux dormir du sommeil du juste.

— Zouzou, tu es un génie.

Restait un dernier phénomène pour la bonne bouche. Rien à voir avec mon escouade. Il s'agissait d'un gendarme auxiliaire, le prénommé Michel. Ghislaine est passée après la fermeture. Je te l'ai asticotée. Un routier, passe encore, mais un gendarme, c'est du vice. Où allons-nous ?

— Tu peux m'expliquer ?

— C'est pas ma faute, madame Zouzou. Il m'a arrêtée, je roulais en vélomoteur.

— Vous n'avez quand même pas baizouillé au mitan de la route ?

— Non, on a trouvé une cabane de cantonnier, un peu plus loin.

— Mais pourquoi, enfin !

— Me criez pas ! Je voulais voir comment c'est, en vrai, un gendarme.

Pince-moi. Je rêve !

— A l'avenir, tâche au moins de mettre des préservatifs.

— Des capotes, vous voulez dire ?

Elle est contre, à tous crins.

— Si vous vous trimbalez avec, ça fait pute !

Plus qu'à tirer l'échelle. Je vois rouge :

— Écoute, Ghislaine, écoute bien. Tu vis ta vie, tu te farcis qui tu veux. Ce sont tes affaires. Mais si tu me pourris encore un client, un seul, je t'étripe. Tu m'entends ? Je n'irai pas par quatre chemins.

— Je prendrai mes précautions, juré.

Quelle bécasse, cette fille ! J'ai pensé à toutes ces femmes de routiers et autres, celles qui attendent leurs baroudeurs en tricotant des cache-théières. Elles doivent être plombées comme des valises diplomatiques, les malheureuses ! Le lendemain soir, j'ai raconté l'histoire à ma camarade. Elle n'apprécie pas, quant à son auxi.

— Écoute, Zouzou, c'est dégueu, ce micmac.

— Tant que ça ? Je dirais banal, plutôt.

— Enfin, quoi, se servir de son autorité pour abuser de cette pauvre fille. Tu m'excuseras ! Les bras m'en tombent.

— Tu sais, elle n'attendait que ça, ta blanche colombe.

— Quand bien même, je ne suis pas d'accord. Il n'a pas à se comporter comme un malpropre.

— Tu lui diras. Parce que tu vas devoir l'avertir.

— Comment ! Pourquoi moi ?

— Parce que tu es la mieux placée, ma douce.

— Merci du cadeau.

Trois jours plus tard, coup de bigophone de ma pécheresse. Ça a l'air d'aller. La source s'est tarie où buvaient les troupeaux. Je demande, par acquit de conscience :

— Tu n'as oublié personne, j'espère ?

— Maintenant que vous me le dites... Il y a ce jeune. Je connais pas son nom.

Et allez donc !

— C'est tout ?

— Et un vieux aussi, de la maison de retraite. J'étais

allée rendre visite à ma tante Victoire. Je voulais être gentille. Les papis, ils sont beaucoup privés, vous comprenez ?

— N'importe quoi ! Tu fais pas le détail.

— Ma tante m'a dit comme ça que mon bon cœur me perdra.

Les autres avec. Le vieux, qu'il crève, c'est de son âge. Mais les gosses pourraient attendre, question travaux pratiques. A ce train, on rencontrera bientôt des gamines grand-mères à douze ans.

Chez moi, l'affaire s'est ébruitée. Mes gars se fendent la pipe. Ces histoires à l'eau de bidet, ils en redemandent. Pour eux, comme de bien entendu, si tu n'as pas chopé la vérole ta bonne douzaine de fois, tu restes un minable, une figue molle.

Du temps, je n'ai pas remplacé Ghislaine. Je me suis démenée, Vivi en a mis un vieux coup. Nature, l'histoire avait chauffé mes jojos. Comme je servais, j'ai senti une paluche s'égarer sur mes arrières. Son propriétaire s'est ramassé le plat de pâtes sur le portrait. Chaud devant ! Tête de veau à la carbonara. Il criait comme un cochon qu'on égorge, le fifre. Les autres se tordaient. Sales gosses !

Sa quarantaine terminée, Ghislaine a refait surface, m'a montré ses paquets de capotes. Parfait. A part ça, ôtons-nous d'un doute :

— Qui t'a refilé le cadeau, tu n'as pas idée ?

Elle pique un fard, se tortille, se décide :

— En principe, un qu'on voit pas très souvent, vous savez, ce gros avec la blouse.

Je vois. Rufus, cette ordure ! Un maquignon, une espèce de rustaud matois, à moitié chauve, avec de grosses moustaches gauloises. Pas le genre à se moucher du coude. Il se déguise en paysan normand, blouse bleue et foulard rouge, et vous sort à tout bout de champ un portefeuille bourré. Toujours à raconter des coups tordus, des histoires de bêtes pas franches, des cassoulets comme il les appelle, qu'il fourgue à des gogos. Un fumier de première bourre !

Elle a dit : en principe. J'insiste :

— Tu es sûre ?

— Je crois. A un moment, je fréquentais guère que lui.

Guère, j'adore. De guerre lasse, je mets les pouces, j'ai la tête comme un tambour. Comme un fait exprès, l'autre mariole se pointe le jour même, ventre en avant, toujours fanfaron. Je l'avertis, discrètement. Monsieur le prend de haut. Il m'envoie bouler, recta :

— Ma petite, à moi personne me dit ce que je dois faire, c'est pas vous qui allez commencer !

— Alors, vous filez, vous ne remettez plus les pieds chez moi.

— Mollo les basses, c'est public, ici. Je m'amène si je veux, quand je veux, je reste tant que je veux. Ça vous plaît pas, c'est pareil.

Ça ne traîne pas. Simple comme bonjour, Rouski et Max l'empoignent par les ailerons. Il gicle, hop, en beauté. Enlevez c'est pesé. Sauf que ce pourri va continuer à contaminer son monde, de foire en foire. C'est ça le service après-vente. De son côté, Claire a prévenu son oiseau bleu. Elle s'étonne :

— Quand même, je suis sciée, ça aurait dû se produire plus tôt, ta surprise du chef, non ? Vous êtes à l'écart, c'est pour ça.

— Tu veux rire ! A l'écart de quoi ? Mes routiers circulent dans toute l'Europe, ils peuvent tremper le biscuit de Cadix au cap Nord.

— Je t'en prie !

— Je retire le biscuit. A force, je deviens chèvre.

Nous venons de dîner, nous profitons de la douceur du soir. Un rossignol s'époumone, près du massif de chèvrefeuille. La nuit embaume. Je prépare une verveine, j'essaie de ralentir sur l'alcool, ces temps. Prendre du poids, facile. Le résorber, autre histoire. Claire se frappe le front :

— Ça me revient, tu sais, cette histoire de tracteur renversé ?

— Les cochons morts ?

— Oui. Ce matin, j'avais une assignation à remettre, pas très loin, avec Lambert. J'ai voulu passer à Orèze, voir si tout allait bien. Sur le chemin, une espèce de fou nous a barré le passage avec un fusil. J'ai préféré reculer. Pas le berger, un vieux. C'est qui, ce malade ?

— Le proprio. Tu as prévenu ton chef ?

— Il est au courant, tu penses. Ce bonhomme, tu peux m'en dire plus ?

J'explique ce qu'on raconte sur lui. Le type sans histoires. Puis la révélation de la résistance, le grand homme de la Libération. Et la crise, subite, imprévue. Le voilà qui se barricade avec ses brebis et son simplet.

— Personne n'a pigé, Claire. Tout le département le respectait. Maintenant, on en a peur.

— Attends, tu dis qu'il menait une vie normale, avant. Il était marié ?

— Sa femme est morte en pleine guerre. Leur gosse les avait quittés.

— Il a commis quel genre d'exploits, ton ostrogoth ?

— Claire, entre ce que les gens racontent... Ils enjolivent. Pourtant, il se montrait d'un courage à tout casser, il paraît. Il fonçait dans le tas. Il aurait pris le goût du sang.

— Il n'a pas eu d'ennuis ?

— Non, des médailles. Plus tard, on a accusé certains d'avoir un peu forcé la dose, des procès ont eu lieu. Lui, bernique, intouchable. Il avait du répondant. Tout le pays le soutenait.

— Il s'est passé quoi pour qu'il se débranche ? Il y a bien une raison.

— Pas forcément. Tu as entendu parler de cette maladie avec un nom à la gomme, la chizo, la kizo....

— La schizophrénie ? C'est la poubelle, ma pauvre, on y colle tout ce qu'on ne peut pas expliquer autrement.

— Ah bon... Avant, on se contentait de la mélancolie. C'était plus joli.

— Zou, tu es poète. En tous cas, il n'avait pas l'air triste, ton tueur. On aurait dit le clébard qui veut t'écarter de son nonos. Il est dangereux ?

— Que oui. Et on ne peut rien faire. Tant qu'il n'y aura pas mort d'homme, personne ne bronchera. Changeons de disque, j'ai de la verveine fraîche, tu en veux ?

— Un peu de blanche plutôt.

Nous sirotons. Au diable les calories. Je demande :

— Mets-nous un peu de musique, quelque chose de doux.

— Mozart, ça ira ?

Oui. Toute la misère du monde, basta. Je ne suis pas mère Teresa.

Deux jours de repos, tu te rends compte ! J'ai acheté des souliers de marche, je voulais me payer la belle balade. Seule, bien sûr, Zouzou travaille, pour changer. Je me suis donc offert la crête des Dourbes, depuis le pic de Couard.

D'abord, une marche d'approche, à travers une forêt de fayards. Ce que c'est beau, les colonnes des arbres, comme une cathédrale de verdure. Un écureuil a escaladé un tronc, s'est arrêté pour me fixer. Dieu qu'il était gracieux ! J'avançais sans forcer dans la fraîcheur du sous-bois. J'avais l'impression de renaître.

Une fois atteint le pic, on aperçoit tout le pays dignois. J'ai essayé de mettre des noms sur le paysage. On distingue jusqu'à la montagne de Lure, et ces rochers qui barrent la route, en surplomb de Sisteron. Tant d'espace... Un rapace tournait lentement, à l'aplomb de la crête.

En redescendant, j'entends bouger dans les fourrés, à rien. Deux sangliers s'éloignent sans se presser. Si seulement Zouzou était là...

Les meilleures choses ont une fin. Je reprends ma 4L, je redescends sur Digne. Agréable, cette route déserte. Midi passé, si tu voyais ta camarade ?

A la Chefferie, je débarque en plein chambardement, gendarmes gyrophares et tango, plus l'ambulance. C'est quoi ce souk ? J'ai peur. Zouzou ? Un accident ? Deux types en blouse blanche sortent un corps sur une civière, dissimulé par une couverture.

Je m'approche. Chef discute avec mon amie sur la terrasse. Tout autour, la cohue habituelle, clients et curieux. Chef m'interpelle :

— Bravo, Claire, on peut dire que vous avez du flair.

— Qu'est-ce qui se passe ?

— Madame va vous expliquer. Excusez-moi, j'ai à faire.

Zouzou m'entraîne à l'écart :

— C'est horrible, j'en suis malade. On vient de descendre Ghislaine !

— Comment ça ?

— Le repas tirait à sa fin, nous en étions au fromage. Viviane lui a dit qu'on la demandait sur la terrasse. Elle y est allée. J'ai cru entendre deux coups, pas très forts. Un des gars est allé voir, Ghislaine était répandue, elle ne bougeait plus. Mon type a juste vu filer une voiture.

— Et Viviane ?

— Elle parle d'un bonhomme en blouson de cuir noir, avec des Ray Ban noires. Avec ça tu vas loin.

— Mais pourquoi...

— D'après ton chef, Ghislaine serait une ancienne pensionnaire de maison, en dette avec son jules. Il aurait soldé son compte.

— C'est pas possible ! Et un fiancé jaloux, vous y avez pensé ?

— Un type d'ici ? Zéro pour la question. Il aurait pris le fusil, ça fait autrement de boucan. Et puis pour être jaloux de Ghislaine, tu m'excuseras. On dirait plutôt les méthodes du milieu, à mon humble avis.

— Elle venait d'où ?

— Je ne suis pas le Ritz, je ne demande pas de références. En attendant...

Elle fait la grimace.

— Quoi donc, Zouzou ?

— Je risque la fermeture en beauté, trouble de l'ordre public. Ça me pend au nez. Parce que ça va broder, dans le secteur, ils vont m'éplucher sous toutes les coutures, je les entends d'ici. J'aimerais filer avant que la presse débarque. Aucune envie de me retrouver en première page.

— Tu as raison, sauve-toi.

— Accompagne-moi, j'en ai plus qu'assez.

Quelqu'un me touche l'épaule. Chef. Il me prend par le coude, il parle bas :

— Partez donc avec cette personne, Claire. Tâchez moyen de la faire parler, vous me devez bien ça.

La vache ! J'encaisse.

— D'accord, Chef.

Je rejoins Zouzou. Elle demande :

— Il te voulait quoi, ton bel astre ?

— A ton avis ?

— Que tu me tires les vers du nez ?

— Bien joué, vous venez de gagner le saladier en plastique. Quitte ou double ?

— Enfin, Claire, si je savais quoi que ce soit, je ne le garderais pas pour moi. Surtout que je connais la chanson, une fille de rien, son assassin peut courir. L'histoire va être vite classée.

— Tu es injuste ! Nous faisons notre travail, quelle que soit la victime.

— A d'autres ! Une pute de plus ou de moins, la belle affaire ! Il s'agirait d'un flic, alors là, je te dis pas. Ce soir, le ministre chialerait dans le poste, et dans deux jours, il serait là pour les funérailles. Mais une Ghislaine... Peau de zébi, oui !

Elle n'a pas vraiment tort, j'en ai peur.

— La voiture était comment, Zouzou ?

— De couleur sombre. Viviane n'a pas relevé le

numéro. De toute façon, on serait tombé sur une bagnole volée.

— Et les douilles ?

— J'ai cherché, tu penses. Le type a dû les récupérer.

— C'est maigre. Elle avait de la famille ?

— Pas la moindre idée. Bon, Claire, on rentre ou tu as envie de rouler ?

— Je sors d'en prendre, je viens de me payer la barre des Dourbes.

— Tu as aimé ?

— Beaucoup. Tu sais pas, j'ai vu un écureuil et des sangliers. Je me suis régalée. Il faudra y retourner ensemble.

Nous prenons ma voiture. Zou conduit. Je la regarde. Elle pleure, sans bruit, visage immobile. Je pose ma main sur la sienne. Elle dit :

— C'est plus fort que moi, je pense à cette fille. Tu vois, juste son travail, et les mains des types, toujours à la tripoter comme un morceau de viande... Des animaux, tous, ils me dégoûtent ! Excuse-moi, Claire, c'est la fatigue.

Nous y sommes. Le Logis, son calme, ses mémés aux cheveux bleus, ses zonzons à gazon. Tout le monde descend. Zouzou continue sur sa lancée :

— Si j'avais su, je m'en serais occupée davantage, je l'aurais invitée. Puis non, je rêve, il n'y avait pas de raisons. Elle n'aurait pas compris.

— Elle n'était pas pas malheureuse, non ?

— Couci couça. Elle était heureuse comme tout le monde. Elle n'était pas compliquée, du moment qu'elle plaisait aux mecs...

— Tu comptes en prendre une autre ?

— N'allons pas plus vite que la musique. Si ton chef ne me cherche pas des poux...

— Bijoux cailloux ?

— C'est ça. Et ripoux. Merci d'être là, Claire, tu me fais du bien.

D'abord un verre, sur la terrasse, je me sens toute sèche. Un pastis tassé. La drogue est un fléau, faudrait que je prenne ma douche. Encore deux minutes, monsieur le bourreau, laisse-moi souffler.

Un pastis plus tard, je demande :

— Et son origine ?

— Ghislaine ? Bretonne, il me semble. Ça n'a rien de rare, prends la population de Toulon, entre l'arsenal et la marine, la moitié sort de Bretagne.

— Et sinon, rien de spécial ?

— Tu veux dire quoi, un tatouage ? Non, mais une fois, elle venait de se tacher, elle a changé de chemisier. Elle portait de drôles de marques, sur les épaules, des cicatrices.

— Tu ne lui as rien demandé ?

— Ce n'est pas le genre de la maison. Moi, la vie des autres, pas touche, c'est un principe. Au fait, ton chef vénéré ne t'a jamais fait d'allusions, à propos de nos rapports ?

— Il évite. Quand il n'est pas sûr de la réponse, il ne pose pas la question.

— Voilà un sage. Du moment que tu es là pour espionner l'ennemi...

Nous rions. Elle reprend des couleurs.

— Écoute, Claire, changeons de registre. Regarde un peu mon cerisier, les merles m'ont déjà décanillé la moitié des cerises. Chaque année c'est pareil. Bon, file te changer, je vais garnir la machine.

— Au fait, et la mémé qui te faisait le ménage ? Un moment que je ne la vois plus.

— Mélie ? Elle aurait soi-disant le lumbago. Tu parles ! Comme je la déclare, madame préfère se coller en maladie.

— Elle aurait tort de s'en priver, c'est le sport national.

— Et si on se payait un film, ce soir ? J'ai envie de sortir.

Pourquoi pas ? Je passe sous la douche. Dieu bon, ça fait du bien... Je laisse l'eau ruisseler un moment. J'en avais besoin. Ghislaine n'en prendra plus. Son corps doit être froid. Quelle horreur ! Ça ne passe pas. Et que faire ? Te remuer. Tâcher de savoir si elle vivait seule. Et sa chambre ? Elle demeurait où ? Chef a dû s'en occuper, calme-toi.

Je me frictionne. Mon corps me plaît. Nous nous entendons comme deux vieux copains, depuis le temps. C'est pratique, un corps, tant qu'il va où tu veux, qu'il ne fait pas d'histoires... Et ton archange ? Je n'ai toujours pas dit à Zouzou que je le connaissais. Si peu... Imagine, il serait avec toi, sous cette douche... Arrête, tu n'es pas drôle.

On sort. Hop, un short, une chemisette. La copine en siffle d'admiration :

— Dis donc dis donc ! Tu en fous plein la vue ! Tu es belle comme un camion de pompiers.

— Explique.

— Tu as l'air pin-pan pin-pan !

— C'est malin ! Je ne te félicite pas.

Nous nous battons, pour rire. Elle est drôlement forte, je demande pouce.

— Alors, tu as trouvé un film sympa ?

— J'en vois un, au ciné-club de Digne. Il a un drôle de titre, Claire : *La mort en ce jardin.* C'est quoi, un policier ? Ça ne m'emballe pas.

— Tu es folle, je l'ai vu, c'est bien. Allons-y, tu ne regretteras pas.

— Ça parle de quoi ?

— Je ne m'en souviens plus trop, mais ça vaut le coup. Ah, le repas... J'ouvre une boîte, d'accord ?

— Tant que tu veux. Heureusement que tu es là, je ne me sentais pas de rester seule.

Je réchauffe du magret de canard. Des chips comme garniture. Somptueux ! Et du rosé, vive la vie quand même. Elle est belle, si tu l'acceptes comme elle se présente. Sûr. Si tu ne demandes rien, tu ne seras pas déçue, niguedouille ! Et j'apprécierais que tu te changes, ta tenue me semble un rien légère.

Comment ça ? Nous sommes en été. Mademoiselle craint le regard dévastateur des autres ? Oui et non. Pas en tant qu'individu. Mais c'est mon métier, tu vois. L'idée que les gens peuvent me reconnaître, me détailler, se dire : « Hé hé, notre gendarme, elle a un beau cul. » Ça me bloque.

On fait quoi ? Mets ta jolie jupe, celle à rayures, enfile un chandail. Et n'oublie pas ta petite laine, les soirées sont fraîches.

Rien change. Le Vieux est là un coup oui un coup non. A tous les coups il prévient pas, je suis pas déçu. Je descends au village, je reste pas à mijoter dans mon jus. Il me faut voir du monde en ce moment, pourquoi j'ai peur, je saurais pas dire de quoi.

Sur la place, je trouve la partie de boules. Ils se cassent pas la tête, eux au moins. La femme à la maison, le petit à l'école, le pastis dans le verre, faï tira.

Je regarde. Ça dure, j'ai tout mon temps. Une bande finit par gagner, puis. Les autres paient la tournée, ils m'invitent. Un des perdants dit comme ça :

— Dommage que ce pauvre muet soit pas gibous, on lui aurait touché sa bosse, tant ça nous portait chance !

— Touche z'y autre chose, tu verras bien.

Et ça les amuse. Ils débagoulent leurs conneries, ils en tiennent une sacrée couche. Je bronche pas. Les questions à la gomme repartent. Le Vieux manigance quoi ? Pourquoi je continue à rester chez lui ? Patin couffin... Je prends l'air idiot, peinard comme pas deux. Je les laisse m'asticoter. Le patron leur dit de me lâcher un peu la grappe. Oh, ils me dérangent pas. D'eux, j'attends rien, à part un verre. Et de la vie encore moins. Ma vie, c'est juste les bêtes.

Avant, c'était cette fille. Je pensais qu'à elle. Dès que le

Vieux se rebarrait en vadrouille, je montais au grenier, au-dessus de l'écurie. Je faisais entention de pas faire de boucan. Je regardais, par une fente du plancher. Pas pour faire le voyeur, pour me rassurer, pourquoi l'inquiétude me tarabustait.

Il faisait sombre là-dedans, mon ami, à part la bande de lumière qui venait de la porte. La demoiselle restait allongée dans un coin, elle bougeait pas. Je la distinguais à peine. Des fois, elle marchait de long en large comme une bête en cage. Elle croisait les bras, tête basse. C'est pas possible de voir des choses pareilles. J'aurais voulu dire : « Demoiselle, vous êtes pas seule ! » Je voulais tellement, j'oubliais que je suis muet. Je me retenais pour pas grogner.

Elle a marché tout ce printemps, elle a marché l'été. Je pensais, il va se passer quelque chose, forcément. On va venir la délivrer. Rien du tout. Rien n'a bougé. Le Vieux me laissait toujours lui porter le manger. Ça me plaisait plus, pourquoi ça me donnait l'impression d'être aussi le gardien.

Une fois, je lui ai préparé de bonnes choses, en cachette. L'omelette avec les œufs frais, les asperges sauvages. Le Vieux s'en est rendu compte, il a tout envoyé dinguer. Patates, pain, fromage, il tolérait juste ça, comme frichti. Elle risquait pas de se remplumer. Il devenait aussi muet que moi. Les chiens ont craint, on les entendait plus.

A l'automne, je me suis rendu compte, le ventre de la demoiselle enflait. Elle, c'est un fifi de quatre sous, elle doit pas faire ses quarante kilos toute mouillée. Ça se voyait en beauté, elle attendait le petit. Là, j'ai saisi. Elle revenait vers sa mère pour avoir son bébé. Seulement il arrivait d'Allemagne, comme elle, le Vieux a pas supporté. Pour ça qu'il se comporte comme un monstre. Pour l'honneur. Ça veut dire que la langue des autres passe avant la vie de ta fille, avant l'enfant dans son ventre.

J'ai eu le vertige. Si seulement j'avais eu plein d'argent, je lui donnais à la demoiselle, qu'elle se sauve. Qu'elle parte se planquer à la grande ville. Là-bas, du moment que tu peux banquer, les gens regardent pas le reste.

L'argent, moi, macache. Je savais pas si le Vieux en avait de côté, pourquoi on vendait plus que dale. Le mieux, c'était d'aller voir. A la première occasion, je suis été à la cuisine. Par chance, il avait oublié de fermer.

Il dort là. Il a mis le matelas face à la porte. Il range le fusil dans l'angle, il a qu'à tendre le bras. Le tabouret pour poser les affaires, c'est tout. Il est guère mieux loti que moi. Les gens, pas à se casser la tête pour leur construire des prisons, ils s'en chargent.

Je commence par tâter le matelas. A la tête, ça semble plus épais. Je soulève, je ramène un cartable minable, à moitié décousu. J'ouvre. C'est plein de papiers. Je fais quoi ? Si le Vieux revient, tu vas en voir des vertes et des pas mûres. Je peux pas embarquer ce cartable... T'affole pas, tu y es, tu y restes.

Je m'installe sur la table, je regarde. Je trouve de tout, les certificats pour les médailles et plein de pages de journaux, avec le Vieux en photo. C'est pas trop net, quand même on le reconnaît. Sur une, ça se passe dans une ville, pourquoi les maisons paraissent plus grandes. Il se tient au milieu de la foule, la mitraillette à bout de bras. C'est la Sten, celle qui part seule. Il est beau, je reconnais, les femmes le badent.

Sur une autre, il paraît tout raide, en avant d'une file de Fifis[1]. Un officier avec le képi lui accroche la médaille. Sur d'autres, tu trouves des voitures brûlées, des Allemands qui lèvent les bras, tout ça. Je lis pas les détails, ça m'intéresse pas. J'ouvre une enveloppe. Je tombe sur de vraies photos, des petites. Sur la première, il donne le bras à une femme en blanc. Ça représente son mariage. Il est jeune, il est pas pareil, ça vient pas du costume. Il sourit, voilà. Jamais je l'ai vu sourire.

1. F.F.I. : Forces Françaises de l'Intérieur.

Encore une fille en blanc, une gamine, debout à côté d'un prie-dieu. Une communiante, elle est tout plein belle. Je reconnais la demoiselle, j'ai envie de pleurer.

Sur la dernière, on les retrouve tous les trois devant la ferme. La demoiselle est devenue la vraie femme, elle est mignonne qu'elle en peut plus. Ils ont le sourire. Pas un bon, un pour la photo.

Ces images, il les a pas jetées. Sa fille non plus, tu me diras. D'argent, pas mèche. Ou alors, c'est que je cherche pas au bon endroit. Tant pis. Reste la question : quoi faire quand ce petit viendra.

Je range le cartable, je réfléchis. Mettons je préviens les gendarmes. Si tu les mènes ici, l'innocent risque d'y passer avant de voir le jour, et pas que lui. Ou de naître en prison. Tu as le choix, le massacre ou la honte.

Je sais pas. Je vois rien de bon, d'un bord comme de l'autre. Pourtant je peux pas rester à me tourner les pouces. Je me dis, quand le Vieux verra le petit de sa petite, il pourra pas résister, je t'en fiche mon billet. Il va fondre. Compte z'y. Tête de lard comme il est, il risque pas de changer, tu peux te fouiller.

Pour la demoiselle, je comprends. Tu es gamine, tout ce que tu as jamais entendu, c'est un furieux qui crie après ta mère, après toi, qui arrête pas. Dès que tu as l'occasion, tu mets de la distance. Si un jeune te parle gentiment, tu l'écoutes, et tant mieux s'il te cause en allemand ou en patagon, pourquoi la langue de ton père, tu l'as entendue de trop. Tu as besoin d'un autre air.

Comprendre, ça change quoi ? Je reste dans la cuisine, installé à la table. Je pense à la vie, à tout ce malheur qui dure depuis la saint-glinglin et dont tu peux pas te dépêtrer, à cause de ce vieux pisse-vinaigre. Je pars, loin. Je me méfie pas. J'ai dû traîner cent sept ans.

D'un coup la porte s'ouvre. Le Vieux. J'ai même pas la trouille, je suis ailleurs. Il me regarde. D'ordinaire, je soutiens pas, il aime pas. Là, je le fixe. Je vois rien qu'un gros malheureux. Je lui souris, même, pourquoi il me fait pitié.

Ça l'arrange encore moins. Il s'avance ; il me balance la torgnole, je valdingue en beauté.

Et là, pareil. D'un coup, je me rends compte, je suis à la terrasse du bar, d'un peu je basculais de la chaise. Le patron me rattrape par le col :

— O gari, reste avec nous ! qu'est-ce qui t'arrive ? Tu dors les yeux ouverts maintenant ?

Il y en a un, il dit :

— C'est sûrement le vertige, Féli, il a faim, pauvre bougre.

— C'est vrai, visez-moi le ! D'un peu tu vois le jour à travers.

— Attends !

Féli part, il me ramène le sandwich.

— Tiens, des rillettes, régale-toi, collègue.

J'attaque. Drôlement bon, mon ami, je m'étouffe presque. Finalement, ils sont braves. Tu es verni, tu te retrouves le seul idiot dans le village, tu as tout pour toi.

Je mastègue, lentement, je fais durer le plaisir. Les autres continuent à se poser leurs questions, que ça ils savent faire.

— Peut-être il serait temps de monter à Orèze, non ? Avant qu'il arrive un malheur.

Le patron est guère d'accord :

— Qué malheur ? Dans quoi vous voulez vous embringuer ? Ce vieux maboul, il tire sur les corbeaux, pas maï.

— Tu oublies le coup des cochons. Il y a eu un mort, quand même.

— Où vous allez ? Un accident, ça arrive. C'est pas le premier tracteur à se renverser, dans la Vallée. Ce sera pas le dernier, ma tête à couper.

— Et si jamais il colle le feu ?

— Sa ferme brûlera, pardi, avec le troupeau. Ça fera le beau méchoui, on le sentira d'ici !

— Rigole ! Et s'il débarque avec le flingue et qu'il se mette à arroser.

— Et si les petits hommes verts avaient des roues, vous y avez pensé ? Moi, je vous le répète, tant que ce vieux vous irez pas lui chercher noise, vous pouvez dormir sur vos deux oreilles. Arrêtez de serrer les fesses, les cocos.

Je les écoute. Rien que des machines à faire du bruit. Ils ont rien à dire, seulement ils le répètent souvent. Tout ce qui les intéresse, c'est tchatcher. Personne prête cas à personne, nature. Moi, muet, question de tendre l'esgourde, je suis là pour un coup. Ils risquent pas de trouver mieux. Pour ça qu'ils me supportent. Le patron s'amène avec la bière :

— S'il te faut un autre sandwich, préviens. Sois pas timide.

Je fais signe que non, pourquoi si tu exagères, après on te refile plus rien. Un peu la boisson, un peu le bruit, un peu tout, je me sens bien bien. Un gros malin le remarque :

— Admirez l'artiste ! Pour un peu il ronronnerait.

— Tu me donnes l'idée. Pourquoi on le ferait pas adopter par une vieille, il vaut largement un matou, non ?

— Doucement les basses. Faut d'abord vérifier s'il est coupé, sinon ta vieille risque pas de te le prendre.

C'est reparti, leurs niaiseries. Ils font joujou un moment avec l'idée du chat, ces mange-merde. Pas trop longtemps, pourquoi je réagis pas, c'est guère drôle. S'ils rêvent de me faire tourner en bourrique, ils peuvent se fouiller. Un autre remarque :

— En plus d'être muet, on jurerait qu'il est sourd, parole ! La vraie souche !

Féli les rembarre :

— Hé, ho, vous avez pas bientôt fini ? Bande de sagouins ! Vous faites le malin avec plus faible que vous vous, avez rien dans le calcif !

Ça les relance pour un tour. Ils gueulent, fatche de... A force, ils ont chaud, cette blague. Le pastis y va à la manœuvre. Total, Féli se bourre le tiroir-caisse, il a tout compris. Bistrot, c'est un métier.

J'ai pas envie de remuer. Il est tard, les joueurs mettent les bouts. Féli me dit :

— Si ça te plaît de pioncer sur la terrasse, berger, te gêne pas. Je te passe la couvrante.

Je fais signe, merci, non. Polka doit s'ennuyer de moi. Une chienne pareille, en cas de malheur, quelqu'un la reprendrait. Les bons bergers, on en rencontre pas besef. Je me rentre à mon tour.

Je m'installe sous cette branche de fayard, l'endroit d'où j'observe. Il fait bon. J'entends les grillons, et par-dessus, la hulotte. Elle niche dans le vieux noyer, elle me tient compagnie. Polka me rejoint, nous restons l'un contre l'autre. De temps en temps, elle me lèche la figure, brave bête.

Je repars à penser. Ma vie, jusqu'à cette demoiselle, je la voyais comme une sorte de rêve, pourquoi quand tu as prise sur que dale, c'est comme si tu dormais. J'étais le somnambule, j'en savais même rien.

C'est fini, on va se réveiller, pas vrai Polka ? Elle jappe, doucement. C'est rien que de l'amour cette bête. Je regarde monter la lune. Elle brille, belle, presque pleine. La lune, je l'ai eue regardée tant et tant de nuits. Jamais elle m'a fait défaut. Elle aussi elle est muette.

Je fume ma première cigarette sur la terrasse, accoudée à la balustrade, comme souvent le matin. Le meilleur moment de la journée... Les chevaux s'approchent, ils me connaissent bien. Un poulain tout en jambes n'en finit pas de bondir.

J'ai remplacé Ghislaine. Là, je n'ai pas fait dans la dentelle, j'ai pris une fille bravasse, le genre grosse travailleuse. Elle est du coin. Rien à voir avec un prix de beauté, je reconnais, pas de taille, jambes lourdes, visage plat. Avec elle, terminé les salades. Et tes bonshommes ? Encore un coup, je ne tiens pas un bousbir, qu'on se le dise. S'ils ne sont pas heureux, qu'ils dégagent chez les Grecs, non mais !

La merveille s'appelle Agnès. Ça lui va comme des bigoudis à un castor. De toute façon, mes phénomènes réagissent comme des buffles. S'ils voient de la fesse, ils s'excitent. Si pas, coucouche panier. Ils se contentent de ressasser leurs grivoiseries, ça ne pisse pas loin. Je les tiens par la gueule.

Ghislaine, je l'aimais bien. Trop gentille, du genre à se laisser sauter pour ne pas faire de peine à Toto. Les types, une fille pareille, le rêve ! Pas la peine de se casser la nénette, ils en redemandent. Et avec ça, contents d'eux, les chéris. Ils nous trouvent engluées dans le physique, nous autres femelles, entre nos ragnanas et nos grossesses, ces ensuqués. Mais eux, pardon ! De véritables boussoles, avec leur petit chipolata toujours aimanté par le premier cul qui passe.

Oui, Ghislaine me manque. Je me sens coupable, j'aurais dû la protéger. Comment ? A partir du moment où elle se trouvait repérée, tu y pouvais quoi ? Rien. Et surtout pas deviner. Au moins, elle n'a pas souffert. S'ils lui avaient balancé la fiole d'acide, imagine !

Tais-toi ! J'en frissonne. Je me prépare un café tassé. Une belle journée s'annonce, mes lascars vont débarquer cuits par le soleil. Je les vois d'ici, avec leur démarche d'ours, leurs lunettes noires, leurs bras bronzés. J'adore leurs bonnes gueules. Sans eux, je suis perdue. Ils sont restés tellement gamins ! Ils ont gardé cette avidité des gosses, jaloux de tout, vantards, rouleurs de mécanique. Surtout qu'ils ne grandissent pas ! Les vieux cons, nous n'en sommes pas privés.

Pour Ghislaine, l'enquête n'a rien donné. Ils n'ont pas mis le paquet. Ils ont bâclé ça en deux temps trois mouvements. D'accord, ils ont d'autres affaires sur les bras, mais quand même... Ils appellent ça l'égalité. Claire a beau dire, pour eux Ghislaine n'était qu'une pute.

Tourne la page, tu ne la ressusciteras pas. Pour mes fauves, au menu, du neuf et du raisonnable, poivrons farcis et rizotto. Quand il fait chaud, le riz passe bien.

En avant, soldats du Christ ! Parfois, avant de m'y mettre, j'ai comme un sursaut de refus, comme si ma carcasse renâclait devant l'effort. Une fois lancée, tout va tout seul. Le bonheur dans l'esclavage.

Et comme hors-d'œuvres, tomates et filets d'anchois, ils en raffolent. Si je commençais par trois tranches d'andouille froide, en plus ? Ils n'y sont pas habitués, mieux vaut pas.

Ghislaine, j'en ai parlé avec deux anciennes à moi. Ces gazelles, ça ne date pas d'hier. Jis et Jos. Jis avait pas mal roulé, elle sortait d'un salon de massage. Jos, plus jeune, s'était contentée de fuguer à répétition. Elle passait d'un Bon

Pasteur à un autre. Chez moi, bonne maison. Elles s'entendaient comme pas permis. Pas bêtes avec ça, elles avaient su gérer leur pognon. Ces dames ont ouvert un salon de coiffure à Manosque.

Dimanche, je suis passée, leur rendre visite, histoire de voir si elles avaient des échos. On ne sait jamais. Elles m'ont reçue gentiment. J'ai admiré leur installation comme il se doit. Jos aurait préféré un bar, seulement, deux filles seules, plutôt mignonnes, dans ce genre de bizness, ça vous attire les mouches. Jis rêve de partir à Tahiti ou Nouméa. Là-bas, le flouze, suffit de se baisser. C'est ce qu'elle croit. Jos n'a plus envie de se débiner.

— Je suis bien, ici, Zouzou. Ça ne sert à rien de se remuer, explique-lui à cette instable.

Au bout d'un moment, j'ai mis l'affaire Ghislaine sur le tapis. Inconnue au bataillon. Elles ne savaient rien, promis juré. Jos a dit :

— Nous ne sommes pas dans le même circuit, Zouzou, nous tripotons seulement les têtes.

— Des fois, les gens parlent.

Elle a ricané :

— Si tu les voyais, nos clientes ! On s'appuie des secrétaires, des charcutières. Elles lisent *Nous deux*, enfin, celles qui lisent. A part mincir et s'envoyer en l'air, rien les branche. Des daubes, je te dis. Elles s'imaginent que les types s'intéressent à leurs ondulations, une chance pour nous. Tu parles ! Eux, c'est un autre genre de courbes qu'il leur faut, fais-leur confiance !

Jis renchérit :

— C'est vrai, elles ont pas besoin de faire le turf, Zouzou. Leur cul, elles l'ont vendu en gros, elles font pas le détail.

Admettons. Même si elles avaient su quelque chose, elles n'auraient rien dit, je le sens. Ta Ghislaine, elles s'en contrefoutent. Pas de vagues, surtout. D'accord, chacun pour soi. Pour ces garces, il s'agit des risques du métier. Quand tu ne sais pas nager, tu restes au bord, tu ne te mouilles pas. Et si tu dérailles, tu trinques. Les macs font leur boulot de mac. Tout ce que tu peux leur demander, c'est de jouer selon les règles, et les vaches seront bien gardées. Donc, rien à redire, enlevé c'est pesé.

Elles venaient de mettre leurs petits petons dans la bourgeoisie, la moyenne, mes mignonnes. Ça se sent. J'ai longtemps cru que tu deviens ce que tu es, au fil du temps. Foutaise. Tu deviens ce que tu as.

— Zouzou, tu joues à quoi ?

Je sursaute. Je suis en train de servir un caoua, la tasse déborde. Zé me regarde, bouche ouverte :

— A voir ta binette, toi, tu es amoureuse.

— Si seulement...

Il bombe le torse, essaie de rentrer le ventre. Mission impossible. Il envoie :

— Si jamais il te faut quelqu'un, n'hésite pas.

— D'accord. D'abord, tu mincis un peu, Bibendum. Disons vingt kilos, pour commencer. C'est plus des poignées d'amour que tu te trimbales c'est des chambres à air.

— Comment tu deviens, Zouzou ! Tu me gaves, ensuite tu me reproches de forcir. C'est pas juste.

— D'accord, je te mets en liste d'attente.

— Le combientième je suis ?

— Le 42e.

— Fan de Chine ! Autant chercher ailleurs, de suite.

Il baisse la voix :

— Rassure-toi, je compte pas te piquer Agnès. Tu l'as dégotée où, cette rombière ? A la casse ou aux Puces ?

— Zé, là tu as tort. Plus je vous regarde, plus je me dis que vous feriez un beau couple.

J'arrête. Si les autres s'en mêlent, ça va dégénérer, à tous les coups. Agnès sera gênée. Attaquer quelqu'un sur son physique, trop facile, je ne supporte pas. La pire des injustices reste encore de naître dans la peau d'un laideron. Ta vie est foutue d'avance. L'égalité commence au cimetière, pas avant.

C'est parti, des chaises valsent. Une bagarre. Je ne m'en mêle pas, ils me fatiguent. Qu'ils s'étripent, bon vent. Max et Zé sont en train de se satonner. Rouski parvient à les séparer. Une histoire de greluches ? Ils ne se battraient pas pour si peu, pas eux. Le calme revient. J'offre la tournée.

L'explication, c'est que Max est Stéphanois. Allez les Verts ! Il a osé mettre en doute la valeur de l'Ohème, pour ne pas la nommer. Je me marre ! Leur foot ! Plus ça va, plus ce sport de manchots leur tient lieu de tout. Plus que ça qui compte, et ce n'est pas près de s'arranger.

Ils m'ont cassé de la vaisselle, les bâtards. Maintenant, les voilà tout bêtes, les vrais mioches ! Age mental, quatre ans, maxi. Pour conduire un camion, c'est plus que suffisant.

Dédou se lève. Un nouveau, un solide. Il se cogne la Turquie en ce moment. Il garde quelque chose de l'ancien militaire, une façon de se tenir droit. Je ne lui ai pas posé la question. Les types s'imaginent que c'est arrivé, pour peu que tu sembles t'intéresser. Il me fait penser à cet acteur italien, Gian Maria Volonte. Donc, il se lève. Il vient d'avoir un héritier, il offre le champagne.

Acclamations. Les gus tapent du pied, du poing. J'en tiens quelques bouteilles au frais, en cas. Si je l'offrais ? Tu as ta casse sur les bras, je te signale. Max interpelle le mécène :

— On pouvait pas se douter, tu portes pas d'alliance.

— Pas besoin, pour fabriquer un gosse ! Où t'as vu jouer ça ?

J'aide Viviane à servir. J'ai des coupes en plastique, mais pas mal. Ils se mettent à parler famille, sortent les photos des lardons. J'en ai la larme à l'œil. Des fils de pute tant que tu veux, mais tout de même, ils sont braves ! Je lève ma coupe. Je demande à Dédou :

— Et il se prénomme comment, cet amour ?

— Alain.

— A la santé d'Alain !

Un ahuri de service s'inquiète :

— Pourquoi tu as pas pris un prénom plus moderne, Steve ou Johnny. Ou Mike, mettons. C'est pas mal, Mike. Ça sonne bien.

— Je préfère l'ordre alphabétique. Le suivant s'appellera Boris.

— Ou Bernadette ?

— Voilà. Tu as saisi.

— Toi, tu me parais un drôle de rigolo.

— Réfléchis, tu peux pas trouver plus pratique. Avec ce système, tu peux deviner l'année, comme pour les bagnoles.

— Pas bête, ta combine. A la santé de Zoé !

Il ne manque pas d'humour, le nouveau. Qu'est-ce qu'il fabrique dans ce foutu métier ? Tu m'amuses. Autant demander aux putes pourquoi elles vont aux asperges. Il bosse, point. Vivi distribue des langues de chat. Ils entonnent : « Ce n'est qu'un au revoir... », allez savoir pourquoi. Agnès en est toute retournée, ses mentons frémissent. Et le champagne, tu oublies ? La grande vie, pour elle.

Le soir, l'affaire Ghislaine me trotte encore dans le ciboulot. Ça tourne à l'obsession. Je revois son corps allongé, je ne supporte pas. Claire me demande ce que j'ai.

— Ghislaine, bien sûr.

— En tout cas, côté justice, tu n'as pas eu d'ennuis.

— Je dois te remercier ?

— Je t'en prie. Dis-moi, ça ne t'a pas porté tort, côté clientèle ?

— Au contraire. Ça nous rapprocherait, plutôt. On a quelque chose à partager, tu vois ?

— Tant mieux. Je ne laisse pas tomber, je te promets.

Je l'embrasse. Elle est encore en tenue. Ça continue à

me faire un drôle d'effet... Ça lui donnerait presque une odeur d'homme. Mais non, bêtasse, c'est le tabac, n'exagérons rien.

— Va prendre ta douche, Clarita, je m'occupe de l'apéritif.

Le drame Ghislaine m'a valu de nouveaux clients. Des curieux. Ils viennent sur les lieux du crime flairer l'odeur du sang, avec l'excuse de prendre un jus.

Que veux-tu, les drames, le bon peuple en redemande. Ils ont toujours acheté *Détective*, ce genre de revues, Ghislaine te rend plus service froide que chaude. Arrête... Va préparer le pastis, va.

Zouzou m'a porté le café avant de partir, elle est trop gentille. Bon, faut y aller. Une douche, froide, pour secouer la bête. Puis ma tenue. L'endosser me fait encore quelque chose, un peu comme un gosse qui se déguise en Zorro. J'ai pensé à cette expérience, tu sais, un gendarme en contreplaqué, avant un virage dangereux. Les gens lèvent le pied à tous les coups.

Et après ? Ta chemise ne travaillera pas à ta place. Je boucle le ceinturon. C'est rassurant de sentir le poids de l'arme. J'ajuste mon postillon. Vous parlez d'un galurin ! Un rien tarte, je trouve, j'aimerais autant un calot. Mais bon, à la guerre comme à la guerre...

Le Logis, ses mémés aux aguets. Les premiers temps, elles se dévissaient tellement le cou pour me suivre du regard, j'entendais presque craquer les vertèbres. Je m'attendais à les retrouver le soir affublées de minerves. Je m'amuse à leur faire signe de la main. Tu exagères. Tu es supposée les protéger, pas les perturber.

Curieux, une vie. Pendant vingt ans, tu vas suivre le même axe, est-ouest, mettons. Exact. Tout le monde en est là. On a d'ailleurs tracé des cartes de trajets, comme pour les bisons dans la Grande Prairie.

Ralentis, bon sang. Chaque fois je me plante. Ils

viennent de placer un boudin en pur ciment, en travers de la route, à l'entrée du bled. Un coup des garagistes pour te cisailler les amortisseurs. D'aucuns appellent ça un gendarme couché.

Brigade en vue. Je descends. Sur le trottoir, une jeunesse joue de la harpe devant une poignée de badauds. Regarde ce tulle noir sur l'antenne radio de cette bagnole. Oui, un morceau de voile de mariée. Pollué. Ainsi va toute chair.

On entre ? Attends. Lambert me harponne au passage.

— Vous êtes en récup', aujourd'hui, vous saviez pas ?

Tudieu, c'est vrai ! Le coup du cheval de mine, je fonce, tête baissée.

— J'avais oublié. Merci, Lambert.

— Filez vite, le chef serait capable de vous récupérer.

Fuyons. Retourner me mettre en civil ? Trop long, et la vie est trop courte. Je roule. J'aimerais voir les Cloches de Barles, ce défilé rocheux, en tirant sur Seyne. Tu veux dire les Clues ? C'est ça même.

Je m'arrête pour consulter la carte. Voyons, faut suivre le lit du Bès. Ensuite, contourner le Blayeul, et revenir par la Javie. A la sortie de Digne, on traverse un pont métallique étroit, un ancien ouvrage militaire. Tout a dû sauter, à la Libération. Pas folichon, le paysage. Des pins rabougris s'accrochent à des escarpements d'ardoise effritée. Des robines. On comprend pourquoi les indigènes partaient chercher fortune au Mexique. Un Mexicain, des mecs si cons. C'est resté désert, les promoteurs passent au large.

Regarde, un camp de gitans, à côté d'un dépôt d'ordures. Des papiers, des fragments de sacs-poubelle s'accrochent au grillage de clôture. Cela donne de jolies taches bleues. Les gitans gîtent. Des gosses jouent. Des femmes en jupe longue déambulent.

En face, je rêve ! Une grande dalle noire s'incline à toucher la route, couverte d'ammonites fossiles géantes. Je pile.

Côté symboles, ils font fort, les frères ! Ça vous en bouche un coin. Ne t'excite pas. Cette aimable nonchalance donne son charme à notre démocratie libérale, ma douce.

On ne s'emballe pas. Nous serions en Suisse, ton site serait dûment muré, protégé, classé, payant et invisible de la route. Les gitans renvoyés en Gitanie et les ordures à l'incinérateur. Tu préfères ? Ces gosses jouent dans les déchets, peut-être, mais au moins ils vivent au large, avec la colline juste en face et la rivière à leurs pieds. Un terrain vague en banlieue, entre les tours sans âme des grands ensembles et les bretelles d'autoroute, c'est pas mieux.

Opposer le pire au pire, j'adore. Tiens, les gitans s'arrêtent. Ils regardent quoi ? Toi, Fleur-des-Pois, ton uniforme ! Je peux leur offrir un strip-tease. Idiote ! Commence par éviter de t'exhiber en tenue hors service. Je fais de la pub pour mon corps, disons. Arrête. Regardons les choses en face. Depuis des siècles, le gendarme représente l'ennemi, pour ces nomades. Ils se demandent ce que tu vas encore leur apporter comme emmerdes.

Compris. Ne provoquons pas. Je ne vais quand même pas me carapater en catimini. Je traverse voir mes fossiles. Impressionnant. Ils paraissent moulés dans la masse. Un fond de marécage a dû se soulever, l'ensemble forme bloc. Pas facile à vandaliser, il faudrait un marteau piqueur, sinon, tu penses...

Je regagne ma trottinette, et là, surprise. Le démarreur couine comme une souris coincée. Le moteur ne repart pas. Te voilà en carafe. Kass Lann Tienn, attendons. Trois minutes plus tard, le temps d'un œuf coque, je remets ça. Rien, arrête. Inutile de vider la batterie. Je soulève le capot, tripote les bougies sans conviction. Pour moi, la mécanique reste de la magie. J'essaie encore. Nada.

Bien. Patientons. La greluche en panne, les hommes en raffolent. Alors, une super-woman de ton acabit, imagine un peu...

Bruit de moteur. Une moto, rouge. Je reste figée. Le type s'arrête, béquille son engin, retire son casque. C'est lui, plus beau que dans mon souvenir.

— Je peux vous aider.

Ce n'est pas une question. J'ai laissé le capot ouvert. Il pose son casque sur le toit, se penche. Ses doigts voltigent. Il dit :

— Mettez le contact... Accélérez.

J'obéis. Ça tourne. Je demande :

— C'était quoi ?

— Les vis platinées.

J'en ai entendu causer. Il claque le capot. Je lui tends un chiffon, il s'essuie les pognes. Je dis :

— Nous nous sommes déjà vus.

Il me regarde, comme si j'étais un bout de bois, un quelconque totem. Je me sens stupide, je bredouille :

— Je vous remercie.

Un signe de tête. Il saute en selle. Il a filé. Tu voulais un dépanneur, pas vrai ? Pleure pas, je t'en prie.

Le casque ! Il a oublié son casque, merci Seigneur ! Je vais le rattraper. Avec ce tas de boue ? Pourquoi pas ? Il va s'en rendre compte, faire demi-tour. Vamonos. Inutile de foncer, la route est étroite. Voilà tes Clues. Au diable !

Barles, quelques maisons à la queue leu leu. Vérifie sur la carte. On va arriver au croisement de la N 100. Ensuite, elle redescend sur Digne, comme tout à l'heure. Et lui ? Il fonce peut-être sur Seyne et Serre-Ponçon.

Je me sens bizarre. Un café, ce ne serait pas de refus. Plus tard. Je repars, son visage devant les yeux. Retire-le, c'est pas indiqué pour conduire.

Plaisante, je n'y peux rien, c'est son regard. Cette blague, à force de le voir ! Mais non, dès la première fois. Tu es ridicule. Pire : amoureuse. Tant qu'à faire, tu aurais pu jeter ton dévolu sur un de nos motards. Nous tenons cet article en rayon. Comme si on choisissait... Je roule. La poursuite infernale, trop drôle.

Le croisement. Personne. Je n'ai même pas pensé à relever son numéro. Tu as remarqué, il n'a pas l'accent d'ici. Pourtant, il doit habiter dans le coin, je n'en finis pas de le croiser. Je m'arrête, je me sens vide. Comme si j'allais me trouver mal. Mes oreilles bourdonnent. Respire à fond. Ressaisis-toi. Ça ira. Comment faire pour le revoir ? Je ne sais rien de lui. Mais si, c'est le fils de Zouzou.

Je repars. Je ne te pensais pas si émotive. Normal, à force de fonctionner comme un robot, d'avaler n'importe quoi, de dédaigner la bagatelle, mademoiselle se retrouve patraque. On se veut au-dessus des contingences, et pan dans le plexus.

Oui, et c'est fantastique, cause toujours. J'ai envie de chanter, il ne pouvait rien m'arriver de mieux. Je suis heureuse. Il faudra bien qu'il s'aperçoive de mon existence.

Facile. La prochaine fois que j'aperçois son gros cube, la panne. A force de me rafistoler, il finira bien par s'attacher, on a vu pire. Il s'intéresse à quoi ? Avec sa dégaine gauchiste, vite vu : La moto, l'herbe sans doute. Tu n'en sais rien, on trouve aussi des motards fachos. Pas lui. Il doit lire *Libé*. Suffit de mettre une petite annonce dans leur Courrier :

« Toi, le motard qui m'a dépannée... » Pas terrible. Essaie encore. « Toi, le chevalier au casque perdu... » C'est mieux. Continue. « Je t'attendrai... » Où donc ? Près du dépôt de bordilles ? « Je t'attendrai tu sais où... » Et je signe : « La fille aux ammonites... » Il comprendra. Tu es givrée.

La route grimpe au milieu des sapins. Moi pareil. Col du Labouret. Virages. Un peu avant Beaujeu, des collègues, près de leur véhicule. Je reconnais Albert et Lambert, le duo de choc. Je descends, jambes raides. Je rêve ! Albert tient son arme à la main. Lambert semble catastrophé. C'est quoi ce western ? Le G.A. me renseigne. Ils faisaient de la police de la route à la demande du Groupement.

— Il s'est amené cette moto. Vu que l'individu ne portait pas de casque, Albert s'est porté vers le milieu de la chaussée en lui faisant signe de stopper. L'autre lui a foncé dedans, d'un peu il le renversait. Albert a tiré, il s'agissait d'un délit de fuite caractérisé, pas vrai ?

Ce débile quête mon approbation. Il peut se fouiller. Quel délit ? Manque de sang-froid, oui. Et les sommations ? Je ne dis rien. Il reprend :

— Il a filé. On a téléphoné à la Javie. Eux, ils répondent chaque fois qu'il leur tombe un œil. Du temps, il a dû passer. Vous croyez pas que non !

— Elle était comment, cette moto ?

— Une rouge, j'ai pas vu la marque, elle roulait trop vite.

Saleté d'Albert. Il aurait tué pour un casque ! Je le regarde. Il est pâle, il ne la ramène pas. Il détourne le regard, tente de se justifier :

— Dans des cas pareils, on est autorisé à faire usage de son arme.

Connard ! Je rétorque, du tac au tac.

— La riposte doit rester proportionnée à la menace.

— Il me fonçait dessus !

— Rien ne prouve qu'il voulait vous tuer.

— Rien ne prouve le contraire. De quel côté vous êtes à la fin ? Vous voulez ma mort ?

Tout à fait. J'ai envie de le massacrer. Tu imagines, ton archange étendu, crâne défoncé ? Ne dis pas ça. C'est exorbitant de laisser des armes à des jean-foutre pareils ! Tu n'es pas de service, je te signale. Alors, brigade ou pas brigade ?

Mieux vaut pas. Si je témoigne en ce moment, exaltée comme je suis, ils vont se demander ce qui m'arrive. Je n'ai rien vu, en fait. Laisse Chef régler cette histoire.

Si je prévenais Zouzou ? Que son fils est un danger public ? Elle n'a nullement besoin de ça. Je dois d'abord le retrouver, lui parler. Pour dire quoi ? On ne se jette pas au cou des gens.

Ne dramatisons pas. La route est fraîche, la vie est

bonne, les troupes sont belles. Moi, tranquille comme une avalanche.

Je te signale, tu as toujours le casque, donc un prétexte pour retrouver ton feu follet. Je me sens légère, tu peux pas savoir ! Il faudra bien qu'il... Et j'ai très faim. Je me demande ce que Zou nous réserve.

Pauvre, j'aimerais tant qu'elle soit amoureuse elle aussi. Quitte à ce qu'elle ramène un pingouin au Logis, un mastoc, rougeaud, plein de poils partout. Le genre qui ne fait pas de chichis ! Quelle idée, merci pour elle ! Mais non, c'est sympa, les nounours. Écoute, elle est assez grande pour aller à la pêche toute seule.

Retour à la base. Sacrée virée, mon ange. De l'action, de l'émotion, vous fûtes gâtée. Bonsoir, les mamies, papa est de retour. Pourquoi papa ? Le pouvoir est toujours paternel, peu importe le sexe. Saleté d'Albert. Il me tarde de savoir comment Chef va réagir.

Et voilà, Polka, ma belle, je suis encore là. J'ai la vie dure, jamais je chope la crève, la maladie, je sais pas ce que c'est. J'ai pas les moyens. Le docteur, chez nous, avant, on le dérangeait pas. Sauf pour les macchabées. Les dents, pareil, aucune me fait défaut.

Je suis encore là pourquoi le Vieux m'a pas tué. Si ça continue, je crois que je mourrai de ma belle mort. Cette fois où il m'a trouvé dans la cuisine, j'ai pas dû passer loin.

Lui, la vie, il s'en fout. La sienne, il avait tout pour l'avoir belle. Elle aura été pire que la mienne, pire que tout, que l'enfer. Moi, plus rien peut m'atteindre, maintenant, à part si Polka disparaissait. J'ai jamais rien eu à perdre, jusqu'au jour où il a débarqué cette fille. Ma part de chagrin, je l'ai pas ratée.

Quand le Vieux a pénétré dans la cuisine, donc, il m'a pas frappé de suite. J'avais gardé une photo de la demoiselle à la main, celle en communiante. Il s'en est aperçu. Il m'a soulevé par le cou. Il m'étranglait. Il a dit :

— C'était ma petite, capitche ? Tu sais ce qu'elle m'a fait ? Tu le sais. Elle est partie travailler là-bas pendant que moi je me battais. Elle me revient le ventre plein, il a fallu qu'elle passe sous un boche. Elle avait pas le droit !

Il me secouait tout en parlant. Je bougeais pas, j'attendais qu'il finisse de m'étrangler. Il avait plus sa tête, jamais il m'avait autant parlé. D'un coup il m'a lâché. Je suis retombé sur la chaise, je tenais toujours la photo.

Il a respiré le grand coup, a regardé à droite à gauche, comme s'il se réveillait. Puis il m'a balancé la mornifle à toute volée. J'ai valdingué par terre. Il était blanc, ses mains s'ouvraient et se fermaient comme s'il pétrissait. Il semblait possédé. Il a dit :

— Alors, je fais quoi ? Je fais quoi ?

Il a viré un coup de pied dans la chaise. Elle a valsé, moi avec. Je me suis pensé : « Ça va être ta fête. Numérote tes abattis. » J'ai fermé les yeux, je préférais de pas voir. Il m'a encore filé un coup de croquenot soigné, pour la bonne bouche. Quand je les ai rouverts, il était parti. Il restait la photo, par terre. Je l'ai défroissée. Je l'ai toujours.

Ce que j'ai ressenti pour le Vieux, jamais j'aurais cru possible. Il m'a fait peine. C'est aussi pour ça que je suis resté. Pourquoi le premier prisonnier, c'est lui.

Il fait beau, ce matin. Beau pas beau, c'est tout un, ça veut rien dire. Il fait rien du tout, le temps est comme il est, il a rien à branler de nous. J'ai goût à rien. Je sais plus pourquoi je vis depuis que la demoiselle est plus là. Je suis comme une pierre lâchée sur une pente. Tant qu'elle dure, ça roule. J'espère que ce sera plus trop long.

Il me reste qu'une envie, le pastis, au village. Doucement. Ça va leur faire la rente, s'ils te voient trop souvent. Je ferais mieux d'attendre. Un peu de comprenette, l'ami.

Les moutons vont plus dans l'enclos, la nuit. Ils baroulent, ils sont comme leur maître. Ils risquent de causer l'accident, pareil que les féroces. Le Vieux ferait aussi bien de les bazarder. Avec les sous, il s'achèterait l'explosif, il ferait tout péter, on n'en parlerait plus.

Pourquoi il vit ? Pourquoi c'est commencé. Puis sa méchanceté le tient debout. Il en veut au monde. C'est le vrai champ de mines, ce domaine. Manque juste l'écriteau avec la tête de mort à l'entrée du chemin.

Je reste tanqué là. J'ai plus le cœur de m'activer. Il est où, le Vieux ? En galère, je sais pas. Je jette un œil par la vitre de la cuisine. Pas de fusil. Sûr, il se trouve dans la nature à faire ses expéditions. Ça doit lui rappeler le bon temps du maquis. C'est là qu'il s'est le plus régalé. Il était Dieu, quasiment. Il décidait ce qui lui chantait, qui doit vivre qui doit mourir. Il tenait la moitié du département dans le creux de la main, c'est déjà le beau morceau. Il tenait tout, mon ami, avec plein de tractions, de motos, de camions à disposition. Rien manquait, à part les avions. Tout il pouvait se permettre, à l'époque, cet âne rouge.

Alors il est arrivé la demoiselle avec le petit dans le ventre. Son monde s'est écroulé.

Tout à l'heure, je descendrai me chercher le quignon de pain. Je ramènerai la chienne. J'entends les cloches des brebis, sur l'autre versant du vallon. Ce bruit, ça a eu été toute ma vie. Maintenant il me serre le cœur.

Ça me revient. Hier, j'ai fait un tour dans le cimetière, comme ça. Quelque chose m'a tiré l'œil, dans une allée. Un genre de bracelet en plastique, pas large, plat, rayé de vert et blanc. Je suis été le ramasser. J'en vois pas l'usage. C'est pas un jouet, je crois pas. C'est joli.

Voilà Polka. Arrive, ma chienne. Viens me voir, viens, que je t'embrasse. On va rester là comme deux vieux chiens, pas vrai, ma belle ?

Permanence. J'enregistre la plainte d'une bonne dame. On vient de lui voler sa voiture au parking, pendant qu'elle faisait ses courses. Elle ne veut parler qu'à moi. Je feins la surprise :

— Pourquoi donc ?

— Les hommes, ils vous écoutent sans vous écouter.

— Je vous assure, mes collègues sont consciencieux.

— Je ne suis pas jeune, notez bien, je comprends.

— Je ne vois pas le rapport.

Oh si, je le vois. J'enregistre. Nous disons une 404. Sans doute un gosse en vadrouille. Nous retrouverons l'antiquité à sec, dans un douar des environs.

J'ai droit ensuite à un chat en haut d'un poteau. Dis donc le débat s'élève. Ce félin relève des camarades pompiers, à cause de l'échelle. Quoi d'autre ? Une plainte pour tapage nocturne, commis la veille. Encore une dame. Je lui suggère de nous contacter quand le tintouin est en cours.

— Je n'ai pas le téléphone.

Je lui verse de bonnes paroles. Elle n'a pas l'air commode, ta virago. Teint jaune, c'est une hépatite. Non, tique... L'une n'empêche pas l'autre. Je ne peux tout de même pas lui conseiller d'aller se faire soigner.

Retour de madame 404. Elle vient de retrouver son bébé. Je m'étonne :

— Déjà ?

— Elle était pas vraiment perdue. Comme il y a deux parkings, d'habitude je me gare toujours dans celui plus près de l'église, et là...

Je comprends. On porte plainte d'abord, on vérifie ensuite. Où va le travail humain ? Encore un rapport pour des prunes. Voilà donc à quoi se passe mon ardente jeunesse. Jean-Paul s'amuse :

— Faut une patience d'ange, pas vrai ? Remarque, le coup des deux parkings, c'est du classique.

— Vous ne pouviez pas me prévenir ?

— Et l'expérience personnelle, tu en fais quoi ?

La question ne sera pas posée. Je me sens nerveuse. Je sais pourquoi. Je repense à Alice, tu sais, ce chat qui disparaissait en laissant flotter son sourire. Je revois mon archange. Pas de nouvelles. Je n'ai pas remis le casque à ma copine. Il attend, à fond de coffre.

Je te ferai remarquer, un casque n'attend rien, jamais. C'est un objet. Merci pour la précision.

— Dites-moi, Claire, vous ne semblez pas dans votre assiette. Des ennuis ?

C'est Chef. Moi, froid, jamais ! Je dis :

— Je pense à une moto.

— Comment ça ?

— J'ai envie d'en acheter une.

— Quelle marque ? Il paraît que les Kawa sont pas mal.

J'ignorais qu'il s'intéressait aux vroum-vroum. Quant à l'affaire Albert, il s'est contenté de tancer ce charlot. Enfin, c'est comme ça. Il continue :

— Vous voudriez quoi, exactement ?

— Une rouge. Vous comprenez, ça se voit de loin.

Là, il se demande si c'est du lard ou du cochon. Il soupire.

— Je vois, vous avez besoin de prendre l'air. Prenez votre galurin, vous m'accompagnez. Gurtz vous remplacera.

Notre nouveau G.A. Rien de transcendant, à part un accent alsako taillé dans la masse.

— On va où, Chef ?

— Vers Saint-Auban. Un vol.

Allons. Pas de véhicule disponible. Nous prenons ma 4L. Je conduis. Chef se lamente sur la médiocrité de nos moyens matériels. Il voudrait quoi, un Boeing ? Je m'en tamponne. Je flotte dans un agréable sentiment d'irréalité, comme si je n'étais pas partie prenante. Comme si la vie, celle des autres, se déroulait derrière une glace. Mauvais, ça, gendarme. Être en humeur d'amourette ne vous dispense nullement de vous intéresser à votre djobe. Parce qu'en cas de coup dur... On lui dira.

Nous prenons la route Napoléon. Après Malijai, on aperçoit les bâtiments de Péchiney, et, en retrait, les pèlerins des Mées, ces grandes ogives de grès affûtées par l'érosion. Chef apprécie :

— Pas si évident de les prendre en photo, Claire, ça rend mal.

Parlons-en. Ses photos, il les a bichonnées en plein midi. Un objet sans ombres, bonjour le relief. Je la boucle. Règle hiérarchique number one, ne jamais montrer sa supériorité manifeste à son supérieur.

Il fait signe de ralentir. Nous empruntons un chemin sur la droite. C'est là, un entrepôt. Un type en blouse nous accueille. A un détail près, ton type, c'est une femme, cheveux gris coupés court, l'air pas commode. Et la chanson ? Ce matin, elle a découvert sa porte forcée. On lui a dérobé des peintures, des solvants, pas mal de camelote. Elle achève l'inventaire.

Avec le pullulement de grandes surfaces en tous genres, je me demande ce qu'elle peut fourguer. Ça sent l'arnaque. Aux assurances. Pas de voisins, pas de témoins, aucun indice. La dame t'explique, avant elle était cultivatrice. Le matos à renouveler, les récoltes qui s'écoulent mal, les traites qui tombent...

— Total, vos terres, le Crédit Agricole finit par se les goinfrer. Vous trouvez ça normal, vous ?

Certes non.

— Si j'avais su, je faisais professeur. La terre est un métier hypocrite.

J'admets. Nous prenons congé. Chef se trouve sur la même longueur d'onde : vol bidon, entourloupe à l'assurance.

— On ne peut rien prouver, Chef.

— Pas la peine. Le temps travaille pour nous.

Comment ça ?

— Supposons, l'assurance paie. Les gens sont contents, pardi. Tôt ou tard, ils se vantent, tout finit par se savoir. Ils se font gauler comme une fleur.

— Je m'en moque.

Et vlan dans les gencives ! Tu n'y vas pas de main morte. Mais non, j'ai pensé tout haut. Chef est au volant, la voiture fait une embardée. Je suis jolie... Pas ravi, papounet.

— J'ai bien entendu, Claire ?

— Je plaisantais, je voulais tester vos réflexes.

Oui, et tu vas en prendre pour ton grade ! Même pas. Il ronchonne :

— C'est pas malin ! D'un peu...

Il compte en faire un plat ? Te mettre au piquet ? Il boude, se referme comme une huître. Finies les considérations sur moto et photo. Moi, tranquille comme un blockhaus. Quand même, tu es salope, pauvre chou ! Ça lui passera. Je m'en veux, je crains de lui avoir fait de la peine. C'est que c'est délicat, un homme.

Au bout d'un moment, je le rebranche sur le travail, en douceur. Cette histoire de vol dans les stations-service, on en a signalé d'autres du même tonneau ? La conscience professionnelle l'emporte :

— Oui, toujours dans des endroits à l'écart, des pompes de bistrot, des épiceries. Ça rapporte des clopinettes, et c'est risqué.

Tu vois, suffit d'appuyer sur le bon bouton.

— Et le meurtre de cette Ghislaine ?

Peau de balle et balai de crin. Il pense à un contrat ?

— Possible. Mais si l'origine remonte à Toulon, disons, nous ne sommes pas sortis de l'auberge. Vous savez, Claire, les gens ont parfois l'impression que les affaires piétinent, que nous ne servons pas à grand-chose. Mais si nous n'étions pas là...

Il devient lyrique. Ce serait l'apocalypse, la jungle en folie. Je ne pense pas. Il se produirait certainement un équilibre, le pire n'est jamais sûr. Et je n'ai pas envie de parler dans le vide. Retour à la brigade.

Midi, l'heure du repas des fauves. Tu vas te retrouver seule. Le problème n'est pas là. Nous savons. Si ce type te manque tellement, décarcasse-toi un peu. Je ne vais tout de même pas lancer un avis de recherche ? Non, mais tu devrais prendre un bain. Le contact de l'eau chaude attire le sang à la périphérie. Ça te soulagera les méninges. Exécution... Merveilleux, cette sensation de délassement. Ce que je suis crispée ! En fin de compte, il n'y a qu'une chose de vrai, être amoureuse. Pour ce que ça te réussit...

Et puis, ce n'est guère réglementaire ce que vous avancez là, gendarme. Peu me chaut. Et lui, en ce moment, il fait quoi ? Il fonce sur son bolide à travers les barrages. Pourvu qu'il ne lui arrive rien ! Arrête de jouer les mères juives, tu me tues. Ce n'est pourtant pas ton genre, ces rêvasseries de midinette.

Bon, secoue-toi. Si tu faisais le tour des garages ? Pour motos. Non, pour planches à voiles, crétine ! Je ne connais même pas la marque. Essaie toujours. Sous quel prétexte ? On va croire que tu mènes une enquête perso. Qui te parle d'enquête ? Tu en cherches une pour toi, c'est pas la mer à boire !

Assez douché, je me sèche. Tu te rends compte, ce corps qui ne sert à rien, le gaspillage ! C'est un point de vue de mec. Ton corps est au service de la Loi. Ça lui fait une belle jambe. Tu sais quoi ? Je t'offre le restau. Il faut soutenir le moral des troupes. Et même, si je pouvais débaucher un collègue, pour une fois...

Essaie donc avec notre nouvelle recrue, ce jeune oisillon frais et rose. Tu l'emmènes chez Zou ? Surtout pas, il risquerait de s'effaroucher. Essaie donc le café sur la place, ils ont un plat du jour correct.

Je cueille mon G.A. au vol :

— Collègue, je vous invite, ne dites pas non, j'y tiens. C'est comment, votre prénom ?

— Noël.

— Et vous venez d'où ?

— Ehrentzwiller. C'est dans le Sundgau.

Quès aco ? Il s'agit du sud de l'Alsace. Il en parle très bien, Noël. Il doit tenir un mal du pays pas piqué des hannetons. Entre andouillette et fromage, il évoque Colmar, sa Foire aux vins. Puis Strasbourg, les bords de l'Ill, la petite France... J'écoute. C'est comme partout, quoi. Des îlots sympa, magnifiés par la mémoire. Je vois mal la différence avec icitte. Lui, oui. Il y a la langue. J'objecte :

— Dans la région aussi, vous trouvez des papis qui parlent patois.

— Ah mais, ce n'est pas pareil. Chez nous les journaux paraissent en alsacien. Et les cimetières...

Il hésite.

— Ben quoi ? Vous les enterrez dans les arbres, vos morts ?

— Non, mais prenez les monuments. En Alsace, sur chaque, vous verrez « À NOS MORTS ».

— Ça paraît normal.

— Mais non ! C'est différent. Ils ont laissé leur peau pour Guillaume ou pour l'autre tordu, Dolfie. « Morts pour la France », ils n'y ont pas droit.

Ach so, je vois.

— Ce n'est pas si grave, après tout.

— Oh si. Ne plaisantez pas.

Il s'explique. Pas évident d'être alsacien, déchiré entre deux cultures, deux langues, deux peuples. La retombée, c'est que l'ami Fritz se rattrape. Sur la bouteille, d'abord. Puis sur Gretchen. L'Alsace, avec la Bretagne, bat tous les records de femmes battues. Sale temps pour les cigognes.

— Dites-moi, Noël, vous envisagez d'y retourner?

— Oh oui!

Le cri du cœur. En voilà enfin un qui résiste au chant des cigales. France terre d'exil.

Sa vocation? Un tonton dans la gendarmerie. Une affaire de famille, donc, comme pour beaucoup. Il paraît sérieux, honnête. Il sent bon le bois blanc. Ce que l'on appelle un bon élément. Du coup, j'ai un peu honte de ma propre dérive. Il me demande comment est la brigade.

— Pas trop mal.

Je fais un topo rapide. Il remarque :

— On devrait prendre nos repas en commun.

— Je le pensais, au début. Il n'en est pas question, les gens ont besoin de se retrouver un peu seuls.

— Dommage.

— Vous êtes jeune. Vous verrez, en prenant de la bouteille.

— Pas la peine d'être gendarme pour en arriver là.

Dessert. Tarte industrielle, la pâte ne vaut rien. C'est bien l'avis de Noël. Ah, les tartes aux myrtilles de sa maman...

— Il faudra que vous veniez chez nous, Claire. Je peux vous appeler Claire.

— Bien sûr.

— Vous verrez, c'est fantastique.

Il est gentil. Son regard s'embue. Rien n'est perdu, ma grande. Ton avenir se meuble, une tarte t'attend. L'addition. Je paie. Noël me remercie :

— Je vous en prie, ça m'a fait plaisir. Si je peux vous aider, n'hésitez pas.

Ce qu'il fait beau ! Je ne m'en lasse pas. Chaque année, je retrouve le même émerveillement devant la splendeur des choses. Les bacs de fleurs, sur ma terrasse, un régal. J'ai des géraniums du tonnerre de Dieu ! Le premier chien que je trouve à lever la patte dessus, je le crucifie.

Une autre bricole en fleurs, c'est Viviane. Elle exhibe une sorte d'éruption sur la lèvre supérieure. Manquait que ça ! Un herpès ? Pire ? Ne va pas la brusquer, il s'agit peut-être d'une banale poussée d'aphtes.

Nos zigotos trouvent ça drôle. Ils la charrient à tire-larigot. Pas moi. D'autant qu'elle n'arrête pas de se tripoter, machinalement, bonjour l'hygiène. Je me décide :

— Tu as consulté un docteur ?

— Pour ma lèvre ? Ne vous inquiétez pas. Ça m'arrive dès que je suis contrariée.

— Quelque chose ne va pas ?

— Rien de grave, des pépins avec mon fiancé.

— Ça dure combien de temps, d'habitude ?

— Ça dépend, il a une tête de cochon.

— Mais non, tes machins !

— Huit jours, dans ces eaux.

Espérons. Elle t'empoigne par le bras :

— Dites, qu'est-ce que vous êtes allée vous imaginer ?

— Rien du tout. C'est à cause de la clientèle, tu comprends.

— Je les débecte ?

— Tu me fatigues. Regarde-toi, tu es fagotée comme l'as de pique. Va t'arranger au lieu de me chercher des crosses.

Je m'attendais à des retombées, suite à l'affaire Ghislaine, à du racket... Puis rien, les traditions se perdent. Tant mieux. Pour autant, je n'oublie pas cette fille. Si je tenais le salopard... Oui, et je reste dans le vide, avec mon fils chéri.

Le repas tire à sa fin. Je ne me suis pas cassé le bol, pour une fois. Des raviolis, attention, des frais, avec une bonne couche de comté gratinée. Ils en raffolent. C'est fou leur capacité de s'empiffrer. A présent, ils se prélassent. Les ceintures sautent d'un cran. Des gamins... Ils vieilliront, ils ne grandiront pafs. Les voilà à moitié pafs, le barouf commence. Ils tapent sur les tables à coups de poing, ils scandent :

— Ri-ton ! A poil !

Je laisse pisser. On va voir jusqu'où ils comptent aller. Vite vu. Riton monte sur la table, un petit raplot, bonasse, rigolo. Un pitre. Il déboutonne sa braguette. Les autres entonnent « Trabadja la moukère », une vieille mélopée du terroir. Riton se trémousse en cadence, son futal glisse, le voici en slip. Mes tarés se fendent la margoulette.

Zé empoigne un balai. Avec le manche, il essaie de faire glisser le sous-vêtement. C'est scabreux à souhait, Agnès en est estomaquée. Pourvu qu'elle n'en avale pas son dentier ! Tes primates sortent à peine des cavernes. Ils descendent de l'arbre, tu veux dire. En même temps, les chéris guettent la maîtresse du coin de l'œil. Allez-y, les fripounets, faites les malins. Je me marre.

Le voile tombe, bravo ! On applaudit bien fort. Riton se trémousse encore, mains derrière la nuque. Dis donc, c'est un pro ! Sa petite merguez suit le mouvement. L'axe de l'univers, imagine. Oui, et si on en cause dans Landernau, je risque des ennuis.

Mais non, c'est amical, viril, gaulois et tout, aucun danger. Enfin, viril, ne dramatisons pas. La saucisse réintègre son emballage, le danseur son pantalon. Mes lascars se calment. J'offre la tournée, comme de bien entendu. Du coup, mon fils m'est sorti de la tête. Arrête de te faire du souci. Comment donc ! N'hésite pas à me demander l'impossible, je t'en prie.

Et si Claire se renseignait, au sujet du gosse ? J'aime autant pas, j'ai honte, je n'y peux rien. Honte de n'avoir pas su me faire aimer. Tant que je n'aurai pas de nouvelles, c'est bon signe. Ils dégagent, contents d'eux.

— A demain, Zouzou.

— A demain, mes tout beaux.

Demain, puis demain, puis demain... Je me retrouve coincée, et bien contente. Me lancer dans autre chose ? Je n'en ai plus l'âge ni l'envie surtout. Et mon petit me manque. Je donnerais n'importe quoi pour le serrer dans mes bras. Les gosses, faudrait les noyer à trois ans, ça simplifierait l'existence.

Mes filles avalent toujours un morceau avant de commencer. Après, entre les odeurs de graille et les mégots écrasés dans la sauce, ça passe, mais guère. Agnès se dessale. L'exhibition de tout à l'heure l'a émoustillée.

— Dites, madame Zouzou, quand même !

— Il s'agit d'une danse typique, Agnès.

— Ah bon... Alors !

Elle s'incline devant le folklore. J'imagine la tête de mon gosse devant ce spectacle. Allons donc, il a dû en avoir sa bonne part, chez ses peigne-culs en uniforme. Si seulement il se tournait vers moi, en cas de besoin. Lui ? Faut pas rêver. L'angoisse remonte, ce vide familier au creux de l'estomac. Brouter du Valium, pas question. Il me faut gagner des sous et encore des sous. Si jamais le ciel dégringole...

Tchao, les filles, merci d'être venues.

Retour au bercail. Je m'occupe. Je lance mon grand nettoyage, c'est la fête aux araignées. Je me déchaîne, lave, frotte, déplace les meubles. Le grand jeu. Une tornade savonneuse déferle. J'en mets un sacré coup. Le ménage est à la femme ce que le désert est au chameau.

Claire me surprend en plein chambardement. Elle ne dit ni quoi ni qu'est-ce, elle ne quitte même pas sa tenue. Elle m'aide.

Deux heures plus loin, nous y voyons plus clair. C'est fou, une maison, cette masse de riens inutiles. Où commence le nécessaire ? Tout dépend, andouille. Ça me revient :

— Claire, je viens de lire dans le canard, la police a dû intervenir chez une vieille, les voisins se plaignaient de l'odeur. C'est tout juste si les flics ont pu entrer. Il y avait tellement de sacs-poubelle entassés de bric et de broc, tu pouvais à peine circuler. C'est fou, non ?

— Une sorte de tentation, Zouzou, j'imagine.

— Ne va pas me dire que tu comprends.

— Mais si ! Tout à fait ! On t'apprend quoi, à l'école ? Le monde t'abandonne, tout est vide, alors tu combles avec ce qui te tombe sous la main.

Pas bête. Elle file se doucher. Ensuite, cérémonie de l'apéro. Elle n'a pas l'air au mieux, ta gendarmette.

— Ça va pas ?

— Oui et non. Le travail... J'ai parfois l'impression que pour ce qu'on trafique, Ran-Tan-Plan suffirait. Tu sais, le chien idiot des Dalton.

Elle me raconte le coup de la mémé aux deux parkings. Je compatis :

— Dis-moi, et ton supermarché, l'agression ?

— Pas de nouvelles.

Elle ne souhaite pas en parler, on dirait.

— Dis-moi, Claire, quelque chose te tracasse, je vois bien. Tu es amoureuse.

Elle rit :

— Eh bien oui, j'avoue. Je le suis.

— Félicitations ! On peut avoir des détails ?

Justement pas. Elle n'a fait qu'entr'apercevoir son briseur de cœurs. Elle ne sait rien de lui.

— Il s'agit juste d'une image, Zouzou.

— Enfin quoi, tu lui as parlé !

— Si peu... Il m'a aidée, j'étais en panne.

— Quel genre ? Lui, pas la panne.

— Un jeune, pas commode à première vue. Il m'a paru différent.

Ils le sont tous.

— Tu en as de la chance. Tu ne sais vraiment pas où le joindre, ton feu follet ?

Visiblement, elle ne souhaite pas s'étendre. A sa guise. Je suis ra-vie ! Elle a le temps de le retrouver, qu'elle ne se presse pas. Vivent les longues fiançailles. L'acide de la vie, pas grave, ça vous décape. Le pire, ce sont les cendres du temps, tu sais, cette poussière de l'ennui. Nous n'en sommes pas là. Son boulot la préoccupe. En ce moment, elle déchante :

— Je suis déçue, Zouzou, je m'attendais à mieux. J'ai l'impression parfois de faire surtout de la présence. Pas plus d'action que de beurre aux fesses !

— C'est ça, le cinéma, ma pauvre. Il y a des longueurs, forcément.

Au diable ! Je nous prépare un gentil repas, foie gras, filet au poivre. Nous nous devons bien ça. Claire proteste :

— Les calories, Zouzou !

— Tu sais, les hommes et la mode, rien à voir. Ils nous préfèrent enveloppées, si tu veux savoir.

— Je tiens quand même à rentrer dans mon uniforme.

— Arrête, tu es mignonne comme tout.

Je lui parle de Vivi et de ses boutons. Elle compatit.

— La pauvre ! Serveuse, ça ne me déplairait pas.

— Tu es folle ! Tu vaux mieux que ça.

— Tu ne comprends rien. J'adore tout ce qui est contact.

— Alors là, tu serais servie, même un peu trop. Fais-moi confiance.

— Tant mieux, Ce qui ne va pas, chez nous, c'est que l'uniforme fait barrage.

— Quitte-le.

— Pourquoi pas ? Tu vois, Zouzou, il faudrait pouvoir changer de travail comme ça, hop. A la fin, tu trouverais le bon. Et tant mieux si c'est camionneuse ou balayeuse.

— Tu rêves, mon ange. La société est bloquée. On ne change pas de case comme de liquette.

— Ta société, qu'elle crève. Ce qui compte, c'est l'image que tu as de toi-même, d'accord ? Peu importe ce que tu trafiques.

Ses yeux brillent. Elle y croit. Il lui faut donner le meilleur. Remarque, moi aussi, il m'est arrivé d'être jeune, fut un temps. Oui, et à présent, je me retrouve cuite et archicuite, comme une vieille daube. Quelle drôle de vie, la vie.

J'ai roupillé comme une bûche, Polka contre moi. Je suis même pas été chercher du pain, j'avais pas faim. Pas sommeil. J'ai regardé la lune. C'est plein de vie, la nuit. Le renard est passé, pas loin. J'ai entendu la hulotte, celle du noyer. Des grenouilles se répondaient.

Au matin, j'ai pas bronché. Toute l'histoire m'est retombée dessus. J'ai songé à cette demoiselle, à son petit. Je savais pas trop quand il devait venir. J'attendais.

Tout l'été, je m'étais fait du mouron, à l'alpage. En rentrant, j'ai retrouvé le Vieux mauvais comme jamais. Elle, elle devenait beaucoup ronde. Son bébé allait naître sur la paille, comme le Jésus. En fait d'âne, je faisais l'affaire. Un âne et un ours, il aurait la jolie crèche, pauvre innocent.

Je ne portais plus le manger à la demoiselle. Dès que je m'approchais, le Vieux me faisait valser. Je naviguais au large. Bientôt, ce sera fini, je me disais. On pourra revenir sur terre, tous ; c'est pas possible autrement.

Un soir, elle a commencé le travail. Elle gémissait, puis. Elle s'arrêtait, elle reprenait. Ça a duré... A un moment, elle a jeté le vrai cri de bête. Le Vieux était en train de se bourrer la gueule, posté devant la cuisine. Il buvait au goulot, la gnôle lui dégoulinait sur le menton.

Je me tenais à carreau. Pourtant, il m'a vu, il m'a jeté

des cailloux. Je me suis reculé. Il est allé prendre le fusil. Alors, je me suis planqué. La demoiselle, je l'entendais plus. La nuit était bien entamée. Je surveillais l'autre calu. Il montait la garde devant l'écurie, dans l'ombre.

C'était long. Des fois, le Vieux déambulait dans la cour. Et j'attendais. A un moment, la demoiselle a crié encore, fort, le long cri. Puis plus rien.

J'en pouvais plus de vergogne et de rage. J'ai dû m'endormir. Le matin est revenu. J'ai vu la porte de l'écurie à peine ouverte. D'un coup les féroces se sont disputés, ils grognaient comme des enragés. Puis le Vieux est sorti, il a remis la barre, il est retourné dans la cuisine. J'ai compris. Je me suis senti mal. Le petit, mon Dieu, il a osé ! Il venait de leur jeter le petit !

Je me suis balancé contre terre. Je devenais fou, je grattais le sol, j'aurais voulu m'enfouir tellement j'avais la honte. J'ai plus eu ma conscience. Quand je me suis repris, le soleil était plus bien haut. Et la demoiselle, il l'a tuée aussi ?

Je me suis approché, arrive ce qui arrive. Le Vieux ronflait, allongé dans la poussière. Il était ressorti pisser, ça se voyait. Il avait pas lâché le fusil. J'ai ramassé un pavasson pour lui exploser le crâne. Un bruit m'a arrêté. La demoiselle... Elle chantait, tout bas, dans cette langue étrangère. On aurait dit un chant de Noël. J'ai laissé retomber la pierre.

Je suis été chercher les chiffons propres préparés pour le petit, l'eau, du savon. J'ai tout passé par la chatière. Je suis pas resté. Je me sentais mort en dedans. Et voilà... Je me retrouve, sous ma branche, allongé contre terre. Je suis là. Je pleure.

Ce temps, une splendeur, je n'en reviens pas. J'ai l'impression d'un cadeau. J'en ai besoin, je me sens plus légère. C'est fou ce qu'un rien de ciel bleu peut influer sur l'humeur.

Fallait s'y attendre. Dans la brigade, on murmure que je suis la chouchou de Chef. Personne ne me l'a balancé dans les gencives, pas encore. Ça ne me gêne pas. Le grand homme continue à faire équipe avec moi. Son épouse ne rue pas dans les brancards. Le reste, peu me chaut.

Nos rapports restent courtois. Jamais un geste déplacé de sa part. Pourtant, je lui plais, je m'en rends compte. Il préférerait avaler son képi que de risquer un faux pas. Qui sait, il honore peut-être sa moitié en pensant à mes charmes... Arrête, créature dévergondée !

Ce matin, nous fonçons vers le col du Défend dans ma voiture, une fois de mieux. Des touristes viennent de s'y faire dépouiller, sur un des parkings du site. Je conduis. Chef bavasse. Rien d'administratif. Il se confie, parle de tout et de rien, de sa peur de la mort, par exemple. Du diable si je m'y attendais. Il lui vient des crises d'angoisse, violentes.

— C'est terrible, Claire. Une sorte de vide, vous ne pouvez vous raccrocher à rien.

— Ça vous prend à quel moment ?

— Jamais en service, heureusement. Plutôt le soir, quand ma femme dort. Je n'ose pas lui en parler, je ne veux pas l'inquiéter.

Il hésite :

— Je vous le dis à vous parce que...

Achtung minen :

— Parce que vous ne me connaissez pas.

— Elles durent longtemps, vos crises ?

— Non. Je me lève, je me plonge dans du travail, ça passe. Bien sûr, vous ne pouvez pas savoir.

— Ne croyez pas ça, la déprime, je connais. J'ai traversé quelques sales moments. Moins depuis que je suis à la brigade, il me semble.

— Vous voyez, la gendarmerie sert à quelque chose.

Nous dépassons Talasse, nous grimpons. Nous longeons la forêt domaniale du Défend. Virages sans visibilité. Une longue droite. Un peu plus loin se trouve un terre-plein d'où l'on peut apercevoir l'ensemble de la Vallée. J'aperçois une tache rouge, et une silhouette, debout. Mon cœur dérape.

Je ralentis, une fois sur la cible. C'est lui. Il nous tourne le dos, face au paysage. Je stoppe, ouvre le coffre, prends le casque, le dépose sur la selle de la moto. Nous repartons. Mon archange n'a pas bronché. Interloqué, Papounet :

— C'est quoi cette mascarade, Claire ?

— Un casque, Chef.

— J'ai vu. Vous aviez rendez-vous ?

— Pas du tout.

— Vous le connaissez ?

— Mais non. L'autre jour, il a oublié son casque, alors je le lui rends.

— Enfin, quoi, vous n'avez rien dit, il ne vous a pas remerciée !

— Il doit être distrait.

— Vous vous foutez de moi !

— N'allez pas croire ! Je n'aime pas déranger, voilà. Je n'étais pas tenue de faire la conversation.

Il m'amuse, Papinou. Il se demande ce que ça cache. Il ne va pas nous piquer une scène de jalousie ? A sa guise... Je repense à l'agression du supermarché. Le doute me taraude. Et si c'était lui ? Mais non, il a de l'argent, Zouzou te l'a dit. Reste le besoin de tout risquer. Ça doit lui manquer. Puis l'argent file tellement vite. Pense à autre chose. Chef boude, replié dans sa dignité.

Nous poursuivons, de sacrés lacets. Heureusement, ta route est peu fréquentée. A gauche, ils viennent de tracer une piste forestière à coups de bull. Des coulées d'éboulis zèbrent les pentes. Un peu partout, des arbres déracinés, comme un mikado géant éparpillé. Dès qu'il pleut, la pierraille dégringole, attention à la chaussée. Je demande :

— C'est quoi, ce massacre ?

— Une idée du Conseil général. Ils viennent d'aménager une piste de ski de fond pour attirer les touristes.

— Ça n'arrange pas le décor. Et les résultats ?

— Nullissimes. Nous n'avons pas suffisamment de neige. Surtout, il faudrait aménager des stations. Il n'y a rien.

— Du gâchis, si je comprends bien.

Chef ricane :

— Pas tout à fait, vous oubliez les travaux. Certains se sont sucrés au passage, comme de juste.

Encore les traditions. Se sucre qui peut, je m'en bats. Un ravin, à droite, l'aboutissement ultime de la Vallée. Nous débouchons sur une esplanade. Le col.

La vache, ils n'ont pas raté le site. Admire. Des parkings, délimités par des troncs mal équarris. Un semis de tables et de bancs rustiques, comme autant de pustules. Dans le genre camping au Goulag, c'est torché. L'endroit se trouve défiguré une bonne fois.

Touristes, on vous gâte.

Et voilà nos victimes, un couple, près d'une Béhème noire. Plaques allemandes. Nous nous garons. Chef remarque :

— Bel engin. Je croyais que c'était lui qu'on avait piqué. Ils peuvent s'estimer heureux.

Pas le terme adéquat, je dirais. Ils sont furax au dernier degré. L'ennui, c'est qu'ils profèrent en chleuh. Chef râle :

— On pourrait nous envoyer des G.A. polyglottes, merde à la fin !

J'essaie l'anglais. Ça marche. Madame s'explique. Ils étaient partis baguenauder sur un des sentiers fléchés, et en revenant... Elle montre le coffre. On l'a forcé. Un pieu en fer traîne à côté. Du travail salopé, l'artisanat se perd. On leur a pris leurs valises avec leurs travellers, la veste en peau de monsieur, le manteau de madame. Combien triste... Chef intervient :

— Demandez-lui s'ils ont vu quelqu'un.

Nada. Ils ont entendu une moto. Le type, pas si jeune, a l'âge d'avoir fait du tourisme blindé, à une autre époque. Maintenant, il revient, le rameau d'olivier entre les dents, et il se fait piller. La paix, gross malheur.

Je prends la déposition, leur souhaite bonne continuation.

Tu as revu ton archange, le reste... Il jouait à quoi ? Il admirait le paysage. Et la Béhème ? Tu plaisantes, on ne colle pas deux grosses valises sur une moto. Je vais finir par croire à la transmission de pensée. Chef embraie :

— Dites-moi, ces touristes, ils ont bien parlé d'une moto ?

— Ils en ont entendu une, oui. Vous avez des soupçons ?

— Je pense à un jeune, il vient de rentrer de l'armée.

— Connais pas.

— Mais si, Claire. Le fils de votre amie Zouzou. Au fait, elle vous en a parlé ?

— C'est exact. Elle se plaint de ne pas le voir.

— Je me demande s'il ne s'agissait pas de lui, tout à l'heure. Comme il avait le dos tourné, pas moyen de savoir.

— Je ne l'ai jamais vu.

Chef claque la langue :

— Ça m'agace.

Nous arrivons à l'embranchement de Talasse. Il me

demande de prendre à droite, direction le bled. Va pour. Je gare en face du bar. Du monde, à la terrasse, de l'indigène, les premiers vacanciers. Des mômes courent en piaillant. Les bonnes femmes remontent leurs jupes pour se bronzer la cuisse. Des guêpes tournent, attirées par le sirop et la cellulite chaude. Waterloo, morne plaine...

Bientôt midi, le pastis coule. Rafraîchissant comme une carte postale, ton décor. Le patron nous aperçoit, pose son plateau, lève les bras. Lou ravi.

— Vé, voilà les plus beaux ! Brigadier, vous tombez bien, je me languissais de vous, parole ! En plus, vous nous amenez cette charmante demoiselle. Je vous offre quoi ?

Chef adore qu'on lui témoigne de la considération. Va pour un pastis. Nous nous installons au bar. L'autre continue son numéro, il joue deux tons au-dessus.

— Alors, brigadier, toujours sur la piste du crime ?

— Toujours. Dites-moi, Féli...

Chef déballe son arsenal de questions, il ne perd pas le nord. Parkings, traînards inconnus, brusques changements de train de vie, tout y passe. Il jette ses filets en vrac. Féli élude, répond dans le vague. Puis il explose :

— Vous me faites de la peine, brigadier !

— Comment ça ?

— Je pensais que vous aviez de l'estime pour moi. Je vous voyais débarquer histoire de bavarder deux minutes gentiment, et qu'est-ce que vous me faites ? Vous me passez à l'essoreuse aussi sec ! Vous me décevez, moi je vous le dis !

— Arrêtez vos bouffonneries, Féli. J'ai du travail.

— Parce que moi, je me les roule ? Excusez-moi, mademoiselle. Je me lève un mafre pas possible, je suis pas fonctionnaire, j'arrête pas.

Quatre vieux qui tapent le carton font une pause pour l'applaudir. Il me cligne de l'œil :

— Je suis pas mal quand je m'y mets, pas vrai ?

— Pas mauvais. Vous auriez dû faire du cinéma.

— Malheur, je fais que ça !

Il se sert un Perrier.

— A la bonne vôtre. Un autre pastaga, brigadier ?

— Merci, non. Alors, rien de neuf.

— Et voilà, ça lui reprend ! Vous m'amusez. De toute façon, pas la peine de vous dire quoi que ce soit, vous suivez toujours votre idée.

— Vous pouvez préciser ?

— Un peu que je peux ! Mettons il se produit un crime, on zigouille une pauvre vieille pour lui piquer ses quatre ronds. Vous faites quoi ? Vous vous cassez pas le bol, vous ramassez le dernier boumian vu dans les parages, et après, après seulement, vous commencez à chercher les preuves. Celles qui vont l'enfoncer, celles qui vous arrangent pardi. N'allez pas me prétendre le contraire, je vous connais.

— C'est tellement grotesque, ça ne mérite pas de réponse.

— Je maintiens. Vos coupables, vous les connaissez d'avance, la liste est prête. Le reste, vous le fabriquez. Je pourrais vous citer dix millions d'exemples.

— Un suffira.

— L'affaire Seznec, ça vous dit quelque chose ?

Mon supérieur a un sursaut :

— Qu'est-ce que vous allez chercher ! Elle remonte au déluge, votre affaire. En plus, c'était du ressort de la police.

— Les flics et vous, c'est kif-kif bourricot.

C'en est trop. Le calme abandonne Chef.

— Là, vous allez trop loin, je ne tolérerai pas. Vous cherchez quoi au juste, monsieur Félix ?

— Rien. Moi, je fais pas faire mon boulot par les autres.

Chef devient pâle, prend un billet, le balance sur le comptoir. Le patron tente de le lui rendre :

— Vous êtes mon invité, reprenez votre pognon. Vous comprenez plus la plaisanterie ?

— Il y a des limites, monsieur !

— C'est ce que je dis toujours. Enfin, brigadier, si on ne peut plus blaguer un peu, alors moun vié !

Les vieux s'esclaffent. Leurs mandibules en claquent de joie.

C'est qu'il se paie notre fiole en beauté, le bougre ! J'apprécie. Chef enrage. L'autre a la part belle, sur son terrain, devant ses groupies. Nous décrochons. Pas content, Chef :

— Toujours pareil, avec ce clown ! Facile de plaisanter. Qu'il se mette deux secondes à ma place, il verra !

Pauvre minou. Pas commode d'être un homme, à toujours vouloir faire pipi plus loin que les petits camarades. Je vais te dire, fille, tu as bien fait de ne pas changer de sexe.

Les affaires reprennent. Oh, je ne me plains pas. Quand même, j'ai senti comme un fléchissement, cet hiver. En ce moment, je refuse du monde. Mes routiers claquent leur oseille volontiers. Que demande le peuple ? Que ça dure.

Avec les filles, du billard. Un drôle de couple, Viviane et Agnès. On dirait un de ces attelages de fortune des vieux manuels de géo, tu sais, le chameau et l'âne. Mais je n'ai pas à m'en plaindre, mes clients non plus.

Claire est passée, juste avant le repas, en chemise bleue. Je l'ai trouvée à croquer. Je ne suis pas la seule, Riton a lancé :

— Excusez-moi, vous semblez Barbarella !

Elle a ri :

— C'est quoi, cette créature ?

— Une femme de l'espace, dans une vieille BD de science-fiction. Vous connaissez pas ?

Ils ont plaisanté, gentiment. Agréable, Riton, il ne manque pas de charme, avec ses bouclettes et son teint animé. Ses collègues le chambrent, pour eux, il fait trop mignon. Rouski a même déclaré :

— Ce gonze, c'est une gonzesse !

Cette fois-là, ils ont manqué s'empoigner. Se faire traiter de pédé reste la suprême injure. Ce doit être fatigant de toujours porter sa virilité en sautoir. Et mon fils vient d'entrer... Enfin ! Je respire un grand coup. Il salue de la tête, s'approche du comptoir. Je demande :

— Tu prends quelque chose ?

— Un citron pressé.

Je m'attends à une demande d'argent. Cela ne me gêne pas, c'est pour lui que je travaille. Pas du tout, il ne veut rien. Il vient de trouver à se loger.

— J'en avais marre de me faire héberger à droite à gauche.

— Et c'est bien ?

— Oui, une vieille ferme, vers Valoize. Le paysan est content, ça lui fait de la compagnie.

— Pas trop isolé comme endroit ?

— Penses-tu. J'ai ma moto.

Miracle, il parle. Il a des projets. Si l'endroit lui convient, il compte même acheter la baraque. Le vieux la lui laisserait pour deux fois rien.

— Surtout, je peux chercher du travail, avec un domicile fixe.

On me l'a changé.

— Alors, tu n'es pas fâché ?

— Tu me fais rire. Pourquoi veux-tu ? Au fait, tu n'aurais pas un peu de vaisselle, des couverts, tout ça ? Je viens de jeter un coup d'œil au Prizu, c'est pas terrible.

— Volontiers. Pour combien de personnes ?

— Trois quatre.

— Je te les prépare. Rien d'autre ?

— Un peu de linge, des serviettes, des torchons.

Il se monte en ménage ? Qu'il prenne. Du moment qu'il s'installe, je suis la plus heureuse. Et voir cette ferme, je pourrais ? Ne commence pas. Tu iras quand on te sifflera.

Viviane a entendu. Elle lance :

— A quand la crémaillère ?

— J'y pense. Laissez-moi le temps de souffler.

Voilà cette grande dinde qui minaude :

— Si vous avez besoin d'un coup de main, n'hésitez pas.

— Merci, je me débrouille.

— Honnêtement, j'espère.

C'est Claire. Qu'est-ce qu'il lui prend ? Elle a une drôle de voix. Ils se font face. Mon fils la fixe. J'interviens :

— Je vous en prie, ne vous chamaillez pas !

Il sourit :

— Mais pas du tout. Mademoiselle et moi adorons jouer au gendarme et au voleur.

Claire se tourne vers moi :

— Monsieur a la manie de circuler sans casque.

C'est quoi ce numéro ? Je n'y suis pas.

— Tu peux m'expliquer, Claire ?

— Oh, une plaisanterie entre nous, rien de méchant.

Mon fils confirme :

— Tout à fait. Bon, je dois y aller. Tu penses à ce que je t'ai demandé, maman ?

— Compte sur moi.

Il file. Je reste en plein schwartz. Claire me cache quelque chose. Mon fils vient de faire des bêtises, elle est au courant. Ne fabule pas. Et j'y peux quoi, clouée à mon comptoir ? Rien, à part payer les pots cassés, si ça se trouve.

Elle me salue de la main :

— Peut-être à ce soir, Zouzou.

En entrée, j'ai préparé des vol-au-vent. Et puis l'aïoli. C'est lourd, mais de tradition. Si je ne leur en sers pas un de temps en temps, ils me le réclament. Avec du rosé, bien sûr. Toujours émoustillé, Riton. Il prend son monde à témoin :

— Cette gendarmette, je me laisserais bien coffrer avec !

Zé le rembarre :

— Elle attend pas après un galavar comme toi, bouffon !

— Doucement. C'est jamais qu'une femme comme les autres.

— A part que tu oublies un détail.

— Lequel ?

— Son calibre. A côté, le tien ne fait pas le poids.

Et de rire. Ce calibre, comme ils disent, les fascine. Zé n'a pas tort. Ce sexe en métal donne une dimension de martienne guerrière à ma gentille camarade. Mes braves en bavent.

J'ai eu du mal à faire lever la mayonnaise. Pourtant, je ne suis pas indisposée. Il a fallu qu'Agnès s'y mette, c'est monté d'un coup. Elle n'en était pas peu fière, la brave femme. Savoir ce qui lui ferait plaisir... Déjà, le fait d'être là, de voir du monde et de gagner quatre sous, c'est tellement inespéré. Arrête de jouer les mères Noël.

— Viviane, débouche-moi encore quelques bouteilles, tu veux bien ?

— De suite.

Après un aïoli pareil, ils devraient être gavés. Je passe tout de même le plateau de fromages, je les connais. Pour le dessert, de belles cerises, des bigarreaux. Quelques farceurs crachent les noyaux à distance. Qu'ils crachent. Où nous en sommes ? Max me réclame encore des cerises :

— Elles sont fameuses, je me régale.

— Pas possible, tu as un élevage de vers solitaires ?

— Tu ne vas pas me plaindre quatre malheureuses cerises ! J'en ai un plein camion.

— Et tu attends quoi, pour m'en porter une cagette ?

— J'y ai pas pensé.

Zé le met en boîte :

— Ça m'étonne pas. Tu as jamais vu plus loin que le bout de ta biroute.

— Parce que tu fais des cadeaux, toi, peut-être ?

Mes fifres ont forcé sur le rosé. On commence par quatre mots, on termine par la belle empoignade. Zé se retrouve le nez en sang ; Agnès s'affaire, pose une serviette trempée sur son front, lui fait tenir la tête en arrière. Rouski constate :

— Vous êtes rien que des minots, pas foutus de causer tranquillement.

— Toi, l'ancêtre, tu nous les brises !

C'est Riton, cette fois. Rouski le toise :

— Ils sont dessalés, cette année, les chiards. Viens sur le parking, amène-toi, on va s'expliquer.

J'en ai assez :

— Allez-y, arrangez-vous à coups de camion et tâchez de ne pas vous rater. Je me décarcasse, je ne sais plus quoi inventer pour vous faire plaisir, et vous...

D'un coup, je craque. Je pleure, je ne me cache pas. Silence. Riton me serre contre lui, maladroitement :

— Madame Zouzou, arrêtez ! Vous êtes la plus brave. Je vous en prie, arrêtez !

Les autres l'engueulent. Viviane me tend un verre de rhum. J'avale de travers, je tousse, ça les fait rire. Je me reprends :

— Ce n'est rien. Retournez à vos places, bandits, je sers le café.

Ils m'applaudissent. Ça va mieux. Plus je leur donne, plus je m'attache. C'est ça le bonheur. Ils m'aiment, je les adore. Si je disparaissais, je leur manquerais.

Un mois, disons, maxi. Ne te fais pas d'illusions, ta chère clientèle serait vite consolée. Ils auraient tôt fait de prendre leurs habitudes dans n'importe quel snack pourri, pour peu que la serveuse ait de belles miches. Ils digèrent. Pourvu qu'ils ne se plantent pas ! Rouski s'offre une petite sieste, il m'invite à venir la partager. Je l'envoie bouler. Il me faut préparer les affaires de mon garçon. Attends, c'est quoi, l'endroit où il va ? Zut, ça m'est sorti de la tête.

— Zouzou, l'addition !

C'est Zé.

— Déplace-toi, mon beau.

Il me rejoint au comptoir. Il a l'air gêné :

— Tu peux me marquer ?

— Tu as fait la bamboula ou quoi ?

— Juste un poker avec les copains.

Jean-Paul s'intéresse :

— Où donc ?

— Un petit bar, aux Accoules. Tu dois pas connaître.

— Si je connais pas ! Malheureux, ton bar est célèbre jusqu'à Pétaouchnok ! Où tu as été t'embringuer ? Tu vas te faire plumer bien bien.

— Doucement ! Je sais jouer.

— Je te dis pas le contraire, mais eux ils savent pas perdre, pardi, c'est leur métier. Tu ferais bien de dégager fissa.

— Je suis pas fou, je sais reconnaître une partie correcte.

— Pauvre jobastre ! Tu leur dois combien ?

— Encore assez. Ils m'ont dit de repasser, que j'allais me refaire.

— Tu parles ! Ils vont te manger ton camion. Tu vas te retrouver en calbard, et tu leur devras encore du pognon. Paie-les, dégage, ou tu es marron.

— Tu n'exagères pas un peu ?

— Rien du tout. Ça se voit que tu n'es pas d'ici, pauvre innocent. Tu ne serais pas le premier à faire le plongeon du haut du cap Canaille.

— Connais pas. Où ça perche ?

— Juste au-dessus de Cassis, la plus haute falaise d'Europe, tu peux pas la rater. Eux non plus ils ne te rateraient pas. Dis-moi, tu as une fiancée ?

— Ça m'arrive.

— Espérons que le noir lui va bien. Vous en pensez quoi, Zouzou ?

— Pareil. Écoute, Zé, je te fais crédit, mais dégage-toi de cette histoire.

Jean-Paul a raison, ça peut devenir grave.

Pas morte, la Méditerranée, il reste encore quelques requins. Je ne voudrais pas que ce gentil garçon se fasse avaler tout cru. Oui, et je suis vannée. Soyez gentils, les petits, filez. Maman n'en peut plus.

Il pleut, un temps pourri. C'est rare, d'ordinaire les étés sont beaux. Avant, des étés dans ces eaux, les mémés accusaient la bombe atomique. Bombe ou pas, à moi la pluie me dérange pas, je suis pas un touriste.

Je fais campo, je bouge plus le petit doigt. Pourquoi je me bilerais et pas le patron ? En galère.

Cette histoire de bracelet me travaille. Alors je retourne au cimetière. J'explore. Dans l'angle nord, un moulon de ronces se fane, entre deux tombes. Ça tire l'œil. Pas de raison. Je regarde mieux. En dessous, la terre a été remuée.

Je dégage les ronces, elles forment bouchon. Je creuse. Je ramène un sac en plastique, marron, ils s'en servent pour les ordures. Dedans, des billets, plein. Des neufs, retenus par ce genre de bracelet. Jamais j'ai vu autant de zéros. Je reste bête. J'en fais quoi de ce pognonasse ? J'en fais qu'il est trop tard, j'en ai plus l'usage. Je remets le fourbi en place. Qui a bien pu le planquer ? Ce jeune à moto, qui d'autre ? Il virait par ici comme un bourdon, d'un temps.

J'aurais pu en donner au Féli, il est brave avec moi, non ? Pour qu'il mette son grain de sel, pose des questions ? Ça va pas ? Je sais rien, j'ai rien vu.

Dans le temps, les gens planquaient des pièces d'or dans des toupins, ça ressemblait à quelque chose. Du papier dans un sac-poubelle, drôle de trésor! Ce jeune, je l'ai plus vu. Peut-être ils se le sont chopé.

Les créatures ont regagné le parc, une lubie du Vieux. Avec la pluie, on dirait un bloc de bouillasse. Avant, ça m'aurait rendu malade. Plus maintenant.

Je monte m'abriter sous mon fayard. A force, la terre est dure, à l'endroit où je me tiens. Je prends un vieux bout de bâche allemande, je le coince dans les branches, ça me fait la cagna. J'entends le bruit des gouttes sur le tissu. Un limbert passe me voir, un gros lézard vert. Je bouge pas. Il me surveille, la tête de côté. Il a pas peur. Les bêtes, si on s'acharnait pas contre elles, s'habitueraient à nous. L'homme, c'est pas la bonne combine sur cette terre, pourquoi il dégueulasse tout, il arrête pas. Même ici, pourtant on reste à l'écart. Le village devient caffi de voitures, il leur en faut tous une. Des fois, on s'entend plus, ça pue, puis. Ailleurs, j'ose même pas imaginer. L'enfer, ça doit être.

Après ce bébé, celui que j'ai jamais pu voir, j'ai traversé la sale période. Le lendemain, le Vieux m'a eu par surprise, en traître. Il m'a cassé la patte d'un coup de barre d'attelage, recta. Il m'a laissé sur le carreau. J'ai encapé la mauvaise fièvre. La crève. Le docteur s'est pas dérangé, l'autre fondu l'a pas appelé. Je pouvais me casser la pipe à l'aise.

J'ai attendu que ça passe. J'avais le vomi, plus de forces, plus le goût à rien. Je suis resté sans rien dans le coco une semaine, maï. J'avais la grosse soif. Je m'étais posé dans un coin de la grange, sur des vieux sacs de patates. Je tremblais, je brûlais, mes dents grinçaient. Au Vieux, ça lui bottait pas de voir que je bossais plus. Le matin, il s'amenait, il me virait des coups de grolles hardi petit, la vieille carne. Il pouvait me sécher sur place, je bronchais pas. Après, il me laissait. Quand il y pensait, il me jetait un quignon de pain. J'y touchais pas. Il venait des souris le manger. C'est mignon, ces bestioles, c'est vif.

Je naviguais en plein brouillard. Je flottais... Quelque chose m'a retenu, l'idée de la demoiselle. Même elle, je l'avais oubliée. Sans elle, je me laissais couler.

Je me suis accroché. J'ai repris les quignons, ce que les souris avaient laissé. Du nanan. C'était salé, elles avaient pissé dessus, nature. J'ai avalé.

Peu que peu, les forces sont revenues. Je suis pas une petite nature, je peux pas me le permettre. Je regrettais, en un sens, j'étais passé pas loin de l'autre bord. J'avais eu l'impression de m'enfoncer comme dans un ventre. De me retrouver comme avant de naître. Dommage.

La vie a repris. On aurait dû crever mille fois, le Vieux et moi. Sauf qu'un jour il s'est amené un genre de petite sœur. C'était l'automne, on pataugeait dans la gadoue. Elle portait une robe en grosse toile, un peu bleue, peu grise, avec le foulard noué autour de la tête et une ceinture en cuir. On voyait ses pieds rougis à travers ses sandales. Elle avait l'air beaucoup brave. Elle devait venir de l'hospice des vieux. Elle a dit comme ça :

— On s'inquiète de vous, au village. Votre berger descend plus.

Elle s'adressait au Vieux. Pour une fois il se trouvait là. Il tenait son fusil. Cause toujours, il a rien répondu. Il faisait sa lippe de première.

La sœur portait deux grosses biasses en bandoulière. Elle les a vidées sur la margelle du puits, pourquoi l'autre emmanché la faisait pas rentrer. Bombance : il y avait de tout, du pain, du sucre de l'huile, des galettes. De tout ! Le Vieux bronchait pas. Il se contentait de la regarder. Elle a sorti aussi de la confiture, du chocolat, du savon. Mieux que pour l'alpage. On est de drôles de moutons, je me suis pensé. Ça leur fera guère de profit, aux sœurs. Elle a dit :

— Je reviens la semaine prochaine. Vous laissez une liste s'il vous faut autre chose.

Le Vieux a pas pipé. Il a pas dit merci. Il l'a pas tuée

non plus ; c'est déjà pas mal. Elle est repassée, semaine après semaine. Elle a jamais trouvé de liste. Elle venait, elle vidait ses biasses, elle repartait. Elle calculait ce qu'il nous fallait d'une fois sur l'autre. Elle a pas essayé de faire le ménage. Le Vieux se tenait là, il lâchait pas son flingue.

Je me disais : « Si jamais la demoiselle appelle, il se passe quoi ? » Elle a pas appelé. On a pas eu de coup de Trafalgar, rien. Cette petite sœur bleue a continué à nous tenir la tête hors de l'eau, sans rien demander. Il était écrit qu'on devait durer.

Il m'est venu l'idée, une idée folle. La demoiselle, tu la demandes en mariage... Comment tu comptes procéder ? Tu lui fais un dessin ? Tu as pas de gants blancs, mais tu te fais la pochette avec le tire-jus, tu vas voir son papa ? Même dans l'état où elle est tombée, je suis pas digne d'elle. Je sais pas d'où elle m'est sortie, cette imagination. Il n'y avait pas de solution.

L'hiver est revenu. Faisait salement frisquet. Toujours la même journée, un peu maï courte. J'ai glissé des couvertures à la demoiselle, en catimini. Les choses ont continué.

Des fois, la sœur enveloppait les denrées dans de vieux journaux. Mettons, la bouteille d'huile, pour pas qu'elle tache la biasse. Je me les mettais de côté, je les lisais. Je rechignais à descendre au village, depuis qu'elle venait. Ils me fatiguaient, tous.

Une année a passé, puis une autre. Puis d'autres. Leur guerre en Indo s'est terminée, on s'est pris la ratatouille. Ça a redémarré aussi sec en Algérie. Ça leur plaisait, faut croire. Ils la faisaient plus à domicile, ça laisse moins de saletés. Leur général en a profité pour revenir, double-mètre. Faut pas désespérer, plus ça change plus c'est pareil. Je savais, à cause des journaux.

Le Vieux se trouvait sûrement pas au courant. Il menait sa guerre à lui de son côté. Elle prenait pas le chemin de s'arrêter. Il se maintenait, toujours droit. Pour nous, le temps restait bloqué. On vivait dans une bulle en dehors du reste.

La sœur prévoyait. Elle m'a monté de vieux souliers de fatigue, juste comme les miens allaient rendre l'âme. Elle m'a laissé une vieille canadienne. Au Vieux, elle lui a rien filé. Il aurait refusé, elle devait le sentir.

J'ai eu envie de lui dire, à ce tordu, pour son général. Peut-être ça lui aurait fait plaisir. Tu es pas bien? Qu'il crève.

Moi, pareil. Je me maintenais. Je distinguais pas d'issue. Toutes ces années défilaient pour du beurre, sans rien changer, sans rien laisser, sauf le goût du malheur. J'aurais mieux fait de disparaître quand j'en avais l'occasion. Je croyais que de l'horreur, j'avais tout vu. C'était même pas le début.

J'avais rechopé la crève, un peu le temps, un peu le reste. Je tenais pas sur mes quilles, il me prenait le vertige à peine je me levais. Le Vieux est reparti de se soûler comme une bête brute. Un soir, j'ai entendu crier. La demoiselle! Elle hurlait comme une folle, elle disait non, qu'elle voulait pas. J'ai pas réalisé sur le coup. Puis j'ai compris. Le Vieux la forçait.

J'ai voulu y aller, le tuer. Je me suis dressé, j'ai eu l'étourdissement, je suis parti dans le blanc. Quand je me suis retrouvé, c'était le matin, c'était calme. Les merles s'engueulaient dans le mûrier.

Saloperie... Cette fois, j'ai fait entention. Je me suis relevé en m'appuyant au mur. Je suis été me rendre compte cramponné à un bâton. La porte de l'écurie, on l'avait ouverte. Je voyais encore la chaîne et le cadenas en place, mais la barre était pas replacée. J'avais pas rêvé.

Même si j'aurais pu parler, je lui aurais dit quoi, à la demoiselle? Rien. Je me suis traîné jusqu'à la cuisine. Le Vieux dormait. J'entendais son souffle. J'ai eu la grosse bouffée de haine, envie de le massacrer, envie très fort. J'avais la gorge sèche. L'énergie m'a fait défaut. Les bras me sont tombés, puis. En plus, maintenant, il y a cette honte.

Jamais la demoiselle pourra s'échapper d'ici, c'est réglé. Ce Vieux, il aurait fallu le castrer. Seulement il m'aurait renversé en me soufflant dessus. Le fusil se trouvait coincé sous lui.

Un paquet de sucre se trouvait sur la table, j'ai mis des grains plein mes poches. J'ai empoigné le litron de gnôle, j'ai bu au goulot. Ça m'a secoué. J'ai ramassé des fromages. Je devais me requinquer.

Commence par dégager de devant. Je me suis faufilé derrière un tonneau, dans la grange. Je passe pourquoi je suis sec comme un coup de trique. Lui c'est pas le même gabarit, jamais il pourra me choper. Je voulais plus risquer de laisser ma peau pour rien. Il sait que je sais. Je fais quoi ? Non, d'abord, je veux quoi ?

Que la demoiselle s'en sorte. Tu crois qu'elle en a envie ? A elle de décider. Si elle tient encore après ça, c'est qu'elle veut.

On est retombés dans la vie comme avant, sauf que je me gardais ce besoin de pourfendre le Vieux. Réfléchis. Mettons tu le zigouilles. Suppose que les gendarmes débarquent, pour une autre médaille ou une connerie de cet acabit, je sais pas, moi... Je serais pas flambard. Je leur ferais signe qu'il est aux fraises ? Une fois, ça passe. Ils reviendraient, puis, ils ont rien d'autre à branler. Ils chercheraient, fatalement. Ils tomberaient sur la demoiselle. Voilà. Je peux pas le tuer. Je reste condamné à durer avec, pire que si nous étions mariés.

J'ai tourné, retourné dans tous les sens. Le mur. Doucement, il y a la limite, cette fois, plus question qu'il la touche. S'il pose la main dessus, il y passe, arrive ce qui arrive.

Les forces revenaient. C'est quelque chose, un homme, faut le diable et son train pour en venir à bout. La vie fonctionne comme un robinet, tu ouvres ou tu fermes, basta. Je suis reparti pour un tour. C'était pas la joie, j'en demandais pas tant. Je voulais juste pouvoir tenir une trique, avec la force de m'en servir. Une tête, c'est rien qu'une coquille.

Derrière l'étable, il y a le charnier, pour les carcasses des bestioles crevées. On les jette, elles ont pas le temps de pourrir. Les corneilles et le renard s'en occupent. Il reste vite que les os.

Je suis été m'entraîner, avec un vieux manche de pioche. J'ai aligné trois crânes de moutons sur un muret. Ils ont éclaté comme des noix.

La demoiselle, plus jamais je l'ai entendue crier. Le Vieux avait replacé la barre. J'avais pas rêvé. Ça passait pas, comment c'est possible, des saletés pareilles ? Oh, je savais. Il s'est vengé contre elle. Comme cette rage qu'ils ont eue, à leur Libération, de tondre les filles qu'ils n'avaient pas su protéger. Mais la demoiselle, pauvre, elle était pas libérée. Elle en était loin.

Le pire de tout, c'est d'attendre sans rien pouvoir tenter. Je savais même pas ce que j'attendais. D'un bord comme de l'autre, je sentais venir la catastrophe. Je me disais, le temps va finir par passer. A force d'entreprendre des guerres nouvelles, leur vieille guerre pourrie, ils finiront par plus y penser. Ça restait mon seul espoir. Du temps, il m'est venu l'éruption, des espèces de cloques, comme des rustines, sur tout le corps. Elle m'a passé.

Les choses se sont remises en place. C'est ça la vie, c'est l'ornière. J'ai recommencé à porter le manger à la demoiselle. J'ai pu un peu la gâter. Elle aurait dû être malade. Les gens dehors, ils tombent patraques pour un rien. Elle pas. Ça me faisait du bien de m'en occuper, je cherchais pas plus loin.

On n'avait aucun contact. Elle s'approchait pas de la chatière. Je lui avais rien fait. Si. Je restais un des barreaux de sa cage. Pourtant, il me fallait la voir, me rendre compte... Je suis retourné dans le grenier.

La demoiselle se tenait debout. Dans la pénombre, je la distinguais à peine. Pieds joints, elle se balançait d'avant en arrière. Elle chantonnait cette chanson du début, quand elle était venue. J'ai mieux regardé. Elle s'arrondissait.

Dieu bon, l'histoire recommence ! Sauf que c'est plus pire, c'est l'horreur en plein. Le seigneur peut pas permettre ! Ton Seigneur, c'est pas d'hier qu'il nous a oubliés.

Je suis parti, je savais plus où j'étais. J'aurais voulu prendre mes cliques et mes claques et plus jamais revenir. Je me suis retrouvé le nez contre le tilleul. Il se tenait là devant moi, cet arbre idiot. Je lui ai viré un coup de tronche. Je me suis écroulé, la gueule en sang.

Le choc m'a remis les idées en place. J'ai pris sur moi. Il me fallait rester, à la disposition de la demoiselle, plus que jamais. Peut-être elle est devenue folle, c'est pour ça qu'elle réagit pas. Peut-être elle a plus la force. Va savoir. Et le Vieux, il sait ? Qu'il sache ou pas, ça change quoi ? C'est plus un homme. L'angoisse m'est retombée dessus. J'en dormais plus. Je me réveillais d'un coup, j'avais les quatre sueurs. La peur me serrait la gorge.

J'ai encore regardé. Pareil que l'autre fois, il lui venait le ballon. Elle se tenait un peu en arrière, pour compenser. Pareil, le Vieux est reparti à picoler. L'année a défilé. Les journées se sont allongées. J'attendais.

Un soir, elle s'est mise à crier. Le travail commençait. Le Vieux roupillait, abruti de gnôle. Je me suis collé tout contre la porte. Elle se tenait au fond. Ça a duré. Je poussais avec elle, je souffrais comme elle. Le petit voulait pas venir. Le ciel a commencé à pâlir, derrière le tilleul. Il arriverait avec le jour, comme l'autre. J'entendais grogner les féroces, ils sentaient l'odeur du sang. Puis il y a eu ce cri de bébé.

J'ai donc effectué des rondes avec Noël, le nouveau. Un brave gars, pavé de bonne volonté. En ce moment, nous tournons dans le village, lentement. Les gens nous voient, nous font signe. Ils nous aiment bien. Ils nous lancent, parfois :

— Ah, il fait beau, vous prenez l'air pardi...

Je me contente de sourire. Quand il ne fait pas beau, même tabac. Nous tournons, eux restent à l'abri.

Noël semble satisfait. Les indigènes ne font pas la différence. Du moment qu'il porte un képi, ils le prennent pour le gendarme en titre. A leur guise... Je regarde si tout est normal, si une voiture inconnue ne stationne pas, s'il n'y a pas de traces d'effraction. Au même moment, dans des milliers de communes, des collègues tournent comme nous. Braves gens, dormez bien.

Au passage, je reconnais des clients, des types que nous soupçonnons de trafic. Voilà le gros Nasser, étalé à la terrasse des « Alpes ». Désolée, pas ma faute s'il se prénomme comme ça. Il sort de tôle, il ne devrait pas tarder à y retourner, si la loi sur les stups reste en vigueur. Il n'a pas l'air de se biler, ses copains pareil. Ils nous suivent du regard. Nous sommes en pays de connaissance : petits dealers, petits braqueurs. Comme dit Chef : notre fonds de commerce. Espérons qu'ils resteront dans leur catégorie.

Ah, on nous fait signe, deux jolies brunettes. Du coup mon G.A. se redresse. Il s'agit des filles Castagna. Papa cabosse maman depuis beau temps. Jusqu'ici, elle ne portait pas plainte. Ses cocards parlaient pour elle. Peut-être ne déteste-t-elle pas. Sur le thème rebattu : « Si Jules me cogne, c'est qu'il en pince. »

Lors de la dernière séance, une des filles, Gisou, a trinqué. Cette fois, maman a enfin rué dans les brancards, et la plainte est venue. Nous convoquâmes le père. Chef l'a secoué d'importance. L'autre ne comprenait pas, il tombait de son haut, l'animal. Enfin, quoi, ça ne sortait pas de la famille, alors ? De quoi je me mêle ? Ça rimait à quoi de lui chercher noise ? Chef s'est fâché :

— Si tu ne veux pas comprendre, je te boucle.

— Pour quelle raison ?

— T'occupe, des raisons, j'en trouverai.

Gisou s'approche, la plus brune. Papa s'est tenu tranquille, seulement, il ne desserre plus les dents.

— C'est pire, maman est malheureuse.

— Préviens-nous s'il arrive quoi que ce soit.

Nous repartons. La belle n'a pas daigné jeté un regard sur mon petit Noël. Pauvre choupinet. Son air déconfit m'amuse.

J'entre dans le moule, à force. J'en viens à réagir automatiquement, mon travail ne pose pas problème. En même temps, je me fais bouffer crue, voilà.

Tant pis, j'en aurai le cœur net. Allons-y. Je ne dis rien à l'oiseau. D'ailleurs, j'ai quelques plis à distribuer dans le secteur, des convocations.

Premier arrêt, une ferme. Le propriétaire vient de se bricoler une dérivation pirate, pour l'eau. Il n'est pas le seul, mais lui s'est fait repérer. J'envoie l'artiste déposer le pli dans la boîte. Un peu plus loin, à l'entrée du chemin des Banoustes, une petite Fiat stationne. Une bonne femme s'étale à l'intérieur, portière à demi ouverte. Émoi de mon bleu :

— Kes kiss passe ? Elle a un malaise ?

— Pas vraiment, elle attend le client.

— Comment ça ?

— Il s'agit d'une prostituée, si tu préfères.

— Vous plaisantez ?

— Pas du tout. Elle vient de Digne. Elle se tient là pratiquement tous les jours.

— On la laisse faire ?

— Tant qu'elle ne cause pas de scandale...

Il la regarde au passage, fait la grimace :

— Elle n'a pas l'air terrible.

Des goûts et des couleurs... Tchao, belle. Je veux savoir. Je file vers Valoize. Sous quel motif ? Pas besoin, nous devons faire acte de présence.

Hier soir, Chef m'a dit :

— Venez, Claire.

Il a ouvert une petite pièce qui donne dans son bureau, puis une armoire. J'ai regardé :

— C'est quoi ce fourbi ?

— Notre arsenal.

Il a détaillé : Un F.M. Une douzaine de P.M., des Mat 49. Et autant de petites carabines, Mas 36. En cas de guerre ou de troubles, nous devons tenir le fort avec ces antiquités. Ça paraît plutôt irréel, comme éventualité. J'ai admiré, pour lui faire plaisir. A la foire à la brocante, on ferait un malheur.

Direction Valoize, donc. J'aurais préféré m'y rendre seule. Je ne le suis jamais, le gendarme est un animal conjugal. Nous nous déplaçons en couples. Roule toujours.

Croisement, à dix bornes de Talasse. Un écriteau :

VALOIZE : 1 km,5.

Nous prenons une route étroite, bordée de gigantesques peupliers. Elle débouche sur une aire goudronnée. Au fond, une ferme et sa grange. Une vieille prend le soleil, assise devant sa porte.

Allons voir. Noël me précède. Un jars l'intercepte en sifflant, cou tendu, l'air mauvais. Mon acolyte ne sait comment s'en dépêtrer, il recule. La mémé chasse la volaille.

— Excusez-le, Gédéon, n'aime pas les uniformes. Il embête toujours le facteur.

— Vous n'avez que celui-là ?

— Oui, pensez, dites, le renard m'a pris sa compagne et quinze poulets. Pas une plume qui restait, vous croyez pas que non ?

— Vous vivez seule ?

— Mon mari est par là, il trafique. Pas moyen qu'il se pose un moment. Pourtant, il en a eu fait sa part, vaï !

— A part ça ?

— Un jeune vient de s'installer chez Gaubert. Il a la grosse moto, une rouge, le vrai bolide. Je me demande comment il s'est pas encore pourfendu avec.

— C'est où, votre Gaubert ?

— La ferme juste derrière.

Noël, accroupi sur le tarmac, joue avec une portée de poussins. C'est mignon ces petites choses.

— Attendez-moi, je reviens.

Allons-y. Chemin mal empierré, comme souvent. Voilà ton Gaubert, un bâtiment bas, écrasé par la masse d'un mûrier. Regarde, pas d'erreur, la moto est là, posée contre le tronc. Mon archange apparaît d'un coup. Short kaki, T-shirt bleu. Il sourit, l'air de s'amuser. Il est bien le seul. Je... Je quoi ? Tu es là pour une enquête, censé. Souviens-toi, tu es gendarme. Quelle enquête ? Ah oui, le casque. Parle-lui de son casque, c'est un bon sujet.

Je m'approche. Il m'ouvre ses bras. Je m'abats contre lui. Le temps s'arrête. Des saisons ont passé... Je me dégage. Je dis :

— Faites attention, on parle beaucoup de vous.

— Oui ?

Ça ne semble pas l'inquiéter.

— Je vous dis ça par sympathie.

Il ne répond pas, défait mon étui, empoigne mon pistolet. Je ne bronche pas. Il fait jouer la culasse, constate :

— Pas mal...

Il laisse pendre son bras, celui qui tient l'arme. De l'autre, il me serre contre lui, m'embrasse. Oh mon Dieu... Je fonds. Il me soutient. Il dit :

— Par sympathie.

Cette fois, il me libère, me tapote la joue. Tu laisses faire ? Tout ce qu'il voudra, tant qu'il voudra. Il fait passer l'arme dans sa main gauche, retire le chargeur, prend une cartouche, me la frotte doucement contre les lèvres. Goût du métal... Il la porte à sa bouche :

— Souvenir.

Il empoche la balle, replace l'arme. Je ne réagis pas. C'est exactement ce que j'attendais. Bruit de moteur. Nous nous écartons. Le Trafic stoppe à trois mètres. Noël descend :

— Ah bon, vous êtes là...

Nous venons de recevoir un message, une mémé a disparu de la maison de retraite de Talasse. Faut y aller. Je regarde l'archange.

— Le devoir... A bientôt.

Il s'incline. Nous reprenons la piste. J'ai les jambes coupées. Tiens, quand il conduit, notre petit Noël parle seul, en énumérant ce qu'il fait à haute voix :

— J'embraie, ouala... Je passe en seconde. Oualaaa...

Amusant. Je plane. Nous approchons. Dieu que ce village est beau, de loin. Tout est beau. Il m'a parlé. Il m'a embrassée... Les miracles existent, je savais. Nous nous garons sur la place, à l'ombre. Ici, les platanes n'ont pas la maladie, pas encore. Des collègues en treillis discutent devant la terrasse du bar. Chef s'approche :

— Claire, c'est chaque fois pareil. Dès les premières chaleurs, les mémés s'évanouissent dans la nature.

L'artiste s'étonne :

— A leur âge ?

Chef hausse les épaules :

— En tout bien tout honneur, voyons ! Elles veulent revoir leurs petits-enfants, les malheureuses. Elles essaient de prendre un bus, elles font du stop. Celle-ci, voici trois bonnes heures qu'elle a mis les bouts. Non, le temps d'arriver, quatre.

Il tient une carte d'état-major à la main, la déplie sur une des tables :

— Regardez. Je fais explorer la rivière, là. Puis le chemin du col.

— Les gens d'ici ont commencé les recherches ?

— Oui, en dépit du bon sens, ça n'a rien donné. Vous et Gurtz, vous allez me revoir en détail les rues. Il s'agit d'une vieille dame, soixante-quinze ans, elle porte une jupe noire et un corsage bleu à fleurs blanches. Elle s'appelle Catherine, elle n'a plus toute sa tête. Si quelqu'un correspond, vous l'interrogez. Vu ?

Exécution. L'artiste râle :

— Si ça se trouve, elle est rendue au diable, la vioque. On perd son temps.

Nous vaquons. S'amène une mamie. Elle correspond grosso modo au topo : jupe noire, corsage foncé. Je laisse Noël l'entreprendre à l'abordage. La dame s'offusque : Non, elle n'est pas folle, elle ne fugue pas. Elle habite chez elle.

— Si vous continuez de me chercher, je porte plainte, je vous avertis. Non, mais, dites ! En voilà des façons !

C'est mal parti. Elle prend la tangente, furax. Je constate :

— Pas terrible, le contact avec les masses.

— Oh, vous, ça va !

L'artiste se renfrogne. Nous continuons. Chou blanc. L'innocent veut savoir pourquoi nous n'utilisons pas un clébard policier.

— Suffit qu'il passe une pétrolette pour qu'il perde la piste, votre toutou.

Pour finir, Digne enverra l'hélico. Il retrouvera la vieille, allongée dans un jardin, à deux pas de son point de départ en train de se déshydrater en plein cagnard. Invisible de la rue, bien sûr. Voilà le travail. Nous rejoignons l'escouade. Noël râle :

— On sert à rien, l'hélico a fait tout le boulot.

Chef le mouche.

— Nous sommes payés pour. Nous devons nous déranger.

— D'accord, mais avant, quand il n'y avait pas d'hélico ?

— Vous me fatiguez. Avec des si et des quand, on n'arrive à rien.

Qu'ils s'amusent. Comment faire pour retourner à Valoize ? Nous ne nous sommes même pas fixé rendez-vous. Je me moque bien des mémés. Je veux retrouver les bras de mon archange. Ce n'est pas normal, à la fin. Dans n'importe quel travail, tu bâclerais tes huit heures, et barka.

La révolte gronde, gendarme ? Non, mais j'ai envie de vivre pendant qu'il en est temps. Nous n'avons pas un moment à nous, merde à la fin. Ce travail me plaît, seulement trop c'est trop.

Tu le reverras, ma grande, je te promets. Sois sage, ne pleure pas.

Il dormait pas tant que ça, le vieux lascar. D'un coup, il a refait surface, il m'a tiré des pierres. Puis il est parti chercher le fusil. Du temps, je me suis planqué. Je l'entendais marcher dans la cour. Il s'est arrêté pour boire à la régalade. Il a juré le nom de Dieu qu'il me ferait la peau. Au bout d'un moment, il est reparti pioncer.

Je suis retourné contre la porte de l'écurie. Cette fois, la demoiselle se tenait de l'autre côté. Le bébé a poussé un cri. J'ai ouvert la chatière, elle me l'a passé. Ce qu'il est petit, pauvre agneau ! J'ai coupé le cordon avec les dents, je l'ai noué. Il a encore crié, comme un petit chat, il avait faim. Je l'ai redonné à sa mère. Il s'est calmé de suite, je l'entendais téter. Pourvu que l'autre malade se réveille pas... J'ai ramassé un pavasson, en cas. La demoiselle a cogné contre la porte, elle a dit :

— Prenez-le, je vous en prie. Emmenez-le.

Elle me le tend, enveloppé dans un morceau de chiffon. Je le pose au creux de mon bras, contre moi. Il est à peine couvert, avec ce tissu. Je suis été couper un bout de cette toile des Allemands, verte avec des taches marron. Un genre de cape, avec le trou pour passer la tête. Avec ça il sera protégé.

Le Vieux ronfle, le bébé dort. Ça risque de pas durer la

vie des rats. Il me faut quelque chose pour le transbahuter, ce chérubin. Je prends le couffin, c'est le mieux. Au fond, je dispose des peaux de lapin. D'un temps, j'en ai eu tanné. C'est doux, c'est chaud.

Où je vais ? J'ai rien, pas de biberon, pas de tétine. Du lait, encore, avec les brebis, j'en manque pas. D'abord on dégage. Me voilà parti. Je monte vers le cimetière. Il est léger, ce Jésus. Comment le Vieux peut lui en vouloir ? Cherche pas, c'est pas la question. C'est toi ou les féroces. A qui le confier ? Quelqu'un qui me le prenne sans faire d'estrambord, sans chercher les tenants et les aboutissants... Il me vient l'idée.

Je pense à l'épicier, celui de la tournée. Il se présente plus chez nous, mais il passe toujours au croisement, avec sa guimbarde. Comment je me dépatouille ? Je lui tends le paquet ? C'est pas possible, il va rameuter le village.

Ce gosse, je vais quand même pas le tuer, il a un père pour ça. Il s'agit que l'épicier le prenne sans savoir. Je le balance au passage comme un colis ? Non, écoute voir. La route, à un endroit, ils ont fait l'entaille pour l'élargir. Total, des pierres se détachent du talus pour un oui ou un non. Le cantonnier se dérange chaque fois qu'il lui tombe un œil. Tu y vas, tu en balargues quelques-unes au milieu. L'épicier s'arrête, forcé. Du temps qu'il déblaie, tu planques le bébé à l'arrière de la camionnette. Ça se tient.

Pour les pierres, entention, pourquoi si j'en mets de trop, il se méfiera. Faut que ça paraisse naturel.

J'ai plein de temps, il est pas encore là, le marchand de moutarde. Le bébé se réveille, pauvre innocent. Il fait des mouvements avec la bouche, il remue ses petites mains, lentement, comme s'il trafiquait dans l'eau. Je regarde cette merveille. Ce que c'est petit un petit ! S'il a faim, il va crier, ça s'entend de loin. Je le mène à une brebis ? Pas commode. L'autre barbare risque de te tomber sur le poil.

Je me rappelle ces trois cerisiers, dans la combe en dessous du cimetière. J'y vais. Il reste des cerises bien mûres. J'en prends une poignée. Je presse le jus, doucement, contre la bouche du pitchounet. Sûr, je le pastisse, mais il boit, il fait des petits bruits. Ça lui plaît, il sourit, trésor. Regarde ses yeux bleus, il a pas l'air de bien voir.

Il se rendort, je prends le couffin, je vais préparer ma combine. Vite fait bien fait. Ensuite j'attends, planqué dans les buissons, à l'ombre. Cette camionnette, on l'entend venir de loin. Elle va pas vite, elle est chargée comme un âne. Elle démarre à la manivelle, un coup à te casser le bras. L'épicier, il est jamais heureux de s'arrêter, je l'ai eu constaté. Chaque fois il laisse tourner le moulin.

Je me suis méfié. J'ai placé le bloc mahousse, plus loin que les autres. Ça me laissera le temps de procéder.

Écoute... L'engin s'amène, plan-plan. Il ralentit, il tente de se faufiler sur le bas-côté. Pas mèche. Il s'arrête. Le bonhomme descend, il a pas l'air heureux. Il lève les bras. Il coupe pas le moteur, sa mécanique tousse comme si elle avait la crève.

Je me fais petit. Le bébé dort. J'entends râler l'autre jobastre. Il commence à dégager, il balance les caillasses. D'un coup, il aperçoit la plus mastarde, il dit :

— Manquait plus qu'aco !

Du temps qu'il y va, je descends, doucement. Mon bébé se tient calme, gavé de jus. Nous sommes dans l'angle mort, par rapport à l'autre tare. Ça me fait peine de le laisser, pauvre. Je suis émotionné. Je lui fais la bise, sur le front, doucement. Je le dépose bien contre la cabine, calé dans un cageot de choux. Dieu garde qu'il se fasse pas esquicher ! Je file sans me retourner. Ce bébé, je l'ai plus revu.

L'épicier s'arrête toujours à Talasse. Pas pour vendre, il peut pas. Il fait le plein pour lui et son moteur. Peut-être que mon bébé se réveillera à ce moment. Sinon, il le trouvera en déballant son bazar. Il vient de Loisson. Les détails, faudra attendre d'aller au village pour en avoir. Mieux vaut pas y descendre de suite, les gens pourraient faire le rapprochement, on sait jamais.

Je suis soulagé, pas qu'un peu. En même temps, j'ai le cœur gros. Je trouve beaucoup dommage que le petit soit séparé de sa maman. Je me fais un sang d'encre pour elle. Tiens, je sais même pas s'il s'agit d'un garçon ou d'une pitchoune, j'ai pas prêté cas.

Je rentre. Je me tiens au large un moment. Pas de Vieux. Je m'approche de la cuisine. Ça va, il ronfle comme une batteuse. Je vais trouver la demoiselle. Je cogne. Elle s'approche. Comment je fais ? Je me baisse, ma tête tout contre l'ouverture, elle peut me voir. Elle demande :

— Vous l'avez sauvé ?

Signe que oui.

— Il est où, au village ?

Que oui. Elle soupire, me dit merci. Je lui porte de l'eau dans la casserole, pourquoi la cuvette elle passerait pas, et plein de chiffons propres, du savon.

Quand le Vieux se réveille, il tire la gueule. Je le vois déambuler dans la cour. Il sait pas au juste où il va, juste il marche. Sa folie le tient, il parle seul. Il se mange les sangs, son visage s'est creusé. On dirait un masque, puis. Il s'occupe pas de moi. Quand il en a sa claque, il rentre, il s'enferme.

Le lendemain, il a repris du poil de la bête. Il me voit, il dit :

— Encore là, toi ? C'est fini, son bâtard, elle l'a balancé aux cochons comme l'autre. Bon débarras.

Il crache, il dit encore :

— Si c'était pas elle, c'était moi.

Il parle de son enfant. De l'enfant de sa fille. Comment ça se peut ? Il reste un moment tête basse. Ensuite il dit :

— Tu vas descendre au village, il nous reste plus rien. Je te fais pas la liste, tu te débrouilles. N'oublie pas les allumettes.

Il me jette un billet. Je le ramasse, j'y vais. Pour les nouvelles, j'ai pas attendu, les gens parlaient de rien d'autre, un sacré barouf. Sûr, ça allait faire époque. Ils se posaient plein de questions. Le coup de la bâche allemande les embrouillait joliment. Mais comme il s'en est trouvé de partout, des Frisés, ils étaient pas plus avancés.

C'est une petite fille, j'ai appris. Les Boyer l'ont recueillie, pourquoi elle, elle a jamais pu avoir de nistons. En plus, elle se fait pas jeune. Ce bébé, elle s'est jetée dessus, contente qu'elle en peut plus, il paraît. Tant mieux. Son mari, du moment que sa femme est heureuse, il a rien contre. Voilà ce qu'on raconte.

Braves gens, les Boyer, la gamine pouvait pas tomber mieux. Ils tiennent un commerce. Jamais ils disent du mal de personne. Personne dit du mal d'eux. C'est rare. Ça me fait chaud au cœur de savoir. Au moins la gosse est sauvée. Reste la mère.

Je reviens avec les commissions. Je les donne au Vieux, qu'il se débrouille. Du temps, j'en profite pour retourner voir la demoiselle. Pas plus tôt agenouillé contre la porte, je vois l'ombre de l'autre. Il me vire le coup de pied maison ; il m'envoie valdinguer. Je m'aplatis sur le dos. Il s'approche, il me tabasse à coups de tatane. En même temps qu'il cogne, il dit :

— Tu as rien... Vlan, un coup... A foutre là... Un coup... Si je te vois encore... Un coup... Je te finis. Capitche ?

Il me crache dessus, il s'éloigne. J'ai le crâne ouvert, la gueule en sang, pourquoi ses souliers sont ferrés du bout. J'essaie de me relever. La jambe me lâche, la droite, il vient de me la casser comme du bois mort. Allons bon... Je reste sur place, cloué. Sur le coup, j'avais rien senti. Maintenant la grosse douleur. Je me traîne avec les bras, sous le hangar. Je ramasse deux bouts de planche, de la ficelle, je fixe ma guibolle comme je peux. Je manque partir dans les pommes. Après, je me planque derrière un tas de vieilles cagettes. Je souffle.

Je reste comme ça deux jours, trois. J'ai la fièvre, mes oreilles bourdonnent. Je crève de soif, j'essaie de pas gémir. Quand ça se tasse, je sors. Je me bricole la béquille avec une branche morte. Si je reste, je crève.

Je dois avoir la drôle de touche. Le Vieux, à peine il me voit, il part de rire, comme un jappement de renard. Il s'approche, il me crache encore dessus. Il ferme son poing, il va pour me cogner. Il retient son bras, il dit :

— Bien fait pour ta sale gueule, connard !

Il tire un bout de pain de sa poche, il me l'écrase sur la figure. Je manque tomber. Puis il s'en va, je l'intéresse plus. Ça a duré. J'étais pas flamme. J'ai fait gaffe, pourquoi le Vieux me guettait. Il attendait de me prendre en défaut avec la demoiselle. S'il t'agante, cette fois, il t'achève.

J'ai pensé à mettre les bouts, puis non. Pas possible tant qu'elle est là. Elle a personne d'autre.

L'existence reprend, puis, ni mieux ni pire. Mieux quand même, elle attend plus le petit. Pire, je me traîne.

Je reste un moment de pas aller au village, à cause de ma patte folle. Elle s'est pas remise droit. Me voilà goï, manquait que ça. Le Vieux en a pris un coup, il a blanchi, il a le regard vide, sa mâchoire tremble. Il semble plus triste que la mort. Des fois je me dis : « Aujourd'hui il te descend. » Je m'y attends. Puis non, je suis encore là. Il veut pas perdre une cartouche pour rien, faut croire.

Quand ça s'est passé, cette histoire, leur guerre d'Algérie venait de s'arrêter depuis un an ou deux. Même ils ont rajouté des noms, sur le monument aux morts. Ils en avaient pas recommencé d'autres. Enfin, je crois pas.

Dieu qu'il a fait chaud ! Lourd, surtout. A un moment, on aurait dit du plomb, tout le monde espérait l'orage. A part les paysans, dans leurs champs, à retourner leur herbe comme des malades.

Avec ce genre de temps, mes dégourdis ont les nerfs à fleur de peau, je crains toujours l'accident, la bagarre stupide, suffit de peu de chose. Pourquoi, les bagarres intelligentes, tu connais ?

Du coup, je me mets en tenue légère. Je fais mon petit effet, j'ai droit à des remarques. Je fais celle qui n'entend pas. Tant qu'ils n'envoient pas de tentacules, cocagne. Oui, et tu vas te retrouver dans une peau de vieille, un de ces quatre, ma douce, et tu en auras fait quoi, de ta vie ? Laisse là où elle est, je suis bien dedans. Des hommes, j'en ai plein mon resto, j'en mets un dans mon lit quand je veux. D'accord, je ne suis pas madame Curie, mais j'ai procuré de la satisfaction à pas mal de gens. Ce n'est pas déshonorant.

Claire dit en gros la même chose. Son travail la mange. On ne s'en aperçoit guère, elle rayonne. Elle est amoureuse, à tous les coups. Elle pourrait m'en parler. Je suis son amie, non ? Elle a peut-être une histoire avec un gendarme marié, ça la gêne. Elle a tort, l'amour tombe où il peut. Je ne vais pas la forcer.

Quand même, je suis curieuse. Des fois, tu trouves des trucs aberrants, des filles sublimes avec des tordus. Bon, voilà mes premiers pèlerins. Ils transpirent comme des gargoulettes. Zé m'apostrophe :

— Zouzou, j'ai le short trempé à force de suer. Tu en aurais pas un vieux de rechange dans ton barda, par hasard ?

— Tu te trompes de boutique, mon beau. Ici, c'est pour manger.

— Pour boire, oui ! Sers-nous le pastis, si ça te fait rien.

Je sers. D'autres arrivent. C'est frais, chez moi, les murs n'ont pas loin d'un mètre d'épaisseur. J'entends tinter le rideau de perles. Tiens, l'ami Roger a forci :

— Tu te ramasses une drôle de brioche, mon joli !

— Kess tu veux, à force de conduire, assis toute la sainte journée... Au bout de six mois, tu sembles enceinte d'autant.

Rouski se marre :

— Ça t'irait bien de faire des petits.

— Toi, avec ta gueule de raie, j'espère que les tiens te ressemblent pas.

Ils lâchent la vapeur. Ce ne doit pas être la joie, la réverbération sur le bitume, en ce moment. Ils sont bien, là, à écluser. Attends ! Je lance :

— Tâchez d'être libres, samedi qui vient, je vous invite.

— En quel honneur ?

— Je pends la crémaillère.

Max proteste :

— Tu te fous de qui ? Ça fait cent ans que tu crèches là !

— Et cent ans que j'aurais dû le faire.

— On guinchera ?

— Tant que vous voudrez, je fournis l'orchestre.

L'idée leur plaît. Ils applaudissent. Zé entraîne Agnès dans une parodie de tango, elle ne sait plus où se mettre. Qu'est-ce qui te prend ? Il faut des ruptures dans la vie, sinon ce n'est plus une vie. Ça me changera les idées. J'aimerais que mon petit vienne et que Claire soit de campo.

Je lui en parle, à la première occasion. Elle dit :

— Tu n'es pas folle ! Crevée comme tu es !

— Quand on s'amuse, on ne sent pas la fatigue.

— Si j'invitais le chef ?

— J'y compte bien. Dis-lui de se mettre en civil.

Je casse ma tirelire. Tant mieux si ça me coûte les yeux de la tête. Je commande un orchestre, un qui puisse jouer de tout. Pas seulement leur rock, mais aussi les balançoires de dans le temps : « Le petit vin blanc », « Les trois cloches »... Cette chanson faisait pleurer maman. L'orchestre s'appelle comme ça, d'ailleurs. Accordéon,saxo et guitare électrique.

Pour la bouffe, buffet froid et charcuterie à volonté. Du taboulé, ça plaît toujours. Fromages, salade. Et des gobelets, des piles d'assiettes en carton. Hop, enlevé.

Pour moi, parfait. Je comptais sans ma vieille garde. Ils s'inquiètent des préparatifs. A l'énoncé du menu, ils s'insurgent comme un seul homme. Rouski proteste :

— Ça va pas ! Tu as l'intention de nous mettre en pénitence ou quoi

— Pourquoi donc ?

— Si tu nous offres pas le méchoui, pas la peine. T'inquiète, on s'en charge. Tu nous fournis les bêtes, on s'occupe de tout.

Dans ces conditions... Je dresse une liste, histoire de voir combien nous serons, s'ils amènent leurs légitimes, leurs copines. J'arrive à la centaine de personnes, j'aurais jamais cru. D'après Zé, il faudra quatre bestioles.

— Le mieux serait de s'installer dans le pré en face, Zouzou.

— Je connais le proprio, pas de problème.

L'orchestre, je vais le placer sur la terrasse, les tables sur le parking. Quant à la piste, facile. Je demande au maire de barrer la route pour la soirée. Pour le monde qui passe, c'est faisable. La gendarmerie est dans le coup, je précise. Accordé. Il se rengorge. Avec ses bajoues violacées et son ventre, il a quelque chose d'un dindon, il dit :

— Vous en faites pas, je vais pondre l'arrêté.

Je l'invite aussi. Il s'excuse, à cause de son diabète :

— Il me faut plein de piqûres, vous comprenez, je veux pas déranger.

Pour les moutons, il me conseille ceux de la Joinière. Je connais. Un gros travailleur. Si je comptais sur lui comme pilier, mon bar s'écroulerait.

— Des bêtes de toute beauté. Vous pouvez y aller franco. Elle, c'est ma cousine par alliance.

Ben voyons... Donnant-donnant. Le samedi, Rouski et Zé creusent une fosse dans le pré, en début d'après-midi. Va-z'y que je te brûle du chêne, des morceaux énormes. Ça donne un vrai lit de braises, la chaleur vous tient à quatre mètres. Au-dessus, ils installent des broches. Elles tournent branchées sur une batterie de camion. Je leur porte de la bière.

— Tâchez moyen de pas vous esquinter le tempérament, dites.

Rouski rétorque :

— On a l'habitude. J'ai grillé plus de moutons que tu as eu de fiancés, je prends le pari.

— Tu crois vraiment ?

Il se fait tendre. La main sur le cœur, il me lance :

— Ah, Zouzou, si tu avais voulu ! Imagine, nous deux, le paradis ! Je laissais tomber le camion, je t'embarquais dans une vie de rêve !

— Ça va pas ?

— Ça va super. L'ennui, c'est que tu m'as jamais bien regardé.

De fait... Rouski, c'est Rouski. A force de le voir, je ne détaille plus mon monde. Je l'examine. Rouge, en sueur, ventre saillant sous la salopette, il brandit sa canette. Je remarque :

— Rien à voir avec Robert Redford !

— J'y compte bien. Ces types trop beaux, c'est rien que des pédales. Moi, je trompe pas la clientèle. Quand tu veux, ma jolie, décide-toi avant que je change d'avis.

— Occupe-toi de tes moutons, on verra plus tard.

Une fois récuré, lui ou un autre, tu me diras... Mais c'est le coup de se retrouver avec un type dans les jupes. Parce que tu viens de lui entrebâiller ton coquillage, monsieur s'imagine qu'il va pouvoir te squatter. Pas drôle d'être seule certains soirs, d'accord. Mais au moins j'ai la paix.

Le gros de la troupe s'amène en début d'après-midi. Les plus vaillants jouent aux boules, sous les platanes. Les autres picolent. Agnès jubile :

— Madame Zouzou, c'est pas croyable, on dirait comme dans un film.

Elle a pris deux nièces à elle, en extra, et Viviane une copine. Je tiens à un service impeccable. Pour le méchoui, ton taboulé ne convient plus. Des frites ? Tu rêves, faudrait une friteuse d'enfer. Je prépare la ratatouille monstre.

J'ai mis du rosé à rafraîchir dans le bassin du lavoir. J'offre le pastis. Je veux marquer le coup au fer rouge, au diable l'avarice. Tu n'as pas peur de te retrouver avec une collection de queues de pelles ? Pas vraiment.

Le chef s'est amené, beau comme un astre, dans une chemise à fleurs style Tahiti. Sa cheftaine s'était payé la belle mise en plis. Elle étale toute sa quincaillerie, le collier en or, les bracelets, la broche. Ça en représente, des anniversaires de mariage.

J'interpelle son mari :

— Enfin on voit votre femme ! Pourquoi vous nous la cachez, Chef, vous êtes jaloux ?

— Pas du tout. Elle est libre.

Madame proteste :

— Tu parles ! Libre de faire tes quatre volontés.

Maintenant, ça déboule de tous les côtés. Claire vient me faire la bise, en robe noire, ornée d'un col de dentelles blanches. Avec son bronzage, elle est splendide.

— Claire, tu es trop belle. Tu vas les allonger, raides !

Elle rit. Et puis mon fils. Je ne l'avais pas invité, sûre qu'il ne viendrait pas. Il est là. Ce qu'il est beau, mon petit. Droit, mince, il a quelque chose d'une lame. Il s'approche, m'embrasse. Je ne touche plus terre.

Viviane, Agnès et les autres se démènent. Le pastis coule ras bord. Quelques acharnés s'attardent aux boules. Par-dessus le brouhaha j'entends le cri des hirondelles. Tu sens cette odeur d'herbe coupée ? Elle sèche encore dans le pré. Chef vient me féliciter :

— Parfait, votre soirée, bravo !

— Contente que ça vous plaise. Pourquoi n'en faites-vous pas autant ?

— Une soirée portes ouvertes ? Pourquoi pas ? Je vais y penser.

Le mouton rissolé embaume. L'orchestre joue en sourdine, ils se réservent pour le bal. Et j'aperçois dans la foule un groupe de filles. De belles petites, mais alors, le genre ! La poitrine à l'air, quasiment. Les jeans moulants, tu distingues la fente de la tirelire. Avec mes enfants de chœur, je ne m'attendais pas à des rosières, mais là, ils font fort. Je ne tiens pas aux extra dans les buissons, pas avec le chef.

Du calme, c'est la fête, une gâterie n'a jamais tué personne. Je m'approche, mine de rien, avec un plateau d'amuse-gueule. Une rouquine parle à sa copine. Des Baumettes, ben voyons. Elle en cause comme on parlerait du Club Med. Ça me scie. Je ne bronche pas, j'attends la suite.

Un peu plus tard, qu'est-ce que je vois ? Le chef cause avec elles, ils m'ont l'air copains comme cochons. Ah bon. Tant mieux.

Et Claire ? Pas là. Et ton fils ? Pas là non plus. Ne nous emballons pas, ça ne signifie rien. Rouski vient me prévenir, le méchoui sera prêt dans une demi-heure, le temps de le découper. Je fais servir la salade de tomates. Les gens se placent à leur guise. Il est temps de préparer les plats de viande.

Ça vaut le coup d'œil. Rouski et Zé amènent une bestiole embrochée. Agnès a raison, c'est beau comme un ouestern. Les gens se dressent pour applaudir. Mes zouaves posent l'animal à même une grande table de bois. Des lambeaux de peau grillée se détachent. L'odeur est fabuleuse.

Rouski découpe. Je goûte.

— Extra ! Longtemps que je n'ai pas mangé quelque chose d'aussi bon.

— J'espère bien.

Ah oui, la ratatouille. Mes filles commencent à la servir d'un bord. Mes gars attaquent avec la viande de l'autre. Claire se trouve à côté de mon fils, à la table du fond. Je ne vois qu'eux, ils enterrent tout le reste. Ils se tiennent comme on se tient, normalement. Tu t'attendais à quoi ? J'aimerais être fixée, disons. C'est fou, elle ne m'a rien dit.

Il manque du rosé, à la table du milieu. J'y vais. Au lavoir, une espèce de cloche est en train de siffler une de mes bouteilles. Il me lance :

— Pas mal, chez vous, question boisson. Vous n'auriez pas un petit quelque chose à grignoter ? C'est mauvais de boire sans manger.

Ce toupet ! Il me fait rire. Je l'emmène à la table de découpe, lui garnis une assiette. Il retire un vieux galure informe, s'incline :

— Madame, qui que vous soyez, vous êtes une reine.

Joli. Nous trinquons. Le zèbre devient expansif, pour un peu il me raconterait sa vie. Une autre fois, mon brave, j'ai du pain au four. Le méchoui, ça roule, on repasse les plats. Faudrait préparer la salade et les fromages, et penser à sortir le champagne du frigo.

Tu as le temps, laisse-les souffler. Claire et mon gosse ont disparu.

Tu en penses quoi ? L'eau et le feu, voilà ce que j'en pense. Tu ne sais rien, ne va pas te faire des idées. Occupe-toi de ta fiesta. Et si c'était vrai, si mon petit pouvait se poser une bonne fois... Oui ? Et s'il abîme ta Claire ?

Ne commençons pas. Écoute. Ils sont tous à crier comme des putois, en tapant avec leurs couverts. Attends...

— Zouzou... Avec nous...

Je monte sur une table, je lève les bras. Ils m'applaudissent. Ça repart :

— Zouzou... Un discours...

Ils poussent. Mais si, il faut. Je n'ai rien à leur refuser. Je tousse. J'affermis ma voix :

— Vous voulez que je vous dise ? Vous êtes les meilleurs ! Vous êtes les plus beaux ! Je vous aime, tous ! J'espère que...

Je m'arrête. L'émotion m'étrangle. Ils m'applaudissent encore.

— Zouzou... un bisou...

Je m'exécute. Je la leur fais, leur bise, table après table. Ma robe va être propre, avec toutes ces mains grasses. Et mon museau donc ! Ça ne fait rien, je les embrasse de bon cœur. Je m'arrête, je fonds comme une madeleine. La joie. Je m'essuie les joues, ils continuent de m'acclamer, encore et encore. La tête me tourne, j'entends comme un bruit de vagues, puis plus rien.

Ce n'était rien. Zé m'a tapoté les joues, Viviane passé un linge humide sur le visage. C'est reparti. Juste un signal d'alarme, ma belle. Peut-être, mais je ne compte pas m'économiser, pas le genre de la maison. Et voilà, terminé. On s'en souviendra, de cette crémaillère.

Paysage après la bataille. La fête a duré toute la nuit. L'orchestre, génial. On aurait dit qu'ils jouaient pour le plaisir, de quoi réveiller un mort.

Mes gars ont filé au petit matin. Pas tous. Il en reste une douzaine, écroulés sur les banquettes, ceux qui n'étaient pas en état de rouler. Plus mon clochard goguenard. Va falloir lui redonner le goût des grands espaces. Je n'ai pas pris de chien, ce n'est pas pour m'encombrer d'un babouin.

Dimanche, tu vas te retrouver seule pour nettoyer le souk. Les bras m'en tombent d'avance. Regarde, qui donc s'amène en trottinant comme une souris ? Ma petite mère Agnès ! Je l'embrasserais.

— Vé, je suis passée, je me suis dit que ça devait être le vrai massacre.

— Agnès, des comme vous, le moule est cassé. Je vous sers un café ?

— Léger, alors.

Il reste des braises, dans la fosse du méchoui. Je prends deux seaux, j'entasse assiettes, gobelets, serviettes. Le carton gras ne demande qu'à brûler. Pratiquement pas de déchets, tu as remarqué ? Tous les chats et les chiens du village sont venus à la curée. Du temps, Agnès a nettoyé le bar. Mon clodo s'amène. Il ne dit rien, empoigne une table par un bout. Je la prends de l'autre, nous la rentrons. Une fois le plus gros dégagé, je lui offre le café. Je demande :

— Vous avez un nom ?

— Philou, pour les amis. Attention, hein, avec P, H. Ce n'est pas un métier, juste un prénom.

Rigolo avec ça. Je le regarde mieux. Une tête intelligente, sans âge, mangée de barbe. Des yeux enfoncés, vifs. Pas si mal, l'air au-dessus de sa condition. C'est ce que les types disent aux putes, une fois leur crampe tirée.

— Pourquoi jouez-vous au clochard, Philou ?

Il se marre :

— Bravo, la question à trois dollars, ma préférée !

Il avale une gorgée, se rince la bouche :

— Ne vous formalisez pas, ma bonne dame, votre demande n'a aucun sens. Tout ce qui se passe dans l'univers est le fruit du hasard et de la nécessité.

— Vous pouvez répéter ?

— Tant que vous voulez. Ce n'est pas de moi, et je le déplore. Que voulez-vous, j'ai été prof de philo, dans une vie antérieure. Ces choses-là vous marquent.

Il balance sa main droite par-dessus son épaule.

— Disons, je n'aime pas le répétitif. La philosophie est d'abord une pratique. J'ai pris la route, elle ne m'a plus lâché.

Dis donc dis donc... Il me plaît, ce farceur.

— Le travail, vous n'avez rien contre ?

— Le travail est une denrée périssable.

— Arrêtez deux secondes vos conneries. Alors ?

— Belle dame, demandez-moi l'impossible, je me charge du reste.

L'impossible doit être qu'il s'exprime comme tout un chacun. Ça change. Un vocabulaire d'au-delà de dix mots, j'apprécie. Allons-y.

— Je vous offre le SMIC plus la bouffe, plus le dodo. Vous bricolerez, vous garderez la boutique. Ça vous va ?

— La somptuosité de cette offre me comble.

— C'est oui ou c'est non ?

— C'est oui.

— Parfait, commencez par balayer le parking, puis vous donnerez un coup à la terrasse.

Il me fait le salut militaire. Qu'est-ce qui te prend d'embaucher ce phénomène ? J'en ai l'usage. On a toujours des trucs lourds à bouger, un de ces jours je vais me bloquer une hernie. S'il ne fait pas l'affaire, vite vu, du balai. Surtout, il m'amuse.

Je rentre. Agnès s'active. Dans un coin de la salle s'entassent les cadavres des bouteilles. Impressionnant. Je vais dire à Philou de les virer à la cave. Prof de philo, hein ? Il a dû lui en falloir une sacrée dose, pour supporter la cloche.

Je suis contente, tout s'est déroulé au-delà de mes espérances. Faudra recommencer.

Surtout, mon petit était là, il s'est tenu gentiment. Tu vois, il en est capable. Ce n'est pas le problème, tu le sais. Le tout, c'est qu'il tienne la distance.

On cogne à la porte. Mon homme de main :

— Madame, j'ai rempli ma mission.

— Descendez-moi ces bouteilles à la cave. Vous trouverez des casiers.

Je jette un œil sur la terrasse. Nickel.

— Au fait, vous avez besoin d'une avance ?

— J'aime autant pas.

— Pourquoi donc ?

— Je compte épargner mes ressources en vue de temps plus cruels.

La vache, les phrases ! Ça ne le fatigue pas ?

— Vous êtes poète, Philou ?

— Nous le sommes tous, madame.

Je ne lui demande pas pourquoi, il serait fichu de me l'expliquer. Je dis :

— Vous en profiterez pour me ranger la cave. Vous sortirez ce qui doit être jeté, à vous de voir.

— Comptez sur moi. Mon discernement n'aura d'égal que ma célérité.

Il va bientôt me fatiguer, à ce rythme, je sens.

Mon décor a repris tournure. Agnès rentre chez elle. Mes artistes se sentent un petit creux. Il reste un quartier de mouton froid. Nous nous attablons. Je me demande comment ça va se passer, entre ma nouvelle acquisition et le reste de l'escadrille.

Mes gars commentent la soirée. Eux aussi sont satisfaits. Rouski déclare :

— Tu vois, Zouzou, ça fait du bien, comme une bonne purge, quoi. A force, on finit par s'encrasser le tempérament pareil que les soupapes.

— Vous n'avez pas tort, camarade. L'homme est un animal des lointains.

C'est Philou. Ça signifie quoi, cette vanne ? Rouski semble d'accord :

— C'est juste. Des fois, on aimerait voir ailleurs ce qui se passe, pas vrai Zouzou ? Tu as jamais eu envie de mettre les voiles ?

— Et de descendre la Bléone ? Qui vous nourrirait ? Ça

vous suffit la viande froide, ou je vous sers un restant de ratatouille ?

— Ça ira. Zouzou, tu es une mère pour nous.

— J'espère bien que non.

Nous blaguons. Bonne ambiance. On dirait que le philosophe a toujours été là. Un cas, ce bonhomme, il m'intrigue. Oui, et c'est bien que le chef soit venu. Et Claire, tu y comprends quoi ? Un coup je te vois, un coup je ne te vois plus. Elle a filé sans me dire au revoir. Elle avait peut-être quelque chose à faire. En pleine nuit.

Philou me regarde :

— Dix sous pour vos pensées, madame.

Zé s'amuse :

— Philou, Zouzou, coucou... C'est vrai, à quoi vous pensez, patronne ?

— Aux vieilles putes. Ça vous intéresse ?

— Vieilles victimes d'un vieux métier.

Encore Philou ! Il ne rate pas une occasion. Zé rétorque :

— Doucement, personne les force.

Alors là, pas d'accord. J'interviens :

— Tu plaisantes ! Comme si on avait le choix ! On prend ce qui se présente, on vend ce qu'on a à vendre. Si tu n'as rien d'autre sous la main, tu vends ton cul, c'est pas sorcier.

Il proteste :

— Allons, vous auriez été dans la panade, vous ne l'auriez pas fait, pas vous.

— Je vends ma peau et ma santé, c'est pas mieux.

Dis donc, le débat ! Le philosophe paraît en connaître un rayon, question prostitution. Les autres l'écoutent, bouche ouverte. Ils n'ont pas l'habitude de se gaver de pareilles salades.

Pauvres putes ! Quand même, faut être un rien con-con pour se cogner ce métier. Au départ, elles pensent se la couler douce, j'imagine. Tu ne l'as pas encore fait, parle pas sans savoir. Peu importe, je les plains.

Je reviens sur terre. Les voici qui s'empoignent à propos de capotes. Jean-Paul est pour, absolument :

— T'as pas le choix, tu sais jamais le cadeau que tu risques de te ramasser. Faut rester couvert, je sors pas de là. Sinon, c'est la roulette russe.

Philou est contre :

— Vous rabaissez singulièrement l'acte de chair, mon ami. Vous tombez dans la masturbation, ce me semble.

— T'exagères, collègue.

— Pas du tout, vous perdez tout contact humain, autant s'en prendre à une poupée gonflable.

— Une poupée gonflable, plus une capote, tu m'excuseras, ça risque de drôlement t'échauffer la bistouquette.

Je proteste :

— C'est pas bientôt fini, vos saletés ?

Zé me prend à témoin :

— Tu en penses quoi, Zouzou ?

— Du préservatif ? Je trouve dommage que les jeunes commencent leur vie amoureuse avec. Ça doit en faire débander plus d'un.

Philou m'approuve :

— Tout à fait, madame. Cette membrane artificielle entre la jeunesse et l'amour, cela vous juge une époque. Pauvres garçons. Jamais ils ne connaîtront la douceur intime d'une fille.

Zé se tape sur les cuisses :

— Je rêve ! Tu préfères qu'ils se chopent la syph et le reste ?

— Le vagin n'est pas une poubelle que je sache !

— J'ai jamais dit ça ! D'où il sort celui-là ?

Philou lève les mains :

— Je ne fais que passer. A l'impur l'impureté, au pur la sérénité. Nous récoltons ce que nous semons.

Zé explose :

— Amen ! Un curé, c'est pas vrai ! Dis donc, Zouzou, il plaisante ou il est sérieux ? J'arrive pas bien à démêler.

— Tu auras tout ton temps pour tirer au clair. Monsieur consent à devenir mon employé.

Une fois les attardés partis, je colle Philou dans une de mes chambres, la bleue.

— Ça ira ?

— On ne peut mieux. Je me demande si je parviendrai à dormir dans un lit.

— Dormez par terre si ça vous chante. Je vous porte des serviettes. Vous trouverez la douche au fond du couloir.

Il m'arrête :

— Dites, vous croyez que je conviendrai à votre clientèle ?

— Pourquoi donc ?

— Vous le savez bien, ma façon de m'exprimer.

— Ne vous en faites pas. Vous les ferez marrer.

— Je n'en demande pas tant. Que puis-je faire d'autre ?

— Installez-vous. Je vais vous trouver un vélo, si vous souhaitez circuler un peu. Question travail, pas compliqué, la vaisselle, les pluches... Vous vous en sentez capable ?

— Tout à fait.

— Vous prendrez votre dimanche. S'il vous faut un jour de congé, n'hésitez pas à demander.

Voilà, il peut faire son trou ici. A sa guise. Il a dit comment déjà ? « Un animal des lointains »... Si ça se trouve, sa route va le reprendre. A lui de voir, je ne suis pas l'armée du Salut.

— Au fait, il vous faut des frusques, Philou ?

— Pour le moment, je suis paré. Je voulais vous dire...

— Oui ?

— Merci.

Il lui vient une autre dinguerie, à présent. Le Vieux s'esbigne, il part faire des virées. Pas dans la campagne, non. Des vraies sorties, pourquoi il se met propre. J'aurais jamais cru de voir ça. Il descend vers le village. En vrai, j'ai pas idée d'où il peut bien se rendre. Des fois, il passe la nuit dehors, des fois davantage, deux jours, trois. Il revient, ça se voit qu'il a picolé, et pas qu'un peu. Moi, je flaire, comme les chiens. C'est pas tout, le Vieux pue, un peu le sent-bon, un peu la sueur. Il pue la garce.

Ça lui dure trois mois, mettons, ça s'arrête. Juste un genre de crise. Il remet sa peau de sauvage, il quitte plus la ferme.

La demoiselle est morte peu de temps après. Savoir le moment, pas mèche, elle fait pas de bruit, elle se plaint pas. Rien elle demande. Elle est morte comme une bougie s'éteint.

Je l'entends plus bouger, elle prend plus son assiette. Je vais me rendre compte depuis le grenier. Je la distingue, immobile, couchée sur le côté, les cheveux ramenés sur la figure.

Le Vieux sait. Il la sort pas. Il l'enterre pas. Il la laisse sur place. Avec la puanteur des féroces, ça gêne pas. Elle mangeait guère, elle doit pas peser lourd.

C'est fini. Le vide commence, le vide en moi. Ça me fait comme un creux dans la poitrine. Je pense à rien d'autre. Je pense pas, je le vis. Le temps s'arrête. La demoiselle est repartie, je pense à cette vie, elle a si peu existé, si peu... Reste ce bébé que j'ai pu sauver. Et cet autre, voici longtemps. Reste le Vieux, son fusil, cette momie dans l'écurie. Reste cette désolation qui me tient compagnie. C'est tout.

Il aurait pu la jeter aux féroces pour s'en défaire. Au contraire, il bouche le trou de communication avec la souillarde. Il démolit une vieille restanque. Il me demande rien, il charrie les pierres, il fait le ciment. Il mure l'écurie.

Je bronche pas. Je m'en veux. A force de croire que je pouvais rien, j'ai rien fait, rien tenté. Peut-être je me suis trompé, je me dis. Le monde est plus le même, peut-être la demoiselle aurait pu revenir parmi les vivants. J'aurais eu maï de courage et de tête, elle vivrait.

Cette idée, je supporte pas. J'étouffe. Je veux disparaître, je sers plus à rien. Puis non, je souhaite voir crever le Vieux avant, voir comment il finira. Il tombe, il se casse une patte, mettons je suis là, je regarde. Je lâche les féroces, ils lui arrachent la face et les tripes. Je l'entends gueuler, je bouge pas un cil. Ce serait trop rapide, il mérite mieux.

Le tuer ? Maintenant c'est possible. Surtout pas. Sa vie doit être pire que l'enfer, pire que tout. Je comprends pas comment il peut tenir. A sa place je me supprimerais.

Je remouds ces idées comme une meule. Il en sort rien. Ce serait à refaire, je referais pareil. L'idée de voir la demoiselle sous la tondeuse et qu'on lui crache dessus, pire, ça passe toujours pas.

Oui, son bébé, je l'ai sauvé. Terrible à dire, mais c'était pas le bon, pas celui qui pouvait la retenir. C'est le premier qu'il aurait fallu. Je voudrais arrêter de penser. J'y arrive pas. C'est long.

Le temps continue. Un jour, la petite sœur a cessé de venir. Peut-être elle est morte. Les choses existent, un temps, puis elles s'arrêtent, elles préviennent pas. Imbécile, les choses bougent pas. C'est seulement les gens qui défilent comme les ombres chinoises sur le mur. Total, on a plus rien à se caler sous la dent. Je reprends le chemin du village avec ma patte à la traîne, obligé.

Les autres fondus, me revoir les surprend même pas. « L'oiseau rare est revenu », ils constatent. Je boite, ils me demandent pas pourquoi. Ils se contentent de blaguer à la papa, faut pas perdre la main. C'est drôle, les fourmis, quand même.

Je m'installe un moment, je les regarde vivre. Tout, ils ont ces emmanchés, ça les empêche pas de rester de gros jaloux. Tout ils jalousent. Ils ont surtout qu'ils s'ennuient de longue. Leur temps leur tombe des bras, ils savent pas qu'en faire. Si. Ils attendent l'ouverture de la chasse, d'une année sur l'autre. Leur vie, c'est pas un cadeau, juste la sale habitude.

Je les plains pas. La demoiselle est morte à cause de leur mentalité. Ils peuvent crever. Pas tous, pourquoi on a besoin de pain, de sel et d'allumettes. Puis il en faut bien pour me payer le coup. Sinon, ils vivent, ils crèvent, c'est du kif. A part Féli, lui, je l'estime.

Voilà. Orèze, j'y suis venu, j'avais douze ans et pas d'avenir. J'en ai trente révolus, d'avenir pas davantage. Les autres, ils ont plein de maisons, de femmes, de gosses. Ils vivent pas mieux. Ils sont devenus plus crétins, pourquoi leur vie est plus facile. Plus chiens. Si tu es forcé de nager, tu te noies dans ta mesquinerie. Le plus tu es abruti, le moins tu souffres. Je leur souhaite beaucoup de comprenette.

Mon temps, rien j'en ai eu fait. Rien que garder une morte vivante. Mon cœur reste un cimetière. La demoiselle, je peux pas l'oublier. Elle a rempli toute ma pensée, toutes ces années. Je suis resté comme un chien devant sa porte.

Le Vieux se fait pas jeune, la soixantaine sonnée. Il se tient toujours raide, on sent une force terrible. Il en aura rien tiré, que se détruire et détruire les autres. Il sait plus contre quoi la tourner. Il repart de boire.

Je me cramponne. A quoi, je sais pas, reste rien. J'ai

peur de tomber dans ma tête, de plus me retrouver, pourquoi je me sens fragile. Je garde cette grosse poche de chagrin, si elle crève, elle m'emporte. Plus personne restera pour penser à la demoiselle. Alors je résiste. Je suis le gardien des nuages.

Les brebis sont retournées sauvages. D'un temps, elles ont vécu leur vie, dans la colline. Tant que tu trouves de l'herbe et de l'eau, cocagne. Alors sont venus les chiens. Ils sentent les bêtes à l'abandon, le goût du sang leur revient. Ils se mettent en bande, ils assaillent les créatures, ils les égorgent. Ce coup, ils les ont rabattues vers une ancienne carrière. Les bestioles ont sauté.

Je savais pas. Polka me mène voir le carnage. Elle couine. Elle, c'est un berger, elle supporte pas. Pleure que je te pleure. Elle me tire par mon bas de pantalon, je la suis. Arrivé au bord, je comprends. Ça fait le joli à-pic, de la roche pourrie infiltrée d'argile. Je m'accroche aux buissons, je fais entention, en plus faut que j'aide la chienne. On voit des touffes de laine accrochées aux épines.

En bas, c'est plein de restants de blocs, comme des gros grains de sucre, avec des boules grises éparpillées un peu partout. Déjà les corneilles s'en occupent. Elles se dérangent pas pour nous. Une grosse, perchée sur l'épaule d'un agneau, lui cure les yeux. Je me rebiffe pas. C'était fini bien avant cette fin.

Je préviens pas le Vieux. Je repars au village pour les courses. Faudrait qu'il pense à lâcher quatre sous, l'épicière commence à faire un drôle de mourre.

En premier, je passe au bar. Ils barjaquent comme des fous perdus. Cette fois, ils bouffonnent pas pour la galerie. Ils causent des élections. Quelles au juste, j'en sais rien.

Du coup, ils pensent plus à me payer le coup. Leur politique, c'est rien de bon pour le pauvre monde. Le patron me laisse pas tomber, il m'apporte le demi et le jambon-beurre, plus la tape sur l'épaule.

Il m'aime bien. Il se trouve des mémés pour adorer les chats et les pigeons. Lui, c'est les minables, tant mieux pour moi.

J'écoute les autres calus. Tant de bruit, tant de salive pour rien. Ça sert à quoi ? Comme d'habitude, à leur donner soif. C'est tout bon, ils sont en plein abreuvoir.

Au bout d'un moment, nous quittons le repas. Nous partons ensemble, Arnaud me tient la main. Nous prenons la route de la Joinière. Je l'ai faite de jour, elle est étroite, encaissée sous les arbres. Elle dessert juste quelques fermes, il n'y passe personne.

J'entends le bruit de nos pas. Je ne touche plus terre. Une chouette lance son appel, très près. La fraîcheur me saisit, je frissonne, je n'ai pas pris ma veste. Mon archange retire sa chemise, me la jette sur les épaules. Il reste en maillot de corps. Son odeur m'enveloppe. Mon Dieu, depuis tant de temps...

Je suis là, tout contre ce garçon. Le monde est plein, enfin. Je m'arrête, nous nous étreignons. Il dit :

— Viens !

Nous courons, pour le plaisir. Je ris, je redeviens petite fille. Si Chef me voyait ? ! Tant qu'il veut, tout m'est égal. Je m'arrête, je n'en peux plus.

A gauche, regarde, une masse sombre. Une cabane, allons voir. Un poste de chasse, il suffit de tirer la porte. A l'intérieur, juste une planchette, à hauteur de poitrine, des fentes pour viser. Quelques nippes pendent à des clous.

Nous nous installons sur le sol, sur des branches de pin. Je rejoins l'abri de ses bras. J'écoute son cœur. Le mien bat plus vite. Je suis bien... La tension de tous ces mois m'abandonne. J'ai dû m'assoupir, gourde que je suis.

Quand je me réveille, je me retrouve seule. Alors ça... Je n'en reviens pas, seule et furieuse contre moi. C'est fou, je me serais tuée. Puis j'entends un moteur. Je sors. Je reconnais le bruit de ma 4 L, j'avais laissé la clef. C'est lui, il roule sans les phares. Il descend, il demande :

— Bien dormi, bébé ?

Je retrouve son corps, son épaule, sa tiédeur. Je ferme les yeux. Au bout d'un moment, il m'écarte :

— Tu sauras rentrer ?

Je ne comprends pas. Bien sûr que oui. Il m'embrasse sur le front, s'éloigne, à pied. Je vois la tache claire de son... Je ne vois rien, ma vue se trouble, je pleure. Il me laisse, il ne m'a même pas... N'aie pas peur des mots. Tu aurais voulu qu'il te baise par terre, comme ça, d'emblée ? Mais non, quelle importance ? Je m'en moque. N'importe qui baise n'importe quoi. C'est de sa présence dont j'ai besoin, tu comprends ? J'essaie.

Alors, tu lui fais peur ? Un grand garçon comme ça ? Pourquoi veux-tu, ce n'est pas un gamin. Voyons les choses en face, il doit craindre de s'engager, de se retrouver coincé. Les hommes, c'est ça... Pour ce que tu en connais ! Parlons de lui.

Simple comme bonjour, tu ne sais rien. Rien de sa vie, ni lui de la tienne, à part ton foutu métier. Il a besoin de se donner du temps, tu vois ? Avant, on appelait ça des fiançailles. Ça existe encore ? Je ne sais pas. Des retrouvailles, peut-être... Je l'ai tellement attendu, il est tout ce qui me manque. Te voilà coupée en deux, fille. Ton autre moitié vient de te laisser en rade. Tu sais quoi ? J'aime autant.

Tu te souviens de ces histoires ? A peine commencées, tu en vois déjà la fin, tellement c'est toujours la même rengaine. Restal, sortie en boîte, entrée en matière... Et cette impression de vivre un film rabâché. Ne te plains pas, le coup de la cabane au bois dormant, personne n'avait osé te le faire.

Je n'ai pas tout perdu, j'ai sa chemise. Je la respire longuement, l'odeur me donne le vertige. C'est bon, ça sent l'homme, la forêt. Ça sent le commencement du monde. Tu es folle ! Le ciel pâlit derrière la colline. Temps de te rentrer, gourgandine.

Un bref instant, je ne sais où aller. Je me sens perdue. Ah oui, la brigade... Non, c'est samedi, ou plutôt dimanche, tu as droit à Zouzou. Rappelle-toi, dans tes débuts, quand tu pensais pouvoir crécher en dehors de la caserne, au grand jour. C'est pas possible, vivre de cette façon. Ta gendarmerie est une secte. Tu l'as déjà dit. Comme toutes les sectes, elle vit en vase clos.

Je fais quoi ? Retour à la fête ? Parce que tu comptes t'afficher devant Zouzou dans cette tenue ? Où serait le mal ? Non, je dors. Je suis morte, mon royaume pour une paillasse. Elle sera vide, c'est tellement bête. Le pain et le couteau, et tu te retrouves seule. C'est moi le pain ? Tais-toi, idiote.

Je regagne le Logis. Encore cette impression d'étrangeté. Drôle de vie, écartelée entre deux mondes... M'est égal. Arnaud me manque, je suis seule, je ne supporte plus. Voyons, je vais le trouver je lui dis quoi : « Viens chez moi, tu verras, c'est chez ta môman. » J'en pleurerais. Garde tes larmes. Quand il sera décidé, il te fera signe. Un peu de dignité que diable.

Tu comptes attendre ? Tu es malade. C'est quoi ce garçon ? Il vient de rentrer, qui te dit qu'il ne va pas repartir ? Après les vestales, tu veux passer à Pénélope ?

Je ne joue pas. Je l'attendrai, s'il faut, bien contente. Le pire c'est de n'espérer plus rien. Bien. Zouzou, pas là. Je prends un carton de lait dans le frigo, je me sens sèche. J'avale, avidement. C'est glacé. J'ai faim, je n'ai rien mangé, à leur fête. J'ouvre une boîte de lait en poudre. J'en mange plein, à la cuiller. Pouah, c'est fade, grumeleux. C'est fameux. Continue, tu vas devenir une vraie grosse vache. Tant mieux, lui sera mon vacher. Tu as quel âge ? Celui de vivre, il serait temps. Protéger les biens et les personnes, j'adore. Qui donc veille sur moi ?

J'ai la bouche pâteuse. Je bois au robinet. Je regagne ma chambrette de vraie jeune fille. J'ai punaisé l'affiche d'une expo Cézanne, la Sainte-Victoire, évidemment. Et une vue du temple d'Angkor, trois pains de sucre noirs, entourés par une arche de pierre. Ils se battent toujours, dans ce secteur. Qu'ils ne s'en privent pas.

Sur l'étagère aux livres, j'ai installé mon nounours. Il s'appelle Lolys, borgne et chauve à force d'avoir été mâchouillé. Ne manque qu'un portrait de Gérard Philipe. J'aimais beaucoup ses films, d'un temps. C'est qui la coqueluche actuelle ? Rambo, probablement. Sur la table de chevet mon flingue, lourd, froid. Lui ne me quitte jamais.

Il te manque une balle. Si jamais, je raconterais que je l'ai tirée dans le bac à sable. Je m'allonge. Le temps n'en finit plus. Toujours ce vide. Tu viens à peine de le rencontrer, ça promet. Tu crois pouvoir tenir ? Comme si j'avais le choix. Moi qui t'ai connue si sage ! Enfin, quoi, il ne t'a même pas touchée ! Je sais, ne m'en parle plus, je t'en prie.

J'étouffe. Je prends une douche. Glacée, ça secoue la bête. Puis brûlante. Temps de te ressaisir, beau militaire.

Bien, cheftaine. En plus, vous avez raison. Réveille-toi, suppose que tu tombes enceinte. Cette blague, je garde le gosse c'est évident. Parce que tu t'imagines en fille mère ? Pourquoi non ? Mère célibataire on dit, à présent. Ça existe, ça a même une pleine valise de droits. Certes, et avec tes horaires, tu comptes te débrouiller comment ? Tu te vois crapahuter avec ton baby ficelé dans le dos, comme un papoose ? Qui va s'en occuper, quand tu seras sur le terrain ? Il te faudra le remiser quelque part.

Pas question, c'est fantastique, un tout petit. Je ne veux pas le voir grandir en pointillé. Soit. Seulement, gendarme et maman, c'est pas si évident. Tu ne t'en tireras pas à coups de volontarisme.

Tu vois, tu as dit : gendarme en premier. Pas fait exprès. Écoute, pas question de se comporter n'importe comment. Ce métier, je l'ai choisi, je tiens à être à la hauteur. La bonne femme qui se bricole une famille parce qu'elle est incapable d'imaginer autre chose, pas mon genre. Ma vie, je veux qu'elle tienne debout. Alors, tu renvoies l'archange dans les limbes ?

Non, je vais le revoir. Nous devons parler. Je me sèche vigoureusement, ça va mieux. Hier, tu avais un peu bu, l'occasion, l'herbe tendre... Ben oui, ça n'arrive pas qu'aux autres. Avec ce garçon tout reste possible, à condition que ce ne soit pas n'importe quoi.

Il a été chic, il n'a pas abusé. Il pouvait te sauter, vite fait mal fait. Les types sont des chasseurs, ils cartonnent, peu leur importe le gibier. Tu t'en tires bien.

J'essaie d'être une fille propre. Il me mépriserait si je n'étais qu'une... Une voyoute ? Si on ne s'estime pas, on ne vaut rien. La vie ne vaut rien.

Regarde, le jour recommence. Va falloir reprendre ton jeu sans enjeu. Tant mieux, je n'ai pas sommeil. J'enfile une robe de chambre. Téléphone. Zouzou ? Non, Chef. Il se présente toujours de façon réglementaire. Pourtant, il avait un faux numéro. Tu le sous-estimais. Ce grand homme te veut sur pied de guerre, alerte incendie. Tu es de congé... Il sait, ça n'empêche nullement l'incendie d'incendier, il dit. Faut y aller.

J'avale un Nes, réintègre ma carapace bleue. On laisse un mot à Zou ? Comment donc ! J'écris, à l'envers d'une enveloppe :

JE SUIS SUR LE FEU.

A ma brigade, Chef m'attend avec le gros de nos troupes. Nous prenons le Trafic et la route de Talasse. Alors ? Ça crame du côté du Défend, une histoire de camping sauvage. Nous devons aider nos camarades pompiers. Chef remarque :

— Heureusement qu'il n'y a pas de mistral, sinon...

Sinon le feu viendrait à nous, on n'aurait pas besoin de se déranger. Une ferme est menacée, vers Authon. Enfin, du sérieux. Sauf qu'il te largue au Planas, avec mission d'empêcher les véhicules d'emprunter la route du col. Ils peuvent toujours revenir par Talasse.

Merci. Demande donc si ce traitement de faveur, tu le dois à ton sexe. Non, il ne m'a jamais épargnée jusqu'ici, je reconnais. Je ne discute pas. Dommage, ce feu m'aurait plu. D'où je suis, je vois une colonne de fumée. Elle monte, droit, puis s'étale, brouille l'horizon. Ça n'a pas l'air de s'arranger.

J'arrête une pincée de camions, des voitures. On ne trouve jamais une circulation démente, dans ce secteur. En me voyant, les chauffeurs balisent. Comme je ne suis pas là pour les éplucher, ils retrouvent vite le sourire. J'ai droit à toutes les variations possibles sur les thèmes de l'incendie et de ces salopards de touristes. Tu pourrais constituer un herbier. Quelques amateurs s'attardent. Nous regardons passer les Canadair. On voit le panache de leurs largages. Ce pays fonctionne, y a pas. Quelqu'un prend la peine de coller le feu, quelqu'un d'autre l'éteint, aussi sec. Tu en trouves pour tous les goûts, c'est ça la démocratie.

Cette forêt n'a pas dû griller depuis, je ne sais pas, l'ère glaciaire. Ils ont pratiqué des coupe-feu, de grandes saignées transversales, à flanc de montagne. Elles datent, les arbres neufs repoussent, comblent les vides. L'incendie n'a pas l'air de s'étendre à en juger par la fumée.

Nos héros redescendent en début d'après-midi. Une barre rocheuse a bloqué le sinistre. Un des G.A. s'est fait roussir ses rouflaquettes. Les pompiers restent sur place, pour prévenir de nouveaux départs. Chef exulte, ils n'avaient pas de matériel, ils se sont battus à coups de branches comme des tigres. Un Canadair a manqué les doucher. Bref, de l'action, de l'émotion, de l'aventure. Ils sont comblés. Chef daigne s'inquiéter :

— Et vous ? Pas trop long ?

— Un peu. J'aurais préféré être avec vous, mais je ne suis qu'une faible femme.

Touché. Il se défend, bafouille. Les autres se marrent. Nous embarquons, direction Talasse. Les indigènes sont au courant, la population nous fait une ovation. Le patron du bar offre la tournée. Avoue, ça fait quand même plaisir. Nous repartons sur un nuage.

A la brigade, autre gag. Nos locaux viennent d'être visités, tiroirs vidés, paperasse au sol. C'est quoi ce bintz ? Le G.A. de garde se trouvait au café, tranquille. Il n'y avait pas le feu, il dit. Chef bondit sur l'armoire aux armes. Il respire, tout est intact, et même la bouteille de pastis pour l'apéro. Rien ne manque à l'appel, apparemment. Juste du vandalisme.

Quand même, Chef est blanc de rage. Il parle de viol, il jette le G.A. De mon côté, je n'en fais pas un vélo. Qui a bien pu ? Les collègues supputent à tout va. Des gamins, probablement, inutile d'aller chercher plus loin. L'attaque de Fort-Apache, comme à la télé. A force de se gaver des niaiseries, ils passent à l'acte.

Je regarde mon bureau. Je reste figée. Au pied du verre où tu mets des fleurs, regarde, une balle. Je la prends. Le cuivre est rayé, on a gravé quelque chose, dessus. Ton prénom : Claire.

Je referme le poing sur ma trouvaille. Mon Dieu... Tu vois, il a pensé à moi.

Le soir de l'incendie, Chef m'autorise à rester chez Zouzou. Vers dix heures, téléphone. Je décroche. Une voix de femme :

— Claire ? Je suis ta maman.

Je ne l'avais pas reconnue. Comment a-t-elle trouvé ce numéro ? Tout se sait, quelle importance ? Et moi qui ne suis toujours pas allée la voir. Je reste muette. Elle insiste :

— Claire, tu es là ? Ton père est mort, je dois te parler. Tu te rappelles notre adresse ?

Je dis oui, j'arrive. Nous sommes dans le séjour. Zouzou fait des mots croisés. Elle ne les finit jamais, pas la patience. Elle demande :

— C'est ta brigade ?

— Non, ma mère.

— Rien de grave ?

— Je vais voir, je ne sais pas.

— Je t'accompagne ?

— Je te remercie, j'aime autant y aller seule.

En voiture. Talasse, mélasse, ça sort d'où, des noms pareils ? La route, comme un ruban de réglisse, sous la lune. Les masses opaques des bois. Tu es une sale vache, tu as toujours remis, remis... A présent il est trop tard. Drôle à quel point j'ai pu couper. L'homme quittera son père et sa mère, et il prendra sa croix. Laisse tomber.

La silhouette du village, nette sur le fond nuageux. Tant de beauté ! J'arrête l'engin, je regarde. Ton père ne verra plus ce clocher. De toute façon, vivants ou morts, les gens ne voient rien, jamais. Parle-moi des bébés phoques, pendant que tu y es. Tu es un monstre ! Si seulement.

L'heure tinte au clocher. Onze coups. Je sais encore le chemin. Villa « Mireille », sur la route du relais de télé, juste avant la forte pente. Pourquoi Mireille ? A cause de Frédéric[1]. Nous y sommes. Une maison banale, à un étage. Je donne un coup de klaxon. Une lampe s'allume, au-dessus de la porte. Une silhouette apparaît. La pauvre, elle a rétréci.

— C'est toi, Claire ?

---

1. Frédéric Mistral est l'auteur de *Mireille*, célèbre poème publié en langue provençale en 1859.

Je la rejoins, la prends dans mes bras. Elle n'a jamais été bien épaisse. Je retrouve un moineau déplumé. Nous rentrons. Elle dit :

— Je n'ai encore prévenu personne, à part toi.

La cuisine. Je reconnais la vieille cuisinière émaillée, la pile. Le passé me serre la gorge. Nous prenons place à table. J'en ai mangé, des soupes et des soupes, sur cette toile cirée à carreaux rouges. Pour grandir... C'est fait. Je regarde ma pauvre maman. Ses cheveux sont blancs, à présent, si fins. On devine le crâne. Elle tient ses mains l'une dans l'autre. Elle ne te regarde pas. Elle dit, doucement :

— Tu étais quand même sa fille. Il était si fier de toi, il ne savait pas te le montrer. Puis tu es partie.

Je prends ses mains, je les serre.

— Nous t'avons adoptée, Claire, c'est pour ça qu'il ne te passait rien. Il se sentait davantage responsable, tu comprends ?

Elle s'arrête un moment, le regard dans le vague. Elle reprend :

— C'est moi qui t'ai trouvée, je m'en souviendrai toujours. Tu sais, cet épicier, avec sa camionnette ? Mais je te l'ai écrit.

Parlons-en. Je secoue ses mains :

— Elle venait d'où, cette camionnette ?

— Elle desservait les fermes depuis la nationale jusqu'au col. Avant, les gens ne se déplaçaient pas pour un oui pour un non.

— Attends.

Je vais chercher la carte Michelin dans mon vide-poches. La 81. Je prends un feutre, j'étale la carte sur la table. Ma mère suit son idée :

— Il s'agissait du vieux... Attends, son nom m'échappe. A l'époque, il n'était pas si vieux, un drôle de loustic, oui.

— Il vit encore ?

— Je ne saurais te dire. Il doit vivre, sinon je l'aurais lu dans le journal. Ah voilà, Firmin. Il s'appelait Firmin. Il montait de Loisson. C'est là qu'il restait. Il visitait toute la vallée en deux fois. Un jour il s'occupait du bas, la partie avant Talasse, tu vois. Il passait d'abord par Marval, il n'y avait pas encore le Logis...

Je n'entends plus rien. Je demande :

— Excuse-moi, tu n'aurais pas un peu de café ?

— Si, je viens d'en faire.

Miracle, il est fort. J'en avale deux tasses, ça va mieux.

— C'était quoi, le reste, maman ?

— Tout ce qu'il y a par chez nous, Bire, Balane et aussi Valoize. Tu dois connaître.

Des hameaux. Je connais.

— Cette partie lui prenait plus de temps, c'était plus étendu. A l'époque, on trouvait des fermes qui n'existent plus.

— Tu te souviens des noms ?

Elle les égrène. Je cherche sur la carte, je les encercle d'un trait. Des lieux-dits. Orèze, Bertagne... Ce serait donc de là... Comment s'y retrouver ? J'insiste :

— Tu as bien une idée. Vous avez cherché à savoir ?

— A dire le vrai, non. Tu étais ma seule enfant, tu comprends ? Je ne voulais pas...

... Qu'on me reprenne. *Sans Famille*, suite et fin.

— Ce genre de circuit existe toujours ?

— Oui, l'été, ils sont même plusieurs à présent. Il y a un boucher de Manosque, il vient aussi le camion de surgelés, de Digne. Un poissonnier... Ils font les endroits un peu importants.

— Il reste qui, de ton époque ?

— Tu veux dire des paysans ? Je ne vois plus trop. Le Jaquou...

Ça ne rime à rien. Des inconnus... Attends, essaie celui-là. Je l'interromps :

— Dis-moi, et cet endroit, avec ce vieux cinglé, et ce berger muet ?

— Orèze. Tu les connais ? Ça m'étonnerait. Lui, sa femme est morte, sa fille l'a quittée. Ça ne date pas d'hier. Son berger, n'en parlons pas, il est simple.

— Et durant tout ce temps, personne ne s'est inquiété de savoir d'où je venais ?

— Jamais. Pourtant tout le pays se trouvait au courant, forcément.

— C'est drôle, on ne m'a jamais rien dit.

— J'avais demandé aux mamans de ne pas en parler devant leurs gosses. Pour les gens, tu étais ma fille.

— Ton marchand à roulettes ne faisait pas le village ?

— Ici ? Bien sûr que non, il y a toujours eu l'épicerie. Il s'arrêtait devant le bar, on lui confiait des commissions.

Je regarde la carte, encore une fois. Le vert des vallées, le bistre des collines, le rouge et le jaune des routes. Ton berceau, ma fille. Essayons encore.

— Enfin, parmi ces gens des fermes, tu ne vois vraiment rien ?

— Tu penses si j'ai eu le temps de tourner et de retourner dans ma pauvre tête. D'un côté, je ne désirais pas savoir. De l'autre, je me demandais quand même... Ça ne collait pas, j'avais beau chercher. Dans ces fermes, tu trouvais soit des vieux garçons, soit des ménages normaux, mais pas de ces filles qui font des frasques. Pas la peine de fouiner, tout se sait, ici.

— Et une femme mariée ?

— Mais non, une femme se sauve avec son petit, elle ne l'abandonne pas.

— Alors je suis tombée du ciel ?

— C'est ce que j'ai pensé. Ça reste un mystère.

— Tu m'as trouvée comment ? Toute nue ?

— Tu étais calée bien au chaud, dans des peaux de lapin.

— C'est tout ?

— Il y avait aussi un bout de toile peinturlurée. Ton père disait que ça venait des Allemands.

J'en pense quoi ? Nada. Elle ne t'en dira pas davantage. Faut retrouver ton boutiquier ambulant.

— Dis-moi, tu connais son nom ?

— De qui, ma chérie ?

— L'épicier, ce Firmin ?

— Ah oui, ça m'est revenu. Il s'appelait Giral. Firmin Giral.

— Tu as son adresse ?

— Demande donc à ta gendarmerie. Eux ils savent sûrement.

Bien. Ne pars pas comme une voleuse. Sois gentille.

— Je peux voir papa ?

— Viens.

Elle me précède. Le couloir. Elle ouvre une porte. Leur chambre. Des bougies, sur deux tables de nuit, de part et d'autre d'un grand lit. Une forme allongée, un rien de travers, en habits de tous les jours. C'est lui. Il a gardé ses souliers.

— Il se sentait fatigué, il a voulu un peu se reposer, avant le repas. Au moment de servir, j'ai appelé, il n'a pas répondu. Je lui ai mis ce mouchoir à cause de la mâchoire.

Une odeur fade. Ton père... Il semble tellement démuni, plus petit que dans ton souvenir. Il t'a donné ce qu'il pouvait. Une soucoupe, avec un brin de buis. Je le prends, je jette quelques gouttes sur ce visage figé. Nous quittons la pièce.

— J'aurais pu appeler des voisines, je préfère de rester seule. Demain je préviendrai la mairie.

— Tu l'enterres quand ?

— Après-demain, si c'est possible. Tu viens ?

— Je tâcherai. Ne t'inquiète pas.

— Tu es gentille. Embrasse-moi.

Elle pleure. Ses épaules tremblent. Pauvre femme, elle n'a que toi. Nous retournons à la cuisine.

— Dis-moi, ce bout de toile, tu l'as encore ?

— Oui. Cent fois j'ai pensé de le brûler. Pour finir, je n'ai pas pu. Je te l'ai gardé.

Elle se lève, sort du placard un paquet enveloppé de papier bleu.

— Il est joli ton papier.

— Pas vrai ? Je recouvrais tes livres de classe, avec. Il m'en restait un rouleau. Les peaux, je les ai jetées, elles étaient mangées des vers.

Toute chair est comme l'herbe, mon chou. La fille à la bâche, ça sonne comment ? Arrête, tu n'es pas drôle. Pourquoi pas la fille de l'air ? Arrête ! D'abord, tu dois mettre la main sur cet épicier. Il est probablement connu comme le loup blanc.

— Maman, je me sauve. Je reviens, je te promets.

La lune a grimpé dans le ciel. Elle éclaire ton territoire, fille. Je pense à ces gens qui font disperser leurs cendres en mer. Toi, tu l'étais, à peine née. Dispersée. Tu ne trouves pas ça grandiose ?

Je bâille, accoudée à ma terrasse. Par moments, j'ai très envie de tout laisser choir. Ça va pas ? Ça va, ça vient. Un jeune poulain flaire la tranchée ouverte pour le méchoui. Elle est rebouchée. Ah bon...

Je bâille, je mets la main devant la bouche. J'appartiens à une génération où ce geste se pratiquait. A présent, si tu aimes les couchers de soleil sur de grandioses plombages, pas besoin de faire l'École dentaire.

Ma vaillante Agnès s'amène en trottinant. Elle a quelque chose du petit Chaperon rouge atteint par la limite d'âge.

— Ça va, madame Zouzou ?

— On fait aller.

Beau dialogue. Je n'ai pas revu mon fils. J'espérais, pourtant. Espère, ça ne mange pas de pain. Claire semble préoccupée. Hier soir, j'ai essayé de savoir ce qui la travaillait. Elle m'a envoyée sur les roses, gentiment.

— Une histoire de fous, je t'expliquerai.

C'est dingue, j'approche de la soixantaine. Je ne les fais pas, j'admets. Pas de risque de m'empâter, je me bouge trop. Et avec mon masque de pirate, je n'ai plus d'âge. Oui, et à force de ne pas les paraître, j'y arrive.

Voilà Viviane, elle vient me faire la bise. Elle sent le frais, le grand large. Elle sent la jeunesse.

— Ma belle, tu aurais envie de quoi, pour midi ?

— Si on préparait des beignets d'aubergines et de courgettes ? C'est drôlement bon.

Agnès intervient :

— A l'épicerie, elle en a de jolies, de courgettes. Elles ont la fleur.

Des beignets, parfait. Cette épicerie, je l'adore. Le foutoir intégral. On y trouve de tout, des cigarettes au papier tue-mouches. Et là, je tombe sur deux jeunes, blouson noir et cheveux crades. Un d'eux envoie la vieille lui chercher je ne sais quoi. Du temps, l'autre enfourne dans son blouson tout ce qui lui tombe sous la patte. La vache, il ne se gêne pas pour moi. C'est quoi ce festival ? Je remarque :

— Tu devrais en laisser pour les copains.

— Écrase, conasse !

Ça part tout seul, un joli revers. Il se retrouve à terre, son nez saigne. Des boîtes de crabe gerbent de son blouson. L'autre branlotin me fixe, effaré. La vieille revient. Elle ne s'émeut pas. Elle dit :

— Ce sont des habitués. Allez, mes petits, allez-vous-en !

Le chérubin resté debout sort un couteau, fait jaillir la lame. Ils regardent trop la télé, ces gosses. Je recule d'un pas, empoigne une bouteille. Je lui fais signe :

— Viens donc !

La porte est dégagée. Il rempoche son outil, ramasse son camarade. Ils filent, dare-dare. L'épicière m'explique :

— C'est pas les mauvais gosses, seulement ils ont pas de travail, pas vrai ? Faut bien qu'ils s'occupent.

On aura tout vu. Je me marre...

— Vous le prenez plutôt bien.

— Tant que ça se passe chez moi, c'est pas grave. Je leur prépare de vieilles boîtes, je sais à peu près quand ils reviennent. Mais ailleurs, ils risquent de tomber sur un bec.

— Vous plaisantez ?

— Mais non, ça pourrait être mes petits-enfants. Je vais quand même pas les faire mettre en prison.

— Ça ne leur ferait pas de mal.

— Ne croyez pas ça, ils risqueraient de mauvaises fréquentations.

Bien, cette mémé. Il faudra en parler à Claire. Tu ne la revois pas avant samedi. Je vais en toucher deux mots à Philou, ça devrait le brancher. Au fait, je ne l'ai pas vu ce matin.

Je ramène mes légumes. La matinée file. Les beignets, vite prêts. C'est bon, ça bourre et c'est encore meilleur froid. J'offre le pastis à ma fine équipe. Viviane s'y est mise. Au début, elle nous jouait les mijaurées. Agnès se tient un sacré coup de coude, la garce sous ses airs de vieille dame digne. Voilà, j'ai retrouvé mon rail. Le tout, c'est de se remettre dans l'ambiance.

Je sirote mon pastis. Agréable, cette saveur anisée. Encore une chance. Je revois ces jeunes. A y repenser, j'ai une sale impression. Oui, et je me demande ce que devient Arnaud, à quel genre de blague il peut se livrer en ce moment.

Et mes beignets ? Dorés à point, une merveille. J'en mets une assiette de côté pour Claire ? Si ça t'amuse... Philou dort encore.

Mes zèbres arrivent. J'ai peur, d'un coup ça me reprend. De quoi, je ne sais, mes mains tremblent. Si, d'apprendre une sale nouvelle, à tout moment. J'empoigne le chiffon, j'essuie le comptoir. Ça sert à ça, un comptoir. Je branche le pilote automatique. Je plaisante. Max constate :

— Je vous trouve drôlement en forme, madame Zouzou. Ça fait plaisir.

— Et toi, tu es beau comme un astre.

S'il savait... Encore cette envie de tout lâcher. Tiens bon. Un jour, mon petit aura un gosse. On peut, quand on n'a pas eu de père ? Bien sûr. Souvent, il vaut mieux. Inutile de m'en faire, les dés sont jetés depuis toujours, chérie. Je dis :

— Quand les dés sont jetés, il faut les boire ! C'est ma tournée !

Je commence sec. Faut bien amorcer la pompe, Zizounette. J'essaie de continuer, avec ou sans raison. Arrête. Des raisons, tu en as vingt, autant que de verres que tu es en train de remplir. Tu as tous ces braves types. Ces braves fils de pute, oui. En attendant, ils me mangent dans la main.

Je les regarde. Ils sont contents. Leur vie de merde leur suffit. Et sinon, quoi d'autre ? Je revois mon fils, son espèce de révolte permanente. Il en a fait cadeau à l'armée. Il a tué, tu crois ? J'aime autant ne pas savoir. Je tape dans mes mains :

— C'est prêt. Quand vous voudrez !

Je revois ces tableaux qu'on trouvait partout, dans les foyers. *L'Angélus*, *La Cène*, toute la tablée alignée, le Christ main levée. Toute la smala. Ils ont une drôle de bobine, mes apôtres. Peut-être mais il n'y a pas de Judas.

Ils se régalent. Je suis contente, il ne m'en faut pas davantage. Une bonne idée, ces beignets, je félicite Viviane.

— Pour demain, tu verrais quoi ?

— Des sardines, si vous en trouvez de bien fraîches, avec des épinards et des croûtons grillés.

— Génial ! Tu me fais saliver.

— Moi aussi.

De quoi je me mêle ? C'est Max, avec son sourire de loup.

— Quand c'est que vous refaites l'aïoli ?

— Quand tu me le demanderas poliment.

— Je vous demanderais bien autre chose...

Il prend ma main, fait mine de la baiser. Ce qu'il a de beaux yeux, le monstre !

— Va te cacher, farceur. Vendredi, d'accord pour ton aïoli.

— Vous êtes ma préférée.

Je ne réponds pas. Les yeux de mon fils ne riaient

jamais. Un révolutionnaire en puissance, seulement la révolution n'était pas au rendez-vous. A une autre époque, il aurait posé des bombes. Il avait ce besoin de détruire, et lui en premier. J'ai toujours vécu dans la peur. C'est bien, la maternité, on ne s'ennuie pas.

Tout le monde est servi. Je les écoute, ça donne comme un vague bruit de mer, toujours la même chose et jamais pareil. Et c'est ma vie, je me la fais manger. C'est bien. J'en pleurerais.

Et si j'avais présenté Arnaud à son père ? A ce fou ? Jamais. Comment ai-je fait mon compte ? Oh, je débarquais. Je ne le connaissais pas, il paraissait différent. Il ne disait rien, il avait une sacrée gueule, je ne pouvais pas deviner qu'il était cinglé. Je le trouvais intéressant. Surtout, nous étions pas mal imbibés. Je m'en mords encore les doigts. Nous ne nous sommes jamais revus. On ne parle pas d'un père, dans un cas pareil. Une peau de banane, tout au plus. Ce gosse, il ne l'aurait jamais admis.

Quand même, moi, me faire engrosser comme une oie blanche ! Mais si. J'avais envie d'un gosse sans vouloir l'admettre. Ce n'est pas le bout du monde à comprendre, non. La première petite graine, la bonne. Et je ne me sens toujours pas capable de l'avouer, surtout pas à mon garçon.

Regarde, qui donc émerge, les yeux bouffis de sommeil ? Mon Philou joli.

— Veuillez m'excuser, madame. Personne ne m'a réveillé.

— Allez vous asseoir, je vous sers. J'ai cru que vous alliez faire le tour du cadran.

Pour trouver mon épicier, pas besoin de l'ordinateur. Je téléphone à Féli.

— Ah, mademoiselle Claire. Chaque fois que je vous vois, je me dis que vous êtes la plus belle des gendarmettes.

— Ça n'existe pas. Gendarme féminin, Féli.

— Je sais, vous m'avez déjà fait la remarque. C'est comme le reste, ça existe si on s'en sert. Pourquoi vous m'appelez ? Si c'est pour vous tirer une épine du pied, je demande que ça.

Je lui explique le topo. Aucun problème, ce Firmin se trouve chez les vieux, à Talasse.

— Et pourquoi vous voulez le voir, si je peux me permettre ? Vous allez pas me faire croire qu'il a fait quelque chose de grave, à son âge ?

— Pour un renseignement. Merci, Féli, à bientôt.

A la brigade, du nouveau. Dans ce que j'appelle la salle des machines, celle où se trouvent les télex et autres, deux nouvelles têtes sont affichées, des portraits-robots. On jurerait le père et le fils, mêmes visages triangulaires, mêmes traits accusés. Papinou est plus dégarni. Je lis le mode d'emploi. Ces braves gens écument les maisons de retraite de la région. J'interroge Roger :

— Tu as des détails ?

— Ces gougnafiers ? Ils opèrent toujours de la même façon. Ils se pointent le soir, ils neutralisent le gardien de nuit. Ensuite, ils nettoient les chambres, tranquilou. Ils ramassent les radios, les télés, les bijoux...

— Vous avez prévenu les établissements ?

— A ton avis ?

Réprobateur, le ton. Tu es censée être au courant. J'admets, ces temps, nous laissâmes notre attention en veilleuse. C'est reparti, à moi fidèle G.A. Nous prenons la piste, direction Talasse. L'artiste sommeille. Je m'enquiers :

— Fatigué, Noël ?

— J'ai regardé un film à la télé, hier soir.

— C'était comment ?

— Je sais plus. Je me suis endormi, après j'ai rêvé.

— De quoi ? De belles demoiselles ?

— Pas vraiment. Des monstres, comme dans *Alien*, vous voyez ? Il y en avait un, il enfonçait un placard, et dedans j'ai vu ma sœur.

— Ah bon...

— Il s'est jeté sur elle, il l'a ouverte en deux, il en est sorti un autre monstre qui me ressemblait...

Pas mal du tout. A quoi rêvent les jeunes filles...

A Talasse, l'asile est en réfection. La pelouse en a pris un vieux coup, on entre comme dans de la « Vache qui rit ». Signe que les affaires marchent. Des papis prennent le soleil. D'autres tournicotent.

Une infirmière s'approche. Le père Firmin ? Il est là, il s'apprête à partir en promenade.

— Tous les jours, il prend le chemin du relais, figurez-vous, même quand il ne fait pas beau. C'est sa marotte, ça le maintient.

Elle me désigne un pépé, voûté, avec une grande barbe. Tout à fait le nain de jardin. Il progresse en s'appuyant sur deux cannes, comme un skieur de fond. Je le rejoins :

— Monsieur Giral ?

Il lève la tête, il a du mal à me fixer. Son regard est délavé.

— C'est pourquoi ?

— Je peux vous accompagner un moment ?

— Bien sûr, ma petite, seulement faudra marcher.

L'artiste s'inquiète :

— Je fais quoi, du temps ?

— Allez donc au village. Je dois parler à ce monsieur.

Le vieux trottine sec. S'il se souvient d'avoir trouvé un bébé, un jour ?

— Je pense bien, ça s'oublie pas. C'est pas moi que je l'ai trouvé, c'est madame Boyer.

— A votre idée, il venait d'où ?

Du coup, il pile. Ses mâchoires remuent, il rumine.

— Pour vous dire... ça fait du bien de souffler. Ce bébé, celui qui me l'a déposé, il a pas raté son coup. Ce jour-là, ma tournée m'a pris plus de temps que d'habitude. A la ferme Séguret, la fermière a voulu me montrer un cabri que selon elle il était bizarre. Tu parles ! On est passé dans l'étable, et en fait de cabri, on a fait des cabrioles, hé hé ! Elle en voulait, cette bougresse. Je vous le dis à vous, mais n'allez pas le raconter ! Elle est morte, pauvre. Il faut pas parler mal des disparus. Les gens, plus ça va, plus ils meurent, je sais pas cette manie qu'ils ont...

— Et puis ?

— Ensuite j'ai crevé en pleine montée, en allant au Callard. Avec mon bataclan, pour réparer, c'était coton. Personne pour me donner la main...

J'écoute. Jésus tombe pour la deuxième fois. Je relance :

— Et après ?

— Alors, là, le bouquet ! Juste au croisement d'Orèze, je me suis coltiné l'éboulement. Remarquez, à chaque gros orage, les pierres décanillent. L'a fallu que je descende dégager. Je m'en serais bien passé.

— Ça vous a paru naturel ?

— Je saurais pas vous dire. Normalement, ça se produit tout seul. Seulement, à peine vous virez un coup de talon, tout dégringole.

— Selon vous, ce bébé, à quel endroit...

— Personne pouvait prévoir que j'allais crever, pas vrai ? Alors il reste guère que ce croisement.

— Vous en avez parlé ?

— Risque pas, on cause toujours trop. Moi je cherche pas d'embrouille. Je vous cause à vous, parce que depuis le temps...

— Il s'agirait de quelqu'un du coin, alors ?

— Pas forcé. Mettons, quelqu'un s'amène avec un véhicule, du diable vert. Il planque sa mécanique, il fait tomber quatre cailloux, il attend pour voir ce qui se présente. Pas plus compliqué. Après, cette Séguret, c'est devenu ma petite amie. Fallait pas lui en promettre, sas ! Son mari était pas contre, il arrivait pas à la contenter.

L'offre et la demande. Tu n'es pas plus avancée. Mais si, réfléchis. Si ton semeur avait disposé d'un véhicule, il ne se serait pas posté à ce croisement. Ce bébé, il l'aurait de préférence déposé dans un lieu public, dans une grande ville. Il a choisi de barrer la route à cet endroit parce qu'il n'avait pas le choix. En admettant, ça limite drôlement.

Le vieux soliloque :

— Elle avait tout ce qu'il fallait où il fallait, cette diablesse. Quand j'y repense, ça me fait tout drôle. Avant, rien que de la détailler, je sautais au plafond, et maintenant, pas ça ! Comme on devient, en vieillissant, misère de nous !

Un filet de bave se détache de son menton. Il descend, brille dans le soleil.

— Vous savez, il y en a une, à la maison de retraite, Maryvonne, on est comme cul et chemise. Elle me cherche, c'est le beau morceau. Moi, je dirais pas non, seulement, les autres, c'est rien que des grosses jalouses. Après elles vous font plein d'embrouilles, vous les connaissez pas. C'est mauvais comme la gale, ces vieilles, quand ça s'y met. Elles nous moucharderaient.

— La confiance règne ?

— Moi, je vous le dis franchement, faudrait pas vieillir, ça pardonne pas. J'aurais pas cette route à grimper tous les matins, je sais pas ce que je deviendrais.

Il repart, s'arrête, me toise :

— Pourquoi vous me demandez tout ça ?

— Nous entreprenons des recherches dans l'intérêt des familles.

— Ah bon... Ce bébé, c'était une petite. Elle doit avoir dans vos âges maintenant.

Il hoche la tête, mécaniquement :

— Je l'ai eue revue, d'un temps, puis elle a quitté Talasse, elle est partie faire ses études. Les jeunes, ils s'en vont tous, il reste que les calus. Jamais elle s'est doutée que je l'avais ramassée. A moi, ça m'aurait pas gêné, seulement sa mère faisait drôlement gaffe. C'est bizarre, la vie, comment ça se goupille. Enfin...

— Écoutez, je vous remercie.

— De rien, et profitez tant que vous pouvez, après c'est trop tard.

Il repart, plan-plan, yeux collés au sol. Je m'adosse contre un muret envahi de plantes grasses. Ta mère habite un peu plus haut. Je sais. Je ne me suis pas rendue à l'enterrement. Tu es une sale garce. J'irai au mien, juré.

C'est beau, ce coin, le calme. Deux merles se chamaillent dans les branches d'un cerisier. Je n'ai pas perdu mon temps. Oui, et tu devrais récupérer ton cigogneau, l'heure avance.

Je redescends. Sur la place, je cherche une tache bleue. Pas de G.A. On joue à quoi ? Tu t'installes à la terrasse du troquet. Tu attends. Qu'est-ce qu'ils ont tous à me regarder ? Je ne suis pas Raquel Welch. S'agit pas de toi, c'est l'uniforme, jamais ils ne s'habitueront. Je ne vais tout de même pas me coller en slip ! Ça n'arrangerait rien.

Moi, tranquille comme pas deux. Je m'installe à une table, dos au mur. S'amène Féli. Je commande un Orangina.

— Pourquoi vous buvez ces trucs ? C'est l'heure du pastis, je vous l'offre.

— *Timeo Danaos.*

— Pardon ? Vous voulez un yaourt ?

— Non, allons-y pour le pastis.

— A la bonne heure... Dites, ça vous fait rien si je vous envoie ma nièce causer un peu ? Elle vient de passer le brevet, elle se demande si ça vaut le coup de continuer. Les études, ça la branche pas des masses, comme ils disent les jeunes.

— Quel âge a-t-elle ?

— Seize ans, mais elle paraît plus. Bougez pas, elle arrive.

Voilà la petite. Drôle de châssis ! Elle a droit aux sifflements de la terrasse. Mérités, je reconnais. Le patron calme son monde :

— Doucement ! Où vous vous croyez ? C'est des façons, bande de malappris ?

Elle a une poitrine... Comment dire ? Ce ne sont pas des seins, c'est une ambassade. On ne voit qu'eux. Petit corsage léger, pas de soutien-gorge, rien pour réprimer. On dirait une Cadillac qui exhibe ses pare-chocs.

Je lui fais signe de prendre place. Elle me sourit. Mignonne, un petit nez, des taches de rousseur, et l'éclat velouté de l'âge tendre. Seize ans, ô Roméo, c'est l'âge de Juliette ! J'espère que ta Julie prend la pilule. Pas timide, elle me détaille :

— Ça vous va bien, ce bleu.

Décidément...

— Merci.

— C'est pas trop lourd, votre revolver, ça vous gêne pas ?

— Au début, oui, mais on s'habitue. Ton oncle me dit que tu cherches du travail ?

— Oui, je voudrais bien. Je connais le métier qui me plairait, seulement, à lui, ça risque pas de lui plaire.

— Quoi donc ?

— Serveuse en boîte. C'est super, vous écoutez plein de musique, vous recevez des tas de pourboires, on vous paie pour vous éclater. C'est extra, vous trouvez pas ?

La bamboche...

— Tu sais pourquoi ton idée ne l'emballe pas ?

— Il raconte comme ça que c'est plein de maquereaux, et que je vais me retrouver à faire la pute à Caracas.

— Tu en penses quoi ?

Elle rit.

— J'ose pas vous répondre.

— Mais si, je ne suis pas ton oncle.

— Bon, si vous voulez. Des fois, je pense... Enfin, pas vraiment faire la pute, mais si vous pouvez tomber sur des hommes gentils, qui vous donnent plein d'argent... A moi, me marier avec un seul qui me sautera sans arrêt pour pas un rond, ça me dit pas tellement. Vous voyez ?

— Tout à fait.

— C'est dangereux, les boîtes ?

— Ça dépend. Tu es très jolie, les hommes voudront profiter de toi.

— Je suis maligne, je me laisserai pas faire. Je parle bas, sinon ils vont nous entendre. Déjà qu'ils pensent qu'à ça...

— Admettons, tu te défendras. Seulement, suppose, on t'enlève, on t'enferme, on te drogue, on te tape dessus, on te viole à répétition pour te mettre au pli...

— Ça existe, des choses pareilles ?

— Des milliers de filles disparaissent chaque année.

— Allez, c'est pas possible ! Vous dites pareil que mon oncle ! Alors, c'est vrai ?

— Tu ne serais pas la première. A ce moment-là, plus moyen de faire marche arrière.

— Et quelqu'un de gentil, quand même, ça doit se trouver ?

— Écoute, celui qui voudra te faire travailler pour lui le sera forcément, gentil. Au début, il te paiera tout ce que tu voudras, il te sortira, ce sera la belle vie. Un jour, il te racontera qu'il est dans la panade, il te demandera de t'y mettre pour le dépanner. Tu te retrouveras sur le trottoir avant d'avoir pu dire ouf. C'est ce que tu veux ?

— Alors, je suis pas libre ?

— Si, et eux sont libres de s'attaquer à toi. Tout le monde est libre, seulement personne ne veut la même chose.

— Et gendarme ? Il doit falloir plein de diplômes, non ?

— Il faut savoir lire et écrire.

— Vous prenez n'importe qui ?

— Pas tout à fait. Nous refusons des gens avec des licences.

— Alors, c'est pas pour moi.

— Pourquoi pas ? Attends d'avoir l'âge et présente-toi.

— Remarquez, ça a l'air pas si mal. Vous avez un flingue, vous passez le temps à vous promener...

Sainte Geneviève, priez pour nous !

— Ce n'est pas tout à fait ça. Tu ne m'as pas dit ton prénom.

— Claudine.

J'explique, le manque de temps, la vie en brigade, les contraintes. Ses yeux s'arrondissent :

— J'aurais jamais cru, je pensais que vous aviez la belle vie. Alors c'est pas drôle.

— Drôle, je ne dis pas. Tu as des satisfactions, quand même, tu te sens utile, les gens ont besoin de toi.

— Oh moi, les gens...

Sa vocation laisse à désirer. Je vois son regard se fixer. Elle demande :

— C’est votre fiancé ?

Je regarde. Qui vient troubler les flots près du sérail des femmes ? Mon G.A.

— Pourquoi mon fiancé, Claudine ?

— Il est jeune, mignon, à votre place, j’hésiterais pas. Vous pouvez vous marier, entre gendarmes ?

— Ça nous arrive. Nous avons même droit à un logement.

L’artiste nous rejoint. Je fais les présentations. Il regarde la nièce, rosit, je le vois se redresser. L’adrénaline chante dans ses veines. C’est beau, la naissance d’une idylle, laissons-leur cinq minutes. Je dis :

— Un coup de fil à donner, excusez-moi.

En fait, rien du tout. Je vais rendre compte au tonton. Il m’interroge, mains écartées :

— Vous en pensez quoi ?

— Disons qu’elle se cherche.

— Si c’était qu’elle... Ils sont un paquet à se la chercher, moi je me fais du mouron. Ils vont me la cochonner, si ça continue.

— Allons, c’est une grande fille !

— Tout à fait. Et je sais ce qu’elle va trouver. Un polichinelle dans le tiroir, à seize ans, un peu tôt, vous trouvez pas ?

— Dites à sa mère qu’elle lui apprenne à prendre des précautions.

— Vous inquiétez pas, elle est au courant. Les capotes, bientôt, les gamines les découvriront avant le chouinegomme. Si c’est pas malheureux de voir ça...

J’écoute un moment la ritournelle, puis je rejoins mes tourtereaux. Ils échangent des numéros de téléphone. Un bon point pour Noël. Le prestige de notre uniforme a encore frappé. Claudine au foyer, pourquoi pas ?

Je suis là, j'attends. Ça change pas, j'ai passé la vie à ça. Voilà, Polka, y a rien à comprendre.

Le Vieux continue sa guerre biscornue de son côté. Pour lui, elle finira jamais. Rien peut le réveiller. Des fois, quand je demande quatre sous pour les courses, tant il m'en lâche un moulon. Ce pognon, je me le mets de côté, pourquoi il va me falloir d'autres godasses, les miennes sont en train de rendre l'âme.

Il est passé le maquignon, l'autre jour. Lui, c'est le farceur à la coule, il devait se dire, avec ces péquenots, bonne maison. Je vais m'en ramasser en pagaille. Le Vieux l'a même pas écouté, il l'a envoyé bouler. L'autre il est dur à la détente. Ça lui plaît pas, il devient rouge comme son foulard, il commence à faire de l'esbroufe. Le Vieux empoigne son fusil. Le collègue a saisi. Ce langage, tout le monde comprend.

Plus de bêtes, plus à se casser le bourrichon. Les bestioles, on se croit de les posséder, on se retrouve leur esclave. Remarque une fois libre c'est pas mieux. Il peut rien arriver de pire que d'avoir rien à faire.

Je me taille une canne, avec l'opinel. J'en ai l'usage, avec ma patte à la godille. J'ai trouvé une branche de fayard, elle semble une crosse. En haut, je sculpte une aigle, les ailes repliées. En dessous, je vais mettre plein d'autres oiseaux. En ce moment, je fais rien que des rêves où je vole. Puis je tombe, ça me réveille. Avant, je rêvais pas. Ce que ça veut dire, j'en sais rien.

Le troupeau a fondu comme un grain de sucre, en une saison.

Ce domaine, une fois le Vieux disparu, ça va devenir la réserve de chasse, gros comme une maison. J'écoutais les autres escogriffes tailler leur bavette, l'autre jour, à la terrasse. A Marseille, ils disent, les gens s'entassent comme des anchois dans une poubelle. Ils donneraient n'importe quoi pour pouvoir chasser. Ils banquent sans regarder.

Cette terre, une Sainte-Hubert quelconque va l'absorber. Ils laisseront le champ de maïs pour attirer les cochons, ils creuseront une mare pour qu'ils puissent boire. A l'ouverture, ils s'amèneront, déguisés en léopards, flinguer tout ce qui bouge. Le reste du temps sera tranquille.

Je préfère ça que leurs saletés de villages de vacances, comme ça s'est eu fait vers Amblon. Des rangées de maisons toutes pareilles, c'est moche que ça en peut plus. Jamais le maire aurait dû permettre. Seulement, les maires, pour se ramasser quatre ronds, ils vendraient le dentier de leurs mémés.

Ça m'écrase le cœur, pourquoi ils défigurent tout. La campagne part en biberine de tous les bords, et c'est pas près de s'arranger.

Alors je pars. Pas au village, j'y suis été hier. Je file vers la route du col, voir si la lavande donne. Elle a la maladie, j'ai entendu dire, je veux me rendre compte.

L'an passé, dans ce coin, il est venu une voiture. Il faisait chaud, ils avaient baissé les vitres. Une abeille est entrée, ce devait être la reine, tout l'essaim a suivi. La voiture a filé en zigzag, je les entendais hurler. Braves bestioles...

Un peu avant le croisement, une tache bleue. Le véhicule des gendarmes, arrêté. Je m'approche en douce. Je reconnais cette gendarmette, elle est passée ça fait pas longtemps. Elle regarde la route, le talus. Elle a l'air de calculer. C'est juste l'emplacement, tu reconnais ?

Un jeune se tient tanqué contre le capot, un gendarme. Il semble s'ennuyer, il est pas dans le coup. Elle, elle grimpe sur le talus droit vers l'endroit où je m'étais planqué. Ça me souffle. Elle veut quoi ? Ce bébé, il doit être grand-père depuis. Comment elle a pu deviner ? Elle risque pas de trouver quoi que ce soit, je t'en fiche mon billet. Ça fait rien, elle sait.

Elle reste un moment, à examiner. Je me baisse. J'entends un bruit de pierres. Elle fait ébouler, pardi. Son jeune demande :

— Vous jouez à quoi ?

— Je cherche à comprendre.

Je le vois hausser les épaules, il insiste pas. Aucun doute aucun, elle est là pour l'histoire du bébé. Elle compte venir à la ferme. Puis non, elle redescend, vive comme une cabre. Les portières claquent. Ils sont partis.

D'un coup, je me sens glacé. Je risque quoi ? S'agit pas de moi, s'agit de la demoiselle, de sa mémoire. Je veux pas qu'on en parle, qu'on la salisse. Je les connais, au village, si jamais ils apprennent. J'entends déjà les saloperies qu'ils vont proférer. Pas mèche. J'aime autant de les tuer, je supporte pas.

On se calme. Réfléchis, des fois, on s'imagine une chose, puis ça a rien à voir. Alors, explique-moi ce qu'elle goupillait. Peut-être il s'est produit l'accident, elle vient se rendre compte. Quel ? Je saurais.

Ou alors, il va y avoir un de leurs rallyes de merde, elle vient repérer. Ça m'étonnerait. Quoi d'autre ? Je vois pas.

J'ai été voir. Elle a fait pareil que moi, tomber plein de caillasses, au même endroit. Il te faut le dessin ? Non. Quelqu'un cherche ce bébé. La question, c'est savoir qui.

Pas sa mère, en tout cas. Attends, je suis bête. Cette

gendarme, elle en aura parlé au village, si ça se trouve. Elle leur a dit ce qu'elle trafique. Ça coûte rien d'aller me renseigner. Comment je leur demande, hein ?

Comme d'habitude. Je demande rien, j'écoute. Ouvre les esgourdes, tout finit par tomber dedans. C'est mieux d'être muet que sourd.

A la terrasse, je me fais petit. Les vacanciers s'étalent. Plein de femmes avec les cuisses blanchasses. Au plus elles les exposent, au plus la peau devient rouge. Les autres pignoufs en peuvent plus à force d'espincher. La viande pas cuite, ils crachent pas dessus. Le patron vient me voir :

— O gari, encore là ! Note, c'est pas un reproche.

Je sors un billet, un pas trop gros.

— Tiens, tu as des ronds ! Cocagne, je te sers, comme d'habitude.

Je mâche les rillettes, elles ont pas de goût. Le pastis, pas plus. J'ai la bouche en carton. J'écoute. Ils causent, ce qu'ils ont bouffé à midi, ce qu'ils comptent bouffer ce soir. Les femmes se refilent des recettes. Leurs hommes racontent aussi le tour de France, qui c'est qui va gagner, ce genre de couillonnades. Ils parlent pour rien, pas moyen de les mettre sur mon terrain.

Je file, je supporte plus. J'en aurais volontiers pris un autre, de pastis, après je me sens bien. Comme si on me passait un coup de gomme à l'intérieur, tout s'envole, plus rien me tire souci. Bougre de jobastre, le pastis, suffit de demander.

Je vais à l'épicerie, je montre la bouteille, celle avec l'étiquette un peu bleue et les feuilles de vigne. L'épicière, c'est une nouvelle, une grosse. Souvent, les gros, ils sont braves. Pas elle. On la sent mauvaise comme une teigne. Elle dit :

— Aboule les sous.

Je sors le billet. Elle ronchonne qu'elle sait pas si elle doit me servir, pourquoi...

— Pourquoi quoi ? Tu le sers et tu la fermes. S'il veut s'empéguer, ça te regarde pas, face de lune !

C'est Féli, drôlement remonté. Il dit :

— A moi, tu me donnes des olives vertes. Et à mon collègue, tu le respectes. Il a travaillé toute sa vie, il s'est pas contenté de voler le pauvre monde à coups de tiroir-caisse, lui.

Elle se fâche. Elle devient toute blanche, puis toute rouge. Son corsage boulègue. Elle crie :

— Dites, je vous permets pas ! De quel droit ! C'est un monde !

— Que tu me permettes ou pas, c'est kif-kif bourricot. Jamais je te laisserai manquer à mon berger, pauvre mesquine de mange-merde. Si ce village te convient pas, tu prends ton baluchon, tu traces la route, personne te regrettera.

Il me passe la bouteille, il me tape sur l'épaule. Ça me fait plaisir. Les larmes me viennent. J'ai pas l'habitude qu'on prenne mes parts. Il lui a drôlement rivé son clou, à cette garce ! Je file avec mon litre. Après seulement je me rends compte. Je tiens toujours le billet.

Ce matin, je reste recroquevillée dans mon lit, à la brigade. Pas envie de bouger. Ça va sans aller. Sur le coup, quand j'ai trouvé cette balle, j'ai eu un élan de joie. Il pensait à moi... Puis j'ai déchanté, je me suis sentie bafouée. Ça signifie quoi, ce geste de voyou ? Le soir, j'ai avalé une dose de Valium. Non, pas toi, pas ça. J'ai couru au lavabo, mis deux doigts au fond de la gorge... On s'amuse.

Ne nous affolons pas. Tu te faisais des idées. Ton archange est un sale gosse. Il t'a envoyé un signal, il veut que maman s'occupe de lui, alors il casse le globe de la pendule. Vu ? Admettons. Je ne suis pas sa mère. Il faut arrêter le massacre, il est fou. J'espère. Les gens raisonnables sont trop chiants. Et si Sa Majesté daignait se remuer ?

Je m'habille, toujours ces pantalons. Nous avons des jupes, pour les cérémonies. Notre féminité relève de l'apparat. Si tu déjeunais ? Pas faim. Je bois mon thé. Je regarde par la fenêtre, calme plat.

Allons-y. Je retrouve les collègues en bas. Chef n'est pas encore là. J'épluche les derniers messages. Un G.A. lit *GEND' INFO*. Un autre *L'Équipe*. Albert se racle laborieusement la gargamelle. A présent, il me dit bonjour, tout arrive. Je me demande ce que devient Setboun. Je l'aimais bien, il avait cette obstination canine des chihuahas en rut.

Ce matin, je fais équipe avec Roger. Nous allons voir un paysan. Une plainte, une histoire de borne déplacée. Fin XXe siècle, ils s'amusent encore à ce genre de petites farces. Une fois les constatations terminées, nous passons chez lui. Dans sa cour, une douzaine de chiens, de presqu'autant d'espèces. Le bonhomme nous dit :

— Vous voyez toutes ces bêtes ? Avec ça, le renard m'a visité le poulailler, le mois passé, il m'a emporté trente-deux poules. Il m'en a laissé une, pour la bonne bouche.

— Il est loin, ce poulailler ?

— Là contre. Mes chiens n'ont pas bronché. Tout juste s'ils ne lui ont pas filé un coup de main.

— Ils vous servent à quoi ?

— La chasse au cochon, pardi. Même qu'ils sont un peu là.

— Donc, votre renard, ils s'en moquent.

Le type me regarde, bouche ouverte. Je précise :

— Ce sont des chasseurs, pas des chiens de garde. Faut pas leur en vouloir.

— Je vais leur coller la médaille, peut-être ? Vous savez à combien ils me reviennent, rien qu'en vétérinaire ? Et je vous parle pas de la boustifaille.

— Ça change quoi ?

— Vous avez raison. Pas moyen de mettre des pièges, ils se prendraient dedans. Mais quand une chienne est en chasse, là ils se réveillent, faut voir. Maboules ils viennent. Ils trouent les grillages, ils arrachent les portes, d'un peu ils défonceraient les murs. Une fois terminé, la chienne, ils la regardent même plus.

Ben oui. Un seul but, la victoire. Retour à la base. Ça ne se remue.

Ta brigade hiberne, ce matin. J'ai l'impression d'être dans un aquarium, avec des poissons bleus. Moi, tranquille comme une étoile de mer...

Dans pas mal de films, ils te montrent des gendarmes,

attention les yeux. Dans les Maigret. Tu as toujours l'illustrissime commissaire, pipe en érection. Les camarades font de la figuration, képi au vent, cons comme des balais-brosses. Ils ne touchent pas une bille. Attention, quand ils saluent, les talons claquent ! En fait, ce n'est pas ça du tout, nous ne sommes pas des pantins, mais allez donc nager contre le courant.

Je repense à mon archange... Si jamais je l'avais dénoncé, je ne vivrais plus. Chef m'interpelle :

— Alors, Claire, dans les nuages ?

— Résolument. Il faut savoir prendre de l'altitude, Chef.

— Vous autres, un peu d'attention. Je viens de recevoir une note de service au sujet du téléphone. On nous prie de mettre la pédale douce. A l'heure actuelle, les compteurs s'affolent.

Jean-Paul ricane :

— Pas moi.

— Motus. Pas de mauvais esprit.

— Enfin, Chef, nous n'allons pas mettre l'État sur la paille pour un coup de fil de plus ou de moins !

Je suggère :

— On pourrait faire des signaux de fumée.

— C'est quoi, mai 68 ? La note est là, vous êtes priés de la signer.

Maintenant, au travail.

Je pars en virée avec Chef.

— Attendez-moi dehors, Claire, j'ai oublié mon carnet.

Je sors. En face, contre le trottoir, une moto. Rouge. Je ferme les yeux. Je les ouvre, l'image persiste. Mon archange se tient debout, à côté de sa mécanique, bras croisés. Il me regarde. Je traverse, m'approche. Il sourit. Je demande :

— Pourquoi ?

— L'ennui. Ça m'occupe.

— Vous voulez en parler ?

— Parler, toujours parler ! Pas le temps. Salut.

Il enfourche son engin. Coup de démarreur. Il disparaît. Tu apprécies ? Pas vraiment. C'est ce que je craignais, un comportement infantile. Il cherche à te faire réagir, le chat et la souris. Je ne joue pas, j'ai envie de pleurer.

Chef te propose de conduire. Volontiers. Nous reprenons notre circuit des familles, en variant le trajet. Pas la peine que les gens règlent leurs montres sur notre passage. Nous roulons doucement. Chef s'épanche, je n'écoute pas. Dès que je perçois une coupure dans le flux, je dis oui. Oui, Chef... Je pense à ce fou. Que faire, en parler à sa mère ? Pauvre Zouzou, elle y peut quoi ?

Encore des plis à remettre, pour économiser quatre timbres. Chef constate :

— Vous n'êtes guère bavarde, ce matin, Claire.

— C'est un reproche ?

— Pas du tout. Vous avez des problèmes, si je peux me permettre ?

— Juste un peu de fatigue.

— Ça m'arrive. Quand ça me prend, j'avale des vitamines et du magnésium. Vous avez essayé ? C'est radical.

Du magnésium, hein ?

— Ah, il reste cette tentative d'effraction. On vient de nous la signaler. On y va.

— Où ça au juste ?

— Aux Esclambres. Je vous guide.

Nous filons dans la colline. Une chapelle... Un chemin de terre. Ça grimpe. C'est là, une belle vieille bâtisse, avec des rosiers grimpants. Contre la façade, des bacs de fleurs. Une allée de gravier. Bizarre, pour une ferme. Regarde cette plaque : nous sommes dans un gîte rural. Deux chiens déboulent en donnant de la voix. La France est un pays canin.

Arrive le tenancier. Sur son tracteur, il a tout du roi fainéant. Il descend, calme ses toutous. Chef nous présente, expose l'affaire. Je suis là et je ne suis pas là, ce n'est pas désagréable. Je regarde le film. Il s'agit de la propriété d'à-côté, une résidence secondaire. Le garage vient d'être forcé. Est-ce bien raisonnable ?

Nous nous y rendons à pied. Nous tournons l'angle. Une villa. Le portail du garage bâille légèrement. Moi pareil. Nous regardons de plus près. Pas l'air d'avoir été forcé pour autant. Pas de marques de pied-de-biche, la serrure semble intacte. Je prends des photos. S'amène un petit vieux, vieille casquette et dentier neuf, il fonce dans le vif du sujet :

— L'autre soir, tard, il est venu comme ça le fils du propriétaire. Depuis, j'ai l'impression que c'est dans cet état.

Chef demande :

— D'après vous, il aurait oublié de fermer ?

— Ça se pourrait.

Nous ouvrons. Derrière le portail, un rideau de fer, baissé, verrouillé. Le gîteux s'excuse presque :

— Qu'est-ce que vous voulez, j'ai préféré prévenir.

L'a bien fait. Le principal reste d'être dérangé à tout bout de champ, on risquerait de se tartir.

Nous repartons. Le chemin longe le canal. De loin en loin on voit le blanc pointillé de flotteurs en plastique. Ils soutiennent des filets, pour récupérer des débris, j'imagine. Attends, quelque chose est accroché, une forme brune, allongée. Avec les reflets sur l'eau, impossible de bien distinguer. Je stoppe, je montre le phénomène à Chef. Nous descendons.

Un corps ? Dans ce sourant, il s'accrocherait comment, ton macchabée ? Avec les gencives ? Les berges sont cimentées, en pente raide. On y va. Nous prenons appui contre l'anneau de fixation du filet, à mi-distance entre la berge et la baille. Réduit, comme plate-forme. Nous tentons de haler ce bon dieu d'engin. C'est lourd, nous gagnons un mètre... Nous glissons. Vaut mieux lâcher, on va se retrouver à la flotte. Chef constate :

— Pas moyen, je fais venir les pompiers.

Retour au Trafic. Chef appelle. Du temps, je vais sur le pont qui enjambe le canal, un peu plus loin. Le cagnard donne, merci. Censé, ce serait Venise, Lise. Pas de motos à Venise. Ça viendra. En attendant, voici Chef. Capri, c'est fini, les pompiers arrivent.

Je guette. Ah, une tache rouge, là-bas. Elle tourne, s'engage dans notre chemin. Les voilà, équipés comme des tankistes rock, combinaisons noires, plus casquettes de base-ball rouges. Chef leur demande s'ils ont un treuil.

— Pas besoin.

Ils décrochent le filet, le fixent à une corde. Nous halons. La vache, c'est lourd. La chose se rapproche. Elle roule dans le courant comme un énorme poisson. Une souche, fausse alerte. Nous raccrochons le filet. Terminé.

Fausse effraction, faux mort. Faut ce qu'il faut. Adieu, pompiers, grands et petits. Nous repartons. Chef remarque :

— Sans ça, il aurait fallu prévenir le proc.

Il va se fouler l'épaule, à force d'enfoncer des évidences.

— Claire, où vous allez ? Vous avez dépassé le croisement.

Quel ? Ah, c'est vrai. Je dis :

— Vous permettez ? J'aimerais jeter un coup d'œil au monastère.

— Comme vous voulez.

Il s'agit d'un genre de chartreuse. Altitude 660 m. C'était à l'abandon, puis les bons Pères sont revenus. Ils ont dû suivre des cours de gestion, pendant leur absence. Ils vendent de tout, à présent, des cierges, de la liqueur, des conserves, des légumes et leur bénédiction. D'ici à ce qu'ils ouvrent une boucherie chevaline... On peut s'offrir des retraites avec silence incorporé. Ça marche, fort. Les fidèles crachent au bassinet. Tout se vend, sauf l'amour.

Tu dis ? Je ne te parle pas de sexe. J'avais compris. C'est en-haut d'un plateau, une belle église romane. Tout contre, un cloître. Dehors, de braves dames patientent, des groupies. Et plus bas tu sais quoi ? La pécheresse stationne, la marie-madeleine qui a pignon sur roue.

Nous sommes à l'aplomb d'une falaise. Splendide, le paysage. Des buses tournoient en plein ciel. Sous nous, notre territoire, Durance et route en parallèle, et nos villages. Plus loin, notre frontière, la vallée de l'Asse. Ton domaine a la forme d'une larme. Nous sommes là pour servir et... Ne me fais pas rire, tu n'es même pas capable d'ordonner ta vie. Comme si ça dépendait de moi, il faut être deux pour vivre quelque chose.

Justement, il t'attendait, ce matin. Oui, pour me dire qu'il ne voulait pas me parler. Il a raison. Parler, zéro, il faut tuer. Rien ne presse... Je voudrais seulement me retrouver dans ses bras, je... Chef s'inquiète :

— Claire, ça va ? Vous êtes pâle.

Tiens, il est encore là ?

— Je pensais aux invasions barbares. Ils descendaient par ces vallées, des peuples entiers, ils allaient renverser Rome.

— Maintenant ils descendent en Mercédès. Pas vrai ?

Aucun doute, il a le sens du tragique. Un rapace fait du vol sur place, tu vois le battement de ses ailes. Il plonge.

— Vous saviez qu'ils lâchent des serpents, en ce moment, pour les faucons et tout ça, Claire ?

— C'est quoi, cette histoire ?

— Je ne plaisante pas. C'est pour les réintroduire, de la nourriture. Ils balancent de pleines cagettes de petites vipères.

— Pourquoi pas des couleuvres, ce serait moins dangereux.

— Elles n'ont pas la bonne taille.

— Vous me faites marcher !

— Pas du tout. Demandez à qui vous voulez, vous verrez.

— Vos rapaces ne sont pas capables de se débrouiller seuls ?

— Faut croire que non. Les paysans ont collé des pesticides à tout-va. Comme les insectes sont morts, les oiseaux n'ont plus qu'à crever.

Les oiseaux sont des chancres, et nos busards claquent du bec. J'ai du mal à avaler cette histoire.

Nous regagnons notre véhicule. Un Père en robe blanche devise avec une dame en robe brune. Il n'y a pas effraction, nous n'intervenons pas. La radio grésille. Faut rentrer fissa, du grabuge au village. Il s'agirait d'un viol. allons, les affaires reprennent. Plus tu remues, moins tu rumines.

Le chat sert à manger la souris. C'est un point de vue de meunier. En 14, ils disaient qu'un hussard encore vivant à trente ans était un jean-foutre. Pourquoi tu me racontes ça ? Pour rien.

Je suis chez moi, tranquille, décidée à ne pas me presser. Philou est sur place, il n'y a pas péril. Je sirote mon café. J'entends une voiture. Elle s'arrête. Je vais voir. Un képi bleu se pointe, visage fermé, me salue.

— Madame Lemaire, c'est ça ?

— Oui.

— Votre fils est là ?

— Non. Pourquoi ?

— Je ne sais pas si je peux vous le dire.

— Allez toujours, ça ne sortira pas de la famille.

— Tentative de viol.

Là, je me sens soulagée. Lui, beau comme il est, un viol ? C'est la meilleure, j'en connais plus d'une qui paierait.

— Tiens donc ! On peut savoir qui est la plaignante ?

— Une demoiselle Laure Béchadou.

— Celle-là ! Je l'aurais parié. Dites, vous l'avez regardée ? Elle a rien pour elle ! La pauvre, elle donnerait des boutons à son miroir.

— Je vous en prie ! Vous savez où se trouve votre fils, présentement ?

— Non, je sais que votre plainte est grotesque. Pauvre fille, la privation lui est montée à la tête !

— Vos propos sont désobligeants. Si vous le voyez, demandez-lui de bien vouloir passer à la brigade.

— C'est ça, comptez-y.

Comme il va pour partir s'amène leur Trafic. Claire en descend, suivie de son chef. Ma camarade est pâle. Je me lance, bille en tête :

— C'est quoi, vos inventions, Chef ? Votre Laure a une sale réputation. Il n'y a que le train des pignes pour ne pas lui être passé dessus, et encore ! Tout le monde la connaît, cette pouf !

Le gendarme se rebiffe :

— Vos propos sont contradictoires, tout à l'heure vous parliez de privations.

— Des fois elle est privée, des fois pas, comme tout le monde. En tout cas, c'est une saleté. Mon petit ne risque pas de la toucher, il aurait trop peur de se salir.

Le chef intervient :

— Il faudrait commencer par le retrouver. Vous connaissez son domicile ?

— Rien du tout. Ne comptez pas sur moi.

— Attention, vous faites obstruction au bon fonctionnement de la justice.

— Parlons-en, elle est pavée d'erreurs.

C'est qu'il insiste. Cause toujours. Il emploie de belles formules, je reconnais. On sent qu'elles leur ont fait du profit. Je dois prévenir Arnaud. Pourquoi, puisqu'il est innocent ? Ce n'est pas une raison. Tu as beau être M. Propre, une fois qu'ils te tiennent, c'est parti pour durer. C'est avec les innocents qu'ils fabriquent leurs meilleurs coupables.

Écoute, une moto. Arnaud. Il arrête son engin. Il nous regarde alignés sur la terrasse comme des santons.

— Je dérange ?

Le chef se ressaisit :

— Pas du tout, venez donc. C'est de vous qu'il s'agit.

Arnaud s'approche, avec son air absent. Le chef profère son accusation. Il ne bronche pas, il demande :

— C'est tout ?

Interloqué, le chef :

— Qu'avez-vous à répondre ?

— C'est idiot, tâchez de trouver mieux.

Claire intervient. Sa voix passe mal, je l'entends à peine.

— Arrêtez, Chef, cette plainte ne tient pas.

— Comment ça ?

— Ce garçon se trouvait avec moi au moment des faits. Je m'en porte garante.

— Vous plaisantez, vous étiez de permanence.

— Je me suis absentée.

Son supérieur la menace du doigt :

— Prenez garde, ma petite, le faux témoignage, c'est grave. Vous maintenez ?

— Je maintiens.

Il secoue la tête. Il semble dépassé. Moi pareil, c'est tellement évident qu'elle raconte ça pour sauver mon petit. Je proteste :

— Chef, écoutez-moi. Cette Laure va revenir sur ses déclarations, pas possible autrement. Claire, pas la peine que tu t'en mêles, il ne peut pas y avoir eu viol, c'est impensable.

Le chef me fixe :

— Vous affirmez que ma collègue ment pour protéger votre fils ?

— Je n'affirme rien, sauf que votre violée vous mène en bateau.

Claire insiste :

— Vous avez mon témoignage, je vous demande d'en tenir compte.

— Ça suffit. Je vais organiser une confrontation, on verra bien qui se fout de qui.

— Pas la peine, ne vous fatiguez pas, j'avoue.

C'est Arnaud. Alors là ! Je deviens folle, je crie :

— Ce n'est pas vrai, tu n'as pas le droit !

L'autre gendarme n'a pas bronché. Il tourne la tête, selon qui parle, comme un chien en plastique sur une plage arrière. Le chef agite les mains.

— Ça commence à bien faire, mettez-vous d'accord.

Je respire un grand coup, je me décide. Je prends mon fils par l'épaule :

— Écoute, Arnaud, arrête. Il est temps que tu saches. Ton père, c'est ce vieux, le fermier d'Orèze. Alors voilà...

Mon gosse se fige. Les autres me regardent. Le chef se décide :

— Je ne vois pas le rapport.

Moi si. Puis ça va vite. Arnaud saute en voltige par-dessus la balustrade, fonce vers sa moto. Le képi bleu dégaine. Son chef lui empoigne les bras :

— Ça suffit, Noël, rangez-moi ça. Claire, prenez la 4L, tâchez de le retrouver.

Mon fils a filé. Je suis vidée. Je m'approche de Claire, je la prends dans mes bras. Elle tremble, pauvre chérie. Je demande :

— Quelqu'un veut du café ?

J'aurais dû le faire depuis longtemps, l'enterrer proprement, la demoiselle. Je me décide. Je sais où la mettre, à l'endroit où je me tiens le plus souvent. De là, elle pourra voir cette ferme maudite et la Vallée par laquelle elle est venue, par où elle a jamais pu s'échapper. La chose, c'est d'attendre que le Vieux soit occupé ailleurs.

J'ai pas espéré longtemps. Deux jours, pas maï. Pour se soûler, il s'est soûlé. Ça lui reprend. Ses crises durent davantage, j'ai remarqué. Il avale la gnôle, il s'assomme, après il se barricade dans la cuisine. Je l'entends gémir. Son âme grince.

Après, il file dans la colline, au pégal. Ce qu'il y trafique, je veux pas le savoir. Si seulement il pouvait se pourfendre une bonne fois, qu'il revienne pas, personne le pleurerait. Seulement, il rentre toujours, comme si le corps de la demoiselle lui indiquait le nord.

Moi pareil, je reste. Elle a été toute ma vie. Alors je bougerai pas.

Ce matin, le Vieux vient de filer, fin plein. Comment je procède ? Pas la peine de foutre tout le mur en l'air. J'ai juste besoin de l'espace pour la sortir. Elle doit pas être bien épaisse. Et le Vieux, tu y penses ? A compter du moment où il aura vu le chantier, tu pourras numéroter tes abattis.

Attends, le charreton, celui du lavandin, sous le hangar. Je le sors. Le Vieux y verra que du bleu. Je trafique. Une fois terminé, je place l'engin devant le trou, ni vu ni connu, je t'embrouille. Et quand le Vieux dort, je refais le mur. En cette saison ça sèche vite. Avec un peu de chance, il se rendra compte de rien.

S'il s'en aperçoit, cocagne. J'ai quatre ronds, j'irai manger mon pain au village. Je me casse pas la tête, au pire il me vire le coup de fusil. Une fois mort, je risque plus rien.

Je suis été le prendre, ce charreton. Je le pousse contre la porte. Le mieux, c'est d'attaquer à l'emplacement de la chatière.

J'empoigne la masse. J'y vais de bon cœur, hardi petit. Je fais virer à hauteur de ceinture, cogne que je te cogne. Le ciment part vite, je vois les pierres, comme de grosses molaires. J'en fais éclater une, je dégage les débris. Une fois le trou pratiqué, ça va seul. Derrière, je trouve la porte. Elle résonne la garce, elle cède pas. C'est des bonnes planches.

Le Vieux est arrivé, je m'y attendais pas. J'aperçois son ombre au dernier moment. Je me dis : « Ce coup, terminé. Adieu Berthe. » Je bronche pas. J'avale le grand bol d'air, tant c'est le dernier. J'attends que le monde explose, ma tête avec. J'ai même pas peur.

Il y a ce bruit de moteur. Le Vieux se retourne pour voir, moi aussi. C'est la voiture bleue des gendarmes. Dedans, la fille. Malheur, je me lève, je cours vers elle, pour pas qu'elle sorte. Je lui fais signe de filer. Je m'embronche. Comme je tombe, j'entends partir le coup.

La balle miaule. A la deuxième, j'y ai droit. Je bloque mon souffle. Rien. Je tourne la tête. Le Vieux s'engouffre dans la cuisine. Il en ressort presque de suite, il porte la mitraillette en plus du fusil. Il dévale le pré, il disparaît.

La fille me rejoint, revolver à la main. Elle le range, elle dit :

— C'est quoi, ce cinéma ?

Je me mets la main devant la bouche.

— Ah c'est vrai, vous êtes muet. Tâchez seulement de répondre par oui ou par non, vous secouez la tête. Vous me comprenez ?

Signe que oui.

— Une moto rouge est passée, avec un jeune ?

Que non.

— Et ce chantier, ça signifie quoi ?

Je lève la main droite, qu'elle attende. Je reprends la masse, je suis comme enragé. Je cogne de toutes mes forces. Le bois explose. Une planche, deux... Je les dégage. On peut passer.

— Un instant !

Elle va à sa voiture, elle ramène la grosse torche électrique. Je passe devant. Ça sent le froid, le renfermé. Ça sent la mort. La lampe éclaire drôlement. Je reconnais les mangeoires, du temps des canassons. Le rayon jaune palpe dans le noir, comme l'antenne d'un insecte. Il se fixe sur quelque chose, dans l'angle, contre le mur du fond. Nous nous approchons. Sur de la paille, un squelette, couché sur le côté, couvert d'une robe en lambeaux. La tache claire des cheveux masque le crâne. Au pied droit, une chaîne fixée dans le mur. La fille dit :

— Sortons.

Ça fait du bien de retrouver l'air. Elle est toute blanche, pauvre. Je lui donne la bouteille d'eau, elle boit. Elle s'en passe sur le visage.

— Merci. Vous savez écrire ?

Que oui.

Elle va chercher un carnet, sort un stylo de sa poche. Elle me les tend :

— Si vous pouvez répondre par signes, c'est bien. Sinon, vous écrivez. Ce mort, c'est quelqu'un d'ici ?

Que oui.

— La femme du patron ?

Que non.

— Alors qui ? Sa fille ?

Que oui. Je prends le carnet, j'écris, en gros :

VOTRE MAMAN.

Elle lit. Elle devient pâle. Son nez se pince. Elle reste un moment sans bouger. Puis elle demande, sans me regarder :

— Mon père, vous le connaissez ?

J'écris :

LUI.

Je la regarde. C'est son regard, le regard de la demoiselle, celui qu'elle avait, le premier jour. A peine je l'ai eue vue, je l'ai reconnue. Je parle de la vivante. Elle est revenue. C'est le bébé que j'ai sauvé.

Elle a l'air absent. Puis elle dit :

— Je vous en prie, écrivez ce que vous savez.

Je vais m'asseoir sur le muret, derrière le murier, pourquoi écrire debout c'est pas bien commode. Elle vient se poser à côté de moi. Écrire, j'en ai guère l'habitude. Jamais j'écris. Là, je fabrique pas de phrases, juste le nécessaire : l'Allemagne, le retour, la honte, le premier bébé, les cochons... Le deuxième, puis. La honte, la bagnole de l'épicier, le village... Une vie, pas besoin de plein de mots, ça peut tenir sur le dos d'un timbre.

Je lui passe le carnet. Elle lit. Après, elle dit juste : « Mon Dieu... » Doucement. Elle bouge pas. Elle regarde dans le vide. Je peux la contempler enfin, de près.

C'est le regard de la demoiselle, et pas seulement. Sa forme de visage, sa façon de se tenir. Elle tire de sa mère, je crois de la revoir. Je suis soulagé, elle ressemble pas au Vieux. Oui, et toute cette honte, cette putain de honte, c'est elle qui se la coltine à présent. Ça finira jamais. Je supporte pas l'idée. Je prends le carnet, j'écris, très gros :

JE DIRAI RIEN.

Elle me fait un signe de tête. Ça veut dire : « Merci,

vous êtes gentil. » Elle a pas envie de causer. Moi pas maï. Il n'y a rien à dire. J'attends. Pourquoi elle t'a parlé de ce jeune, avec sa moto rouge ? Va savoir. Au bout d'un moment, elle dit :

— Alors, c'était vous, le morceau de bâche, les peaux de lapin ?

Oui, je fais signe.

— Ma mère ne disait rien ?

J'ai toujours le carnet. J'écris :

DES FOIS ELLE CHANTE.

— Ce ne devait pas être gai.

Je fais non, de la tête. Gai, ce n'est pas le mot. Je peux pas écrire l'horreur que c'était, je peux pas. Elle continue :

— Et ce... Mon père. Il avait fait la résistance, c'est bien ça ?

Que oui.

— Ma mère était en Allemagne pour quoi ? Pour travailler ?

Que oui.

— Elle est revenue enceinte, c'est ça ?

Pourquoi elle demande ? J'ai déjà écrit. Peut-être elle a besoin de se faire à l'idée. Elle reprend toute l'histoire, comme si elle arrivait pas à y croire. Puis elle déchire les pages du carnet, celles avec les grosses lettres. Elle en fait des petits morceaux. Elle les jette pas, elle les met dans sa poche. Elle dit :

— Merci.

Elle se lève, me prend par les épaules, se penche. Elle me fait la bise, à moi. J'ai l'impression que c'est l'autre, la demoiselle.

J'ai la face mouillée, je m'essuie de la main. J'ai pas honte. J'ai jamais été aussi heureux. Je pense : « Au moins les petits cochons l'ont pas mangée. » Surtout que c'étaient pas des petits ! C'est bête, ça me fait rire.

Il me vient l'idée. Le mieux, c'est que tout disparaisse

une bonne fois. Je vais à la resserre chercher le bidon de pétrole. Le temps d'arroser la cuisine, d'en balancer dans l'écurie, je craque l'allumette. Ces vieilles baraques, c'est drôlement sec, ça flambe, un vrai plaisir. Un feu de première bourre, mon ami.

La demoiselle dit rien, elle a l'air de trouver normal. Nous restons à regarder, puis. La chaleur arrive par vagues, elle nous oblige à reculer.

C'est beau. Ça ronfle, un bruit grave, comme une sorte de rugissement. Ça dure, finalement le toit s'écroule, d'un coup. Il monte une fumée tellement épaisse, on la dirait solide, comme une colonne. Il part plein d'étincelles, dommage que ce soit pas la nuit. Je sais plus où je suis. Je pense plus que c'est ma maison. Jamais j'aurais imaginé voir ça.

Il doit s'apercevoir de l'autre bout de la Vallée, ce feu. La colline risque d'y passer, avec les étincelles. Tant mieux.

Si ça pouvait griller le malheur aussi bien... Le monde peut flamber, j'ai rien à perdre.

Ne dis pas ça, il y a cette fille en bleu. Elle doit s'en tirer, elle. Oh, elle s'en tirera. Tu crois que les fantômes partent en fumée ?

Ce matin, je laisse conduire mon G.A. Encore un nouveau, Jean-Marc, un joli garçon, quelque part entre le danseur mondain et le premier communiant. Notre palette s'enrichit. Conduire, il aime. Il est du genre causant. Au bout d'un moment, il m'avoue :

— Ça va mieux. Je commence à faire partie de la famille. C'est bien non ?

Ça dépend pour qui. J'approuve. Il insiste :

— Et pour vous, ça s'est passé pareil ?

— Vous savez, moi...

— Je me demande si je vais réussir l'examen. Je vous prends l'exemple de mon collègue Pascal. Il se trouvait à la brigade de Sainte-Marie-aux-Mines. C'est pas folichon, le secteur. Il s'est débrouillé, il a même réussi des enquêtes, pas des grosses, mais pour un auxiliaire, c'était pas si mal. Pourtant, ils l'ont étendu, je comprends pas. Il s'était payé le pèlerinage militaire à Lourdes.

Je ne réagis pas. Il poursuit :

— Je disais ça comme ça. Je me demande si je vais y arriver.

A se taire, j'en doute. Ce qu'il m'agace ! Il n'est pas méchant, il est tuant. Il m'use. Tournée rituelle. Nos petits dealers sont toujours là. Ils ne se cachent pas, ils s'étalent, aux « Alpes ». Ils nous observent sans animosité. Ils ont leur djobe, nous le nôtre, Dieu est grand.

Tiens, une épave de mobylette, contre le lavoir. Faudra la signaler aux copains de la mairie, qu'ils la mènent à la décharge. L'artiste s'inquiète :

— On va où ?

— Talasse.

Miracle, il se tait. L'oiseau fait schnorkel, il recharge les accus. Toujours ça de pris. Début septembre, le gros des récoltes est fini. Reste la vendange, mais par ici, guère la peine d'en parler. L'air est plus frais. Ce que les matinées sont belles ! Le soir, des orages tournent. L'automne approche.

Toujours ces travaux, ils élargissent la route. Ils procèdent par tronçons, ça dure. Oui, et ça devient même casse-gueule au possible, parce qu'une fois terminé, ils laissent un tapis de gravillons. Nous avons déjà récupéré deux motards pas mal amochés.

Arnaud a disparu, depuis cette histoire de viol. Zouzou n'en a plus de nouvelles. Rien à dire. Mieux valait qu'il prenne ses distances, il avait sans doute quelques dérapages à son actif, appelons ça comme ça. Rien n'est prouvé, d'accord, on ne prête qu'aux riches. De quoi se retrouver à l'ombre, si on avait un peu creusé, j'imagine. Il n'aurait pas supporté.

Un tracteur débouche d'un chemin de terre, sans prévenir. L'artiste pile sec, furieux :

— Z'avez vu ! Ça fait mal aux seins, des charlots pareils ! On l'assaisonne ?

— Laissez tomber.

Nous le suivons. Il tire une remorque qui tressaute. Brusquement, le type nous aperçoit, se serre en catastrophe, il doit craindre pour son matricule. Jean-Marc jubile :

— Il n'en mène pas large, le plouc !

— Ça vous amuse de jouer les épouvantails ?

— Pourquoi vous me dites ça ?

— Je plaisante.

Par moments, je n'ai pas le moral. Je ne supporte rien. Je dois parler à Zouzou. Elle veut vendre son restaurant, elle dit. Elle souhaite décrocher. Elle m'amuse... Elle tiendra jusqu'au bout, dans ses brancards, je connais la musique.

Nous approchons. Nous passons sous ce petit viaduc, en plein virage. Endroit nul, sans visibilité, ça a déjà pas mal cartonné. Le village apparaît. Je fais signe à l'artiste de ralentir. Cette vue, je ne m'en lasse pas. Ils n'ont pas réussi à la dénaturer, pas encore.

Bon. Nous grimpons, nous garons devant la terrasse du bar. Féli vient nous saluer. C'est quasiment vide. Il s'exclame :

— Ah, enfin, voilà la plus belle !

— Vos aoûtiens sont partis, on dirait.

— Bon vent, la paille au cul, le feu dedans. Vaï, ils me manqueront pas.

— Quoi de neuf, patron ?

— Tout de vieux, mais vous, vous avez forci, on dirait ? Ça vous va bien.

Mes seins, oui. Très jeune, j'en avais un moins développé que l'autre, et je me demandais...

— Installez-vous, je vous en prie. Une minute, le téléphone !

Il revient, nous sert le pastis et les nouvelles.

— Dites, mademoiselle Claire, dans les ruines, à Orèze, paraît qu'il vient de s'installer des hippies. Enfin, je sais pas comment ça s'appelle, maintenant. Des jeunes, on sait pas d'où ils sortent.

— Et alors ?

— S'ils se mettent à cultiver des chèvres, on va avoir droit aux fromages, à tous les coups. Je les connais, ils vont coller la fièvre de Malte à toute la Vallée.

— J'en parlerai au chef. Vous avez une petite mine, on dirait. Des soucis, Félix ?

— Qu'est-ce que vous voulez, je peux pas m'empêcher d'y repenser. Je le revois toujours, ce vieux fondu, quand il s'est amené. Personne ne s'y attendait, pourtant c'était pas faute d'en avoir parlé. On l'a pas seulement reconnu.

Il hoche la tête, planté, un torchon à la main. Il paraît encore sous le choc.

J'étais restée à la ferme, avec le berger, à regarder brûler le tombeau de ma mère. Ce vieux... je n'arrive pas à dire mon père. Je n'ai su qu'après.

Il a filé droit sur le village en coupant à travers champs. On m'a raconté. Sur la place, les gens se sont demandé qui ça pouvait être, ce merle blanc, avec sa barbe et ses loques. Fusil à l'épaule, il tenait la mitraillette à deux mains, en travers du torse. Un imbécile a demandé : « La caméra invisible, où elle est ? » Ils sont restés sidérés, mais sans s'inquiéter.

Il s'est approché du monument aux morts, comme s'il voulait lire les noms de ceux tombés durant l'été 44. Il est resté un moment figé, puis il s'est tourné vers la terrasse, pour s'occuper des vivants. Il s'est approché. Il a vidé le chargeur de sa mitraillette dans le tas.

Il arrosait sans se presser, posément, l'arme à la hanche. Les gens ont plongé à plat ventre, des blessés se sont écroulés. C'était de la folie, ça hurlait, ça pissait le sang. Du temps que Féli aille prendre son flingue, le vieux avait balancé son arme. Il est parti sans se presser.

Un peu plus bas, il est tombé sur l'épicière, la Grosse. Il lui a fait signe de descendre de sa Deuche. Elle n'a pas souffert, une balle en pleine tête. Le fusil, cette fois. Il est reparti en voiture. Féli avait alerté les gendarmes. Les camarades sont montés en catastrophe avec le Trafic. Ils l'ont croisé sans se douter que c'était leur homme.

Il est entré dans Marval en roulant au pas. Arrivé au bout du village, il a zigouillé un bonhomme qui se tient en permanence sur sa chaise. Balle dans la tête. Il a fait demi-tour. Trois bonnes femmes papotaient devant le lavoir. Il leur a fermé le clapet. Deux au tapis, la troisième est folle. Un voisin l'a vu faire. Il visait comme sur des cibles, par la fenêtre de la voiture.

En sortant du village, à gauche, on trouve cette grande bâtisse jaune. C'était l'anniversaire de la fille de la maison, elle venait d'inviter tout son monde. Cinquante personnes, plus peut-être. Ils se sont approchés, à cause du bruit. Ils ont pensé à des gamins, avec des pétards. Ils ont vu cette 2 CV prendre leur chemin. Un invité de dernière minute, sans doute. Elle ne s'est pas garée dans le pré derrière, comme les autres. Elle s'est arrêtée en face du puits. Il est descendu, fusil en main. Les autres ne comprenaient pas. Un gosse a demandé : « C'est papa Noël ? »

Là encore, il a tiré, tranquillement. Il tirait, il rechargeait, il tirait... Il faisait mouche à tout coup. Une petite fille blessée se traînait vers le hangar. Un jeune a voulu se porter à son secours. Balle dans la tête. Là aussi, le carnage. Ensuite, il est remonté en voiture, il a filé. Au passage, il s'est arrêté pour liquider la chienne du père Marco. Dix ans qu'elle reste enfermée dans son enclos, à hurler. Elle s'est tue.

Au débouché du chemin, il a rejoint le tracteur de M. Keruel, un retraité des mines. Il lui a enjoint de stopper. Balle dans la tête. Cette fois, il a pris le tracteur, a filé vers Loisson sans se presser.

Les collègues avaient demandé des renforts. Ils venaient de trouver l'épicière, ils cherchaient une Deuche. La brigade des Mées barrait le carrefour avec la nationale. Ce tracteur, ils l'ont laissé circuler, pas de raisons. Au passage, il leur a fait le salut militaire.

Il a filé vers Digne. Arrivé à l'embranchement pour Mezel, il a pris le virage au large, sans s'inquiéter de rien. Une file de voitures le suivait. Il voulait peut-être se rendre à la Chefferie, on ne saura jamais. Un camion venait en face, il a percuté le tracteur, l'a traîné sur cent mètres. On a retrouvé le Vieux en charpie dans les débris.

Total, dix-sept morts, une vingtaine de blessés. La presse nous est tombée dessus comme un vol de charognards. Quand je dis la presse... Nous avons eu droit à toute la gamme, radios, télés, les médias.

Aux anges. Une histoire pareille, pour eux, c'était mirobolant. La guerre à domicile, quasiment. Huit jours durant on n'a parlé que de ça.

Les gens sont habitués à voir des drames, dans leur poste, c'est leur assaisonnement quotidien. Devenir la vedette, autre chanson, ils en ont vite eu leur claque. Quelques journalistes se sont fait secouer les puces. Des caméras ont valdingué dans la fontaine. Puis il s'est produit une crise en Irak ou au Bélouchistan, ils ont tourné la page. Mais pas ici. Les gens sont marqués pour un moment. Dieu sait s'ils en avaient parlé, de ce drame à venir, s'ils avaient pu supputer. A présent, ils savaient.

Féli vient s'asseoir près de moi. Il a changé. Il plaisante toujours, le métier qui veut ça, mais ça sonne creux. Trop de ses habitués y sont restés. Je demande :

— Et ce berger, vous avez des nouvelles ?

— Un peu ! Il fend du bois, dans mon bûcher. Vous voulez le voir ?

— Ne le dérangez pas. Il travaille chez vous ?

— Fallait bien que quelqu'un s'en occupe, non ? Il allait pas rester dans ces ruines, dites. Il demande qu'à bosser, cet innocent. Je suis monté le trouver, le lendemain de la catastrophe. Il était là, sous un arbre, à regarder fumer les débris. Je lui ai dit : « Amène-toi, Machin, tu viens chez moi. » Je l'appelle Machin, je connais pas son nom. « Tu feras ci, tu feras ça, tu bricoleras. » Alors il est venu. C'est le plus heureux, vous pouvez me croire.

— Vous l'appelez vraiment Machin ?

— S'il préfère, je peux l'appeler Tarzan, à moi ça me

dérange pas. Non en vrai je l'appelle berger, je vois que ça lui fait plaisir.

— Vous êtes un chic type, patron.

— Commencez pas avec vos fleurs. Si vous le prenez comme ça, ma prochaine amende, je vous l'offre, je verrai à quoi vous êtes bonne, vous. Pour en revenir à ce vieux maboul, personne a jamais compris. Dites, il aurait pas pu se faire sauter le caisson gentiment ? Qu'est-ce qu'il avait dans le ciboulot ? Ça me dépasse, et pas que moi.

Mon artiste remarque :

— Il aurait dû mettre le clignotant.

— Vous dites ? Ah, oui, dépasser... Oh que c'est drôle ! On cause de choses sérieuses, collègue, de la vie, de la mort, du destin, quoi, et monsieur nous sort son petit clignotant ! Où vous les ramassez, vos zouaves, en ce moment, mademoiselle Claire ? A la brocante ou à Emmaüs ?

— Allons, patron, allons...

— Si jamais il fait des petits, surtout n'allez pas m'en mettre un de côté !

Jean-Marc rougit. Je le rassure.

— Ne vous en faites pas, monsieur a l'air comme ça, mais il ne mord pas. Combien je vous dois, patron ?

— Rien du tout. Le plaisir est pour moi.

Retour au véhicule. Et ta mère, celle du village ? Je devrais y faire un saut, je sais. Pas envie. Mon passé, j'en ai ma claque. Si seulement je pouvais repartir sur une page vierge, comme une amnésique... Mon G.A. propose :

— On va voir les hippies ?

— Surtout pas. Nous ne sommes pas payés pour harceler le monde.

— Alors j'irai avec Roger.

Si ça lui chante... Encore une matinée. Il n'y avait pas un calvaire, à ce croisement, d'un temps ? Je crois. Les calvaires meurent aussi. Ils ont un siècle et davantage, pour la plupart. Ils datent des grandes missions qui ont suivi la Commune. Oui. Et ton père a terminé son chemin de croix.

C'était comme une bombe à retardement, cet homme. Son histoire, mon histoire, je ne veux pas la voir éclater à la face du monde. Pas le courage, imagine... Si les gens savaient, je ne ferais pas de vieux os ici, il me faudrait dégager. Le berger ne dira rien, pas seulement parce qu'il est muet. Je suis contente que Féli l'ait recueilli.

Je demande à Jean-Marc de se ranger. Je descends. Le soleil chauffe mon visage. Je cueille un brin de graminée, le mâchonne. J'aime cette saveur sucrée. C'est fou, la vie. J'ai envie de pleurer. Évite, j'aime autant. C'est fou et c'est merveilleux. Tu as une chance de pendue, tu t'en tires sans casse. Juste fêlée, disons.

Nous repartons. Ça ne va pas, j'ai la nausée :

— Arrêtez !

Il pile. Je sors, je gerbe. Mon chauffeur s'affole :

— Vous voulez vous allonger ?

— Pas la peine. J'ai une crise de foie, ça va passer.

Cette fois, nous poussons presque jusqu'à la Chefferie. J'arrête mon acolyte près du pont :

— Vous pouvez rentrer, j'ai besoin de marcher.

Il me faut voir Zouzou. Autant que ce soit moi qui la mette au courant. Je revois cette scène, quand elle a prévenu son fils au sujet du Vieux. J'y ai souvent repensé. Elle s'imaginait provoquer un choc salutaire. Le siège éjectable, oui.

Je ne juge pas, je ne juge personne, j'ai du mal à regarder le soleil en face. Je sais, à présent. Je comprends d'où venait cette attirance. Je suis la sœur d'Arnaud. La demi, au nom du père... Je l'ai appris trop tard. Zouzou n'est au courant de rien.

On n'a jamais découvert les restes de ma mère. On ne les cherchait pas non plus. La charpente s'est écroulée, personne n'a entrepris de déblayer les ruines. A quoi bon ? Et les prétendus hippies ? Avant tout, ils ne cherchent pas d'histoires. S'ils trouvent une poignée d'ossements, ils les colleront dans leur compost. Retour à la terre.

Le restaurant. Tu entends ce ramdam ? Si ça se trouve, ils l'ont échappé belle, sans ce camion... Mais pourquoi donc ce vieux a-t-il rendu visite à la maison jaune, à Marval ? J'ai demandé. Les Allemands s'y étaient installés, après l'occupation de la zone libre. La nouvelle maison à côté du hangar servait alors d'écurie. Les officiers y logeaient leurs chevaux.

Sur le seuil, j'hésite. Bruit et fumée. Je fais signe à Viviane :

— Tu peux m'appeler ta patronne, tu es gentille.

Zouzou arrive. Son visage s'éclaire :

— Ça fait plaisir ! Tu viens manger ? J'ai préparé la daube de sanglier, tu vas t'en lécher les babines.

— Merci, non, je n'ai pas trop d'appétit.

— C'est vrai, tu as une de ces têtes ! Entre, je te donne un remontant. Tu sais quoi ? Je viens de recevoir une carte d'Arnaud, de Corse. Tu ne devineras jamais...

J'essaie de plaisanter :

— Il a pris le maquis ?

— Il est dans la Légion !

Allons bon. Je ne bronche pas, tranquille comme une méduse. Je demande :

— Qu'est-ce qu'il raconte ?

— Vois toi-même.

Elle sort une carte postale de sa poche. Elle représente un sapeur barbu, tablier blanc et hache sur l'épaule. Couleur sépia. Je lis, en capitales tracées au feutre :

LEGIO PATRIA MIA.

Il a signé d'une croix. C'est malin. Je remarque :

— Ça ne prouve rien.

— Regarde le timbre.

Je n'avais pas fait attention. F.M., et le cachet de la poste militaire. Zouzou semble satisfaite :

— Au moins, je sais où il est.

Elle me rejoint sur la terrasse. Je me jette à l'eau :

— Voilà, j'ai deux mois de retard.

Elle ouvre la bouche, écarquille les yeux :

— Pas vrai ! Tu es sûre ? Mon Dieu, Claire, tu ne peux pas savoir ce que tu me rends heureuse ! Un bébé ! Tu as vu le docteur ?

— Pas encore.

— Tu attends quoi ?

— Tu sais, j'étais pas mal perturbée, tous ces temps, j'ai même pensé à une grossesse nerveuse.

— Parle pas de malheur ! Tu ne te rends pas compte, tu as le masque. Ça crève les yeux. Quelle chance !

— Ne le dis pas trop vite, je vais avoir du mal.

— Avec ton travail ? Tu n'es pas seule, je te le garderai, ce petit. Vous avez quand même le droit de vous reproduire, dans votre gendarmerie !

— Je suppose. Seulement, tu n'imagines pas... Quand on t'appelle, la nuit, à n'importe quel moment, ton bébé, tu en fais quoi ?

— Puisque je te dis que je m'en occuperai ! Il faut prévenir Arnaud. Je suis folle, je n'ai même pas son adresse. Je vais écrire à la Légion, en Corse, ils le trouveront bien.

— Il ne s'est sûrement pas engagé sous son nom.

— Tant pis pour lui. Un enfant, ça se mérite. Il faut qu'il sache, quand même. On va fêter ça, en attendant. Entre.

Attendre qui ? Mon frère ? Le père de mon gosse ? Le fils de ce sauvage ? Le fils de mon amie, aussi... Attendre ce garçon fou qui court après la lune ?

Et toi, tu sais ce qui t'attend ? Ce bébé, tu comptes le laisser en gage à Zouzou ? Mais je le veux, mon petit, je veux le voir grandir, le serrer contre moi, j'ai besoin d'en profiter. J'en ai besoin !

Tu ne sais pas où tu mets les pieds, Claire, redescends sur terre. Il va te falloir choisir. Quitter la gendarmerie, alors ? Ce métier, c'est mon métier, je l'ai voulu. C'est difficile, je sais, personne ne nous connaît, personne ne se rend compte de ce que nous sommes, en vrai. Et après ? Je veux continuer, faire quelque chose de ma vie, et pas seulement la poussière et le ménage et la tambouille et merde ! Tu comprends ? Oui, mais ce petit ?

Je me retrouve au comptoir, verre en main, à boire du champagne, noyée sous les félicitations. Je ne me savais pas si populaire.

— Je me demande si je vais quitter la blanche...

J'ai parlé tout haut. Zouzou s'inquiète :

— Qu'est-ce que tu racontes ? Quelle blanche ?

— Mais si, je t'ai expliqué cent mille fois, la gendarmerie. On dit la blanche à cause...

— De la couleur de vos insignes, je sais. On s'en fout. Quitte-la, viens t'installer chez moi pour de bon. Ton petit aura deux mères. Tu verras, ce sera un garçon ! Décide-toi.

Comme si c'était si simple... J'ai envie de rire et de pleurer, envie de mon petit, envie de retrouver mes camarades, et cet homme qui a fui, mon archange aux ailes brûlées. Mon faux-frère. Tu crois qu'il sait ? Qu'il s'est engagé à cause de... Non, comment veux-tu ? Je ne sais que vouloir.

Zouzou m'embrasse :

— File te reposer, Claire. Passe me voir ce soir, je t'attends. Ça va s'arranger, ne t'en fais pas. Mon Dieu, je vais être grand-mère, tu te rends compte ? Depuis le temps...

Je sors. Je me pose sur la terrasse un moment. Je place mes mains sur mon ventre, sur l'étoffe bleue. Sur mon bébé. Tu crois vraiment, tu vas être mère ? Je crois, je le sens dans mon corps, je ne suis plus la même. Tu sais ce que tu vas... Ne me harcèle pas. L'important, c'est cet enfant, rien d'autre. Le reste, je ferai pour le mieux.

Achevé d'imprimer par Mame
en septembre 1996
pour le compte de France Loisirs
Paris

*Cet ouvrage est imprimé sur du
papier sans bois et sans acide.*

N° éditeur : 27305
Dépôt légal : Septembre 1996
Imprimé en France